Les Aventures de Boro,
reporter photographe

La fête à Boro

Les Aventures de Boro, reporter photographe

La Dame de Berlin, Fayard, 1987.
Le Temps des Cerises, Fayard, 1990.
Les Noces de Guernica, Fayard, 1994.
Mademoiselle Chat, Fayard, 1996.
Boro s'en va-t-en guerre, Fayard, 2000.
Cher Boro, Fayard, 2005.

Le rappel des œuvres de Dan Franck et de Jean Vautrin
figure en fin de volume, p. 406.

FRANCK & VAUTRIN

LES AVENTURES DE BORO,
REPORTER PHOTOGRAPHE

La fête à Boro

Fayard

ISBN : 978-2-213-62208-8

Pour Anne qui ne l'a pas volé.

Le grand Sphinx de pierre

Si Dieu existe, s'il mérite le capital d'humour dont nous sommes prêts à le créditer, force est de reconnaître que le grand Barbu est fortiche en mécanique des hasards. Et c'est sans doute sa façon espiègle de jouer avec le genre humain que de faire un pied de nez à la barre du temps.

Ainsi, le 4 novembre 1931, à quatre heures du matin, au moment même où Charles «Buddy» Bolden, musicien de jazz américain méconnu, rendait son dernier souffle de l'autre côté de l'Atlantique, à Paris, plus précisément à Montparnasse, la porte du Select s'était ouverte sur un inconnu.

Il fredonnait *Maple Leaf Rag*.

Mais cela n'est rien. Le 15 décembre 1943, c'est à dire douze ans, un mois et quelques broques après que Charles «Buddy» Bolden avait rendu son âme au Seigneur, Thomas «Fats» Waller, pianiste à la renommée internationale, glissa sur son siège avec une bien curieuse grimace et mourut en gare de Kansas City, dans un compartiment du train qui le ramenait de Los Angeles à New York. Or, à l'instant même (quatre heures du matin pile, heure française, s'il est fait abstraction du décalage horaire et de l'heure d'hiver imposée aux populations françaises de la zone occupée), la porte du Sphinx, un bordel chic de Montparnasse, s'ouvrit pour livrer passage à la même personne.

Cette fois, bien sûr, l'homme fredonnait *Blue Turning Gray Over You.*

Ce jour-là, il pleuvait à torrents sur la capitale humiliée de la France et le vent d'ouest prenait des allures de tempête. Quelques silhouettes ballottées luttaient contre la bourrasque. Ces rares attardés, ces irréductibles piétons, progressaient le dos voûté, opposant à la poussée virevoltante de l'averse le frêle bouclier de leur parapluie. Ils trouvaient un refuge momentané sous les porches, se perchaient ici ou là, clopinaient pour éviter les flaques et reprenaient leur course titubante.

Paris les accueillait avec sa physionomie de légume des mauvais jours. Paris scorsonère avait sale mine. Paris topinambour était noir et gris. Paris vert-de-gris était noyé, rayé, rincé. Tout était à l'avenant. Le café était gland. Le beurre, margarine. Les lacets, en papier.

Partout, même refrain, même mauvaise haleine. Les gens se méfiaient les uns des autres. Ils ne s'aimaient pas. Ils marchaient à la lettre anonyme. À la dénonciation. Le cuir manquait. Le charbon manquait. La parole manquait. Radio-Paris mentait.

Des tôles, des zincs, des tuiles, des pots de terre tournoyaient. Arrachés aux façades, à la lisière des toits, aux balcons, ils flottaient dans l'espace ou explosaient dans l'ombre des trottoirs. Leurs débris roulaient plus loin dans un raffut de tonnerre.

Les arbres noirs tordaient leurs grands bras malingres. Ils faisaient mine de contenir le voile de l'averse et de vouloir arracher au tourbillon sa perruque crépitante. Au lieu de cela, le vent d'ouest s'ébouriffait. Il s'enflait de nouvelles forces en abordant le carrefour Vavin et harcelait la perspective floue de l'asphalte en pilonnant la chaussée de cent mille javelines de pluie.

Un rideau sombre qui faisait penser à une armée en marche poursuivait son avancée inexorable sur l'avenue du Maine, et l'eau saumâtre refoulée par les égouts débordants éclaboussait de ses remous les quelques véhicules en maraude le long des trottoirs de la gare Montparnasse, dont l'éclairage bleuté par la défense passive se réduisait à l'état de lumignon.

L'inconnu, *monsieur Personne*, celui qui venait de franchir la porte du Sphinx, se tenait dans l'antichambre du luxueux lupanar.

Il s'était adossé au paravent destiné à protéger les premières tables des courants d'air. Il resta dans une posture immobile un long moment.

La pluie ruisselait encore sur son visage attentif. Il scrutait sans aménité particulière les habitués du lieu, une clientèle constituée pour une large part d'officiers allemands en garnison à Paris, à laquelle se mêlait la triste et odieuse caste des courtisans et des zélateurs du régime vichyssois.

Ces exécuteurs des basses œuvres, ces fonctionnaires dévoyés, ces aventuriers enrôlés dans les rangs de la collaboration éprouvaient le besoin de se frotter à la race des vainqueurs pour se valoriser à leurs propres yeux. Sans doute étaient-ils en quête de supériorité. Ils ne faisaient rien d'autre qu'astiquer l'argenterie du déshonneur. Ils exhibaient des décorations, des grades, des emblèmes fascistes destinés à rehausser la pâleur de leurs actes. Une caste de seconds rôles, de profiteurs aux mains sales, de nantis de régime, d'auxiliaires de l'épuration raciale, de spécialistes de l'interrogatoire, de la pendaison, une bande d'infréquentables mercenaires venus au bobinard de luxe pour purger leur gourme, traiter des affaires louches et noyer dans le champagne leurs insuffisances, leurs remords tardifs et les hideurs de leurs dégradantes fonctions.

Lui, l'inconnu, plus élancé que la moyenne du troupeau, plus beau, plus désinvolte, la crinière emmêlée, n'avait pas quitté son imper trempé.

Il regardait la faune prendre d'assaut le guichet du vestiaire, montrer patte blanche et piétiner dans l'entrée assez sombre de l'établissement du 31 boulevard Edgar Quinet. Il ne faisait même pas mine d'essuyer les gouttes qui glissaient de ses cheveux mi-longs jusqu'à son nez, puis du nez au sol. Pourtant, il s'attirait tous les regards.

Son port de seigneur n'était pas étranger à la curiosité spontanée qu'il suscitait. Qui était-il ? Qu'était-il venu chercher en ce lieu de plaisir frelaté ? Quelques-uns parmi ceux qui avaient croisé son regard avaient bien eu l'esprit traversé par une sourde et instinctive méfiance, mais, trop accaparés par le voisinage d'une jolie femme, par le frôlement d'une gorge, par l'invite d'un sourire, pour souhaiter donner suite à une intuition sans véritable fondement, ils étaient retournés très vite au creux de leurs songes.

Renvoyés à leurs chimères, ils levaient leur coupe à leur conquête d'un soir et, la volonté alourdie par l'alcool, l'attention mobilisée par le minois de cette compagne hors de prix, évacuaient bien vite l'intrus de l'écran de leurs préoccupations.

Une seule chose était sûre, ce dernier n'était pas du sérail. Il n'appartenait pas au monde dans lequel il s'apprêtait à se risquer.

Ni signe distinctif, ni enluminures d'uniforme – galons dorés, fourragère, épaulettes – ne dévoilaient sa fonction. Au revers de son imper, pas de svastika, point de francisque ou d'insigne gamma. Il ne portait pas de coiffure, il n'incarnait pas l'opulence du marché noir. Il se contentait d'avoir du style. Il s'appuyait sur une canne, une tige d'ambre, un jonc surmonté d'un pommeau de cuir relié à son poignet par un lacet.

Méthodiquement, il dévisageait la volière qui évoluait sous les lustres à pendeloques. Sur la piste de danse, de gros collaborateurs habillés en costume à chevrons, des amateurs de parties fines, quelques grossiums venus des Halles ou issus de la filière de la viande valsaient avec des poules aux bijoux tapageurs. Des officiers de haut rang menaient grand tintamarre dans la salle à manger. Ils étaient mêlés à de plus mariolles qu'eux, des demi-sels issus du milieu, des *ablettes* ou des *merles*, des *dos verts* comme les appelaient les filles, espèce experte à relancer les rires et la consommation des oiseaux de nuit qui leur tombaient sous la main – en l'occurrence, ce soir-là, une bruyante nichée de Bavarois fraîchement débarquée du front de l'Est.

L'inconnu ne bougeait toujours pas. Tapi dans l'ombre du grand Sphinx de pierre, symbole énigmatique de la boîte, il cherchait à se faire oublier.

Eût-il reçu à sa naissance le don de percer l'opacité des murs, qu'il eût éprouvé une bien aigre surprise en découvrant au détour de l'un des cabinets particuliers ouverts pour accueillir les rescapés du piège soviétique un fantôme surgi de son proche passé.

Loin d'être immatériel, le spectre était sanglé dans l'uniforme des *Waffen-SS* et moulinait de grands gestes. Il exhibait une hure congestionnée par l'alcool. Il partageait sa table avec un camarade de beuverie. Un certain Fernand Beauvilain, qui arborait la chemise bleue et l'insigne des miliciens et acquiesçait à tout ce que disait son compagnon, bien qu'il dormît les yeux grands ouverts – assommé par l'abus du cognac.

Son vis-à-vis, le spectre, n'était autre que l'*Oberfeldwebel* Kurt Schlassenbuch, une vieille connaissance, un ancien de la *Kurzwellenüberwachung*, autrement dit un spécialiste de la radiogoniométrie allemande. Ce sous-officier zélé venait de purger pendant six mois une sanction d'éloignement sur le front russe, punition réclamée par ses supérieurs de la *Sicherheitzpolizei* et du SD. Aujourd'hui encore, rentré au bercail, il trouvait cette mesure disciplinaire pleinement injustifiée.

Ach, lieber Gott! Le front de l'Est ! Lorsque Kurt en reparlait ! Plus de retenue ! Plus de pudeur ! Seulement un énorme ressentiment.

Schlassenbuch, ce soir, était ivre.

L'*Oberfeldwebel*, ce soir, était violent.

L'ancien spécialiste du chiffre et des codes, ce soir, ressassait la cause de son exil sur les territoires gelés du communisme. Il stigmatisait l'auteur du rapport envoyé à ses chefs, un certain Mensch-Hobenfold, qui lui avait fait porter le chapeau de leur fiasco. En même temps, il reconnaissait son lamentable échec lors de l'opération de police visant à capturer ce fameux espion, Bouvier, recherché par toutes les polices : « Un mé*d*èque hongrois, un *v*hotographe *p*oiteux, un *t*emi-*ch*uif, un sub*f*ersif, un *d*erroriste ! » auquel il continuait à vouer une haine énorme.

La nuque épaisse, la vareuse dégrafée, ce soir, débarquant à Paris, il déraisonnait. Il épanchait son amertume. Il dégorgeait son pessimisme quant à l'issue du conflit. Il déversait son fiel. Il avait vu et participé à tant d'abominables choses depuis l'épisode malheureux où il s'était laissé floué par l'*Untermensch* Borowicz sur les terres du comte de Saint-Victor[1] !

– *E*goute-moi, *V*ernand ! répétait-il avec son inimitable accent bavarois, *é*goute-moi *p*ien ! Si *ché ré*voyait *z*et homme, *che* n'hésiterais pas à l'*éd*rangler de mes *b*ro*b*res mains ! Tout est arri*f*é par *za v*aute ! *Z'*est par sa *v*aute si *ch'*ai eu les *b*ieds *ch*elés *t*ans la *b*oche du Dniepr !

L'autre affreux, Fernand Beauvilain, hochait la tête. Ses petits yeux de goret ne cillaient pas. Leur fixité donnait le change à son interlocuteur. En réalité, ses pupilles interrogeaient le vide. Le milicien dormait à poings fermés. Il avait peaufiné cette technique pendant ses longues nuits de garde devant l'hôtel du Parc, à Vichy. Au troisième étage, appartement 125, Philippe Pétain, chef de l'État, reposait du sommeil fragile des grands vieillards. Lui, Beauvilain, sur le trottoir, sentinelle exposée à la fraîcheur humide de l'automne, dormait l'arme au pied. Il dormait debout, les yeux grands ouverts, les pupilles vitrifiées, la nuque raide, absent de son enveloppe militaire.

1. Voir *Cher Boro.*

Natif du Creusot, élevé au grain de Marcel Déat, de Jean Luchaire et de Noël Tissot, il avait souscrit au «plan de redressement français». Il avait prêté serment devant le Maréchal et intégré les rangs de la Milice avec le grade de chef de trentaine. Depuis, auxiliaire occasionnel de la *Geheime Staatspolizei*, la Gestapo, il avait été distingué comme un interrogateur susceptible de faire avouer les résistants les plus coriaces. Il avait du sang sur les mains, mais il dormait toujours aussi bien.

Pour l'instant, dans le box du cabinet particulier numéro 21, les deux hommes poursuivaient leur conversation décousue en lapant un nouveau fond de bouteille. En fait, dans le cas de Schlassenbuch, il eût été plus juste de parler de monologue.

Entre deux verres de gnôle, l'ancien des services du KWU luttait pour maîtriser un hoquet rebelle. La bouche ouverte sur une langue chargée, il cherchait, enfoui dans sa pensée, un motif d'être heureux.

Soudain, un rire enfantin lui monta aux lèvres. Il happa une gorgée d'air et s'écria :

– *T*ans le fond, *V*ernand, *ch*'ai eu une chance in*z*olente *t*'être ra*b*atrié main*d*enant ! *Ch*'ai échab*bé* à la nouvelle o*v*ensive d'hiver ! C'est quand même *b*lus *g*on*v*ortable... comment *t*it-on... ? *b*lus *b*einard ?... hioups !... *t*'aller *c*arder un blockhaus sur une *b*lage de Normandie, *b*lutôt que d'a*v*ronter les cosaques *b*ar moins 35° *t*u côté *dé* Kiev ou *dé* Leningrad !

Oubliée la vaste plaine enneigée ! Kurt souriait à l'avenir proche. Il avait encore soif. Il venait de frapper sur la table avec sa main carrée.

Il se mit à gueuler :

– *Schweinhund*, *V*ernand ! *D*u ne m'*é*goutes pas ! *D*u *t*ors, *f*ieux *z*alaud ! *Ré*f*eill*e-*d*oi, *v*ran*z*aise *g*anaille !

Beauvilain se réveilla au quart de poil et retrouva sa voix d'eunuque.

– Qu'est-ce que je peux faire pour toi, Kurt ?

– Tu *b*eux le*f*er *d*on *f*erre à Grancamp-Maisy[1] !

– Grancamp ?

– *Z*'est le nom *dé* ma *b*etite *b*lage d*é* Normandie où *che* *z*uis *z*affecté !

1. Grancamp-Maizy est approximativement le lieu géographique du futur Ouistreham où aura lieu le débarquement allié.

– Ah ! s'écria le milicien en levant son verre pour trinquer, tu as bien du pot d'aller là-bas ! L'air iodé et le camembert fermier ! Tu vas te refaire une santé ! Moi, j'ai moins de chance que toi, Kurt, je suis sédentaire…

– C'est *t*entaire ? Tu es *te**f*enu arrageur de *t*ents ?

– Presque. Je travaille rue Lauriston, chez Lafont et Bonny.

– *Ach so* ! Les *s*bé*z*ialistes d*é* la *p*aignoire !

– Personne n'y résiste, surtout si l'eau est glacée.

– Tu fais un métier de mulet, *V*ernand ! décréta soudain l'Allemand. Il y a quand même plus d'honneur à être un *z*oldat *b*lutôt qu'un *p*ourreau !

Les petits yeux de Schlassenbuch étaient plantés sur Beauvilain. Le milicien y lisait mépris et condescendance.

– Je vais bientôt me battre, plaida-t-il. J'ai obtenu un commandement et j'ai été désigné pour aller nettoyer le maquis des Glières…

– *Gut, gut !* Il *v*aut éliminer *d*ous les *d*erroristes !

L'Allemand avala sa salive et se trouva le gosier sec. Sans préalables inutiles, il désigna la porte du cabinet à son souffre douleur.

– *Schnell ! Los, V*ernand ! *Z*alaud d*é* Fran*z*ais *!* Lè*f*e-toi *z*ur tes *b*ieds ! *Fa* *ch*erger du *schnaps* !

– Schnaps, Kurt ?

– *Ja, ja…* Mira*p*elle *dé* Lorraine… p*éd*ite merveille ! *wirklish wunderbach* !

Le nazi en bavait sur son col.

La boiterie d'Apollon

À quelques mètres de là, rompant avec son immobilité, l'inconnu venait d'ôter son raglan. D'un geste vif, il le fit passer sur son bras gauche et apparut tel qu'il était, vêtu d'un costume simple en velours noir dans lequel il était parfaitement à l'aise.

Il était élancé, brun, et avait le teint mat.

Sans cesser de fredonner *Blue Turning Gray Over You*, il abandonna son poste d'observation et fit mouvement en direction de la salle des rencontres. Ses pommettes hautes, son front dégagé, conféraient à la découpe de son visage osseux une énergie rentrée. Il portait sur les hommes un regard morne, empreint de mélancolie. Il réservait aux femmes son beau regard sombre et insolent.

Il frôla sans y prendre garde la silhouette rondouillarde du milicien, qui s'en revenait du bar. Le pas incertain, l'équilibre difficile, Beauvilain avait les bras chargés de deux bouteilles d'alcool de prune. Mû par un réflexe, en apercevant l'intrus, il s'était arrêté net au milieu de sa course vacillante.

Avec un temps de retard, il se retourna.

– En voilà un qui est *différent*, murmura-t-il en se grattant pensivement le menton. Peut-être même *métèque* pure espèce… Mais en quoi est-il suspect ? s'interrogea-t-il en luttant contre son ivresse.

Doucement, la cervelle imbibée du tortionnaire du 93 de la rue Lauriston retrouvait sa place dans sa boîte crânienne. Son instinct lui commandait de suivre l'homme au stick. En titubant, en écartant la foule des habitués, il se lança à sa suite.

Il aurait voulu jeter au plus vite un nouveau coup d'œil à celui qu'il venait de croiser, mais il n'en eut pas le loisir. Un chapelet de jolies filles venaient de s'installer dans son champ visuel.

Avec son allure de prince, l'intrus franchit les derniers pas qui le séparaient de ces dernières. Elles se tenaient autour du sofa rond où se faisaient les présentations sous l'œil attentif de Freda, la sous-maîtresse.

Celle-ci, depuis peu promue bordelière, remplaçait Marthe Lemestre, dite « Martoune », la propriétaire des lieux, qui lui avait confié les clés de sa très luxueuse maison close et avait choisi de s'aller reposer sur la Côte d'Azur avec son mari.

Freda marchait au chiffre et au bouchon. L'affaire était juteuse depuis qu'elle avait assoupli le règlement, qui permettait aux hommes d'être accompagnés de femmes de l'extérieur. Elle avait relancé le bal et donné libre cours à des fêtes ou à des agapes partouzardes auxquelles elle n'était pas la dernière à participer.

Pour le moment, ces dames étaient à la tâche. Elles multipliaient les mines aguicheuses et invitaient les clients à s'asseoir auprès d'elles.

Les yeux noirs de l'homme à la canne saluèrent la brochette de gagneuses d'une lueur amusée.

– Bonjour ! Bonjour, beau brun ! s'écrièrent-elles à sa vue. Un petit renseignement ?

– Tu cherches un peu de compagnie ?

– Non, merci. Je passe seulement... mais je suis émerveillé par votre beauté !

– Flatteur !

– Coquin !

– Nous avons tout ce qu'il te faut en magasin !

L'instant d'après, elles se turent, sans raison apparente.

L'homme au stick marqua aussitôt un imperceptible temps d'arrêt. Tous ses sens étaient en alerte. Comment n'aurait-il pas remarqué le nuage passager qui estompait le sourire des divettes ? Comment n'aurait-il pas noté la déception qui ternissait leurs prunelles, y imprimant la marque d'un infime regret ?

Les putains, en professionnelles avisées, venaient de découvrir que sous la tunique du héros se cachait un boiteux.

La belle apparition n'était pas parfaite !

Elle claudiquait de la jambe droite.

Les filles en parlaient à voix basse. La gêne était dans leur camp. Comme pour leur venir en aide, l'étranger leur sourit. Son visage s'ennoblit. En même temps il avait la rage aux yeux. Il se redressa imperceptiblement. Mieux, il défia le silence apitoyé d'une gigolette de seize ans à peine qui le fixait de ses mirettes d'agate. Elle était à peine sortie de l'adolescence. Son visage était rieur et juvénile.

– Je boite, dit-il en s'arrêtant devant elle pour affronter son examen, mais c'est pour mieux vous séduire, mon enfant.

Il leva sa canne. Il abaissa sa canne. Il lança sa jambe gauche en avant et défila sous le nez de la gamine. Traînant crânement derrière lui sa jambe ankylosée, un pas, une canne, il imprima à sa marche une sorte de majesté qui en faisait oublier la dissymétrie.

C'était merveille de le voir se déplacer sans autre artifice que sa grâce naturelle, c'était miracle qu'il parvînt à fabriquer un avantage à partir d'un handicap qui aurait dû le pénaliser.

– Apprenez, mesdames, dit-il en se détournant vers les autres pensionnaires, que chez l'amant, parfois, c'est la boiterie qui fait le rythme.

– Apollon boite ! s'étrangla Fernand Beauvilain qui se dissimulait à l'abri des regards. C'est un estropié tout comme ce Bouvier dont parlait Schlassenbuch !

Tout lui commandait d'agir. Mais sous quel prétexte ? Il se sentait incapable de prendre une décision.

– Je dois aller rejoindre Kurt au plus vite, marmonna-t-il. Je dois lui rendre compte…

Il piqua des deux en direction des cabines.

Le boiteux, lui, était revenu sur ses pas. Il avait une allure folle. La petite aux yeux d'agate ne s'y trompa pas. Elle battit des mains. Elle applaudit l'artiste.

– Bravo, mon prince ! C'est du grand art !

– N'est-ce pas ? dit l'inconnu en s'arrêtant à nouveau devant elle. Mais savez-vous seulement pourquoi je tire la patte ?

– Pas la moindre idée, m'sieu.

Il lui dédia un désarmant sourire.

– Pour m'attirer la sympathie des jolies filles de votre espèce.

La gamine papillota de tous ses faux cils.

– Sans char ! dit-elle en laissant rappliquer au galop un vieux fond de vulgarité.

– Sans char, répliqua le séducteur. C'est en sauvant une nymphe de votre acabit d'un palais en flammes que j'ai perdu l'usage de mon genou…

– J'ai peine à vous croire ! bonnit cette fois la gosseline.

– Je ne plaisante pas avec le danger, insista l'infirme avec un grand sérieux. Le feu nous environnait de toute part. La jeune fille s'était évanouie dans mes bras. Pour échapper au brasier, j'ai sauté avec elle du deuxième étage.

Le parterre de gagneuses poussa un assortiment de cris admiratifs.

Seule la petite aux yeux d'agate parut ne pas vouloir gober l'histoire.

– Eh ben ça, alors ! Vous aviez pas besoin d'vous casser la binette pour être présentable, m'sieu !… m'sieu comment au fait ?

Le grand brun ne répondit pas.

– Il est beau et, en plus, il est brave ! s'émerveilla l'une des sardines.

– Des hommes comme lui n'ont pas de prix ! dit une autre en couvant l'inconnu de ses yeux chargés de mascara.

– Il mérite sa petite récompense ! lança une anguille du dernier rang.

Cette proposition saluée par les rires et les acclamations de tout le poulailler faillit tourner à l'émeute. Les jolies ouvrières s'y mettaient toutes.

– Pourquoi pas moi ?

– Ou moi ?

– Allez, beau gosse ! Laisse-toi aller !

– Faut pas rater l'autobus du plaisir !

– Champagne et mise en bouche !

On se mit à trinquer. Quelques Bavarois en goguette s'étaient approchés de la fête et, lourdauds comme des ours slovènes, commençaient à avancer leurs pattes sur les croupes rebondies de ces dames. Une certaine Mirza était entrée en lice. Elle avait découvert ses épaules robustes et, se frottant contre l'homme à l'imper, se proposait de concurrencer la jeune Tulipe dans la conquête du beau client.

– Allez, Mirza ! l'encourageaient ses collègues. Il est à ta portée !

– Entrouvre ton peignoir, chérie !

– Plutôt toi, Tulipe ! Toi qu'as la peau fraîche !

– Ma coupe de champagne contre un baiser ! proposa soudain la mignonnette.

Le visage du prince n'exprima ni refus ni empressement.

– Eh bien ? s'enquit Mirza. Monsieur « Je ne sais qui » n'a pas envie de chiper la gamine ?

Forte de ses trente-cinq ans épanouis, elle ouvrit son peignoir et laissa entrevoir un corps plantureux.

– Il faut trancher, dit l'une de ces dames.

– Le « peignoir de l'expérience » ou le « baiser de la pucelle » ? réitéra Mirza avec un sourire d'ogre.

– Dites donc, mesdames ! nasilla aussitôt une japonaise à tête de porcelaine qui jusque-là n'avait rien dit. Qu'est-ce qui se passe au juste ici ?

Celle qui s'avançait maintenant répondait au nom de Tasumiré Takasu. En réalité, on l'appelait Kitsu. C'était là son nom de courtisane. Elle ne se bornait pas à être une ancienne plante de rempart qui portait avec grâce le kimono dessus et rien dessous. Elle avait en son temps posé nue et donné tout son reste au peintre Foujita.

Kitsu fit quelques pas menus en direction de Boro, laissant entrevoir par la fente de son vêtement de soie des bas noirs tendus sur une chair d'ivoire.

– Comment t'appelles-tu, bel étranger ? demanda l'Asiatique.

Ces dames en déshabillés chatoyants s'étaient regroupées autour de sa frêle silhouette comme pour lui confirmer son statut de meneuse naturelle.

Le grand brun parut hésiter à se nommer. Son regard s'égara un instant sur les uniformes de drap vert des occupants avant de revenir se fixer au fond de celui de la courtisane. Une sorte de lueur de défi s'alluma dans ses yeux sombres et, comme s'il chassait toute lâcheté de lui-même, il annonça d'une voix pleine de panache :

– Je m'appelle Blèmia pour les dames. Boro pour la signature. Et Borowicz pour le nom.

– Blèmia Borowicz… murmura Kitsu, et aussitôt l'éclat de ses prunelles parut s'éteindre.

De ses pupilles ombrées par le fard, elle explora un instant le visage mat du Hongrois.

Elle décréta d'une voix de nez :

– Si tu veux te reposer, je peux te proposer Tulipe. Elle est ma presque fille.

– Petite Tulipe est sage, intervint Mirza, mais c'est seulement une rose en boutons. Avec moi, Blèmia serait mieux servi… et il pourrait en reprendre !

Par sa bouche parlait l'expérience.

– Arrière, vieille bretelle ! la tança la Japonaise. Tu sais comme ce jour est important pour ma doucette ! À toi de jouer, petite…

Brusquement, c'était Tulipe qui paraissait intimidée.

La petiote répéta :

– Voulez-vous bien m'embrasser, m'sieur ?

– Un baiser ne se refuse pas, dit Boro.

Les paupières closes, Tulipe se haussa sur la pointe des pieds et avança son joli museau. Le reporter y piqua ses lèvres. Un baiser de grand frère posé sur un joli coquelicot.

– Grand merci, lui dit-il. Je suis très touché.

La pièce avait l'air jouée. Le beau Hongrois s'apprêtait à passer son chemin.

C'est alors que la petite posa résolument sa main sur son bras, l'arrêtant sur-le-champ. Son front était plissé par la contrariété.

– Je ne *peux* pas vous laisser partir comme ça… souffla-t-elle, embarrassée. Il faudrait faire un peu plus…

– Que voulez-vous dire, mon enfant ?

Kitsu s'entremit aussitôt. Décidément, l'ancien modèle parlait volontiers au nom de sa protégée.

Elle inclina le visage et dit :

– Tulipe veut dire que ce soir elle débute dans le métier. Et que c'est avec vous qu'elle voudrait perdre son cristal !

– J'ai d'autres fers sur le feu, s'excusa Boro.

– C'est injurieux, nota la Japonaise.

– C'est indigne de vous !… protesta la jolie Tulipe, et une buée de larmes envahit ses yeux agate.

Sans crier gare, elle se haussa sur la pointe de ses escarpins dorés et noua ses bras autour du cou de son héros.

– Est-il besoin d'avoir faim pour dévorer un agneau ? demanda-t-elle.

– J'ai déjà un rendez-vous, précisa le grand brun.

Tulipe ne tenait plus aucun compte de ce qu'il disait. Elle s'était collée à lui. Elle avait le visage noyé de boucles brunes et appuyait son front contre celui du jeune homme. Il entrevit ses yeux espiègles, soudain agrandis comme des lacs. Il sentit son odeur poivrée.

Pour lui seul, elle chuchota :

– Je suis *l'Ange.*

Il ouvrit la bouche pour parler. Elle lui coupa le sifflet avec sa main.

Elle dit très vite :

– *Kerberos* ne viendra pas en personne. Trop dangereux. Son représentant vous attend dans ma chambre. Gaffe à la cabine 21, la Milice est chez nous, ce soir… Laissez-vous faire… *Bouvier.*

Les choses se précipitaient. Tulipe avait pris Blèmia par la main. Vaillant petit brin de femme, elle l'entraînait derrière elle comme n'importe quelle pensionnaire s'apprêtant à faire une passe avec un visiteur.

– La six est engagée ! glapit-elle fièrement à l'intention de Freda, la sous-maîtresse, qui comptabilisait les jetons de présence de ses pensionnaires.

– La six pour la nuit, enregistra la mi-taulière. Mademoiselle Tulipe entre en religion !

Mirza et les autres gagneuses entérinèrent cette décision par des applaudissements nourris. Elles avaient repris le cours de leurs joyeuses jacasseries. Comme un vol de perruches, leur groupe s'était déplacé. En voletant dans leurs étoffes criardes, elles s'étaient posées sur les épaulettes d'un sous-officier de la Waffen-SS et lui interdisaient tout déplacement. Ce dernier n'était autre que l'*Oberfeldwebel* Kurt Schlassenbuch.

Alerté par les explications vaseuses de Beauvilain, il venait en dépit d'un vertige permanent dû à l'abus d'alcool de débouler sur le terrain. À peine avait-il eu le temps d'apercevoir la silhouette du reporter, que sa conviction était faite. Un miraculeux hasard le mettait sur la trace de l'Untermensch !

– *Dass kann ich nicht glauben !…* murmura-t-il.

Il n'arrivait pas à croire à sa bonne fortune et cependant tout son être lui commandait d'agir. Défiant les lois de l'équilibre, il fit mine de s'élancer pour rattraper celui qui était la cause de tous ses malheurs, mais, comme si une pesanteur additionnelle s'emparait de tout son corps, il eut à lutter contre de nouvelles difficultés pour se déplacer. En effet, sans qu'il comprît la raison de ce phénomène nouveau, une véritable nasse féminine venait de se refermer sur lui. Des oiseaux de toutes les couleurs obstruaient son chemin. Des menottes agiles, des ongles vernis de rouge, des bouches entrouvertes, inventoriaient sa personne. Une Japonaise avait pris l'initiative de ce pacifique encerclement. De la voix, du geste, elle encourageait les autres filles. Cent mains picoraient le soudard pour lui faire perdre la tête. D'un coup, il était submergé. Il titubait. Environné d'un concert de piaillements assourdissants, force lui fut de battre en retraite. Il se retrouva assis sur le divan. Il était devenu l'enjeu de la prochaine transaction entre filles.

Déjà Mirza arborait sa croix de fer. Les peignoirs s'ouvraient devant ses yeux éberlués. Fernand Beauvilain avait atterri à ses côtés. Le milicien luttait lui aussi pour retrouver sa gouvernance.

Amoindris par l'alcool, en proie à de tenaces obsessions, les deux ivrognes étaient à la fois flattés par les soins que leur prodiguaient ces demoiselles et agacés de ne pouvoir tirer au clair ce qui les taraudait. Kurt Schlassenbuch se haussait parfois sur la pointe de ses bottes. Une bourrade anonyme le renvoyait au fond du divan. Il essayait de suivre du regard celui qu'il avait cru reconnaître… l'ennemi ! le chien puant ! le juif ! le boiteux ! qui, à l'instant, venait de se dissoudre dans la foule des noceurs.

– L'*Untermensch* ! ruminait-il entre ses dents. *C*he renifle *z*on odeur méphitique !… *C*he sens le *z*oufre !

D'une violente poussée des reins, il parvint à se dresser. Il dégaina son revolver Mauser.

Les filles reculèrent en hurlant. Kitsu heurta son poignet. Le coup partit au même instant. Déflagration assourdissante. Balle perdue.

Kurt Schlassenbuch venait de tirer au jugé au-dessus des têtes. Un lustre à pendeloques se détacha d'un plafond et atterrit sur une table avec son cortège de plâtre. Des cris fusèrent de toute part. Ils se transformèrent en fous rires.

Un corps un peu gras s'était affaissé. Celui d'une femme évanouie dont la chevelure blonde trempait dans son assiette. Sa coiffure excentrique, ses boucles oxygénées rouissaient dans un bouillon de poule, à la façon d'une botte de lin.

Là-bas, Boro s'enfonçait dans le dédale des couloirs. La foule se refermait sur l'incident. Des convives éméchés sortaient la dame du potage, trois bouchons de champagne sautaient, et une escouade de Bavarois maîtrisaient Schlassenbuch en dépit de ses protestations. Un capitaine venait de lui confisquer son arme. Un *Feldwebel* se chargea de le descendre à coups de poing. Le nez couleur tomate écrasée, Kurt s'abattit comme un sapin de Bavière. L'instant d'après, quatre parmi les siens transportaient le corps inanimé du fauteur de troubles dans un petit salon privé voisin des toilettes.

On entreprit de le réanimer. Méthode schnaps.

Schnaps en désinfectant, schnaps en compresses, schnaps en inhalation, schnaps et soufflets. La recette en valait une autre.

Schlassenbuch battit des paupières. Il ouvrit son seul œil valide et réclama à boire.

On lui apporta un verre d'eau.

Il hurla au complot. Il s'étrangla dans son jus.

Kitsu riait derrière sa main.

Beauvillain avait disparu.

Les plaisirs et les lieux

Fernand était aux toilettes. Après avoir uriné dru comme un percheron, il s'était renversé une cruche d'eau glacée sur le crâne. Sur la nuque aussi. En usant pour lui-même de cette méthode virile, il s'était cru capable de rassembler ses esprits. À l'orphelinat, aux Enfants de Troupe, plus tard aux Chantiers de Jeunesse, il avait appris les vertus des matins arrosés d'eau glacée.

Suffoqué par le froid, il s'ébroua en poussant de petits cris. Il fut traversé par un grand frisson d'échine et chassa les dernières gouttes d'eau qui lui brouillaient la vue.

Dans le salon voisin, l'*Oberfeldwebel* Schlassenbuch réclamait toujours l'attention et les soins de ceux qui lui prêtaient une assistance musclée. Constatant l'incapacité de son compère à se déplacer, le milicien se mit à courir devant lui. Il avait l'intention de chercher du renfort dans la salle à manger. Rattraper le boiteux, se rendre maître de sa personne et le livrer tout saucissonné à son ami Kurt lui paraissait un programme des plus valorisants.

Toujours chaperonné par Tulipe, inconscient de ce qui se tramait derrière lui, Boro avait poursuivi sa traversée du Sphinx.

La divette avait lové sa petite main au creux de la sienne. Chemin faisant, elle lui avait expliqué ce qu'était un *Ange*. C'était une personne de confiance placée par la Résistance dans chaque bordel parisien pour veiller au grain si, d'aventure, un quelconque danger menaçait l'intégrité d'un des membres du réseau. Ainsi, le rendez-vous de « Bouvier » avec Pépé l'Asticot, alias le commandant Palmire, ayant été annoncé aux anges du Sphinx par un message émanant du groupe *Kerberos*, il était naturel qu'elle fît son devoir de vigie et s'ingéniât à débusquer la menace représentée par Beauvilain.

– Et la Japonaise ? interrogea Boro, quel est son rôle ?

– Kitsu ?

– Oui. Elle m'a semblé très agissante.

– Oh... Kitsu, c'est mon démon à moi ! répondit brièvement Tulipe.

Et le regard chargé d'une nouvelle malice :

– Elle veille sur tous les anges ! Elle est chargée de mon instruction...

Visiblement, la petite ne souhaitait pas s'étendre sur des explications qui ne regardaient qu'elle.

Elle accéléra l'allure. Pour gagner le salon numéro six, il leur fallait passer par une vaste salle aux proportions de réfectoire et aux fresques coquines, où se donnaient des dîners commandés à l'avance.

Tulipe obliqua soudain vers la droite. Sans le savoir, elle se rapprochait de leur poursuivant, qui avait emprunté à peu de choses près le même chemin qu'eux, mais qui, voyageant avec une obstination de bœuf, grenouillait déjà de table en table à moins de deux travées de l'endroit où ils se trouvaient.

Beauvilain cherchait à apercevoir un collègue de sa confrérie, un poteau de la rue Lauriston, un voyou à la solde de « monsieur Henri », susceptible de lui prêter la main.

Blèmia Borowicz suivait son guide sans faire de mousse. La petiote se frayait un chemin difficile parmi la foule des bambocheurs. Bel échantillonnage du gotha collaborationniste ! Plus on s'enfonçait dans l'antre du plaisir tarifé, plus on avait de chance de rencontrer le haut du panier.

Une sourde exaltation s'était emparée du reporter tandis qu'il supputait quelles photos il aurait pu faire s'il avait eu les mains libres.

– J'ai le Leica qui me démange ! murmura-t-il en croisant les pas chancelants du chef de la Gestapo lui-même, Karl Boemelburg, sorti de sa villa de Neuilly pour goûter les charmes d'une capiteuse rouquine.

– Pas de photos, pas de faux pas ! le gourmanda Tulipe. Toutes les gestapes sont après vous pour vous attraper !... et on a besoin de vous ailleurs !

Le couple circulait au milieu d'une fantastique cacophonie où le bas saxon le disputait au pur accent pantruchois et où les éclats de rire se mêlaient au bruit des fourchettes et aux anecdotes croustillantes.

Dans cet univers surchargé de bruit, trois maîtres d'hôtel et deux sommeliers « à la grappe » orchestraient les commandes et le choix des vins. Une ribambelle de serveurs en gilet mauve, la taille cintrée dans un grand tablier blanc, s'affairaient autour des tables.

Freda, la prêtresse des lieux, avait donné ses directives. Il convenait d'entretenir à tout prix une atmosphère festive.

Un loufiat au physique long comme un jour sans pain était chargé d'aboyer.

Il disait :

– Boum, monsieur ! J'arrive !

Un autre lui répondait :

– Chaud devant ! Gare aux dégâts !

Les autres serveurs faisaient chorus. Ils y allaient fort sur le boniment :

– Place à la choucroute Dom Pérignon du général Dolfhauser !

Les pingouins du rang menaient une continuelle sarabande.

– Cinq fois, les fromages raffinés pour monsieur Abel Danos !

– Le « tout Ruinart » pour le *Brigadeführer* Oberg !

– Un chou farci à la table de monsieur Villaplana !

– Une andouille sans arrière-pensée pour le sept !

– Une tonne de pommes frites pour Tonton Helmut qui a eu les pieds gelés !

Dans les bordels de luxe, l'argent damait le pion au patriotisme. Salades de cervelas, lots de mortadelle, kyrielles de saucisses en chapelets, collines de choucroute odorante, étaient diligentés dans les assiettes des vaincus d'Odessa par un personnel zélé qui donnait sa préférence aux salaires élevés proposés par le Sphinx plutôt qu'aux rémunérations besogneuses pratiquées par les restaurants ordinaires de Montparnasse.

De toute façon, la concurrence était suffisamment rude entre l'établissement du boulevard Edgar Quinet et les deux autres « maisons à salons » de Paris – Le Chabanais et le One Two Two – pour qu'on fermât les yeux sur la morale. Le vent de débauche et l'esprit partouzard qui soufflaient sur les chaudes soirées parisiennes devaient beaucoup à une rampante atmosphère de fin de partie.

– La commande de monsieur Abel Danos va bien ! Elle arrive ! Elle est là ! Elle atterrit !

C'est grâce à ces mots lancés par un serveur tout proche de lui que le milicien Beauvilain venait de localiser son collègue d'interrogatoires.

Abel Danos ! Une célébrité tout-terrain. La pègre en chaussures de chevreau.

Affilié comme Fernand à la carlingue de Lafont, ce dangereux repris de justice, ce colosse au physique impressionnant devait à sa force son surnom de « mammouth ».

Chapeau mou et imper, Danos était le genre de trompe-la-mort capable de goûter aux délices coupables des expéditions de la rue Lauriston ou de tenter sa chance à titre personnel dans des affaires litigieuses. L'argent qu'il dépensait somptueusement était son maître.

En vérité, Fernand n'était pas fou de la personnalité vénale de son collègue. Il voyait en lui un opportuniste plus qu'une recrue sincère. Un être fruste, un tueur guidé par un cynisme et une sorte de courage sans limites mis au service d'une cervelle sans intelligence. Toutefois, il fit bonne figure et le héla du plus loin qu'il le vit.

Le Mammouth se pavanait en compagnie des deux femmes de sa vie : Simone Bouladour et Hélène Maltat, deux reluisantes qu'il avait convaincues l'une et l'autre de coexister à ses côtés et de vivre en souple harmonie des amours partagées.

Il avait convié à sa petite fête deux amis à lui, Sartore et Gourari, deux lascars qui, bien qu'apparentés eux aussi à la bande de la rue Lauriston, tâtaient parfois de la mangeoire de la Résistance et se targuaient de lui avoir fourni de précieux renseignements, en particulier le plan détaillé des rampes de lancement des V1, V2.

Au premier coup d'œil, Fernand avait mesuré à quelles pointures il avait affaire. Il contourna un nouveau flux de loufiats qui acheminaient sur des plateaux levés à bout de bras les victuailles tirées des entrailles d'une cuisine aux portes battantes. Il se baissa pour laisser passer un train de porcelets qui voyageaient en fumant dans les airs au prix d'incroyables acrobaties et se présenta à la table du caïd.

Il salua ces dames qui rutilaient de perlouzes et s'effaça pour faire place à une arrivée de cassolettes de cuivre. Elles firent bal au-dessus des crânes congestionnés, des nuques plissées, des casquettes cambrées, des permanentes montées en gel, cent fois menacées de glissades avant d'atterrir sur la table surchargée d'argenterie.

– Beauvilain ! Ma truffe ! Toi ici !

– Ouais, Abel…

– Assieds-toi ! l'invita Danos d'une voix d'arrière gorge. La sauce périgourdine ne tolère pas les bavardages ! Pose ton cul à côté de la dame et ferme ton clapet !

– Mais… tenta Fernand.

– Ta gueule !… Tu es mon invité ! Ce soir, on décompresse !

Dans la chaleur des mises en bouche, le gangster révéla à Beauvilain qu'il avait décidé de passer la soirée au Sphinx histoire de célébrer la conclusion d'une affaire juteuse :

– J'suis monté sur un casse ! Un condé extra ! Un coffiot à forcer dans le seizième. Quartier Passy. Une mine de bijoux chez des juifs en partance !

Il claqua des doigts et, s'adressant au serveur :

– Hubert ! une auge pour mon ami !… quant à vous, mes poulettes, servez-vous vite avant que la tortore ne soit froide !

Danos était un homme puissant et respecté. Ces dames se servirent sans chichis. Beauvilain resta bouche close. Le serveur déposa une assiette devant lui.

Boro venait de pousser la porte du salon numéro six.

Abel Danos déplia sa serviette et décréta :

Bon app' les aminches ! À part les ratiches, que plus rien ne bouge !

Son injonction fut suivie d'un effet immédiat sur les invités.

Comme s'il avait braqué un calibre sur les consciences.

Des retrouvailles mouvementées

Dans son beau costume de cheviotte, Paris-Sports jetait son jus. Assis sur un canapé bleu nattier, il était beau comme une gravure de mode. C'est du moins ce qu'il sembla à Boro dès qu'il eut franchi le seuil du salon numéro six.

Même visage allongé qu'autrefois. Mêmes sourcils plats et tombants, mêmes rouflaquettes à peine teintées dorénavant de quelques fils d'argent.

– Pierre-Georges ! s'écria le reporter en nommant par son vrai blase celui qui l'attendait en sirotant un chablis à 70 francs le verre, tu n'as pas changé, bonhomme ! pas d'un pouce !

– Vil flatteur, m'sieur Boro ! rétorqua le titi, j'ai bougé sur mon ancre comme un vieux bateau. Je ne tiens plus que par la peinture !

Même voix fendue par l'abus des spiritueux. Même cravate à pois. Même gouaille au fond des yeux.

– Toujours au gros plant ?

– Toujours au vin blanc ! Toujours à la fillette ! Au muscadet, à l'anisette !... Et une 'tite coupe de temps en temps...

C'étaient deux vieux amis qui se retrouvaient et, après d'inévitables allusions à l'époque bénie où Paris-Sports officiait derrière un comptoir, l'ancien limonadier de la rue des Lombards prit une tête de circonstance et murmura sur le ton éploré de celui qui a perdu un proche :

Quand j'y r' pense, m'sieur Boro !... Déjà cinq piges que j'ai laissé tomber les pur-sang !...

– Mon pauvre !... Un revers de fortune et tout bascule !...

– C'est *eczac*, murmura l'inconsolable marlou en ressassant son passé. Une défaite à Longchamp !... Une gonzesse au-dessus de mes moyens, un chèque en moleskine... et voilà l' travail ! Je me suis retrouvé sur la paille...

– Tu as l'air de t'être refait une santé...

– J'ai mis les gonzesses en sommeil... A fallu du courage, vous savez... beaucoup d'humilité ! A fallu que je regrimpe tous les échelons... Jeune fille au pair, pour débuter, loufiat, major-dome, porte-flingue en location et, pour finir, cibleur émérite. Je dois ma résurrection à mon adresse au revolver ! Eh oui ! Qu'est-ce que vous voulez, c'est comme ça... on est tous inscrit pour quelque chose ! Moi, j'ai œil absolu ! Ça vous ouvre une carrière !

– Tueur à gages ?

– Tireur sur rendez-vous.

– Tu es toujours chez Palmire ?

– Je suis son lieutenant. Une place en or ! Le gros Lucien est prospère... Il m'intéresse aux affaires...

Le sourire de Boro parut s'effriter.

– La réussite, je veux bien ! dit-il en coupant court à son affabilité, mais où en sont les affaires de la France, dans tout ce fatras ? Où en sont elles, Paris-Sports ?

– Euh... c'est que...

– La France libre ? De Gaulle ? La Résistance ? Sauver Paris ?

– On y pense sans arrêt, m'sieur Boro ! Une obsession ! Comme vous la photo, pour ainsi dire ! La preuve, c'est que je suis là !

– Pourquoi ce rendez-vous à la sauvette ? Pourquoi Pépé l'Asticot n'est-il pas venu en personne ?

L'ancien marlou sembla s'affaisser sur lui-même :

– Pa'ce que... Pa'ce que chez nous, à Joinville, exhala-t-il, y a du malheur ! J'dirais même plus : y a franchement d'la casse !

– *Kerberos* ? Le chien à trois têtes qui tire sur sa laisse ?

– Pas que je sache... Prakash et Pàzmany travaillent avec vous au renseignement... Scipion en liaison fait du bon boulot... De notre côté, les parachutages, les coups de main, il me semble qu'on ratisse le terrain au petit poil...

– Qu'est-ce qui cloche, alors ?

– C'est rapport à Chantal, avoua le retraité du paddock.

D'humeur de plus en plus sombre, il ajouta :

– Lucien vous racontera mieux que moi les embrouilles. J'veux pas marcher sur ses oignons. Après tout, le conjugo, c'est sacré. Madame Palmire est sa femme.

D'un seul coup, Paris-Sports avait interrompu sa péroraison. Le sourcil arqué, il consulta sa montre.

– C'est pas le tout, bonnit-il, on n'est pas là pour se regarder le blanc des yeux. J'suis chargé de vous ramener à Joinville.

Le porte-flingue jeta un coup d'œil du côté de la petite Tulipe. Il vit que la demoiselle se tenait dos à la porte. Elle avait fermé au verrou et serrait dans son poing un automatique de dame – un jouet Manhurin calibre 6,35, avec une crosse en nacre.

– Chic alors !... On est gardés sévère, gouailla-t-il, et cette année les mousquetaires du roi ont de jolies moustaches, mais je préfère quand même qu'on ripe d'ici avant que la bande à Mazarin rapplique...

– Passez par la salle de bains, indiqua l'Ange en désignant la porte du fond de la pièce. Traversez l'appartement. Vous déboucherez sur un couloir. Prenez la deuxième porte à droite. Vous trouverez la lingerie. Prenez l'escalier de service. Vous déboucherez dans la rue, juste derrière le 93. Le voiturier sera dans l'impasse. Il tient la traction de Paris-Sports sous pression.

– Ça boume ! acquiesça le porte-flingue.

Et s'effaçant devant le reporter :

– Si m'sieur Boro veut bien se donner la peine...

C'est au moment où la jolie Tulipe se haussait sur la pointe des pieds pour déposer un baiser d'adieu sur la bouche du reporter qu'un vacarme effrayant fit sursauter les occupants du salon numéro six.

Couchez-vous ! cria le Hongrois à l'adresse de ses compagnons, et instantanément sa voix fut couverte par le hoquet d'une arme automatique.

Le reporter, dans un fulgurant réflexe de survie, avait entraîné Tulipe dans sa chute acrobatique. De son côté, Paris-Sports, rompu à cette sorte d'interlude meurtrier, avait effectué un savant roulé-boulé qui l'avait conduit derrière le lit à baldaquin.

Boro, au terme de sa glissade sur le plancher, entendit comme un choc sourd, puis reçut une dégringolade de verre cassé sur le dos et la nuque. De tout son corps, il fit écran pour protéger la fille aux yeux d'agate. Sans interruption l'arme automatique crachait au-dessus de leurs têtes.

– Je vous aime ! Je vous aime ! ne cessait de répéter la petite.

Elle agitait sa jolie tête aux boucles brunes, ses dents s'entrechoquaient, elle s'accrochait à Blèmia, à sa manche, à son poignet, et son regard trahissait sa folie, sa peur de mourir à seize ans.

Labourée par la trace galopante des balles, l'huis venait de se fendre dans toute sa longueur. Malmenées par les impacts, les planches se partageaient en esquilles meurtrières. La serrure, projetée hors de son logement par une nouvelle série de coups de feu, voltigea jusqu'à une commode ventrue et resta incrustée dans le tiroir central. Précédée de flammes orange qui envoyaient la grêle, la carrure imposante d'Abel Danos s'encadra dans le chambranle de la porte. Enfouraillé comme un démon, Ferdinand Beauvilain pénétra à son tour dans la pièce. Un pistolet dans chaque poing, il arrosait l'espace au jugé avec une puissance de feu digne d'un croiseur torpilleur.

Il gueulait :

– Rendez-vous, tas de youtres ! Étrangers ! Salopards ! Terroristes !

Il s'étranglait dans ses propos nauséabonds. Ses paupières lourdes occultaient quelque peu ses petits yeux porcins. Il semblait avoir dépassé le handicap de son état éthylique. Dégrisé, il avait regagné en brutalité ce qu'il avait perdu en sollicitude pour son ami Kurt Schlassenbuch. Retapé par le poulet sauce périgourdine offert par Danos, il agissait pour lui-même. À son compte. Il œuvrait pour débarrasser ce bas monde d'un sale métèque. C'était dans son sang. C'était dans son instinct de faire la chasse à ces gens-là.

Bzim bing, il tirait droit devant lui.

Il était pâle, hors de lui-même, incontrôlable.

Par rafales, les balles ricochaient sur les étagères, se logeaient dans les murs, assassinaient au passage un buste de Louis XV, une danseuse chryséléphantine, une Nubienne en bronze. En même temps qu'une forte odeur de poudre se répandait dans la pièce, les derniers bris de glace, de vases en faïence, de personnages en porcelaine de Saxe atterrissaient au sol, révélateurs de l'état de chaos dans lequel venait d'être plongé le nid d'amour numéro six.

Après, les choses allèrent très vite. Imprévisible emballement du temps, dans la fraction de seconde qui suivit le silence des armes adverses, un bras se leva et, de derrière le mât fauché du lit à baldaquin, le Beretta de Paris-Sports apporta la contradiction aux attaquants. Avec un admirable sang-froid et un sens du tempo peu commun, le cibleur de Lucien Palmire avait choisi d'intervenir au moment opportun…

Danos venait de vider son chargeur.

Beauvilain avait épuisé son tir.

Les projectiles de Paris-Sports dessinèrent à deux reprises un rond parfait au milieu du front du milicien, de telle sorte que ce dernier, arrêté dans sa vie à vomir par l'explosion de sa boîte crânienne, mais pour autant pas freiné dans sa course, vint s'abattre sur le lit, où, tête la première, il resta planté dans la couette.

Au même moment, une silhouette allongée s'était présentée devant les yeux hallucinés de Danos. Un fou, un type insensé, au calme rapide, une ombre environnée de fumée bleue, brandissait un jonc en direction de son arme automatique. Le truand, éberlué, n'avait jamais vu cela : autant de témérité associée à une tactique unique en son genre.

Boro souriait.

Il fit mouliner sa canne, la lâcha, la rattrapa par le pied et tendit résolument le bras. Il y eut un froissement brusque, une zébrure dans l'air. Le lacet s'enroula autour du fût de la mitraillette. Avec un effet de lierre, le lien de cuir sembla se graver sur le tube d'acier bleui. Il s'y imprima si bien, comme sur une branche d'arbre, que l'arme, happée par le mouvement arrière provoqué par le génial boiteux, échappa des mains du repris de justice, le laissant plus décontenancé qu'un mammouth sur le point d'écraser un edelweiss.

La jeune Tulipe, qui n'avait pas perdu son désir de vivre et de bien faire, s'était dressée sur ses escarpins. Elle fit feu à plusieurs reprises avec sa miniature sur Sartore et Gourari, qui, peu désireux de se mêler à la fusillade, avaient pris volontairement un temps de retard et envisageaient de faire irruption dans la pièce pour constater l'écrasante victoire de Danos et de Beauvilain sur leurs adversaires. Au lieu de cela, voilà qu'ils assistaient à leur panade et étaient accueillis par les impacts d'un automatique.

N'écoutant que leur prudence, les deux voyous italiens plongèrent résolument à l'abri dans le sombre du corridor.

Couverte par les tirs de Paris-Sports, la retraite s'organisa rapidement.

L'itinéraire de dégagement prévu par Tulipe fut parcouru à vive allure. La gosse avait pris la tête du cortège. Paris-Sports refermait toutes les portes à clé derrière eux afin de retarder la progression des poursuivants.

Ils venaient d'atteindre le bas de l'escalier de service et abordaient le sol pavé de l'impasse, lorsque la quinte de toux rauque de la mitraillette renseigna les fugitifs : Danos avait rechargé son arme et faisait sauter la serrure de la lingerie.

Dehors, Boro et ses compagnons se trouvaient brusquement confrontés à l'obscurité opaque. Pas le moindre quartier de lune. Pas de réverbère. Seulement une pluie continue et un vent tenace qui les secouaient par bouffées glaciales et leur donnaient une impression d'insécurité supplémentaire.

– On n'y voit que dalle ! gémit Tulipe.

La gisquette venait de se tordre une cheville. Ils glissaient sur les pavés, trébuchaient dans les flaques et s'entraidaient pour maintenir leur équilibre sur le sol glissant. Le vent et la pluie ne mollissaient pas. Ils fouettaient leurs visages tandis qu'ils couraient en direction des phares d'une automobile qui venaient de s'allumer.

Tandis qu'ils approchaient à demi éblouis, la portière avant gauche du véhicule s'ouvrit. Le voiturier céda son siège à Paris-Sports. Boro prit place aux côtés de ce dernier. Tulipe s'était jetée sur la banquette arrière.

Le moteur s'emballa. Les pneus crièrent grâce sous la poussée d'un démarrage de film noir. La voiture chassa légèrement sur place, puis, prise par une rage de pistons malmenés, s'érailla d'un ricanement mécanique et sembla absorbée par la nuit.

Abel Danos venait de déboucher le premier dans la ruelle. Il ouvrit aussitôt le feu dans le sillage de l'automobile. Il tirait avec le manque de conviction de celui qui se sait floué. Il emballa son arme comme s'il cherchait à déchirer le rideau de l'averse qui redoublait d'intensité. Il arrosa plusieurs fois l'extrémité du goulet sombre. Soixante mètres plus loin, la Citroën des fuyards fit une embardée, puis vira au coin de la rue adjacente et disparut aux yeux du tireur tandis qu'à ses côtés s'encadraient Sartore et Gourari.

Visages trempés, avec des gueules de perdants, les truands s'entre-regardèrent.

– L'emmerdant dans ce coup pourri, c'est que je ne peux pas laisser ça en l'état ! gronda Danos entre ses dents. Le patron va me demander des comptes au sujet de cet abruti de Beauvilain.

– Le patron ? risqua Sartore.

– *Signor* Lafont, *cretino* ! le houspilla son pote Gourari.

Le Mammouth haussa les épaules. Il tourna le dos aux deux arcans.

Une main dans la poche de son costard trempé, les épaules voûtées, il s'éloigna en grognant :

– Je vais finir mon poulet sauce périgourdine. Après, j'irai ranger mes femmes. Vous deux, trouvez moi où je peux « loger » ce métèque !

L'échappée belle

– Je n'aurais jamais cru que la traction avant de chez Citroën était aussi mal suspendue ! s'écria Boro comme ils s'éloignaient de Montparnasse.

Ils bombaient à fond le bitume et dévalaient l'espace goudronné de la rue de Rennes dans une grande trépidation de ferraille.

C'est que nous roulons sur les jantes, s'excusa Paris-Sports.

Bien qu'il eut de plus en plus de mal à maîtriser la direction de son véhicule et que la « onze légère » dansât une pitoyable sarabande sur le macadam glissant, l'ancien turfiste gardait un visage placide qui le hissait d'emblée au rang des grands flegmatiques de l'Histoire.

– Les quatre pneus sont crevés, renseigna-t-il encore d'une voix égale, et je ne souhaite pas que nous rencontrions une patrouille allemande… même à bicyclette !

– C'est pourtant ce qui est en train d'arriver, dit Boro en se retournant vers la lunette arrière.

Des cognes français ! diagnostiqua à son tour le porte-flingue en consultant son rétroviseur. Accrochez-vous ! J'appuie sur le champignon !

La Citron fit un bond en avant. Dans un impressionnant bruit de casserole, elle prit de la vitesse et le tachymètre ne tarda pas à accuser un petit cinquante à l'heure de croisière qui rassura ses occupants et leur donna l'occasion de brocarder les capacités sportives des agents cyclistes parisiens.

– Ils pédalent du talon et sont gênés par la pluie, apprécia le chauffeur sans dissimuler sa satisfaction.

– Ils sont endurants et fidèles au Maréchal, constata le reporter. En outre, deux collègues de la même espèce viennent de les rejoindre, et le peloton ainsi formé profite de la pente qui lui est favorable pour regagner du terrain sur nous.

– Ils ont compris que je roulais sur les cerceaux ! pesta le lieutenant de Pépé l'Asticot.

Et en effet, bien qu'ils fussent gênés par l'averse et le vent, les mannequins de la préfectance pédalaient en bon ordre. Rivés au sillage des fugitifs, ils avançaient de front, spectres auréolés d'une pulvérisation continue de boue et de pluie. L'un deux, penché sur le guidon de sa bécane, s'épuisait les bronches en soufflant dans son sifflet à bille.

Paris-Sports accéléra davantage. L'habitacle, le plancher, le tableau de bord de la bousine commencèrent à ronfler autrement, et la mécanique elle-même entama un nouveau cycle de vibrations alarmantes.

L'automobile exécuta une série de zigzags incontrôlés et, prise par des transes épileptoïdes, franchit une zone de bruit et de turbulence qui faisait du véhicule une véritable bombe capable de se jeter à tout moment contre le trottoir ou contre un mur et d'exploser avec ses occupants.

Paris-Sports était en proie à un tic qui lui relevait le nez et faisait claquer sa paupière supérieure comme un volet. Il lutta un moment contre le roulis et les glissades de la bagnole, puis, renonçant à assurer une tenue de route plus confortable, se contenta de barrer le bateau ivre. Tulipe, qui n'avait soufflé mot jusqu'alors, poussa un gémissement après une série d'embardées.

Boro se retourna aussitôt. Il interrogea du regard la pénombre dans laquelle s'était reculée la jeune fille. Il lui sembla qu'elle était livide et recroquevillée sur elle-même.

– Quelque chose qui ne va pas ? interrogea-t-il.

Devant l'absence de réponse, il pivota sur son siège. Il posa son genou valide sur le drap gris et, prenant appui sur le dossier, se pencha vers la jeune pensionnaire du Sphinx. Il découvrit sa main ensanglantée, qu'elle tenait serrée contre elle. Crânement, la petite cherchait à contenir l'hémorragie qui sourdait d'une plaie située dans la région de l'épaule droite.

– Tulipe est blessée, signala-t-il aussitôt. Lève le pied, Paris-Sports.

Le titi obtempéra.

– C'est quand on s'est fait arroser dans l'impasse, râla-t-il. La caisse et les pneus ont trinqué.

Il réfléchit un moment. Comme ils arrivaient en vue du clocher de Saint-Germain-des-Prés, il traversa la place et lança l'automobile dans la rue Bonaparte.

– J'ai ma petite idée, annonça-t-il. Ça ne sera pas trop long.

Un coup d'œil au rétroviseur le rassura à moitié.

Les policiers n'avaient pas abandonné la chasse, mais ils ne gagnaient plus de terrain. La traction passa le cap de l'hôtel des Beaux-Arts et, moins de deux minutes plus tard, aborda le quai Malaquais.

Paris-Sports roula encore une centaine de mètres, puis, tous feux éteints, engagea la voiture sur une rampe accédant aux rives du fleuve.

Boro et ses amis eurent la sensation de plonger dans un gouffre noir.

– J'espère que tu sais ce que tu fais, dit le reporter.

– Pas à cent pour cent, avoua l'ami des chevaux.

Cramponné au volant, le maigriot essayait de maîtriser la danse de Saint-Guy qu'infligeait à sa guimbarde le rebond des pavés. Le reste du temps, il se livrait à un slalom improvisé. À la dernière minute surgissaient de l'obscurité des obstacles imprévisibles. Cisaillant ses virages pour éviter des tas de sable, des stères de bois, du goudron, des fûts métalliques et différents matériaux dans l'attente d'un chargement sur les bateaux, Paris-Sports faisait du bon travail.

Il stoppa enfin, mettant un terme à cette course folle. Il avait choisi de stationner le long d'une péniche dont la masse noire se confondait presque avec le grisé du ciel. Seul signe d'une présence humaine, un fanal bleuté luisait faiblement sur le pont.

– Transporte la petite à bord, lança-t-il à Boro. Vite !

– Qu'est-ce que je dis au proprio ?

– Tu lui dis Palmire ! Ce sont des amis !

Et comme le Hongrois paraissait hésiter :

– A pas peur, photographe ! Les portes s'ouvriront !

Boro s'exécuta sans discuter plus avant.

Il se chargea du corps inerte de la jeune fille et s'élança sur la passerelle qui menait à bord.

Dès que le reporter eut disparu, Paris-Sports joua des mandibules. Il embraya la marche arrière et, cabré derrière son volant, recula follement.

Il guidait la bagnole à l'estime et la lançait au-devant des bourres. À cent mètres environ, le quadruple halo de leurs phares de bicyclette venait de dégringoler en direction du quai, authentifiant l'acharnement de la flicaille à coincer les fuyards.

Dès qu'il les aperçut, Paris-Sports freina en catastrophe. Tributaires du frottement des dynamos contre les pneumatiques, les loupiotes de ces messieurs les vaches vacillaient à chaque nouveau tour de pédalier. Ils se rapprochaient à vue d'œil.

Le porte-flingue poussa un grognement d'excitation rentrée.

– Z'êtes pas venus pour des prunes, murmura-t-il en jaillissant hors du véhicule.

Il dégaina son arme et, genou en terre, se planqua à l'abri de sa portière.

Sans plus tarder, il ouvrit le feu en direction des chaussettes à clous. Les dynamos essoufflées cessèrent aussitôt d'alimenter les phares. Les quatre hirondelles s'étaient jetées à terre et canardaient à leur tour, embrasant la nuit d'un flamboiement orangé accompagné d'une pétarade nourrie. Il faisait un noir de suie, la pluie ne cédait pas et c'était dérisoire de penser que cinquante mètres à peine séparaient maintenant les adversaires aveuglés par la tempête.

Paris-Sports obéissait à son plan. Au mépris du tir de riposte de la compagnie perdreau, il avait décampé de son abri. Courbé en deux, il cavalait au milieu du miaulement des balles. Il courait le long de la Citroën. Arrivé près de la malle arrière, il visa par deux fois le réservoir. Aussitôt l'essence transforma la voiture en un brasier impressionnant.

– Bravo, les mecs ! Vous avez mis dans le mille ! ricana le cibleur, même qu'on a tous cramé !

Ce disant, l'ex-roi des paddocks entama un galop de repli digne du Prix d'Amérique. À rebrousse-chemin, il allongeait les compas. Il suivait la muraille du quai. Il se fondait dans la zone d'ombre. Derrière lui, la fusillade avait cessé. Il entendait les flammes malmenées par la bourrasque qui attisait l'incendie. Il atteignit la passerelle de la péniche en moins de douze secondes, sauta sur le pont et courut frapper à la cabine de pilotage.

Une gigantesque silhouette se profila derrière la vitre. Un visage méfiant s'avança, et la porte s'ouvrit sur un marinier aux mensurations impressionnantes.

– Salut, Paluche ! bonnit Paris-Sports. C'est bien moi ! C'est ton pote !

Un sourire diagonal fendit aussitôt le faciès taillé à la serpe du marin d'eau douce.

– Bienvenue à bord de l'*Atalante* une fois ! dit le mataf roux.

Sa main aux proportions de caverne se referma sur celle du turfiste et sembla l'engloutir.

Il parlait français avec un fort accent belge.

Paluche

– Avance un peu à la lumière que je t'admire, nabot ! ordonna celui qui s'appelait Paluche.

Son énorme battoir s'emboîta sur l'épaule de Paris-Sports. À bout de bras, avec un effet de grue, il souleva de terre l'ancien hareng et lui fit décrire un orbe dans l'espace. Entre ses doigts immenses, les gens ordinaires ne semblaient pas peser plus lourd que plume et gramme.

L'autre avait beau gigoter, agiter ses jambes dans le vide, crier aux enfers, le marin le tenait fermement au-dessus du sol et semblait résolu à ne le reposer qu'en un endroit choisi par lui.

– Toujours ton air honnête, n'est-ce pas ?... dit-il en baladant le turfiste dans les airs. Toujours ce blair en pic à glace ! commenta-t-il en avançant son menton prognathe. Ma foi, tu n'as guère changé depuis Bruges-la-Morte !...

Crêteux comme un coq, Paris-Sports pointa sur le géant un index accusateur :

– Quand je pense que tu es arrivé à me faire monter sur des patins à glace ! Quand je pense que tu m'as fait danser toute une nuit sur les canaux gelés de ta ville de merde !

D'une vire-tape sur le museau, le rouquin des Flandres rabattit son caquet à l'amateur de chevaux.

– Chop ! gronda Paluche, on ne parle pas ainsi de ma ville natale ! On ne parle pas de cette façon de la Venise du Nord !

Il fit atterrir Paris-Sports en catastrophe sur un tapis-brosse et lui tourna le dos.

– Viens-tu ?

Le petit truand se redressa. Il se sentait investi d'une rage indomptable. Il rattrapa le géant en s'époussetant et, comme il n'avait que les mots pour se défendre contre ce mur de muscles, s'efforça d'appuyer là où ça risquait de faire le plus mal.

– N'empêche que t'as préféré devenir Françoze plutôt que de rester Belge ! lança-t-il.

– À cause de la police. Tu sais très bien de quoi je parle.

– Ben oui, cher assassin ! Désespérante brute ! T'avais serré trop fort le quiqui de la bonniche du banquier ! Heureux que les poulets aient jamais retrouvé le corps !

Sans égards particuliers pour son vil accusateur, le géant des Flandres distribua quelques baffes au jugé. Il atteignit l'ancien mac au menton et le fit valser deux-trois fois. Il imprima ensuite sa gigantesque pogne sur le sommet de son crâne et, d'un adroit moulinet, donna une impulsion entre pouce et index. Elle suffit à faire tourner le voyou sur place à la façon d'un toton.

– Bien ! Bien ! le félicita le Belge, tu n'as rien perdu de ta grâce, petit bonhomme !

Satisfait par son examen, il arrêta la toupie vivante et la propulsa sans ménagement devant lui.

– Monsieur joue à l'élastique avec ses amis les plus sûrs et, pendant ce temps, l'Europe se consume ! râla Paris-Sports avec humeur.

Et tandis qu'ils s'enfonçaient dans l'obscurité de la coursive, sa voix éraillée monta d'un cran :

– C'est le moment de montrer ta reconnaissance envers ceux qui t'ont tiré d'un mauvais pas...

– Paluche paye ses dettes avec le sourire. De quoi as-tu besoin ?

– Primo, soigner la gosse que je vous ai amenée...

Le grand bestiau s'humanisa aussitôt. Il approcha sa hure de la face en lame de couteau du Français :

– J'ai vu qu'elle avait dérouillé, s'intéressa-t-il. Qu'est-ce qui s'est passé ?

– Une soirée un peu mouvementée au Sphinx. Elle a encaissé une bastos sans broncher.

– Brave petit cœur ! Ma femme s'occupe d'elle en ce moment.

– Deuzio, énonça Paris-Sports, va falloir faire patache.

– Patache ?

– Coche d'eau, si tu préfères !... Transport de personnes humaines.

– Je n'ai le droit de naviguer que sur les voies fluviales de la Seine et de ses départements limitrophes. Où allez-vous ?

– Joinville-le-Pont.

– C'est dans mes possibles.

– Merci pour ce rare moment d'espoir, se réjouit Paris-Sports, parce que le monsieur qui m'accompagne ne peut plus poser le pied sur le pavé parisien. Il a toutes les gestapes de France sur le paletot.

– On ne partira que demain à l'aube, renseigna Paluche.

– Ça boume pour moi, dit l'arcan.

Il s'arrêta brusquement de parler. La tristesse, la fatigue, venaient de lui tomber dessus et marquaient son visage.

Il regarda du côté de la ville.

Quel sombre enterrement, ce soir ! lâcha-t-il en laissant perler une larme au coin de son œil droit. J'ai perdu ma meilleure amie !

– Une femme ?

– Ma Citron.

– Ta voiture ?

– Ma Toutoune ! La reine des départs chronométrés... Onze chevaux de perfection mécanique !

Pour couronner tant de désespoir, une mauvaise toux le prit à l'improviste. Le congestionna. Lui fit perdre les pédales.

Elle cassa en deux la silhouette du turfiste.

La poitrine creuse, à bout souffle, il finit par siffler des poumons et par rendre des sons de clarinette. Il éructa, éternua, moucha, cracha dans son tire-jus, se redressa enfin, puis, la tronche striée de larmes, survécut grâce à une dernière goulée d'oxygène trouvée au fond de ses éponges mitées.

Paluche surveillait sa résurrection.

Peu à peu, sous l'œil apitoyé du marin, le petit caïd sembla renaître. Il se racla la gorge et, pour délivrer tout à fait sa trachée des mucus qui l'enrayait, expédia à même le sol un crachat des moins ragoûtants.

– C'est rien, l'excusa le Belge. Je vais nettoyer ça.

En réalité, c'était une bien méchante épreuve pour le Goliath des eaux tranquilles. Comme beaucoup de ses compatriotes, il était malade de la propreté.

Tandis que Paris-Sports récupérait définitivement ses bronches, Paluche s'agenouilla au pied d'un seau galvanisé.

– J'vais passer la wassingue, grogna-t-il en exhibant une serpillière et il n'y paraîtra plus.

Il s'activa bravement et rinça le sol à trois eaux claires.

– Tu s'rais pas bacillaire ? s'enquit-il en rangeant son matériel.

Paris-Sports le dévisagea avec une désarmante intensité. Il jeta autour de lui un coup d'œil sans gaieté ni futur.

– Penses-tu ! se secoua-t-il. J'suis trop con ! Juste un coup de cafard. Et peut-être l'abus de la fumette. J'te demande pardon… Ce qu'il y a, c'est que je boirais bien une 'tite mousse belge avant d'aller pieuter.

– C'est prévu !

– Tu trouves encore du houblon ?

– Je brasse, monsieur ! dit fièrement le marinier.

Il remarqua chez son invité une sorte de recul instinctif.

– Je suis moi-même un vrai brasseur, insista-t-il.

Mais, à nouveau, il ne rencontra que doute et mépris dans le regard du parigot.

– De nos jours, la bière, c'est de la pisse de chat, décréta l'ancien limonadier en détachant ses mots.

En réponse à ces propos insultants, Paluche parut devenir sinoque.

Sans un mot, il referma sa terrible main étrangleuse sur le cou du turfiste et le décolla du sol pour le faire à nouveau voyager dans les airs.

Ils allaient vite. L'un marchait, l'autre volait au pas furieux du géant. Le poids de ce dernier faisait couiner les planches.

Ils descendirent plusieurs volées de marches. Ils s'enfoncèrent dans les flancs de la péniche. Ils parvinrent dans la salle des machines. Ils traversèrent la cale, où sommeillaient des tas de charbon. Ils allèrent jusqu'au cul du bateau. On ne pouvait pas aller plus loin.

Paluche déposa un moment sur le sol son fardeau pour avoir les mains libres. Il s'arc-bouta pour faire coulisser un panneau de bois qui dévoila un antre spacieux.

– Passé cette porte, ceux qui seraient tentés de transgresser la règle du silence seraient punis de peine de mort ! gronda le marinier.

Il vint se camper devant le petit caïd et le mesura du regard :

– Est-ce que tu jures de garder le silence même sous la torture ? réitéra-t-il.

– Je le jure ! promit Paris-Sports, la voix cassée par l'émotion.

Il s'aventura d'un pas cotonneux dans la nef de cette nouvelle église.

Un alambic à trois cuves avec des tubulures de cuivre et des cylindres refroidisseurs rutilait dans la pénombre. Une beauté ! Un véritable chef-d'œuvre de la distillerie clandestine !

Et les deux copains se regardaient. Et ils sentaient monter en eux un fameux fou rire. Et il avait foutrement raison, le Belge, de s'écrier :

– Tu vois bien, petit bonhomme ! Il faut quand même pas trop pousser Piet Van der Velde vers la guillotine ! La guerre a beau être là, ce soir, il est quand même le seul à pouvoir te faire boire un vrai coup de Gueuze Lambic !

Les gens de l'Atalante

À l'exception de Tulipe, ils étaient tous réunis dans la cambuse.

L'endroit dégageait une impression de confort et de propreté. Une cuisinière à boulets assurait une rassurante chaleur. Son foyer poussé au rouge ronflait au milieu de l'espace entièrement tapissé de bois verni. Et plus la pluie cinglait les hublots de côté, plus la quiétude du lieu paraissait en harmonie avec les gens d'ici.

Noyé dans son gros pull de marin, Piet Van der Velde dominait ses hôtes de toute la masse de son torse penché vers l'avant.

Il occupait à lui seul une des rives de la table. Il alliait aux dimensions effrayantes d'un ours du cercle polaire la courtoisie bourrue d'un descendant des peintres flamands. On l'aurait imaginé volontiers capable de chasser le phoque pendant des milles sur la banquise glacée du Groenland, mais on lui aurait également trouvé sa place, si, habillé en drapier, en échevin, en bourgeois, en Roi mage, il avait pénétré pour s'y prosterner dans une crèche de la Nativité peinte par Van der Weyden.

Son épouse, Anneke, avait la tournure des femmes de Vermeer. Elle portait sur ses jolis cheveux blond cendré une sorte de « garde-soleil », une coiffe si l'on préfère, qui n'avait pas d'âge et renforçait sa parenté avec la célèbre « laitière » peinte par le magicien de Delft.

Les circonstances lui prêtaient des allures modestes. Depuis que les étrangers avaient pris pied sur le bateau, elle n'avait pas cessé de se dévouer, allant de l'un à l'autre afin que chacun jouisse du meilleur confort.

Comme ses modèles, la *Jeune femme à l'épinette* ou la *Femme lisant une lettre*, Anneke se tenait volontiers près des ouvertures. Elle aurait pu être dentellière ou bien servante. Et c'était pour ainsi dire du gâchis, du pléonasme ou du vice de la voir frôler les lampes de son front bombé tandis que son doux visage, baigné par la lumière dorée, donnait aux étoffes bleues dont elle se vêtait les résonances émerveillées des toiles du peintre hollandais.

Une demi-heure auparavant, elle avait prodigué ses soins à la jeune blessée. Pour la nuit, elle avait installé Tulipe dans le lit conjugal.

Anneke s'était livrée à un examen minutieux de sa blessure. Il s'était avéré que la balle de Danos, après avoir traversé la carrosserie de la voiture, s'était égarée dans le rembourrage du siège arrière et que ce double voyage à travers tôle, crin et moleskine avait fait perdre au projectile beaucoup de sa capacité de nuisance. Tulipe s'en tirait avec une vilaine mâchure en zigzag qui lui avait labouré le gras de l'épaule en épargnant miraculeusement la clavicule.

L'infirmière improvisée avait désinfecté la plaie à grand renfort de liqueur de Dakin et avait puisé dans la pharmacie de bord de quoi assurer un pansement. Deux aspirines, une infusion de verveine avec du miel avaient complété l'ordonnance de la guérisseuse.

– Viendrez-vous me rejoindre dans la chambre ? avait-elle chuchoté en se penchant à l'oreille du reporter. La petite vous réclame.

Elle avait conduit Blèmia jusqu'au chevet de la blessée et s'était esquivée sans le moindre bruit.

L'*Ange* avait posé ses grands yeux fiévreux sur le Hongrois. Une fois en chemise de nuit, le chérubin gardait son visage séraphique mais il l'emboîtait sur un merveilleux corps de femme. La jolie Tulipe avait balancé sa tête de droite à gauche. Son visage sensible s'était ourlé d'un délicat liseré de lumière dorée. Entre deux sanglots, elle lui avait à nouveau déclaré son amour. Elle grelottait sur son bel oreiller brodé.

Blèmia était à la fois exaspéré et touché par tant de naïveté. Il se sentait incapable à ce stade de sa vie de tricher avec l'amour. Comment aurait-il pu jouer avec les sentiments d'une presque enfant, alors que lui-même se sentait traversé par toutes les lassitudes, toutes les fatigues, inhérentes à la guerre ?

Les mots faisaient cent tours dans sa bouche. Les pensées les plus confuses s'entrecroisaient dans sa cervelle. Volté à vif, force lui était de constater qu'il n'était plus le même. Que la cruauté des temps, la clandestinité, avaient eu raison de son insouciance naturelle. Que son cœur tournait à vide. Que l'époque des jeux était révolue. Qu'il avait besoin d'absolu.

Il pensa aussi : « Je vais m'enfermer dans mes souvenirs. Je ne suis plus bon qu'à ça. »

Le visage estompé de Maryika, sa chère cousine, chercha un moment à s'imposer à son esprit, puis disparut. Tel un équilibriste fasciné par son propre vertige, il s'efforça alors de ressusciter l'image de Bleu Marine, la fille à l'harmonica, mais ses ressources mentales furent incapables de la retenir[1].

Il plongea son regard sombre dans le regard exigeant de Tulipe, et les deux rides profondes qui creusaient ses joues d'aventurier dessinèrent un pauvre sourire.

D'un geste machinal, celui qui se voyait sans plaisir et sans indulgence avait commis l'imprudence de lui caresser la joue. La divette s'était emparée de sa main et l'avait couverte de baisers. Le reporter pouvait sentir son haleine au souffle chaud courir le long de ses veines. Elle ne le quittait pas des yeux le visage penché, elle tenait sa main couchée contre sa joue. Une ombre bistrait ses paupières.

– Il faut te reposer, dit-il.

– Je veux que tu ne me laisses pas.

Elle souriait, les lèvres entrouvertes sur des dents blanches et humides.

– Je serai à côté. Dors. Demain, tes idées seront plus claires.

– Je suis faite pour vous, Blèmia Borowicz. Je vous suis destinée. Vous n'arriverez pas à me dénouer. Je suis coriace. Je suis votre ange. Je suis faite pour veiller sur vous.

– Je n'en disconviens pas. Je te demande seulement de dormir. Demain nous reprendrons cette conversation.

Elle esquissa une grimace d'insatisfaction. Sa peur, sa fragilité l'avaient quittée.

Il s'apprêtait à partir.

Elle le retint par la main.

Elle n'eut de cesse qu'il l'embrassât.

---

1. Voir *Cher Boro*.

Il se pencha rapidement sur elle. Il goûta à sa bouche. Tulipe avait la saveur d'un enfant qui vient d'attraper un gros rhume et qui a le front bouillant.

– Dors, mon bébé.

Elle gardait les paupières closes.

– Ne me trahis pas.

– Je serai à tes côtés.

Elle s'endormit sur le champ.

Il rejoignit les autres.

La Dentellière du quai Conti

Ils se tenaient autour de la table, les coudes appuyés sur la toile cirée à damiers rouges et blancs. Devant eux, des bocks de bière. Une forêt de cannettes. Plusieurs bouteillons de genièvre. Des biscuits à la cuillère. Des serviettes ourlées de dentelle.

Inondés de lumière, les visages des hommes, recuits par la chaleur et l'alcool, étaient congestionnés. Piet Van der Velde avait ôté sa casquette de marine et l'avait posée devant lui.

Il distribua une nouvelle tournée de genièvre à ses hôtes et engloutit son propre verre. Ensuite, cédant à une impulsion soudaine, il passa sa gigantesque pogne dans sa crinière rousse, pratiquant une sorte de raclement obstiné.

C'était un curieux moment, pendant lequel tous ces gens qui avaient respiré la mort profitaient du répit caverneux de la nuit pour s'abandonner.

Au bout de tant de bière et d'alcool, les convives parlaient moins. Le front plissé, les paumes ouvertes devant eux, ils laissaient libre cours à des rires sans suite. Dans un pan d'ombre, le balancier d'une comtoise battait le temps.

Le matelot du bord, le mousse à tout faire, celui qui assurait les manœuvres, les éclusages, s'était joint aux invités.

Ce protégé de Paluche, son souffre-douleur aussi, était un Tzigane alsacien du nom de Runkele. Il était trapu et costaud. Son visage barré par une moustache tombante était adouci par une calvitie précoce.

Schnuckenack Runkele avait obtenu la nationalité française en 1936. Le vivier de ses ancêtres se situait par là-bas, au-delà des monts Zemplén, aux confins de l'Alföld. Ses oncles, ses neveux, ses grands-parents, étaient des Roms, des personnes plutôt sauvages et impécunieuses, capables de délirer des nuits entières pourvu qu'on fît de la musique et qu'on bût de l'alcool. Ils s'exprimaient avec des mots âpres et profonds tirés du yiddish, un parler haut-allemand pratiqué en Europe centrale.

À l'entrée des troupes allemandes en France, Schnuckenack avait fui l'Alsace. Dépassé par l'envahisseur, il avait traîné sa carcasse derrière les fourgons de l'invasion. Il avait emprunté mille chemins et s'était contenté, pour survivre, des coups de pied au cul des paysans et du pain noir que lui octroyaient ses emplois de fortune. Sans rechigner, il s'était loué dans les fermes. Il avait dormi dans les granges, résisté aux hivers rigoureux et bravé les lâchers de chiens lancés à ses trousses.

Il avait échoué à Paris. Il s'était fait rafler lors d'un contrôle d'identité. Sur le point d'être transporté à Drancy, il avait pu sauter du camion et échapper à la police avant de venir se cacher dans un chargement de bois embarqué sur l'*Atalante*. C'est là que Paluche l'avait découvert.

Schnuckenack n'avait pas mangé depuis trois jours. Le marin l'avait nourri. C'était au mois de mars 42. Le Rom était resté à bord.

Schnuckenack avait les yeux gris et le profil d'un loup. Son instinct de vie était plus fort que son honnêteté. Dur au travail, il dormait et logeait dans la soute et remerciait le Belge de son hospitalité en baisant sa femme dès qu'il avait le dos tourné. Mais c'était un prodigieux musicien et, dès lors qu'il chaussait son violon au coin du menton, c'est la terre entière qui rayonnait de beauté, d'espoir et de rires.

Anneke vaquait, silencieuse dans le moindre de ses déplacements. Pas un mot plus haut que l'autre. Une attention parfaite à ses hôtes. Elle venait de verser le bouillon chaud dans des assiettes de faïence au fond desquelles s'éloignaient des navires.

Elle s'apprêtait à servir une pièce de viande de porc et des pommes de terre fumantes qu'elle avait patiemment mitonnées à la cocotte sur un lit d'oignons roussis au beurre.

En ces temps de privation, d'où tenait-elle ces ressources alimentaires ? se demandait Boro en lapant son assiette de bon appétit.

Piet Van der Velde leva la tête de son écuelle comme s'il avait lu dans ses pensées. Ses yeux de porcelaine craquelée croisèrent le regard de son invité sous la lampe et il lui sourit.

– Tous les mercredis, je file à Conflans-Sainte-Honorine, expliqua-t-il. J'ai mes fournisseurs là-bas, mes maraîchers. Pour la fin de la semaine, je remonte à Paris. Choux-fleurs, pommes de terre, carottes, beurre fermier, je fournis ma clientèle du quai Conti et de la rue de Verneuil. Ces gens-là ont du répondant. Je vis bien grâce à la haute et à sa peur de manquer.

Deux cuillérées de bouillon plus loin, il reprit :

– La dinde de Noël s'annonce chère, cette année. On dit qu'elle atteindra 1 500 francs le kilo. Quant au lapin de quatre livres, il tournera bien autour des cent vingt francs !

– T'as raison ! C'est l'époque des affaires ! approuva Paris-Sports. Va falloir que j'en parle à L'Asticot... Nous aussi, qu'on aille faire notre marché !...

Boro baissa la tête. Ce qu'il soupçonnait depuis longtemps prenait corps sous ses yeux : les anciens de la bande du Topol, outre quelques véritables actions armées qui allaient dans le sens des consignes de la Résistance, renouaient volontiers avec leurs mœurs des origines. Ils n'hésitaient pas à rançonner autour d'eux et à tremper dans des affaires qui relevaient plus du droit commun que des exhortations patriotiques du général de Gaulle.

– On va se payer notre petite visite annuelle chez les grossiums du ravitaillement parallèle, s'écria Paris-Sports qui poursuivait sur sa lancée. Y sont pas friands de nos rencontres, mais on n'a pas trop de mal à les tutoyer !

– En quoi faisant ? s'enquit le reporter.

– En leur promettant des indulgences.

– Est-ce que ça n'est pas donner une image dégueulasse de la Résistance ?

– Mais non, patron ! C'est juste se hausser à hauteur des mentalités d'aujourd'hui. Tout le monde a faim ! Tout le monde a les mains dans le cambouis ! Partout des faux nez ! La police fait le gros dos. Elle est débordée ! Elle ne fait plus la différence entre les perquisitions de faux policiers, de prétendus contrôleurs des fraudes, de vrais inspecteurs de la Défense passive et des débrouillards du système D ! Tenez, jeudi, c'est planifié... avec Pégase Antilope, Casse-Poitrine et les frères Charançon...

– Les maquilleurs de voitures ?

Voui. Tatave et René, la crème des amis... on va se monter une petite attaque de mairie, un truc peinard avant les Fêtes, histoire de se refaire en cartes de rationnement et en bons d'essence. C'est naturel pour ainsi dire… Passé dans le sang. En accord avec le calendrier.

Boro s'efforçait d'être patient.

– Réfléchissez un peu. Un jour, les Américains, les Anglais vont débarquer…

– Si Dieu le veut ! dit le Belge en se signant.

– *Inch Allah !* échota le porte-flingue.

– Un jour, la France aura gagné la guerre. Vous serez hors-la-loi. Les tribunaux vous poursuivront. Qu'est-ce que vous deviendrez ?

Les prunelles de Paris-Sports étaient devenues sombres comme des terres arides.

– Ben… ça changera pas… on sera des voyous !

– Je ne vous le fais pas dire.

– Voui, mais on sera aussi des patriotes, argumenta-t-il.

-… Aux mains sales !

Le turfiste dessina un pâle sourire.

– C'est sûr ! Question propreté, tout le monde peut pas avoir votre niveau, m'sieur Boro ! Vous êtes l'honneur de la France ! Mais pour des lascars comme nous, quand le gâteau de l'armistice sera bouffé et qu'on aura picolé le vin de la victoire, il faut admettre que ça fera drôle de redevenir honnêtes !

Et après un temps de réflexion :

– Je s'rais pas loin de penser qu'on n'y arrivera pas !

– De toute façon, on n'en est pas encore là, dit Runkele qui pour la première fois mettait son grain de sel dans la conversation. Peut-être bien qu'on sera fusillés entre-temps !

– Peut-être bien aussi qu'on s'ra millionnaires ! rêva le Belge. Même… multimillionnaires ! Et un homme riche n'est plus tout à fait un salopard, savez-vous ?… La réussite, monsieur Boro, a les pieds propres !

– T'as raison, le Belge ! On aura notre place !… Un rupin, c'est une relation.

– Et les relations… ça se cultive, ça se ménage une fois… ça s'entretient !…

– Ça se cajole !…

– Et même, à la longue, ça finit par se fréquenter…

Soudain, la conscience apaisée, les coquins se jetèrent sur les pommes de terre qui venaient d'atterrir sur la table.

Boro les regardait manger avec indulgence. Lui-même se sentait en sursis. Entre parenthèses.

Dans moins de dix jours, il se rendrait dans un petit restaurant de la rue Delambre. Il s'attablerait devant une soupe préparée selon la fameuse recette du docteur de Pomiane : feuilles de radis, orties blanches (*Lamium album*), mouron des oiseaux (*Stellaria media*) et jeune luzerne. Il serait midi et demi quand une correspondante du MI-6 s'assoirait à sa table et partagerait vertueusement le plat de topinambours arrosé d'une sauce tomate relevée. Elle porterait un chapeau-tube, un «pot de fleurs» ou un bibi rigolo, coquettement incliné sur son minois, une broche figurant un papillon et des chaussures en fibranne rouge et bleu marine avec des semelles de bois. Elle lui confirmerait l'heure et le lieu de son rendez-vous avec la liberté. L'opération se tiendrait en lisière d'une route isolée de Beauce. Des feux seraient allumés pour baliser une piste de fortune. Un avion surgirait du néant, venu tout exprès de Londres pour l'emmener vers des lendemains imprévisibles. Comme il l'avait déjà fait à plusieurs reprises, il prendrait place dans le Lysander avec la sensation étrange de s'extraire d'un coup de toute la noirceur qui entachait la France.

Le temps d'une échappée avec Julia Crimson, le temps d'un rapport fait à Artur Finnvack, il oublierait l'état de mocheté et de cafard qui étreignait les hommes et les femmes de son pays. Il échapperait à la main froide de l'Ordre noir, il oublierait jusqu'aux ricanements sardoniques des hordes de Waffen-SS défilant sous les fenêtres des Parisiens acculés à mâcher de l'orge perlé derrière des volets fermés.

Pour l'heure, le reporter contemplait le beau visage immobile d'Anneke. Elle avait servi ses cochons d'hommes. Sous un front lisse, elle gardait pour elle ses secrets. Elle s'attardait devant une lampe, elle effleurait de sa coiffe un bataillon de casseroles de cuivre. Elle s'asseyait sur une chaise et tirait d'une couseuse son ouvrage de dame.

Était-ce fascination de sa part ? Était-ce manière de conjurer l'angoisse du lendemain ? N'était-ce pas plutôt une simple manière de raccommoder le temps ? Blèmia Borowicz avait sorti son Leica de la poche de son trench.

Merveilleusement, il retrouvait les gestes sacrés, les rites, les sensations qu'il tirait de sa propre pureté. Il était dans la peau du créateur. Il avançait sur sa proie. D'une voix palpitante, il commandait à Anneke. « Ne bougez plus ! Comme ça, oui !... Exactement comme je veux !... » Il réglait son diaphragme, il chassait la buée de son objectif, il photographiait pour son plaisir le tableau paisible d'une femme dont la beauté radieuse et simple transfigurait en havre de paix la péniche qui, demain, embarquerait ses passagers vers un futur incertain.

Les tempes battantes, le reporter photographiait Anneke et, chaque fois qu'il gravait sur la pellicule la réalité de ce corps inconnu – chaud et relâché –, de cette croupe rebondie, de cette nuque désirable, il retrouvait un peu d'âme.

Comme pour l'accompagner sur le chemin de sa résurrection, Schnuckenack Runkele venait de sortir son violon.

Rien ne bougeait plus autour du musicien, hormis des ombres grises et tamisées.

Il jouait comme un dieu.

La vierge aux mollets d'acier

Germaine Fiffre avait les épaules en bouteille de saint-galmier, mais elle possédait des mollets d'acier. C'était une militante de la petite reine. La tête sur le billot, la vieille fille, l'ancienne administratrice de l'agence Alpha-Press, aurait juré que s'élancer sur une bécane et pédaler dans le vent élève l'esprit, modèle le corps, transforme les silhouettes les plus rebutantes en les étirant dans l'espace, en leur donnant du flou, du vague, de l'élégance sous la moindre vêture.

Prosélyte, elle aurait ajouté à son discours qu'elle avait toujours prêché sa conviction : quel que soit l'âge, tous sexes confondus, toutes circonstances bues, en ville, à la cambrousse, une bicyclette transfigure les êtres les plus dépourvus de grâce. Elle les ennoblit.

Elle-même, bien centrée sur ses chaussures à boucles, rébarbative et peu moderne, arpentait ordinairement le terrain avec une lourdeur de cheval de trait. Mais, une fois juchée sur son biclou, elle tutoyait la grâce. Elle faisait oublier qu'elle chaussait du 44. Elle devenait légère.

Elle avait élu pour instrument de ses rêves une robuste « Hirondelle » – un engin aérodynamique à tête de fourche mi-ronde, à polissage extra-fin, dont le poids (inférieur à douze kilos cinq cent) et la chaîne (tendue sur un triple pignon) étaient capables, confiés à des jambes exercées, de transformer en bolide ce splendide modèle, initialement conçu « pour dames et ecclésiastiques ».

Tous les trois ou quatre jours, marche après marche, avec d'infinies précautions, ses voisins la voyaient descendre du troisième étage le destrier à pédales qu'elle avait l'habitude de remiser dans le couloir d'entrée de son modeste logis.

Pratiquante convaincue du deux-roues, brave Germaine pouvait traverser Paris la tête haute ! Au cœur des époques les plus noires, et davantage encore depuis que le chancelier Hitler avait écrasé du talon de sa botte le monde sensible, elle appliquait son credo et grâce à sa bécane transmuait kilomètre après kilomètre son physique de grenadier en évocation de petite aile.

Hélas ! Hélas ! Toute jouissance a son étiage et, dès lors que les adorateurs du plaisir dépassent les bornes du raisonnable, il n'est point d'extase dont les excès ne se payent par de cuisants inconvénients. Pour ne pas échapper à la règle, sous ses abords de machine à fabriquer la santé, la divine bicyclette avait, elle aussi, son revers de médaille. Dans le cas de mademoiselle Fiffre, en ces temps de privations, le handicap s'avéra de taille.

C'est que la bécane, en même temps qu'elle galvanise les forces mentales de son utilisateur, lui pompe ses forces physiques. L'effort musculaire puise ses ressources dans l'organisme. Il oxygène le sang, stimule les sucs digestifs et ouvre l'appétit. Chez mademoiselle Fiffre, il avait toujours été féroce, et son appétence était telle qu'elle pouvait la conduire jusqu'à l'inanition.

En somme, pédaler, être heureuse, se dépenser corps et âme, revendiquer le grand bénéfice des vertus rajeunissantes de la petite reine, c'était pour Germaine s'exposer à de fantastiques fringales !

D'habitude, la championne, lorsqu'elle était à la veille d'accomplir une balade de plusieurs dizaines de kilomètres, s'entourait de précautions. Elle stockait dans sa musette de cycliste au moins deux barres de chocolat, quelques morceaux de sucre et un petit casse-croûte. Hélas, la veille du matin dont il est question, Fiffre, qui était la générosité même, avait cédé ses derniers points d'alimentation à la jeune veuve de guerre du quatrième, à madame Crapette, qui avait bien du mérite d'élever ses trois enfants.

En 43, nul ne l'ignore, la France avait les rations alimentaires les plus basses de toute l'Europe dévastée. Les cartes de ravitaillement assuraient à chacun 275 grammes de pain par jour, 50 grammes de fromage par semaine, 300 grammes de matières grasses et 500 grammes de sucre par mois. Dérisoires portions ! Même en faisant jouer le recours de la carte J3 pour les jeunes, c'était bien peu de calories offertes à des enfants en pleine croissance ! C'était bien peu d'énergie pour les petits Parigots que

Vichy poussait dans les jardins à la chasse aux doryphores, bien peu de vitamines pour un petit peuple d'écoliers qui, en échange de quelques biscuits caséinés et d'un peu de lait écrémé, se devait d'apprendre « Maréchal nous voilà » sur le pipeau.

On l'aura compris, les gamins du quatrième, avec leur cage thoracique souffreteuse, leurs petites jambes rachitiques et leurs galoches à semelles de bois articulées dont les lacets étaient faits de papier tressé, faisaient gros cœur à l'excellente demoiselle.

Germaine était de la graine de sainte laïque. L'indigence de ses voisins ne faisait que renforcer sa fascination instinctive pour les grands dévouements humanitaires. Que lui importaient quelques tickets de papier ! Quelques rations de pain ou de beurre ! N'était-il pas naturel qu'une adulte de son âge se privât d'un peu de viande ! Elle se rattraperait sur le topinambour. Elle forcerait sur les courges du Siam ! Germaine le savait depuis belle lurette : elle était née pour faire don de son énergie !

Elle en avait eu à revendre.

Aux temps heureux de l'agence photographique, lorsqu'elle était la proche collaboratrice de ces messieurs les reporters, ses collègues lui reprochaient assez de faire gémir le parquet des bureaux sous le poids de son éternelle galopade ! Elle se remémorait les séances de rigolade, lorsqu'elle encaissait les taquineries de son patron, le fameux, l'illustre Blèmia Borowicz, celui à qui elle passait tout et dont, à son grand désespoir, elle était sans nouvelle à l'heure actuelle.

Quel chahut c'était ! Quel provocateur de vieilles filles, celui-là ! Quel délicieux bonhomme ! Quel impénitent séducteur, ce Hongrois ! Il entrouvrait la porte de son bureau de comptable. Il avait son Leica autour du cou. Ses notes de frais entre les dents. Il arrivait de Moscou, il rentrait d'Amérique ou bien d'Espagne. Elle entendait comme si elle y était encore sa voix moqueuse résonner à ses oreilles :

– Bonjour, Germaine !

– Bonjour, monsieur Boro !

– Avouez que vous ne m'attendiez plus !

– C'est faux, monsieur Blèmia ! Hier encore, au sujet de ce bombardement de Guernica, je faisais part à monsieur Bertuche de mes appréhensions !

– Vous m'imaginiez écrasé par les bombes ?

– C'est cela ! J'essayais de ne pas envisager le pire ! Et je ne tenais plus en place !

– Vous êtes un véritable cheval de trait, Germaine ! Un grand corps sans bride ! Une cervelle d'oiseau dotée d'une croupe poulinière !... Vous êtes tout cela, mais vous m'avez beaucoup manqué !

Elle se fâchait, bien sûr. Elle lui disait de tout. Elle criait après lui. Elle tempêtait :

– On dirait que vous le faites exprès ! On jurerait que vous jouez avec le danger par plaisir !

– Le plaisir n'est effectivement pas absent de mes préoccupations de chaque instant ! admettait Boro.

Avec de grands yeux de bestiole effarouchée, la vieille fille le couvrait d'anathèmes. Elle l'appelait *Borovice*, ce qui était, à ses yeux, la pire déclinaison de Borowicz.

– Je vous raye de mon existence, monsieur *Borovice* ! hurlait-elle en balayant son bureau d'un revers de main.

Et elle finissait par pleurer.

Sa poitrine palpitait. Son visage se marbrait de rouge. Elle était moche. Inconsommable. Et c'est toujours ce moment-là qu'il choisissait pour venir la consoler.

Ah, il s'y entendait assez, le boiteux de charme, pour reconquérir ses bonnes grâces ! En général, il lui avait rapporté un cadeau de ses scabreuses expéditions. Il la couvrait de compliments. Il lui disait qu'elle seule était capable de supporter trois Hongrois et un demi-juif. Il lui glissait ses notes de frais.

Elle séchait ses larmes. Elle chaussait ses lunettes. Elle épluchait les satanées factures qu'il soumettait à son remboursement.

– Vous avez fait la bringue ! disait-elle avec aigreur. Votre consommation d'alcool blanc dépasse les bornes !

– Nous étions bloqués à l'hôtel sous les bombes !

– Je ne paye pas ! L'agence ne rembourse pas l'éthylisme mondain !

– Ne recommencez pas à faire le cheval !

Elle finissait par rembourser au galop.

Monsieur Boro était rentré. On improvisait une fête. En ce temps-là, avec ces « gens venus de Budapest », on buvait le champagne aussi facilement que l'eau du robinet.

L'égérie d'Alpha-Press reprenait les brancards avec plus d'ardeur encore. Elle était regonflée. Elle s'échinait pour le compte de ces messieurs les photographes.

Elle était née pour se dévouer, pour soigner les indigents, pour payer de sa personne. C'était sa tâche ! C'était sa façon de gagner ses galons du cœur. C'était son penchant ! C'était sa pente. Ce serait à jamais sa modeste gloire !

Et aujourd'hui, après tout, rien n'avait changé.

Elle rendait des services à la Résistance, et c'était naturel puisqu'elle penchait pour le camp de la liberté ! Elle était bonne pour les enfants, et c'était sans doute le meilleur moyen d'évacuer son chagrin de n'avoir jamais été mère.

La maternité ! Être en couches ! Caresser la joue d'un enfant ! C'était sa plaie secrète. Le seul endroit de sa personne où il ne fallait pas appuyer. Même le patron, même l'homme qu'elle admirait le plus, et à qui elle pardonnait tout, n'avait jamais eu le droit de se moquer de sa stérilité. En le faisant, il se discréditait. Il tombait de sa chevalerie. Il n'était plus son préféré, son chouchou. Sa coqueluche. Son chevalier blanc. Il redevenait à ses yeux un « damné métèque », ce « fichu Khirgiz », un « boiteux sans vergogne », un « Hongrois dépravé ! »

Cependant, Fiffre n'avait pas toujours été la friche sentimentale qu'on se plaisait à moquer. En trois occasions au moins, la demoiselle prolongée avait brûlé ses cils aux feux de la passion.

Sa première embardée amoureuse remontait aux calendes. Autrement plus terrestre que celles qui vont suivre, cette aventure de fougue avait jeté mademoiselle Fiffre aux pieds d'un certain Joseph Codos, un pilote de l'aéropostale avec lequel elle s'était mise plusieurs fois en posture de faire un enfant sans avoir jamais pu concrétiser son rêve.

Sa deuxième exploration du Tendre avait été platonique et mal évaluée par son entourage. Et, à cela, rien d'étonnant puisque la maladie d'amour habitait seulement dans la cervelle de la vieille fille. Nulle part ailleurs. Germaine tapait déjà dans ses grands quarante ans et le désordre de sa libido (soigneusement gardé secret) était réservé au patron, à Blèmia Borowicz (toujours le Khirgiz !), auquel elle n'avait jamais eu le courage d'avouer sa déraisonnable passion.

Quant à la troisième affaire, elle avait été sans lendemain et, même si elle avait connu une intensité charnelle inattendue, son souvenir avait vite pris le chemin des fumées.

Cette liaison-éclair avait eu lieu chez Pépé l'Asticot, dans sa propriété de Joinville-le-Pont. Elle constituait l'épilogue d'une journée mouvementée qui s'était soldée par une fuite éperdue – un défi au vertige et à la peur par les toits de Paris et sous les balles du policier Cosini[1].

À la fin de cette journée mémorable, mademoiselle Fiffre, ivre d'alcool et confite de fatigue, avait confié sa grande carcasse aux mains expertes d'un amant d'un mètre soixante à peine, Louis la Brocante, pour le récompenser de son courage.

Germaine avait abandonné son corps aux assauts lucifériens de l'homoncule sans espoir ni arrière-pensée de procréation.

Juste, elle avait regardé passer l'amour.

L'âge, depuis peu, l'avait jetée dans le camp de la ménopause.

---

1. Voir *Boro s'en va-t-en guerre.*

À bicyclette !

Ce matin-là, en guise de petit déjeuner, Germaine Fiffre s'était contentée d'un ersatz de café. Un brouet de figues sèches associé à de l'extrait de gland et à de la poudre de malt. Le tout délayé dans un bol d'eau chaude.

Pas de sucre. Elle n'en avait pas. Pas de confiture. Pas de beurre. Elle n'en avait plus depuis cinq jours. Pas même de margarine. Elle n'avait avalé qu'une frottée de lard sur un quignon de pain dur.

L'imprudente cigale était sortie de bonne heure. Il devait être à peine sept heures lorsqu'elle avait sauté sur sa bécane. La tempête de la veille avait nettoyé le ciel. L'air était vif, la demoiselle se sentait en forme. Tournant résolument le dos à la rue des Fossés-Saint-Jacques, elle avait entrepris, pour se chauffer les muscles, l'escalade de la montagne Sainte-Geneviève.

Avec un déhanché de vieux briscard, elle avait vaincu la bosse en un rien de temps.

Ensuite, les mains aux cocottes, gavée d'oxygène, l'esprit libéré de toute contrainte, elle avait filé en direction de la Seine, emprunté tous les quais, pédalé à vive allure et traversé le fleuve au pont de l'Alma.

Tout allait bien.

La tête dans les épaules, elle aborda l'avenue Marceau, dont la voie bien dégagée lui offrait, sur le point de rejoindre les Champs-Élysées, l'occasion de tâter d'une nouvelle grimpette.

Bien qu'elle détestât la compétition, elle n'eut de cesse avant d'avoir réglé son compte à un petit télégraphiste qui la précédait dans la pente. À mi-parcours, elle poussa un gloussement de satisfaction et changea de braquet. Le gosse était à sa portée. Dix-huit ans, une belle capacité respiratoire. Elle redoubla de jus. Germaine s'était mise en danseuse, simple question d'amour-propre. Dans un style proche de celui de Guy Lapébie dans le Tourmalet, elle effectua un démarrage sensationnel. Ayant disqualifié le jeunot, elle abandonna son concurrent malchanceux et se jeta place de l'Étoile.

Aussitôt, elle se sentit en proie au vertige des grands espaces. Tournoiements giratoires. Panneaux rédigés en lettres gothiques. *Hunger ist der beste Koch!* Qui a faim, mange tout pain! Elle y voyait flou. Son estomac hurlait famine. Une fine transpiration monta à ses tempes battantes. *Mahlzeit!* Bon appétit! Quelques véhicules camouflés de l'armée allemande semblèrent foncer sur elle. De peur de chuter, la fougueuse championne sauta de sa monture. Elle avait les jambes en coton.

Elle marchait comme dans un brouillard. Elle explorait un territoire flou. Le sol se dérobait sous ses pas. La tête lui tournait. Son teint était pâle. Le mal du cycliste! Le coup de pompe! Germaine se trouvait en état d'hypoglycémie.

Les dents serrées, volontaire, elle maintint sa progression titubante pendant une centaine de mètres et, pour échapper à la circulation, se rabattit sur l'entrée de l'avenue Foch, dont elle emprunta la contre-allée.

Maintenant, grave et attentive à ne pas tomber en faiblesse, elle accompagnait sa chère Hirondelle en la tenant par son col de chrome. Elle longeait les hôtels particuliers soigneusement retranchés derrière les grilles de leurs jardins. Elle s'en voulait d'avoir été aussi imprévoyante. À midi, en plein bois de Boulogne, elle avait rendez-vous avec Prakash, de retour de mission photographique sur les plages du Cotentin. Ils se croiseraient à bicyclette. Il lui donnerait sa pellicule à développer. Il continuerait sa route jusqu'à sa planque actuelle. Un bordel situé quelque part dans Paris.

Germaine lança un coup d'œil autour d'elle. Il fallait absolument qu'elle se procure un peu de nourriture. À qui aurait-elle pu demander aide et assistance? Son regard angoissé se perdit sur la façade fermée des immeubles des riches. Les Français d'ici avaient d'autres chats à fouetter!

Elle prit un temps de repos, avala sa salive pour humecter sa bouche sèche et essaya de se hisser à nouveau sur sa selle.

À BICYCLETTE !

En dix tours de pédalier, elle arriva en vue d'un banc. Elle se rangea le long du trottoir et libéra ses cale-pieds. Elle regardait ses chaussures cyclistes. Elle avait l'impression de les voir grandir sous elle. Elle essayait de respirer par le ventre. À nouveau, le sol se dérobait sous ses pas. Dieu, qu'elle avait faim !

Elle se jeta sur le banc pour échapper à la syncope.

Une amie qui vous veut du bien

Elle se sentait partir. Elle gardait les poings fermés. Elle respirait de façon oppressée. Elle n'était pas sûre de ne pas avoir entendu une voix.

– Est-ce que je peux vous aider ? Dites, madame, ça ne va pas ?… Est-ce que je peux vous aider ?…

Quelqu'un la secouait. Quelqu'un lui distribuait des pichenettes sur le visage. De petites claques très agissantes et de plus en plus fortes.

Germaine Fiffre entrouvrit les paupières qu'elle gardait obstinément closes.

Elle distingua en plein brouillard une femme très poudrée qui se penchait vers elle, presque à la toucher. L'apparition était plutôt ronde. Un visage plat. Une blancheur de semoule. Elle enfermait une volute de cheveux rouges sous un galurin aux formes étranges.

Mademoiselle Fiffre eut un mouvement de recul parce que la main droite de la dame prenait des allures de crabe. Le crustacé s'approchait d'elle et lui pinçait la joue. La main gauche, celle qui n'était pas gantée, lui tâtait le genou. À tâtons, un index crochu, un médius orné d'un diamant, un annulaire rentré vers l'intérieur de la paume, remontaient jusqu'à son sac et cherchait à en ouvrir le fermoir…

– Je n'ai pas d'argent ! Pas le moindre sou !… s'effaroucha Germaine. Je ne possède rien ! Pensez donc, je vous donnerais tout si vous le réclamiez !

– Je ne vous demande rien, dit le spectre. (Sa face blanche affichait un sourire d'une douceur extrême.) Je ne veux rien vous prendre. Seulement vous aider… Je voulais voir où vous habitiez…

La Fiffre se sentait si faible ! Elle était prête à abandonner. Elle se serait volontiers réfugiée dans le sommeil.

– Je crois que je vais tourner de l'œil, murmura-t-elle.

– Je ne vous le conseille pas, dit la dame au chapeau rigolo. Je n'aurais pas les forces de vous soulever. Et je ne pourrais même pas rester auprès de vous pour vous secourir parce que je n'ai rien à faire dans cette rue ni dans aucune autre…

Agitée, elle surveillait sans cesse ses arrières. Elle devait redouter quelque chose.

– J'appartiens à un monde englouti, murmura-t-elle. Je suis de trop. Partout, je suis de trop !

Elle sourit. Elle était nerveuse et imprévisible.

Au risque d'altérer la précarité de leurs rapports, elle demanda soudain :

– Vous même, qu'est-ce que vous faites ici ?… Vous n'êtes pas du quartier, que je sache…

Le ton de sa voix sous-entendait : « Vous n'êtes pas de mon milieu. » D'un coup, elle s'était endurcie. Et comme si elle avait jugé qu'en préalable à toute explication cohérente il fallait éclaircir les pensées confuses de son interlocutrice, elle tira de son propre sac à main une fiole aux allures de flacon de parfum et le promena sous le nez de Germaine.

– Magique ! promit-elle à sa patiente. Imparable !

Cette dernière huma profondément la préparation. Elle en retira un mieux-être immédiat.

– Je vous distingue clair et net ! s'écria-t-elle avec bonheur. Je vous vois !

Elle découvrait avec netteté un visage de femme lové dans la douceur sensuelle d'un col de renard argenté.

– Camphre de Jérusalem et sels de la mer Morte ! dit modestement la dame en rebouchant sa mixture. C'était la recette de ma défunte mère !

Et Germaine Fiffre repéra l'étoile jaune qui était cousue sur la grosse poitrine de la dame.

– Je m'appelle Golda Birenbaum, revendiqua cette dernière. Et je suis française. Mon père a combattu en 14. Il a fait une belle guerre !

Germaine était sur le point de lui rétorquer qu'aucune guerre n'est jamais assez belle pour qu'on la revendique, mais elle préféra se taire. Brusquement, elle se trouvait confrontée à la beauté fanée de sa nouvelle amie. À ses yeux admirables, engourdis par l'épaisseur du fard. Elle s'avisa que la personne venait de s'asseoir en face d'elle. Sur une grosse valise de cuir rouge. Elle était entourée de trois ou quatre paquets ficelés à la diable.

– Où allez-vous si lourdement chargée ? demanda-t-elle.

Madame Birenbaum minauda :

– En Amérique !

Germaine se demanda si la rombière n'était pas quelque peu toquée. Des lustucrus pareils, on ne les lui faisait pas avaler.

– Je ne vous crois pas, dit-elle catégoriquement.

– Ça n'est pas gentil.

– Où habitez-vous d'abord ?

La dame rougit. Cent fissures venaient d'apparaître aux commissures de ses lèvres.

Et les larmes au bord des yeux :

– En face !

De la pointe du menton, elle désignait sur la rive impaire de l'avenue du Bois un hôtel barricadé de tous côtés.

Elle mit un doigt devant sa bouche pour demander la discrétion et chuchota :

– J'y habite une soupente !...

– Une soupente ?

– Avec un rat !... Gaspar, je l'appelle.

– Quelle horreur !

– Dans la plus grande obscurité.

– Comme je vous plains !

– J'en sors chaque mois !... Parfois, à la nuit tombée, je sors respirer l'air du parc. La grande maison est vide. Fermée à double tour. « Ils » ont cloué les portes et fenêtres. « Ils » ont tout pillé !... Plus de meubles, plus de tableaux, rien ! Mes peintres russe, Chagall, Pougny, Kandinsky, Leppien, pfuitt ! Plus d'art dégénéré ! Ma vie est partie par camions entiers vers l'Allemagne !

Cette constatation déclencha un accès de fausse gaieté chez Golda Birenbaum. Elle se prit à rire à l'abri de sa main. Soudain, elle ressemblait à une petite fille espiègle.

– À part Eugène, personne ne sait que je suis là ! expliqua-t-elle en rigolant plus fort.

– Eugène ?

– C'est le nom de mon bienfaiteur. Aujourd'hui est le jour de notre rendez-vous mensuel, précisa-t-elle en reprenant son sérieux. Et si ça ne marche pas aujourd'hui, je reviendrai le voir le mois prochain. J'aurai peut-être plus de chance…

– Pourquoi me racontez-vous tout cela ?

– Par ce que j'ai vu que vous aviez l'air bonne. Parce que j'ai appris à sonder les êtres… Vous ne me trahirez pas.

Spontanément, les deux femmes s'étaient tues. Elles échangèrent un demi-sourire et partagèrent leur rêverie.

L'instant d'après, sursautant à un bruit de pas, Golda Birenbaum fut traversée par un frisson.

– N'ayez pas peur, la calma mademoiselle Fiffre.

Elles suivirent des yeux le passage d'une jeune élégante dont la démarche souple, la toilette, l'allure générale rappelait qu'on était dans les beaux quartiers. Le trafic peu intense annonçait la fin de la matinée.

– M'accompagnerez-vous chez Eugène ? demanda madame Birenbaum. Vous me donneriez du courage !

– Je dispose de peu de temps.

– Nous ferions d'une pierre deux coups ! Eugène est médecin… C'est tout à côté… Rue Le Sueur. Si vous vous sentez les forces pour m'accompagner… il est l'homme qui peut vous remettre sur pied. Il vous fera une piqûre !

– Je n'ai pas besoin qu'on me pique !… Grâce à Dieu, je vais mieux. J'ai seulement besoin de grignoter quelque chose… un morceau de sucre ferait l'affaire…

– Je suis sûre que le bon docteur se fera un plaisir de vous offrir tout un choix de gâteaux orientaux… Halvas, loukoums, semoules levantines ou chocolats fourrés…

– Votre médecin est pâtissier, madame Birenbaum ?

Non, mais chaque fois qu'il aide les gens comme moi à passer les frontières, il se voit remettre de petits dons en nature…

Elle hocha la tête et constata avcc fcrvcur :

– Son courage mérite bien d'être récompensé par quelques douceurs, vous ne croyez pas ?

– Et quel est le prix de la liberté pour ce philanthrope ?

– Hi, hi, hi ! Entre 60 000 et 100 000 mille balles par tête de pipe… avoua madame Birenbaum en pouffant derrière sa main et en reprenant son assommante attitude de petite fille gâtée. C'est le juste prix d'une âme juive pour être expédiée loin d'ici !

– Votre monsieur Eugène est un scélérat !

– Comment pouvez-vous dire cela ? Il agit au péril de sa propre vie, trancha madame Birenbaum en reprenant son sérieux.

Et brisant aussitôt la gravité qui venait d'assombrir son regard :

– Je vais rejoindre mon mari, annonça-t-elle, et le bonheur de nous retrouver ne nous décevra pas !

Elle entrouvrit son manteau et se dressa. Dessous, elle portait une robe en organdi. Elle fit un tour de danse sur elle-même. Elle tenait écartés les pans de sa jupe plissée et salua. Elle était joyeuse et ronde.

– Isaac est parti avec le convoi du mois de mai, précisa-t-elle. En trente ans de mariage, nous ne nous étions jamais séparés ! J'espère qu'il est bien arrivé... Je suis sans nouvelles... C'est lui qui avait pratiquement tout notre argent. Moi, c'est la cinquième fois que je prends mon tour...

En même temps qu'elle se livrait à toutes ces explications, elle avait aidé Germaine à se lever.

– Ça va mieux ? Vous pouvez faire quelques pas ?

– Je peux.

– Tenez ! Je pose ma valise sur votre porte-bagages. Nous pousserons la bicyclette ensemble...

Elles s'éloignaient comme deux vieilles copines.

Madame Birenbaum portait les paquets et gardait sa main sur la poignée de la valise.

Germaine poussait la bicyclette.

Les deux femmes s'immobilisèrent devant le 21 de la rue Le Sueur.

Le temps perdu est un reproche amer

C'était un hôtel particulier. Elles sonnèrent deux fois à la grille.

– *Il* n'a pas de plaque ? chuchota mademoiselle Fiffre. Un médecin a toujours une plaque gravée à son nom…

– Son cabinet officiel se trouve ailleurs, je crois. Ici, c'est plus discret… C'est une ancienne propriété qui a appartenu au prince de Colloredo-Mansfeld. Et après, la maison a servi un temps de garde-meuble à Cécile Sorel.

– Et c'est d'ici qu'on s'embarque ?

– Houi, minauda Golda Birenbaum. Je suis la seule à connaître l'adresse… la seule à venir directement ici. Les autres personnes ont d'abord rendez-vous dans Paris. Ensuite, seulement, elles sont escortées jusqu'à la rue Le Sueur.

– Comment se fait-il ?

– Chut, ma chère ! Il y a un petit secret entre moi et le bon docteur Eugène… Je lui ai fait valoir que nous étions voisins… Un soir, il est venu chez moi. Il a vu les quelques tableaux que j'ai mis de côté. Il m'a accordé ce privilège moyennant un petit Pougny et deux dessins à la plume de Pascin. C'est un fou de peinture !

Leur troisième coup de sonnette resta sans réponse.

– Je vais aller voir, dit madame Birenbaum.

La crainte avait envahi son visage blafard. Germaine avait à nouveau le souffle saccadé.

Golda Birenbaum poussa la grille. Elle prit par le sentier de fins cailloux. Elle marcha jusqu'au bout d'une allée de rosiers grimpants sur un mur récent érigé en briques creuses assemblées hâtivement au plâtre. Cet obstacle incongru semblait avoir pour raison la proximité de la rue. Il dérobait les fenêtres du rez-de-chaussée à la vue des curieux.

Golda Birenbaum marcha jusqu'au perron qui se trouvait à l'arrière du bâtiment et dont une partie était engloutie par un bouquet de thuyas.

Une pancarte suspendue à la clenche de la porte sonna le glas de ses derniers espoirs. Elle indiquait : « Cabinet fermé. Réouverture le mois prochain. »

Golda Birenbaum gardait les yeux grands ouverts. Trop étourdie par la déception pour réagir, elle pinça les lèvres. Puis, avec un entêtement de bête sourde, elle tapa du pied sur le sol et murmura :

– Je ne me découragerai pas ! Je reviendrai ! Je reviendrai !

Germaine Fiffre entendit le bruit de ses pas tandis qu'elle empruntait l'allée de graviers en sens inverse.

– C'est mon rat qui va être content ! annonça-t-elle en rejoignant Germaine à l'extérieur. Je retourne dans ma soupente...

Les traits tirés, la bouche amère, elle souffla sur un air de défaite :

– Qui sait ? Peut-être suis-je vouée à me laisser emporter par la grande étreinte du nazisme !...

Elle paraissait résignée. Elle repoudrait machinalement son visage blanc.

– Qu'allez-vous faire jusqu'au mois prochain ?

– Je vais sursauter au moindre bruit, dit-elle avec un sourire amer. Je vais avoir peur de mon ombre. Le pire, c'est quand tombe le jour. Les yeux s'acharnent sur le flou... Des grottes se creusent où ne va pas le regard... Des bruits étranges fricassent derrière les plinthes, ils courent au creux des murs de la maison... Les parquets craquent... le bois, les fibres, les particules se détendent... les souvenirs voyagent... Les rires s'éteignent, les chagrins remontent... le temps perdu est un reproche amer... L'énergie vive quitte le corps... la situation devient usante pour les nerfs... Plus que tout, je redoute l'obscurité mentale... Parfois, après de longues heures de solitude, je ne pense plus à rien... je m'engourdis... je me hâte vers la tentation de la mort.

Elle lança un regard farouche en direction de Germaine Fiffre.

– Je dis cela, mais, en réalité, vous n'avez pas idée comme je suis attachée à la vie ! Pas question de sombrer ! Je vais de nouveau prier, dit-elle fermement. Qu'importe si Iahvé est très occupé de nos jours… Qu'importe si les cris du peuple juif l'assourdissent au point qu'il ne nous entend pas tous !

Elle s'arrêta de parler. Elle resta immobile. La cervelle humaine est une habitation curieuse et bien étrange. Force est de constater qu'elle abrite des fournaises éteintes, qu'elle nourrit des projets déraisonnables, qu'elle accuse des courts-circuits inattendus.

D'un coup, Golda Birenbaum disjoncta. Elle s'éloigna d'elle-même, de ses obsessions, de sa précarité du moment.

Elle accommoda sur Germaine et lui sourit en ouvrant son sac à main :

– Je vous demande pardon, dit-elle, j'ai été une sale bête tout à l'heure ! Une vilaine égoïste !… Sans doute n'était-ce pas l'heure du partage, ajouta-t-elle avec une lucidité parfaite.

Elle tendait un morceau de chocolat à mademoiselle Fiffre.

Elle enfourna l'autre moitié dans sa bouche.

Les deux femmes repartirent en direction de l'avenue du Bois.

Elles mâchaient ensemble le bonheur d'une parcelle de vie.

Le bon docteur Eugène

À la prison de Fresnes, une grille de l'unité centrale venait de refermer sa mâchoire. Elle annonçait le retour d'un transfert.

Montant du ventre du quartier pénitentiaire, un piétinement rapide, un bruit d'orage, un glissement de godillots, ne tarda pas à se faire jour. Il commença par ébranler les structures métalliques, puis les escaliers, et grossit au fur et à mesure de sa progression sur les plates-formes de la passerelle du deuxième étage.

Des respirations précipitées, un brouhaha, un chapelet d'exclamations assourdies se rapprochèrent et, d'un coup, le seuil de la cellule 440 s'emplit d'une présence humaine.

Au terme d'un court silence, une voix s'exclama :

– Crénon, Eugène ! Ben, mon salaud !… Avec le père Damien, tu te gênes pas !…

– Qu'est-ce qu'il a encore fait, le vilain docteur ? interrogea une seconde voix.

Elle était plus jeune que la première.

– Il a fait qu'il a fait dans son froc ! renseigna celui qui répondait au nom de Damien.

– Faut-il qu'il soit content de te r'voir ! gouailla la voix jeune. À part pédé, j'vois pas d'autre explication !

L'instant d'après, un tâtonnement de clés froissa les serrures. Les tiges des loquets glissèrent dans leurs logements et la porte s'ouvrit sous l'effet d'une poussée violente. Le battant rebondit contre la paroi badigeonnée au blanc de chaux et, instinctivement, les deux occupants du lieu qui étaient assis sur le même lit ébauchèrent un geste de recul.

L'ouverture livra passage à deux matons en plein exercice de leur talent. Deux brutasses. Deux chiourmes. Des porte-clés d'occasion. Un jeune, un vieux, ils soutenaient sous les aisselles un homme à demi évanoui. Ils le traînaient comme un sac de patates. En arrière plan, un individu vêtu de cuir noir assurait la sécurité du groupe en braquant sa mitraillette sur l'entrée de la grotte carcérale. Il avait les cheveux en brosse et un faciès de bouledogue.

Sans ménagement, les deux gardiens propulsèrent leur client sur son châlit. Disloqué comme un pantin, le malheureux atterrit sur le ventre. Son visage tourna sur le côté et s'en fut cogner contre le mur, laissant une traînée écarlate sur la paroi.

Au sol, dans la lumière bleutée d'une veilleuse, les ombres des gardiens semblèrent se battre pour sortir. La porte du gnouf se referma avec un cliquetis de coffre-fort. Les pas s'éloignèrent sur la passerelle métallique. Des voix vociférèrent de colère sur le passage des bourres. Portées dans les étages par la réverbération, elles s'évaporèrent au niveau des verrières.

Sitôt la porte refermée, les deux occupants de la cellule sautèrent sur leurs pieds. Cédant à un élan de compassion bien naturel, les deux hommes se précipitèrent au chevet du grabataire. Ils s'appelaient Ébrard et Bourdier. Ils étaient d'authentiques résistants.

Leur premier geste fut de lui donner à boire.

Depuis des mois, ils supportaient eux aussi le régime auquel on soumettait les « terroristes ». Mais ce qu'ils enduraient n'avait rien à voir avec les sévices pratiqués sur Eugène.

Le bon docteur était vraiment le souffre-douleur de la Gestapo. Bien sûr, c'était un personnage trouble. Non seulement son physique passe-partout, ses joues glabres, son teint pâle, n'inclinaient pas à la sympathie, mais, en plus, son comportement inquiétait tous ceux qui avaient affaire à lui. Ses yeux, sans doute. Son pouvoir hypnotique. Sa capacité à rebondir. Il intriguait. Il n'était pas lisse. Et tout d'abord, il n'était pas Eugène. Il était Petiot. Marcel Petiot. Médecin, il est vrai, mais connoté comme un « chef de réseau ». Quelqu'un ayant suffisamment de stature et d'entregent pour procurer assistance aux représentants des races inférieures qui cherchaient à gagner l'étranger.

Petiot, c'était indéniable, était au minimum un passeur. Au mieux, un escroc. Au pire, un ennemi du régime nazi, un défenseur des juifs aux abois.

Depuis sept mois, depuis le 24 mai exactement, date de son arrestation, Petiot était partagé entre la cellule 440 de Fresnes et les visites ruent des Saussaies. Il était tombé, victime de ses deux acolytes, Raoul Fourrier, un coiffeur qui tenait boutique du côté des Mathurins, et son ami, Edmond Pintard, un cabotin, dont le nom de scène était Francinet. Ce dernier était un minable. Une ganache. Un ex du music-hall qui, après une carrière sans éclat, avait conservé quelques entrées dans le milieu parisien. Tous deux servaient de « rabatteur » à Petiot.

Pour faire tomber le docteur Eugène, Friedrich Berger, le gestapiste de la rue de la Pompe, avait décidé d'envoyer un indic en la personne d'un certain Beretta, un faisan toujours prêt à « rendre service » pourvu qu'on fermât les yeux sur ses petits trafics. Beretta s'était fait passer pour un ancien déporté (il l'avait été en 1940) et avait négocié à la baisse le prix d'un passage à l'étranger. Il avait laissé 10000 francs d'acompte. Rendez-vous avait été pris chez Fourrier pour le 24 mai. Ce jour-là, coup de filet général. Gros ou petits, les poissons seraient dans la nasse...

Tout le beau monde s'était retrouvé rue des Saussaies... sauf le docteur Eugène.

Ç'avait été l'affaire de quelques heures.

Pintard et Fourrier étaient passés très vite à table. Ils fournirent l'information manquante : l'adresse d'Eugène, le 66 rue Caumartin où vivait et respirait le vertueux docteur Marcel Petiot.

À vingt heures, les hommes en cuir noir sonnèrent au premier étage. Ils embarquèrent l'occupant des lieux, un individu brun aux yeux de velours qui était venu leur ouvrir en pantoufles, un suspect d'aspect inoffensif, un citoyen aux mœurs d'apparence casanières, surpris par une intervention musclée à laquelle il n'avait pas l'air préparé.

Il suivit les hommes en noir sans protester. Il tenta seulement de rassurer sa femme d'un « ne t'inquiète pas » retentissant.

Les portes des rôtisseries de l'enfer se refermaient-elles sur un patriote ? Le grand butagaz nazi allait-il dorer de ses flammes un simple manipulateur ? Six mois après le coup de filet, geôliers, bourreaux ou codétenus, personne n'aurait su trancher.

Pour l'instant, penchés sur le corps inerte de leur compagnon, Ébrard et Bourdier cherchaient à déchiffrer une étincelle de vie dans son regard.

Ils examinèrent les chairs tuméfiées de celui qu'on avait battu et torturé si cruellement. Des bulles de sang perlaient à l'entrée des fosses nasales du malheureux chaque fois qu'il expirait. Ses poumons happaient l'air avec des accents de cornemuse percée.

Bourdier s'en fut jusqu'au poste à eau, ouvrit la pissette d'un robinet de cuivre et humecta un linge. Il l'appliqua délicatement sur le front du supplicié. Ébrard s'adressa au malheureux :

– Alors, « Mégot » ?... Qu'est-ce qu'ils ont inventé, cette fois-ci, pour faire hurler la bourrique ? interrogea-t-il.

Celui qu'il surnommait affectueusement « Mégot », à cause de sa perpétuelle clope au coin des lèvres, tourna vers ses bienfaiteurs son visage couvert de plaies et d'ecchymoses.

Il démasqua la demi-lune d'un sourire de gencives noyées dans le flux d'un épanchement sanguin. Il parla au travers du filtre d'une bouillie qui encombrait son palais et obstruait ses bronches :

– Cette fois, « ils » m'ont limé les dents à vif... un truc assez vache... je dois dire...

C'était à chaque séance la même ritournelle. Les interrogatoires étaient très durs, à la limite du supportable. Avant de lui faire subir cette dentisterie digne des tortures chinoises, « ils » l'avaient pendu par la mâchoire. « Ils » lui avaient serré la tête dans un étau. « Ils » lui avaient envoyé des décharges électriques dans les parties génitales.

À chaque reprise, c'était un demi-mort que les bouchers renvoyaient dans sa prison. Mais, à la différence de ses comparses, Petiot était un dur. Il n'avait pas craqué. Il s'en était tenu à une unique version des faits : un de ses clients, un mystérieux Robert Martinetti, lui avait demandé s'il ne connaissait personne désireux de passer à l'étranger moyennant 25 000 francs.

En maintenant cette version des faits, il se donnait le rôle du couillon. Il n'était en somme qu'un intermédiaire. Un sans grade. Un type gris, un maigre gibier de peu d'importance.

Son système de défense peu à peu semblait porter ses fruits. Fourrier et Pintard avaient été relâchés depuis longtemps. Nezondet, un ami, cueilli rue Caumartin alors qu'il était venu apporter des billets de spectacles gratuits, était également libre.

Par moments, ses tortionnaires l'oubliaient. La routine pénitentiaire s'installait. Petiot avait un ressort, une vitalité étonnantes. Il se retapait assez vite. Il reprenait du poil de la bête. Il gardait le moral. Parmi ses collègues de détention, il avait même la réputation d'être un bon vivant. Il était presque toujours en ébullition. Il était prompt à rire et à pérorer. Il évoquait son fils. Il se décrivait comme un mari attentionné. Il se recommandait d'un humanisme tempéré. Les nazis, auraient-ils eu l'idée d'introduire dans sa cellule un mouton pour essayer de prendre le bon docteur au défaut de la cuirasse, en eussent été pour leurs frais.

Pourtant, une voix insistante parlait à l'oreille du chef de la Gestapo de la rue de la Pompe. Elle lui soufflait qu'il avait affaire à du gros fretin. Pas à un deuxième rôle. À une sacrée pointure.

– Je finirai par le peler vif ! disait parfois Friedrich Berger dans un accès de rage. Au moins, je verrai ce qu'il a sous la peau !

Sous la peau, le docteur Petiot avait une autre peau. Et une autre encore. Lui-même ne connaissait pas l'épaisseur de son derme.

Et pour cause, nourri de crimes odieux, repu de restes humains, Petiot était un fou. Un *serial killer* avant la lettre.

Il était de la race alligator.

Il est rassis, le pain des Jules !

Dans la pratique de tous les jours, sous la douche, en marchant, au volant de sa bagnole, devant une anisette, en gambergeant pour prendre une décision importante, Pépé l'Asticot sifflait.

C'était son habitude.

La Java bleue, Valentine, Adieu, Venise provençale, étaient dans sa bouche. Il disait qu'il les « interprétait ».

Il n'avait pas tort.

Depuis la nuit des temps, un peu de salive, un peu d'air, et celui qui sait siffler se transforme en un arrangeur de talent. Le maçon sur son toit trille comme un merle. Le menuisier en rabotant double-croche à peu de frais. Le bourgeois se fait gramophone. Le prolétaire est gai comme une TSF. L'ouvrier devient musicien à part entière. Il avance sa petite gueule, pince les lèvres, enroule sa langue contre ses dents, et le refrain populaire qui s'y trouvait au naturel s'envole par les rues.

Lucien Palmire, lui, chantait faux. Il chantait faux, mais il sifflait juste. Maurice Chevalier, Tino Rossi, Lucienne Delille formaient son répertoire. Aussi les chansons de Sablon et de Trénet, *Y a d'la joie*, des trucs comme ça. Ce qu'il appelait ses « inusables ».

L'ancien souteneur, l'ex-caïd du Topol, sifflait aussi parce qu'un homme – dans les circonstances – ça siffle.

En repérage sur un casse entre voyous, ça siffle. Blessé par balle, ça siffle. Sur le passage d'une gonzesse de grande pointure, ça siffle. Au Vel d'Hiv', à l'Alhambra, à la boxe, pour un taxi, pour un rien – ça siffle.

Cocu, un homme qui se tient bien, ça siffle aussi.

La preuve en est qu'une nuit épaisse de novembre, après qu'il eut découvert sa femme, Chantal, née Pluchet, pâmée entre les bras de l'*Obersturmführer* Gunther von Kopnitz, Lucien Palmire, merlan hors cadres, s'était arc-bouté vers l'arrière pour encaisser cet impressionnant coup du sort.

Il avait éteint sa lampe-torche. Elle lui avait permis de se couler sous les branches et d'accéder au pavillon de chasse situé au fond du parc. Par la découpe de la fenêtre éclairée, il contemplait le nid des amants qui, dans un grand froissé de draps, gisaient, repus l'un de l'autre. Dans l'obscurité, longuement, il avait respiré l'odeur du péché. Puis il s'était tourné, face à la Marne. Il avait sifflé des valses et des javas jusqu'au lever du soleil.

Entre ses canines en or et ses ratiches personnelles, le marlou laissait passer assez d'air pour ça.

Après plusieurs jours d'abattement, il avait envisagé de prendre langue avec Blèmia Borowicz. En donnant rendez-vous à son ami reporter loin des bords de Marne, à Paris par exemple, son idée première était de ne pas donner l'alerte à Chantal. De ne pas provoquer non plus de panique dans les rangs de ses collaborateurs. Il lui semblait que seul le Hongrois aurait la capacité, l'autorité, le talent pour dénouer une affaire qui relevait du privé, mais faisait également peser une menace sur la sécurité du réseau *Kerberos*.

Trop dépressif pour affronter la capitale, trop malin pour risquer d'attirer sur lui l'attention de son épouse par un déplacement inattendu, il s'était ravisé. Il avait envoyé Paris-Sports au rendez-vous du Sphinx.

L'attente lui parut longue.

Aussi, le surlendemain, à la vue de Blèmia Borowicz débarquant de l'*Atalante* en compagnie de Tulipe et de son fidèle lieutenant, rien d'étonnant à ce qu'il se plantât devant le reporter médusé et commençât par siffler son chagrin à perdre haleine. C'était tel : plutôt que de faire confiance à la parole, il exorcisait sa défaite, il chassait son ridicule, il clamait sa réprobation en sifflant des refrains populaires.

Il sifflait.

Il était debout face au reporter et il sifflait.

Boro le laissa faire. Bien sûr, le photographe ne pouvait pas encore deviner de quoi il retournait, mais, du moins, le corpulent souteneur l'avertissait-il à sa façon de la gravité de la situation.

– Je t'écoute, dit Boro pour mettre un terme à *Douce France*, qui menaçait de succéder à *Ramona, j'ai fait un rêve merveilleux...*

Pépé l'Asticot stoppa net son récital.

Pour peu conventionnel qu'il fût, l'accueil réservé au célèbre photographe méritait aux yeux de Lucien Palmire un peu plus de cérémonie. Il ouvrit tout grand l'arceau de ses bras et attira le reporter contre son torse de bouledogue. En le roulant sur la paroi de son immense estomac, en le secouant comme un arbre à mirabelles, il commença à lui manifester son indéfectible amitié.

– C'est si bon de revoir ceux sur qui l'on peut compter ! s'écria le mari bafoué.

Une émotion de circonstance embua ses yeux d'alcoolique et une expression commensale peinte sur la hure, le gros rocher du banditisme français reprit ses embrassades, administrant à l'aveugle tapes et bourrades.

Boro titubait sous l'averse des coups amicaux que lui distribuait le barbeau. Pris de fou rire, saoulé de secousses et de ramponneaux, il se résigna à subir jusqu'au bout les accolades qui allaient avec ces retrouvailles peu ordinaires.

Lucien Palmire finit par suspendre ses baisers, ses transports, et peaufina la liturgie de sa gestuelle par quelques effets de sa belle chevalière en or, où luisaient les reflets bleutés d'un diamant solitaire.

Un éclat de rire éclaira le visage de Boro. Il observa la silhouette empâtée de l'ancien élégant, détailla sa mise soignée malgré les rigueurs du temps et s'exclama :

– Je vois que tu fais toujours merveille dans les affaires, Lucien ! Quel bel alpaga tu portes là !

Paroles malheureuses s'il en fut ! Elles déclenchèrent une plainte qui monta spontanément aux lèvres du hareng et se dilua dans les aigus.

– Les apparences sont trompeuses ! Tu me vois gai et riche et je suis triste et seul !

– Pourtant... ta maison... ton train de vie... tes gagneuses...

Le barbeau fit la grimace.

– Le commerce s'effrite ! Nous ne survivrons pas aux derniers coups de boutoir de la guerre !

Il marqua un temps d'arrêt et réprima un hoquet :

– Tu vas voir ! Tu vas voir, photoseur, dit-il gravement, les conséquences directes d'une trop grande promiscuité avec l'ennemi ! Tu vas voir ! Tu vas comprendre les risques que nous fait courir notre métier ! Tu vas mesurer combien nous sommes exposés !

C'était l'occasion ou jamais. Il entraîna Blèmia à l'écart et lui cassa le morceau. Un général chleuh, un officier supérieur de l'*Abwehr*, le service de renseignement de la Werhrmacht, enjambait la Pluchet ! Pour la seconde fois, la France essuyait un échec, une humiliation comparable au camouflet de Dunkerque.

– Ma propre femme m'a laissé sur le sable ! Y m'semble qu'il y a de quoi se rembarquer sans combattre ! avait conclu Pépé d'une voix lugubre.

Boro avait conservé la tête baissée, ruminant de secrètes pensées.

Plus tard, après que le barbeau eut installé ses invités dans leurs chambres respectives, il les réunit à nouveau. Il les avait conviés au living, un endroit aux proportions d'un palais de gouverneur, une pièce meublée en macassar de chez Portenseigne, le gendre de l'illustre Ruhlmann.

Il avait versé mollement plusieurs verres d'un liquide brunâtre dans le service de Daum.

– Porto ! annonça-t-il en grande pompe dès qu'il les vit entrer.

Boro afficha une moue sceptique. Même sur la qualité des alcools, il n'avait pas l'intention de s'en laisser compter.

– Fabrication Belleville ?... Vin rouge ordinaire, cassis et saccharine ?

– Que non ! Porto de Frontignan !

Très fier de l'origine de son ersatz, l'Asticot leva son verre à la santé de ses hôtes.

– *Prosit !* déclama-t-il tristement en langue allemande.

Après ce toast absurde, confuse conséquence de sa déconfiture personnelle face à l'occupant, d'un pas lourd, il vint se camper devant le reporter.

– *Zum wohl !* ajouta-t-il avant de se taire à la façon d'un clown vaincu par les coups de pied au cul.

À l'issue d'un combat intérieur prolongé, il ouvrit la bonde :

– Cocu ! Tu imagines ! Cocu ! s'épancha-t-il. Et pas médiocrement, non ! Dans les grandes largeurs ! Branchu comme un dix-cors ! Moi qui ai eu jusqu'à cinquante gagneuses sur le pavé ! Voilà où j'en suis !

– Un couple réputé insubmersible !... constata Boro en jouant le jeu. C'est à peine croyable.

Il se laissa tomber dans un fauteuil club et étendit devant lui sa jambe raide, essayant de délasser ses muscles.

– La vacherie des femmes est insondable ! murmura le gros Lucien. Avec ce coup du sort, j'ai tout à réapprendre. À mon âge ! Avec mon expérience !

Il avait le bord des paupières rouge et retenait ses larmes.

– Je veux bien admettre que les temps soient durs, dit Boro. Mais j'imagine, Lucien, que le rostre de *Kerberos* ne m'a pas fait venir jusqu'à Joinville pour me charger de négocier avec les autorités allemandes le retour de ta femme au bercail !

Lucien Palmire but sans broncher le contenu de son verre.

– Laisse-nous, Paris-Sports, enjoignit-il à son porte-flingue qui s'apprêtait à faire tapisserie. J'ai à parler d'homme à homme avec monsieur Blèmia. Vous aussi, mademoiselle Tulipe, dit-il en jetant un regard obligeant en direction des seins pigeonnants de la mignonne, rejoignez votre chambre et allez vous reposer. Alphonse Bistouri passera vous voir dans l'après-midi.

– Toujours ton médecin marron ? s'enquit Boro.

– Toujours l'aigle du catgut et de la pince hémostatique ! En une seule prescription, mon médecin va rendre à la jouvencelle son teint de lys !

Dès qu'ils furent seuls, Pépé l'Asticot, visage fermé, approcha sa chaise du fauteuil de Boro.

Grave et tendu, la cervelle assiégée par ses obsessions, il se pencha vers le reporter et, la voix nouée, lui dit :

– Tu le sais, tu t'en doutes... elle était tout pour moi. Et je suis un vieil homme !...

– Tu es aussi une vieille fripouille. C'est impossible que tu n'aies pas vu venir le coup !

La voix de Lucien Palmire se fit presque douce :

Je te jure !... je n'y comprends rien. Il y a quinze jours à peine, elle m'aimait !

Le hareng jeta un regard désabusé à sa bidoche et reconnut :

– Bien sûr, il y a mon âge... il y a aussi mon embonpoint... Je ne la dérouille plus comme il y a cinq ans... mais pour un vétéran... elle n'avait pas lieu de trop se plaindre !

– Tu l'avais mise dans ses meubles… N'as-tu pas eu tort de lui confier des affaires sérieuses ?

– Comment aurais-je pu faire autrement, Boro ? Elle était la moitié de moi-même ! Je lui ai confié la direction de notre deuxième maison… un petit écrin des bords de Marne, un peu en amont d'ici. Un rendez-vous pour le repos du guerrier… où nous faisions merveille en matière de renseignement. C'est là, alors qu'elle était taulière en chef, libre de ses mouvements, de ses initiatives, qu'elle est tombée en pâmoison devant son Gunther, un salopard qui travaille directement avec les ordures de l'Hôtel Lutetia !

– Tu veux dire Otto Brandl ?

– Otto ou Herman, les deux prénoms fonctionnent.

– Brandl et Radecke ! Vieilles connaissances !

– Le premier, un fameux mythomane enrichi qui travaille pour les « bureaux d'achat », et le second, un aventurier, un homme à femmes, un bambochard de « One two two », un capitaine de mes deux qui fréquente et protège les bonnes œuvres de « monsieur Henri » !

– Encore la rue Lauriston ! Décidément, Lafont et Bonny sont partout où se respirent de mauvaises odeurs !…

– Lafont règne sur la France ! Il réquisitionne les immeubles, il rachète à vil prix les magasins, les bureaux. Il arrête les juifs, il torture les résistants ! Il instruit tous les bas-fonds !

Le Hongrois lui renvoya un sourire complice :

– Chantal est peut-être tombée sur du croustillant !… Elle a peut-être usé de ses charmes pour soutirer des informations au général…

– Elle m'a bafoué aux yeux de tous !

Les poings du vieux Jules se serrèrent sur ses genoux.

– La garce ! gronda-t-il en s'excitant à mesure. Quand je réglerai mes comptes, il y en aura pour tout le monde !

– Tu ne vas quand même pas la flinguer ! Vous êtes de très vieux amants.

Les yeux sombres de Lucien Palmire s'étaient rapprochés, sa bouche était devenue plus fine. Il tournait et retournait la chevalière en or blanc qu'il portait à l'annulaire droit – souvenir d'un casse chez Chaumet.

Il se pencha avec plus d'insistance sur le Hongrois, qui perçut les effluves généreux d'une eau de toilette coûteuse.

– En cas de trahison, c'est la mitraillette qui prime, monsieur !

Soudain, sous la silhouette empâtée du souteneur, se dessinait la vraie personnalité du gangster. Ce n'était plus l'ancien élégant du Topol, c'était le vieux cacique du milieu, c'était le baroudeur qui parlait. Le dispensateur des coups de mains. Un pégriot sans scrupule, sans états d'âme. Un chef de meute, cruel et brutal, qui se trouvait confronté à plus organisé, à plus fort, à plus dégueulasse que lui : la bande à Lafont.

– Et, soyons réalistes, souffla-t-il, Chantal Pluchet n'est plus la charmante standardiste que tu as connue. Elle n'est plus le tanagra du téléphone à Alpha-Press ! Elle n'est plus l'ébauche de la grande chanteuse internationale que j'avais essayé de lancer lors d'une tournée mémorable au Liban et en Égypte ! Finie Zizi Polidor ! Exit la femme soumise ! L'accorte et confortable compagne d'un vieux lion vieillissant !... Elle est devenue une aventurière qui se risque dans les allées du pouvoir ! J'ai soixante-sept ans au compteur et je vois se dresser devant moi un grand fauve, une aiguilleuse du stupre, une hétaïre en plus classieuse, une courtisane hors gabarit qui puise sa séduction dans son talent de bateleuse et son expérience de manipulatrice dans ses origines de grue plébéienne !

– Tu deviens fou !

– Je deviens lucide sur le tard ! Et toi, tu peux toujours haricoter avec la morale ! Je m'en tape ! Chantal couche avec l'ennemi ! Elle flatte, elle exacerbe, elle valorise la virilité de l'occupant ! Elle trahit la France ! Elle compromet notre sécurité !

D'un coup, Boro s'était assombri.

– Tu veux dire la sécurité du réseau ? Elle nous vendrait tous ?

Lucien Palmire réprima un soupir. La mine soucieuse, il se tourna vers le reporter :

– J'ai peur, avoua-t-il. Peur que sur l'oreiller elle ne commette l'irréparable !

Chez Lafont tout est bon

Ils étaient tous là.

L'état-major, les indispensables. Au 93, ils étaient tous réunis dans le bureau du patron. Leurs affinités, leurs combines, leurs intérêts du moment les rapprochaient. À l'instar de gras commerçants, ils confrontaient leurs résultats de la semaine et se racontaient leurs bonnes et leurs moins bonnes fortunes des derniers jours. Brillamment éclairé, l'étage de l'hôtel de la rue Lauriston bruissait de leurs conversations animées.

C'était un lundi. On faisait souvent le point le lundi. On le faisait pour s'assurer de l'avancement des dossiers traités *dans l'intérêt de l'Allemagne en guerre*. Par souci de gestion, en quelque sorte. Pour entretenir la cohésion des équipes, pour reprendre en main celles qui ne remplissaient pas leur contrat vis à vis de l'organisation, pour mettre en route de nouveaux projets aux profits juteux.

Au premier cercle des personnages douteux convoqués par le patron étaient assis une brochette de maquereaux et de criminels en tous genres. Ces gens de sac et de cordes entouraient un fauteuil et trois chaises vides destinées à Henri Lafont et à sa suite. Étaient présents Paulo du Helder, dit «la Gamberge», Miclar qui se spécialisait dans les filatures et les dénonciations de juifs. Adrien Estebéteguy, qui finirait dans la chaudière du docteur Petiot, Riri l'Américain, Armand le Fou, Robert Mériq dit «Robert le Pâle», Feu-Feu, dit «le Riton», et Bernard Simoni, spécialisé dans le dépistage des terrains d'atterrissage utilisés par les résistants.

Au second plan, parfois debout, souvent affairés au téléphone, traversant la salle avec une brassée de feuilles à la main ou enrobés des volutes de leurs cigarettes, les hommes de la pègre tenaient haut des discussions qui parlaient d'or, de fauteuils de style, d'argenterie, de bijoux, de toiles de maîtres, ou traitaient du sort d'israélites *d'origine française*, de gaullistes, de communistes, de terroristes, incarcérés dans les cachots de la rue Lauriston.

Ainsi mobilisés par les sirènes de l'argent facile se démenaient pour la cause de la « Gestapo française » François Lorand, dit « François le Mauvais », qui supervisait le trafic des tickets d'alimentation, la traite des Blanches et l'écoulement des fausses monnaies pour le compte de Lafont, Charles Valet, un expert en objets d'art et tableaux anciens, André Loquert, journaliste, Marcel Bérard, inspecteur de police, Serge Hâli, médecin, Henri Nourrisson, propriétaire de plusieurs magasins, et, bien sûr, l'incontournable, l'irremplaçable inspecteur Bonny, l'ex-« premier flic de France », celui qui, mêlé à tous les scandales de la IIIe République – l'affaire Stavisky, l'affaire Prince –, avait été révoqué avant de devenir l'adjoint, le bras droit de « monsieur Henri » et de se donner une nouvelle carrure.

Sanglé dans son uniforme de l'armée allemande, Henri Lafont fit son apparition vers dix heures du matin. C'était un grand gaillard aux épaules larges, au regard noir et vif, à l'allure massive et virile. Dès avril 1941, il s'était vu décerner au titre d'une promotion exceptionnelle la nationalité allemande et, un peu plus tard, le grade de capitaine de la Wehrmacht.

Il était à l'apogée de sa réussite, et ses appuis au sein de l'*Abwehr* lui valaient respect et reconnaissance de la part de ses propres recrues – des gens de corde ou de contumace –, qu'il avait en général tirées d'un mauvais pas ou même des geôles de l'État français.

Celui qu'on surnommait familièrement « monsieur Henri » grimpa allègrement les marches de l'escalier qui menait à son bureau. Sur ses talons cavalaient ses trois tueurs à gages : Jo le Corse, Adolphe Cornet, dit « Fredo la Terreur du Gnouf », et Jacques Rinal, dit « la Ristourne ».

En souvenir des « amusements » du samedi soir, les murs, sous forme de crachats et de vomissures, les rampes XVIIIe en fer forgé de l'escalier (entrelacées de serpentins et de vestiges de cotillons), portaient encore les stigmates d'une java organisée pour fêter la prise de dix-sept lingots d'or, de trois diadèmes du même métal, de neuf colliers (dont un en diamants appartenant à Mme Bloch-Spitzer, demeurant 19, rue des Bernardins) et de plusieurs millions de dollars.

La rue Lauriston, inondée de dahlias et d'orchidées, accueillait souvent en fin de semaine l'élite du Tout-Paris pour des fêtes somptueuses, tandis qu'en bas, dans les caves, des Français arrêtés gémissaient sous la torture.

Ce matin du lundi, conséquence des rafles de la semaine passée, les interrogatoires allaient leur train-train. Nulle trace de précipitation de la part des bourreaux. Les hommes de Lafont vaquaient à leurs tâches habituelles comme n'importe quels employés attachés à la routine de leur fonction. Des verrous grinçaient dans leurs logements. Des portes claquaient. Des voix s'interpellaient. Parfois, l'écho d'une parole inaudible faisait résonance à un cri de douleur, à une supplication. Les interrogatoires se succédaient sans passion particulière. Les choses roulaient dorénavant selon un processus administratif.

Parmi les zélés spécimens de cette caste de la vacherie humaine se trouvait Abel Danos.

Même s'il était absorbé par la conduite d'un interrogatoire assez coriace, «le Mammouth» avait la tête ailleurs. Il avait hâte de retrouver ses collègues dans la salle de conférences du premier étage.

La veille, dimanche, il avait écouté le compte rendu de Sartore et de Gourari. Penchés sur la piste de Boro et de ses amis, les deux Ritals avaient recueilli des témoignages de proximité. Ils avaient eu vent de la course-poursuite de la rue de Rennes. Ils avaient aussitôt établi une liaison avec le commissariat de la place Saint-Sulpice. Les hirondelles qui avaient pris en chasse la traction avant de Paris-Sports dépendaient de cette annexe du commissariat central du sixième. Les pèlerines aux pieds plats reconnaissaient s'être laissé abuser par l'incendie du véhicule. Établie le lendemain des faits, la main courante du commissariat était formelle : dans les vestiges de la bagnole examinée, il n'y avait pas trace des corps carbonisés des fuyards.

Enragé par cette déposition, Danos s'était renseigné sur le déroulement chronologique des incidents du Sphinx. Il avait recueilli le témoignage de l'*Oberfeldwebel* Schlassenbuch. Dégrisé, le sous-officier lui avait révélé en long, en large, en travers l'identité de l'homme de Caluire, du demi-juif, du reporter photographe boiteux, de l'ennemi juré, de l'*Untermensch*, de celui qui lui avait valu sa disgrâce sur le front russe.

Pour Danos, désormais, c'était devenu une priorité de retrouver et d'arrêter celui que les résistants appelaient «Bouvier». Faire tomber ce chef de la Résistance dans ses filets représentait pour le gangster une excellente opportunité de se faire bien voir de ses chefs. Toutefois, pour se couvrir et avoir les mains libres dans cette affaire, il se devait prioritairement d'informer le patron de la fusillade du Sphinx et de l'affranchir de l'importance et de la nature du gibier levé.

Pour l'instant, dévoué à son travail de bête brute, Abel était en bras de chemise. Son chapeau, sa veste pendaient à un perroquet.

Avec des gestes mécaniques, il accomplissait sa tâche de bourreau. Il se tenait au bord de la baignoire dans l'attitude de la lavandière penchée sur le lavoir. Sa grosse pogne venait de nouer les cordons de son tablier de protection. Il avait saisi la planche sur laquelle était étendu son client du jour. Bras et jambes étroitement sanglés, l'homme, un juif polonais aux moustaches tombantes, respirait précipitamment. Assujettie à une charnière pivotante, la plate-forme de bois sur laquelle il était ligoté basculait indifféremment vers l'avant ou vers l'arrière. Cet astucieux dispositif faisait partie des petits perfectionnements patiemment inventés par les spécialistes de l'interrogatoire musclé – des gens aveugles à la douleur et vaccinés au sadisme –, qui revendiquaient le savoir-faire de leur corporation avec une fierté d'artisan du faubourg du Temple. Chez Lévitan, on soignait le palissandre; chez Lafont, on avait bonne réputation, question torture.

Retenu par ses liens, le corps du Polonais plongea vers l'avant.

Abel Danos nota la congestion de la nuque et du crâne chauve de sa victime tandis que le visage entrait en contact avec l'eau de la baignoire. Dans un gargouillis de bulles, l'immersion commença.

Le repris de justice était calme comme du riz. Fort de son expérience, il évalua le laps de temps acceptable qui conduirait le supplicié jusqu'à la lisière de la syncope. Au dernier moment, il convenait bien sûr de préserver le client de l'asphyxie et de lui garder assez de lucidité pour qu'il soit en état de répondre aux sempiternelles questions dont l'opérateur pilonnait sa cervelle embrouillée :

– Combien étiez-vous ? Qui est ton chef ?

Abel Danos soupira. Il jeta un coup d'œil du côté de la nuque du Polonais, qui venait de ployer, un avant-signe de l'évanouissement.

Il se tourna vers son assistant et annonça entre ses dents :

– Taras Boulba est une bourrique ! Je vais te le refiler.

Il fit remonter l'homme hors de l'eau. Son visage boursouflé d'œdèmes ruisselait de flotte et de sang mêlés. Le malheureux, ranimé par on ne sait quel instinct farouche, souffla, cracha, à demi étouffé par l'intrusion du liquide dans sa trachée-artère. Enfin, il rouvrit ses yeux injectés de sang et fixa son tortionnaire.

– Combien ? Qui ? rugit le bourreau.

Pour signifier son intention de ne pas parler, le prisonnier secoua négativement la tête.

– Forte tête ? rugit Danos. Tu n'as pas raison, sale Polack !

Il lui balança un coup du nerf de bœuf sur la cage thoracique. Il s'essuya le front. Il eut une pensée pour regretter son ancien collègue et partenaire de jeu, Fernand Beauvilain, mort d'une balle en plein front. Mentalement, il rendit hommage à la technique du milicien, qui, lui, n'hésitait pas à battre les juifs, les résistants, jusqu'à l'extrême limite de leurs forces et obtenait d'excellents résultats grâce au « gummi », une matraque faite d'un tuyau de caoutchouc.

Il grogna :

– Je vais te filer entre les pattes de Maurice… Tu vas goûter le changement de style ! C'est un spécialiste des ongles courts. Manucure hors pair, tu vas voir !

Il se tourna vers le grand rouquin qui traînait dans son dos.

– Je fais un saut chez le patron… Je te le confie ! Fais comme pour toi !

Du côté de la haute brute qui s'apprêtait à prendre le relais des sévices, un simple acquiescement. L'homme aux cheveux carotte s'en fut quérir son matériel, une trousse à disséquer héritée d'un apprenti toubib qui avait abandonné la médecine en année de PCB.

Abel Danos avait déjà enfilé sa veste et quitté la salle d'interrogatoire. Il se hâtait dans les couloirs. Son feutre gris à la main, il grimpait l'escalier menant à l'étage deux marches par deux marches. Son allure véloce confirmait son statut de vieil habitué des lieux.

Le patron

Lorsqu'il poussa la porte de la salle de réunion, Abel le tortionnaire fut saisi par le degré d'attention peint sur les visages.

Le patron avait un verre en main. Sans doute du champagne millésimé. Il finissait de raconter à l'auditoire comment, au cours d'un gala de charité en faveur de l'entraide aux prisonniers de guerre organisé au Théâtre des Ambassadeurs, il s'était rendu acquéreur, à la barbe du Tout-Paris, du briquet, du fume-cigarette, de la pipe, de la blague à tabac et de tout le nécessaire de parfait fumeur mis aux enchères par Maurice Chevalier.

Ce dernier avait fait le vœu de ne plus fumer.

Les yeux noirs et agiles de « monsieur Henri » brillaient tandis qu'il revivait les péripéties de cette soirée mémorable.

Comme Chevalier était une vedette archi-populaire, les enchères étaient montées en flèche. L'affrontement final avait opposé Lafont à l'actuel propriétaire d'un restaurant parisien très huppé. Le duel s'était déroulé devant un parterre choisi, où se côtoyaient princes et ambassadeurs.

– Savez-vous que j'ai dû pousser le bouchon jusqu'à un million et demi ! se vanta l'aventurier… Ça ne se trouve pas sous le sabot d'un cheval, que je sache ! Eh bien c'est arrivé comme je dis !… Et crac !… Adjugé ! J'ai fait un chèque séance tenante… pour les prisonniers !… pour les p'tits gars qui ont perdu la drôle de guerre ! Une brique et demie !… Recta ! Les cocus des stalags vont pouvoir se payer de l'angora pour l'hiver !

Satisfait de voir que ce geste théâtral emportait l'adhésion d'une partie de l'assemblée et que la plupart des malfrats applaudissaient à sa générosité, Lafont, tout à sa mégalomanie, se raidit dans une attitude militaire.

Il avança un menton mussolinien et, sur un ton déclamatoire, s'adressa à ses interlocuteurs les plus proches :

– Vous allez me dire peut-être : qu'est-ce qu'une somme aussi colossale représentait pour vous ? Je vous répondrai : pas grand chose !… une goutte d'eau dans la mer ! une transaction avec la *Kriegsmarine* ou une opération de marché noir avec le *Deutsch-Devisen-Kommando*… pas davantage !

Les rires des courtisans saluèrent l'humour épais de celui qui incarnait la réussite parfaite.

D'un geste bref, Lafont mit fin à leur liesse bruyante.

– Messieurs, je ne vous retiens pas ! Vous pouvez retourner à vos travaux d'aiguille !…

À l'exception de l'inspecteur Bonny, tous se levèrent. Et tandis que, sous le regard attentif de « monsieur Henri », s'ébrouaient ses collaborateurs dans un grand chahut de chaises raclées, ce dernier se frappa le front et, de la voix, héla trois commis en costume noir qui louvoyaient parmi les sièges éparpillés :

– Ah, tant que j'y suis ! Maillebuaux, Ménigault, Cazauba ! s'écria-t-il en frappant dans ses mains, j'attends vos rapports sur les retombées du dossier « Défense de la France » !

– Les rapports sont sur votre bureau, patron, dit aussitôt le petit homme qui répondait au nom de Maillebuaux.

Sait-on seulement où est passée cette… Geneviève de Gaulle ? demanda Lafont. L'affaire remonte au début de l'été, si ma mémoire est bonne… Il faut que je puisse répondre à quelques questions que me pose Vichy.

– Vous avez noué des contacts avec le Maréchal ? s'étonna celui qui s'appelait Ménigault.

– N'exagérons rien !… Je ne l'appelle pas Philippe ! Nous ne mangeons pas dans la même assiette… Nous ne sommes pas du même monde.

– Avec des gens du cabinet ?

– Si vous voulez…

– Brinon ? Luchaire ? Fontenoy ?

– Pas forcément des étoiles de première grandeur… répondit Lafont en laissant les choses dans le vague. J'ai quelques sous-marins là-bas… mais dites moi, quelqu'un, pouvez-vous m'en dire plus sur ce réseau ?

– Des étudiants !... renseigna Cazauba. La nièce du général félon faisait partie du lot. Elle a été arrêtée avec les autres le 26 juin, dans une librairie qui leur servait de lieu de réunion.

– Elle a été transférée place d'Iéna, interrogée par la police française et livrée aux autorités allemandes, compléta l'ex-inspecteur Maillebuaux.

Il gratta sa moustache à la Laval et, après consultation de ses notes, ajouta :

– Elle a pris place dans un train en partance pour l'Allemagne. Le convoi s'est formé en gare de Paris-Bestiaux. Direction Compiègne, comme d'habitude. Les membres du réseau ont rejoint un contingent de détenus composé de dix-neuf nationalités différentes. *Zu fünf! Los! Los!* Ils ont pris place dans des wagons type « hommes 40, chevaux (en long) 8 ». Le transport, comme les autres, a été assuré par le HVD (*Haupt Verkhers Direktion*), l'organisme qui se charge d'établir l'itinéraire en évitant les lignes bombardées ou sabotées...

– Je vois, éluda Lafont, que ces détails administratifs assommaient.

– Aux dernières nouvelles, la jeune personne était internée à Ravensbrück.

– Très bien, très bien... le reste ne nous regarde pas.

D'un signe du menton, Herr capitaine Lafont congédia les trois sous-fifres des affaires juives.

Passant d'une idée à l'autre, il s'adressa à l'inspecteur Bonny, qui était resté en retrait :

– Pierre ! Mon bon Pierre ! Où en sommes nous avec la mise en route de la brigade nord-africaine ? Est-ce que ce El Maadi a tenu parole ?

L'inspecteur Bonny s'approcha.

– Il recrute à tout-va ! Bientôt trois cents hommes !

Lafont attendit que la porte se fût refermée sur Maillebuaux et compagnie :

– Jusqu'au bout, dit-il, je me méfierai de ce type, El Maadi. C'est un nationaliste algérien proche de nos idées, d'accord ! Mais je n'ai pas confiance.

– Je crois que tu as tort.

– C'est avant tout un agitateur !

– Il t'est dévoué corps et âme.

– Je veux que toi et quelques autres preniez vous-mêmes la tête des sections.

– Ce sera fait.

– Où en sommes-nous avec le matériel ? Les véhicules ?

– Joanovici s'est offert à les fournir.

– Sans blague ! Le ferrailleur au grand cœur dévoile sa sensibilité véritable !... Il se mouille !

– « Monsieur Joseph » dit que l'oseille n'a pas d'odeur !

– Un vrai patriote !... Une belle salope ! Un sacré faux-cul ! Discute les prix !... Et l'armement ?

– L'armée allemande y pourvoira.

– Au moins, voilà du sérieux ! Je veux que nous soyons prêts dans la perspective d'une conclusion historique qui risquerait de tourner au désavantage de l'Allemagne nazie.

– Nous serons prêts en février.

– Aussitôt, cap sur Limoges ! Les sections se partageront le terrain : Tulle, Objat, Juillac, Vigeois, Donzenac, Périgueux, Brive, Ribérac, Brantôme... nous passerons toute la région au tamis. Je veux que les Arabes foutent le feu aux fermes et qu'ils arrêtent tout ce qui ressemble à un résistant !

– Tu peux compter sur les soldats coloniaux. Ils ont l'habitude de monter sur les coups durs.

– C'est bien, Pierre. Merci.

Lafont se leva avec l'intention de reconduire Bonny jusqu'à la porte.

Puis, se ravisant :

– Ah ! et au fait... n'oublie pas d'arroser Brandl et Radecke pour les Fêtes. Egalement une petite livraison de champ' pour Karl Boemelburg serait la bienvenue... Tu fais livrer ça et quelques alcools fins à la « villa Boemelburg » de Neuilly... Encore merci pour tout...

– Ne me remercie pas, Henri. J'y trouve mon compte.

Les deux hommes se serrèrent la main. Tandis que Bonny s'éloignait, lunettes rondes, moustaches Laval, le regard de Lafont croisa celui de Danos, qui se tenait dans l'embrasure de la porte entrouverte. De toute évidence, le malfrat avait suivi la fin de la conversation.

– Tu voulais me parler, Abel ?

– Deux mots...

Le patron franchit les quelques pas qui le séparaient du caïd. Il le prit familièrement par le bras et l'entraîna à sa suite.

D'un coup, il paraissait d'humeur enjouée :

– C'est ma revanche d'arroser tous ces connards ! fanfaronna-t-il. De leur faire un petit avantage…

Et contemplant la pièce aux lambris dorés :

– Tu sais, Abel, l'essentiel dans l'existence, ce n'est pas ce qu'on fait, c'est la place qu'on occupe.

Il s'assit derrière son bureau. Avisant une bouteille de champagne dans un seau à glace, il se versa une coupe. Il fit signe à Danos de prendre place en face de lui.

– Honnête ou pas, si tu es en bas de l'échelle, personne ne s'intéresse à toi…

Il tendit la main vers une boîte de cigares qui traînait à sa droite.

– Moi, dit-il, j'ai décidé une fois pour toutes de donner les cartes ! Je suis bien décidé à tenir le haut du pavé ! Et tant pis si la morale le réprouve… Cigare ?

– Non, merci.

– Ruinart millésimé ?

– C'est un peu tôt pour moi.

– Tort ! Il faut savoir se donner des apparences !

« Monsieur Henri » alluma son barreau de chaise et, jouant l'importance, s'enroba d'un nuage bleu.

– Alors ? dit-il en parlant avec la bouche pleine de fumée, qu'as-tu de si important à m'apprendre ?

Abel Danos sembla se recueillir. Le bref éclat de son regard chercha à capter celui de Lafont.

Piqué par la curiosité, ce dernier attendit, la tête rentrée dans les épaules.

Et comme l'autre se taisait toujours :

– Eh bien, Abel… Chante-moi tes notes ! Et pas d'encules entre nous !

Le gangster sourit imperceptiblement. Il laissa le patron mijoter encore un moment dans son jus, puis se pencha vers lui :

– Samedi, au Sphinx, commença-t-il en parlant sur le souffle, j'ai mis la main sur un gros calibre…

Monsieur Henri l'écouta. Sa bouche bougeait imperceptiblement. Lorsqu'il fut enfin le dépositaire des révélations de Danos, il hocha gravement la tête.

– C'est fou, c'est fou, s'obstina-t-il à répéter pendant un long moment. Notre vocation, l'engrenage de notre parcours est de fricoter avec la mort ! La mort est partout où nous sommes, elle devient une rengaine !

– Rengaine ou migraine, peu importe ! je veux mettre ce Borowicz hors d'état de nuire ! dit Danos.

Abel glissa encore quelques phrases à l'oreille de son chef.

Lorsqu'il eut terminé, Lafont transportait une soupe noire dans la tête. Il se renversa en arrière sur son fauteuil. Sa coupe de champagne vide à la main, il s'enroba de la fumée de son cigare. Son faciès reflétait une grande brutalité intérieure.

Il marmonna entre ses dents :

– Livre-moi ce boiteux, Abel. Livre-le-moi et je n'oublierai pas ce signalé service. Je veux m'occuper de lui personnellement.

Le cas Pluchet

Boro était à cent mille lieues de se douter des périls qui s'accumulaient sur sa tête et allaient bientôt le reléguer au rôle du gibier forcé par le chasseur.

Pour l'instant, bien calé à l'arrière de la 15-chevaux Citroën prêtée par Pépé l'Asticot, le regard amusé du reporter venait de passer du gabarit d'anguille de Paris-Sports à la large stature de Pégase Antilope.

Appelé en renfort et assistance, l'homme aux yeux de biche et au rire de cheval avait répondu présent à l'appel de ses potes. Fidèle à ses principes, le malabar se serait fait découper en rondelles pour ses amis de la première heure. Les grinches, les harengs du Topol, les *démailloteurs* de dames, comme il les appelait, c'était sacré. C'était sa famille mêlé-cass.

Pourtant, depuis l'Occupe, Pégase ne présentait plus guère le flanc à l'aventure. On peut même dire qu'il était rangé des voitures. C'est ce qu'il venait d'expliquer en ses propres termes à Blèmia Borowicz avant qu'on démarre.

– On s'tient peinards, monsieur Boro ! Surtout depuis qu'on a du bien ! s'était-il justifié en offrant au reporter son aimable profil.

Pendant ce temps, son pote Paris-Sports avait veillé aux derniers préparatifs. Il s'était glissé derrière le volant. C'est lui qui tiendrait le manche. C'est lui qui avait monté l'expédition.

Sur le pare-brise de la Citron, il avait affiché un *ausweiss* « jour et nuit », passe-droit arraché aux services administratifs de la préfecture de police par Lucien Palmire.

– C'est le genre de papelard avec des cachets à l'effigie de l'aigle du Reich qui vous permet de traîner dans les rues de Paris aux heures où dorment les gens ordinaires, renseigna Pégase Antilope en guise de commentaire.

Paris-Sports claqua sa portière.

– Tout le monde sont là ? interrogea l'ex-roi des paris hasardeux. Alors, gi !... on y va !

Sans bouger la ligne de ses épaules, il fit ronfler le moteur et, caressée par une accélération franche, la voiture bondit en avant.

En un clin d'œil, on tapa le cent vingt au compteur.

– La Quinze à suspension Grégoire, y a qu'ça d'vrai ! s'enthousiasma l'Antilope en saluant la performance. Elle monte aux gaz ! Une vraie détaleuse pour les holdupes !

– Elle pourrait aussi rendre quelques services pour les coups de main de la Résistance ! fit remarquer Boro.

– Elle est meilleure dans le dérapage que dans le coup de frein, s'entêta Pégase. J'la vois plus entre les mains d'un braqueur que d'un FFI !

Dans son coin, Boro fit la grimace.

Comme il se prenait au jeu douloureux de vouloir évaluer le patriotisme de chacun, le reporter fit taire ses dernières illusions. Ses amis du mitan, même s'ils avaient pris fait et cause pour l'armée des ombres et le gaullisme, même s'ils avaient rendu de signalés services en matière de renseignement, n'avaient jamais cessé tout au long des années noires de s'en mettre plein les poches. Et s'il était avéré qu'il faudrait bien avoir recours à leurs talents et à leurs compétences pour, le moment venu, épauler les troupes alliées du débarquement et contribuer à la libération de la France, il ne fallait pas pour autant espérer amender les mœurs de ces anciens du pied-de-biche et de la grande truanderie.

Patriotes, soit ! Mais voleurs et combinards d'abord !

Pégase Antilope ne faisait pas exception. Il était à l'abri du froid et du besoin. Il était vêtu *chicos*. Manteau poil de chameau, feutre Mossant et cache-col tabac. C'est que depuis un an déjà, en reconnaissance de ses mérites, Lucien Palmire l'avait bombardé gérant de la bonbonnière qu'il avait offerte à sa femme.

Madame Palmire régnait sur l'Escale. Elle avait le paraphe, la haute main sur les biens immobiliers et les coudées franches dans les affaires.

Pégase Antilope lui était attaché. Il *gérait*. Une poigne ferme sur un personnel résigné. Rien que du viril, de l'humain, du véritable. La main sur la gueule des dodues, c'était lui.

En vérité, l'irruption du général Gunther von Kopnitz dans la vie sexuelle de sa patronne l'arrangeait plutôt. Sans vouloir être cynique ou s'acharner à bâtir une hypothèse hasardeuse, qui pouvait prévoir l'avenir ? Chantal, c'était visible, en pinçait sévère pour le bel Aryen. Des fois qu'elle envisagerait de refaire sa vie outre-Rhin, Antilope représenterait un vrai recours. Il se retrouverait à la tête du bouic. Une géniale affaire ! Un tremplin vers la fortune !

Signe supplémentaire de sa maturité d'esprit, le marlou avait perdu ses dents de canasson au profit de ratiches neuves. Des incisives de précision. De l'or en bridge.

Il rutilait.

Depuis le départ, les trois hommes étaient murés dans le silence. La voiture longeait la voie sur berge. Le visage osseux et le pif important, Antilope flairait le paysage. Il laissait errer ses grands yeux de vache sur les guinguettes privées de vie. Soudain, il baissa la vitre et respira une large goulée d'air humide.

Chez Gégène ! murmura-t-il en désignant la façade cadenassée du célèbre dancing. Gégène ! Tu te rappelles, Boro ? Ça fait une sacrée paye qu'on n'a pas marché à la gambille !

Nostalgique, le regard du reporter s'attarda un moment sur les stores malmenés par les à-coups de la bourrasque. Il entrevit une flaque qui stagnait sur l'aire de ciment, puis la vitesse engloutit l'espace nu.

Il ferma ses yeux caverneux.

Les souvenirs affluèrent. Surgie d'un lointain sans contours, il vit venir à lui la gracieuse silhouette de Liselotte Declerck. On était en 1936, un soir qu'elle enroulait la valse entre les bras costauds de Dédé Mésange… Batterie, accordéon et tempo populaire, la jolie fleur se laissait cueillir par l'ouvrier. Souvenirs, souvenirs… Dédé Mésange venait de chiper sa petite amie à Boro…

– Au sujet de madame Palmire… c'est bien pour vous être agréable que je vous sers d'intermédiaire, dit la voix de Pégase Antilope.

Boro rouvrit les yeux et secoua ses rêves.

– J'vous préviens, enchaîna le hareng, moi, les embrouilles, j'en veux pas !

– Ça devrait bien se passer, le calma le reporter. J'ai toujours eu un bon contact avec Chantal et je ne suis pas là pour porter un jugement moral sur ses amours. Ce que je ne peux tolérer, c'est la menace qu'elle fait peser sur tous les camarades du réseau.

– Là-dessus, chuis pas trop inquiet, intervint Paris-Sports. Chantal, c'est pas l'genre, elle dénoncera personne.

– Il a raison, approuva l'Antilope. C'est une gonzesse en fer. Spécial dressée par des hommes de tradition. Elle est montée comme un sous-marin. Tout en cloisons étanches !

– Cela dit… nuança Paris-Sports, il faut considérer le chagrin qu'elle fait à son homme !

– Y s'en relèvera, le gros Lucien ! s'emporta l'Antilope. T'as qu'à te rappeler la tournée des Émirats arabes ! Si sa bonne conscience a survécu aux bouibouis de Port-Saïd, on peut prédire sans gourance qu'elle résistera à une saison d'hiver munichoise !

– Pas sûr… le temps a passé. C'est plus le même bonhomme.

– Tu débloques, Pierre-Georges !

Antilope était bien le seul à appeler le porte-flingue par son double prénom. Ces deux-là s'étaient connus à la maternelle de Ménilmuche.

– Sans Chantal, Lulu est foutu !… s'entêta l'ex-turfiste. Y s'laisse glisser ! Un jour, on l'retrouvera mort au bout d'un pistolet !

– J'y crois pas ! J'y crois pas ! réitéra Pégase. Le Lucien, j'te fous mon billet, y va s'réchauffer vite fait avec une débutante !

– Y n'empêche que Chantal a dérapé !

– Mets toi à sa place ! À quarante piges, elle avait tout sauf le sexe !

Et donnant dans l'explication fine, le gérant de l'Escale se tourna vers Boro et précisa sur un ton de confidence :

– Madame Palmire, son fion, elle s'en sert parce qu'elle marche à l'excellence. C'est une femme, elle est huilée pour les grandes distances. Infatigable à la galipette. Le malheur avec Pépé, c'est sa paresse de glande…

– L'âge !

– J'dis pas… mais avec le Gunther, le moins qu'on puisse constater c'est que ça colle énormément ! C'est gerbes et étincelles ! Un vrai feu d'artifesses !

Paris-Sports étouffa un rire silencieux et complice qu'il partagea avec son pote Pégase.

– T'as raison, collègue ! admit-il. Chantal, c'est une cheminée qui tire bien ! Et puis, elle est majeure, Zizi Polidor ! Plusieurs fois vaccinée !

La 15-chevaux venait de pénétrer dans Paris par la porte de Bercy. Elle feulait au passage des immeubles. Elle allongeait sa foulée sur les avenues dégagées. Boro était ailleurs. La pluie, l'itinéraire, la matérialité du voyage lui importaient peu. Il pensait à la manière dont il aborderait les problèmes avec l'ancienne standardiste.

L'entrevue aurait lieu à la sortie du ciné. Le temps pour intervenir serait limité. Les renseignements recueillis par Antilope étaient formels : fidèle à ses habitudes, la blonde platine se rendait au cinéma Rex chaque mardi soir. Bien que la salle fût désormais réservée aux seules troupes allemandes, son fiancé, le général, lui avait obtenu une dérogation spéciale.

Ludwig, le chauffeur de l'officier, un Bavarois pur-sang, avait été commis par son chef pour venir attendre la « madame » à la sortie de la séance de vingt et une heures. Il utilisait sa voiture de service, une Mercedes 500 décapotable. Il se garait à onze heures vingt, toujours au même endroit, dans une rue adjacente au boulevard. Pour satisfaire aux exigences de Madame Chantal (qui aimait marcher un peu pour se dégourdir), il stationnait à une centaine de mètres environ de la sortie du cinéma. Sauf attentat terroriste ou panne d'électricité, la séance se terminait vers vingt-deux heures trente. En bonne logique, Ludwig disposait donc de dix minutes pour fumer un cigare belge. C'était sa récréation du mardi.

Ce jour-là, à l'instant même où Paris-Sports consultait sa tocante, l'Allemand manœuvrait avec un grand sérieux pour se garer. Il était vingt-deux heures vingt-deux.

– Hé hé, constata le turfiste entre ses dents, deux petites minutes de décalage, c'est pas grand-chose… mais ça peut fausser les données du problème…

Dès que le lourd véhicule fut garé, il déboîta et força l'allure pour ne pas rater la sortie du Grand Rex.

Dans l'immense salle, la lumière venait de se rallumer sur les moquettes et l'ordonnancement de sièges rouges. Ici ou là quelques applaudissements fusaient encore.

Dehors, un petit crachin s'était installé. Il rendait la chaussée glissante. Dorénavant, à l'orée de chaque carrefour, Paris-Sports pointait avec prudence le mufle de sa six-cylindres. La spacieuse voiture noire exhalait une haleine chaude, puis reprenait sa course.

– Nous y voilà, murmura Pégase Antilope. Ils sortent !

Il était vingt-deux heures vingt-sept. Les premières grappes de spectateurs s'écoulaient par les différentes portes à tambour. Rien que du vert-de-gris. De la soldatesque exubérante. Et deux feldgendarmes dont les mitraillettes luisaient sous la rampe de lumières.

Il vaut mieux ne pas stationner ici… Je refais le tour du pâté de maisons, renseigna Paris-Sports. Chantal ne sort jamais parmi les premiers chalands…

Il avait raison. La belle madame Palmire se trouvait encore dans la salle. La mine émerveillée de ce qu'elle venait de voir, l'ancienne môme Pluchet écarquillait les yeux en direction de l'écran. Indifférente aux fauteuils qui claquaient autour d'elle, elle restait lovée au fond du sien. Tandis que la foule des militaires s'écoulait par les travées latérales, elle continuait à déchiffrer avec toute sa ferveur de cinéphile le générique de fin du film *Monsieur des Lourdines* d'après une œuvre d'Alphonse de Châteaubriant. Ce roman fané se prêtait à l'illustration vichyssoise du retour à la terre. Tourné par Pierre de Herain, qui n'était autre que le beau-fils du maréchal Pétain, son adaptation avait beaucoup plu à Chantal, et l'exaltation des joies simples de la vie rurale lui avait prodigué un grand bonheur.

Enfin, tandis que les derniers titres du générique montaient lentement au firmament de l'écran du Grand Rex, la jeune femme se dressa. Elle enfila un ciré noir qui avantageait sa taille de guêpe. Elle enfila ses gants. Elle commença à remonter la pente de velours rouge qui la conduirait, par-delà le hall, vers la sortie. Il était vingt-deux heures trente exactement.

Renversé sur le fauteuil cuir de la Mercedes, Ludwig entamait avec délice la seconde moitié de son cigare. D'ici à dix minutes, Frau Pluchet apparaîtrait à l'entrée de la rue. Il éteindrait son pétard, ouvrirait la fenêtre et ventilerait l'habitacle.

Le vilain crachin redoublait. Les yeux captés par la danse sauvage de son essuie-glace, Paris-Sports inspectait la nuit froide. Il conduisait prudemment, mais aussi vite que possible. Il était sur le point de boucler le trajet circulaire qui le ferait à nouveau passer devant le Rex.

– Normalement, nous allons nous trouver au moment même où elle va mettre le pied sur le trottoir, estima-t-il en reprenant le boulevard.

– Rien de changé à nos plans ? s'enquit Pégase Antilope.

– Rien que je sache, dit Paris-Sports en cherchant une confirmation dans le rétroviseur.

Blèmia Borowicz garda un silence obstiné.

– Je me rabats dès qu'elle est en vue, récita Paris-Sports. Pégase, tu sautes en marche. Tu empoignes la donzelle et tu l'enfournes à l'arrière, côté Boro. Durée de l'opération : sept secondes.

Pégase opina.

– Ça boume ! ajouta-t-il sans trop y croire.

Il venait de croiser les yeux du Hongrois.

Ce dernier fit un geste comminatoire et d'une main ferme secoua l'épaule du chauffeur.

– Arrête-toi maintenant ! commanda-t-il d'une voix brève. Je l'aperçois là-bas.

C'était bien Chantal.

Paris-Sports freina en catastrophe et se rangea le long du trottoir. Le reporter ouvrit sa portière. Il lança sa jambe morte en avant, s'appuya sur sa canne et atterrit sur le macadam.

– C'est moi qui descends, se contenta-t-il de grogner sans fournir plus d'explications.

Pas besoin de dire qu'il avait décidé d'agir seul.

Antilope haussa les épaules.

– Qu'est-ce qu'on fait ? interrogea-t-il en regardant s'éloigner le boiteux.

– On se résigne et on tourne autour du pâté de maisons, répondit Paris-Sports… S'il fait une mauvaise rencontre, on le cueille au passage…

Moches affiches et rêves de star

Pour rallier la Mercedes, Chantal suivait la pente naturelle du boulevard. Elle était juchée sur des talons aiguilles de douze centimètres. Une touche de vermillon réveillait son visage : elle avait campé un béret coquin sur sa tête. Dernier cadeau de son amant, elle portait des bas fumés comme Ginette Leclerc.

La tête bruissante d'images, le visage éclairé par un sourire figé, elle avançait mécaniquement. Elle se frayait un passage parmi les soldats qui regagnaient les camions destinés à les ramener à leurs cantonnements. À regret, elle disait adieu aux images du film qu'elle venait de voir. Le grand air et la pluie fine la saisissaient.

Boro la suivait en hâtant le pas. Il observait en connaisseur la houle qui balançait ses hanches.

Par prudence, il attendait pour se manifester de dépasser les derniers groupes de militaires de rang qui regagnaient leurs voitures garées dans les parages. Dans son dos, il entendit le bruit de plusieurs portières, des vociférations. Il frissonna malgré lui. Il se sentait en sursis dans une ville qu'il ne reconnaissait plus pour l'avoir tant aimée.

Dès qu'on quittait la zone éclairée du ciné, on abordait un espace aux contours incertains. Les magasins avaient baissé leurs rideaux depuis longtemps. Les civils observaient les consignes de défense passive. Depuis le 20 décembre, à l'exception du Rex, les salles de cinéma devaient fermer à vingt-deux heures. Paris s'assombrissait à vue d'œil. Plus fatale, plus criminelle encore que celle de Fantômas, la main froide de l'Ordre noir s'étendait sur les rues.

La silhouette gracile de Chantal venait de disparaître, happée par les ombres. Boro se guidait désormais d'après le son de ses talons aiguilles sur le trottoir.

Le reporter n'était plus qu'à une longue enjambée de la belle en ciré noir. Il franchit l'espace qui la séparait d'elle. En moins que rien, il se trouva à sa hauteur, actionna le bouton de sa lampe-torche et éclaira furtivement son propre visage.

– Bonsoir !

Elle sursauta :

– Oh, mince ! Monsieur Boro ! C'est vous ?

– Qui serait-ce ?

– Vous m'avez fichu une drôle de frousse !

– Vous avez cru qu'un coquin vous abordait ?

– Oh non ! Ça, j'en fais mon affaire !

Elle rit. Elle avait l'accent pantruchois. Elle était toujours aussi belle, avec un vieux fond de vulgarité.

– C'est plutôt que j'étais dans mes rêves…

– Vous rêvez en marchant, Chantal ?

– Ah, mais alors complètement ! bonnit-elle. Je suis ailleurs !

– Moi qui croyais que vous aviez les pieds sur terre…

– Si je vous disais !… Si je vous disais la vérité vraie…

– C'est ce que j'attends de vous…

Ils abordaient une zone plus illuminée. Elle reçut sans broncher les yeux pénétrants du Hongrois au fond de ses mirettes ombrées de grands cils.

– Vous vous moqueriez de moi ! minauda-t-elle.

– Pas sûr…

Ils firent quelques pas en silence. Deux camions de militaires glissèrent à leur gauche.

– Eh bien, avoua-t-elle, j'étais dans mes rêves de cinoche…

Il avait passé son bras sous le sien. Ils avançaient liés l'un à l'autre comme de vieux amis. Il était grand et beau. Elle s'appuyait à lui. Elle le regarda ingénument.

– Vous vous fichez pas mal de mon monde intérieur, n'est-ce pas ? Vous me prenez pour une téléphoniste à tête de linotte !

– Pas du tout, jc vous assure.

– Vous ne savez pas mentir.

– C'est selon.

Elle se tut, boudeuse. Toute petite fille.

Il la relança gentiment :

– Allez ! racontez-moi la fabuleuse histoire de votre vie secrète !

Elle rit, tête renversée, les dents éclatantes.

– Pour que vous en fassiez des gorges chaudes ! Merci bien !

– Nenni. Ce sera un secret entre nous.

Les hasards de la marche voulurent qu'elle s'approchât de lui à plusieurs reprises jusqu'à le frôler. Il sentait son parfum. Il percevait sa hanche.

– Je sais être muet comme une tombe, dit-il.

Jasmin. Il venait de diagnostiquer son parfum.

Tête basse, elle s'interrogea sur la conduite à suivre, puis, brusquement :

– Je crois bien que je suis une incorrigible midinette, soupira-t-elle.

– J'ai quelques raisons de pouvoir comprendre qu'on soit fasciné par le monde des acteurs, l'encouragea Boro. Rappelez-vous ma cousine...

– Je m'en souviens parfaitement. Maryika Vremler... Si belle ! Si slave ! si célèbre ! Comme vous étiez amoureux ! Que devient-elle au juste ?...

– Elle vit aux États-Unis. Je crois qu'elle va bientôt tourner dans une grosse production hollywoodienne...

Un silence se faufila entre eux. Une absence anodine en apparence. Un chemin buissonnier pour l'une. Un rêve évanoui pour l'autre. Un vide dangereux où chacun se jeta.

Par la pensée, Boro avait rejoint Maryika. Il chercha à imaginer de quoi était fait son quotidien de célibataire, avec son fils. Aux dernières nouvelles, elle avait emménagé dans un studio situé sur les pentes de Beverly Hills. Les journées étaient longues au pied du téléphone. Elle attendait des propositions qui tardaient à venir. L'ami journaliste qui avait fait passer la lettre en Angleterre laissait entendre qu'elle s'était mise à boire. L'alcool souvent l'assommait. Elle abusait des sédatifs destinés à calmer ses angoisses et restait prostrée pendant des jours sans faire signe à qui que ce soit.

– J'aime tant regarder vivre les acteurs ! s'écria soudain Chantal Pluchet en rompant la trêve... Déchiffrer l'étonnement, la haine, l'amour ou la crainte dans leurs grands yeux ouverts sur les lumières... J'aimerais tellement devenir moi-même une star de cinoche !

Elle s'était mise à parler spontanément. C'était comme si elle cédait à une émotion plus forte que les convenances. Elle commença à lui révéler mille secrets la concernant. Elle lui raconta comment devant sa psyché, à la maison, elle n'en finissait pas de bâtir des châteaux en Espagne. La glace devenait l'œil de la caméra. Elle entrait dans le champ. Elle se mettait en situation. Elle changeait de coiffure ou de maquillage. Elle devenait espionne ou amoureuse, fleuriste ou châtelaine. Mais c'était dans les rôles d'ingénue libertine qu'elle se voyait le mieux.

– À l'écran, j'ai les emplois de Danielle Darrieux, finit-elle par dire.

– Vous savez quoi ? s'étonna Boro avec un sérieux exagéré, les grands esprits se rencontrent !... j'ai toujours pensé que vous étiez une Darrieux en plus sensuelle... Dieu sait pourtant si elle est mignonne à croquer !

– *Mayerling* ou *Battements de cœur*, d'accord ! batailla Chantal. Elle est bien pourvue, l'artiste bordelaise ! Et même, quand elle chante, elle a un joli petit filet de voix. Mais son cas n'est pas unique. Et sans me vanter, je crois que je peux faire aussi bien.

– Je n'en doute pas.

– Et pour la jaspine, pareil.

Le reporter faillit perdre son sérieux. Il se retrancha derrière les conseils :

– Gare à l'orgueil inconsidéré, Chantal ! Débiter des phrases qui sonnent n'est pas à la portée de quiconque... C'est un métier ! Il y a une sacrée concurrence...

– C'est le public qui fait son choix ! rétorqua la divette. C'est lui qui décide, le public ! Lui qui place les vedettes sur le devant des affiches. Lui qui aime reconnaître les artistes par leurs voix.

Cette fois, elle était murée dans son monde au point de ne plus marcher. Elle restait sur place, comme paralysée. La pluie redoublait, elle s'en fichait pas mal.

Et puis, d'un coup, elle repartit à la névrose. Au délire.

– N'y a qu'à voir !... elle dit. Et justement, puisqu'on en parle, l'autre, là, comment s'appelle-t-elle ?... la grande cigogne, avec son toupet incroyable... sa voix de citron pressé – *Hôtel du Nord*, Arletty... *Atmosphère, atmosphère !* À part ses gambettes, est-ce qu'elle a quelque chose d'exceptionnel à proposer ?... Non, n'est-ce pas ? Elle n'a même pas de seins ! Mais la voix ! Mazette ! Je dois reconnaître... Elle claironne !

Le reporter se remit en marche en balançant son stick. La blonde le suivait à pas lents et économes.

Sur leur passage, les messages de la propagande nazie pilotée par l'insatiable Sauckel insultaient les murs.

Des enfants épanouis, des familles idéales de bons Français, des travailleurs rassasiés, arborant un large sourire et des muscles d'acier, se pressaient sur les affiches et frimaient le parfait bonheur entre deux déchirures.

Ils disaient à l'homme de la rue, au passant, au citoyen : *Finis les mauvais jours ! Papa gagne de l'argent en Allemagne !* Ou bien, ils lançaient ce genre d'invite : *Ohé, camarade ! Viens avec nous en Allemagne. Nous sommes heureux et gagnons bien notre vie.* Autant de slogans qui accentuaient l'empreinte lugubre de l'occupant.

Le reporter regarda Chantal.

– N'allez-vous pas être en retard sur votre programme habituel ? demanda-t-il.

– Vous savez qu'on m'attend ?

– Oui.

Elle haussa les épaules. Elle devint maussade.

Ils firent encore quelques pas. Boro tâtonnait son rythme du bout de la canne.

Elle entrouvrit les lèvres et se réfugia derrière une moue enfantine.

– Allez, dit-elle en se détournant, assez tourné autour du pot... Je me doute pourquoi vous êtes venu me voir.

Il lui décocha un sourire carnassier.

– L'histoire du général ?

– Ben oui... Gunther.

Elle battit plusieurs fois des paupières et, la physionomie absorbée par la contrariété, murmura :

– Ça fait du pétard au casino, cette liaison, pas vrai ?...

– Votre vie privée ne regarde que vous. Et la mienne est suffisamment irrationnelle pour que je ne porte pas de jugement sur celle des autres !

Elle baissa la tête et sembla encore plus découragée.

– Je sais ce que vous pensez. Vous pensez que je ne suis qu'une petite chanteuse ratée, qui tient un bordel crapuleux !

Et, le rire aux dents, vantarde et désespérée :

– Une fois rentrée à Munich avec Gunther, après la guerre, je leur ferai voir, aux Franchouillards, mes talents excentriques, ma plastique irréprochable ! Dans le civil, Gunther dirige les studios de la UFA. Il a le bras long. Elle n'a qu'à bien se tenir, la Darrieux !

Fragile, elle jeta un coup d'œil à sa montre. Il était vingt-deux heures quarante-cinq. Elle aurait dû se trouver en vue de la Mercedes depuis au moins cinq minutes. Au lieu de cela, elle céda à l'envie de continuer à explorer la cave obscure de ses sentiments.

Elle regarda Boro avec une aveuglante fixité. Elle était très pâle.

– Pépé déguste, murmura-t-elle. Je le sais. Y digère pas.

– Vous étiez tout pour lui.

– Trop !

Elle se laissa traverser par un demi-sourire et parut sur le point de se laisser attendrir :

– Nous deux, autrefois, ça a été un fameux attelage. Seulement voilà... c'est le temps qui nous a rattrapés.

Le sang généreux du reporter ne fit qu'un tour :

– Tout le monde a compris ça ! Lucien premier servi.

Elle releva le visage. Elle planta un regard exigeant dans celui de Blèmia Borowicz et, soudain véhémente, lança :

– Je suis amoureuse ! Même si notre séparation est cruelle, il n'y peut rien ! Et moi non plus...

– Il n'y a qu'un hic, l'interrompit Boro. Mais il est de taille.

Elle le regarda en quête d'une explication.

Le Hongrois lui opposa un visage cadenassé.

– Cette guerre finira mal pour l'un ou l'autre camp, dit-il entre ses dents. Je ne pense pas que vous ayez choisi le bon, mais, en vous liant à celui de nos ennemis et compte tenu de tout ce que vous savez sur le réseau, vous devenez un danger permanent pour nous tous.

– Ce qui veut dire ?

Il posa sur elle ses yeux pénétrants. Cou englouti dans son raglan à col relevé, les joues caves comme celles d'un loup, juste glacial pour ne pas donner prise aux sentiments contradictoires qui se disputaient sa raison, il lança :

– Ce qui veut dire, Chantal, que si je passais outre l'affection que j'ai pour vous, j'obéirais à l'obligation de vous faire supprimer.

– Pas besoin de m'envoyer vos tueurs ! répondit-elle d'une voix blanche.

Elle était tendue comme un arc.

– Je ne trahirai pas nos camarades, dit-elle en proie à une sorte de folie fiévreuse.

– Comment pouvez-vous en être si sûre ? demanda-t-il.

– Puisque je le jure ! Je le jure devant Dieu !

– J'ai connu des suppliciés auxquels les bourreaux arrachaient les pattes, une oreille, un œil. À quoi bon vivre avec des trous d'acide dans la cervelle ? Vous ne résisteriez pas !

Elle résistait.

Les yeux rivés à ceux du reporter, sans dégoiser le moindre mot, elle continuait à lui crier sa loyauté.

Lui qui les aimait toutes, femmes, fleurs, femmes aux bouches enfantines, femmes fanées, guerrières attachantes ou putains vénales, écoutait ses arguments muets avec la rigidité d'un juge.

Enfin, elle retrouva la parole :

– Je vous ai emmené au plus profond de mes secrets, plaida-t-elle. À votre tour, essayez de ne pas trahir ma confiance…

Seconde après seconde, ils s'affrontaient. Dans leurs regards, sous leurs paupières, se mêlaient l'horreur de la guerre et la saveur de la vie.

Il ne la lâchait pas des yeux.

Alors, elle jeta la vérité de son amour dans la balance, elle s'écria :

– Où est le crime ? C'est juste que j'aime un homme !… et que je suis résolue à partager son sort.

Elle s'essaya à rire. Un rire en cascade. Sa gaieté paraissait peinte en trompe l'œil sur son visage.

Ils n'arrivaient pas à se détacher du fatras d'images qui obscurcissaient leurs cervelles. Boro, le premier, émergea.

Il sortit du chaos et aborda la réalité.

– Fût-ce pour un instant, pensez au jour où Paris sera délivré de la tyrannie nazie… Imaginez le rendez-vous des français libres avec ceux de leurs compatriotes qui auront collaboré… Je plains celle ou celui qui devra affronter la violence à l'heure du ressentiment !

Elle se mordit la lèvre et se tut pendant un moment. Son regard flottait sur le sombre décor.

– Un grand moment d'Histoire nous attend sûrement, finit-elle par exhaler.

– Ces messieurs de Londres vont se moquer de moi quand je vais leur raconter *notre* histoire.

Elle frissonna :

– Dites à ces messieurs de Londres que mon cul est gaulois, mais que mon cœur est de Gaulle ! lança-t-elle.

Brusquement incontrôlable, elle lui tourna le dos et partit en courant vers une ombre qui débouchait de la rue adjacente.

Ludwig surgit dans la lumière d'un réverbère. Il avait dégainé son parabellum.

Au même moment, un bref coup de klaxon alerta Boro. Il se retourna, découvrit la traction qui, portière arrière entrouverte, se rangeait au bord du trottoir. Aussitôt, il s'engouffra dans la voiture.

Paris-Sports lâcha le moteur. Les pneus hurlèrent. Dans une odeur de gomme brûlée, la Quinze de chez Citron disparut sur le boulevard.

La dodue, le cocu, le pointu et les sept réfugiés

En provenance du chemin de halage, Schnuckenack Runkele, le second de l'*Atalante*, l'homme à tout faire de Paluche, le Rom alsacien, fit son apparition vers six heures et demie du matin. Il paraissait excité.

Il tourna brusquement le dos à la berge noyée dans l'obscurité et s'enfonça dans un sentier. Il longea un moment les limites d'une propriété tapie dans les arbres. À son niveau le plus bas, il franchit le mur d'enclos avec une agilité déconcertante pour sa taille courtaude et son gabarit bien charpenté. Il atterrit sans dommages de l'autre côté. Il sembla s'orienter, puis coupa au plus juste au travers d'un bouquet de sapins et traversa une portion de parc en courant.

Tout au bout d'un terre-plein cerné par des buis, la villa de Pépé l'Asticot dormait sur un lit de cailloux fins.

Le Rom grimpa d'un seul élan la volée de marches conduisant au pas de porte de la villa Palmire et, une fois juché sur le perron, prononça plusieurs fois le nom de son propriétaire dans l'espoir de le réveiller. Il se rendit vite compte que ses appels restaient sans réponse. Cédant alors à une urgence fiévreuse, il frappa plusieurs fois du dos de la main sur le verre cathédrale d'un fenestron protégé par des torsades de fonte. Sa bague en argent fit résonner le vitrail jusqu'au fond d'un couloir.

Dehors, il faisait encore nuit et la voix du messager semblait se perdre sous les frondaisons. Amarrée à la berge, pour ainsi dire devant la propriété, la silhouette de la péniche barrait le ciel naissant d'un long trait sombre. À l'est, la Marne se réveillait à peine de son ankylose nocturne, et de timides fibrillations de lumière grise laissaient présager des miroitements argentés pour plus tard.

– Monsieur Palmire… Monsieur Lucien !… se risqua à nouveau le marinier d'une voix prudente.

La lumière s'alluma au fond du couloir. Une ombre se profila derrière le verre opacifié. La porte s'entrouvrit précautionneusement. L'apparition de Pépé l'Asticot en rutilante robe de chambre, son œil pleurnichard, sa lèvre lourde, ses pieds blancs égarés dans des mules trop larges, provoquèrent un sourire de satisfaction sur le visage fatigué du Rom.

– Ah, vous voilà, m'sieur l'Asticot !

Il souleva sa casquette de marine et se découvrit.

– Entre, lui dit l'autre. Ne reste pas planté dans le courant d'air…

Schnuckenack s'exécuta. Il se glissa dans le couloir et, porte refermée :

– Les passagers sont arrivés, annonça-t-il sur le ton de la confidence.

L'Asticot pâlit.

– Combien sont-ils ?

– Sept. Dont un jeune du STO et deux juifs rescapés des rafles. Ils ont sauté du camion pendant leur transfert à Drancy.

Pépé l'Asticot gardait une mine soucieuse. Il réprima un soupir et se tourna vers son visiteur matinal.

– Le voyage ?

– Mouvementé. Je ne sais pas ce qui grattait les Boches, mais ils ont multiplié les patrouilles le long des berges. Après la boucle de Champigny, nous avons du mouiller au milieu du courant et attendre une grande heure. Heureusement, la nuit était sombre et le brouillard nous a donné un fameux coup de main.

Le Tzigane alsacien caressa sa moustache et enchaîna :

– Il y a urgence à faire débarquer vos invités avant qu'il fasse jour…

– Surtout pas !… s'affola le barbeau. On reste sur la péniche !

Et après un silence :

– Monsieur Boro et moi-même allons monter à bord pour faire le point sur cette affaire…

D'un coup, Lucien Palmire venait de retrouver son agilité.

– Une seconde ! demanda-t-il avant de s'éclipser.

Il disparut à la vue de Schnuckenack et, après avoir franchi un sas, s'engouffra dans le corridor menant aux chambres. Il frappa à la porte du reporter et, sans s'excuser le moins du monde, passa la tête par l'embrasure.

Il eut du mal à s'orienter. La pièce était plongée dans la pénombre. Toutefois, un halo de lumière courait sur le mur et griffait le ciel de lit. En provenance d'une lampe de chevet tamisée par un foulard, il révéla à Lucien Palmire la vision céleste de Tulipe. L'Ange était dans le plus simple appareil et fixait sur lui ses beaux yeux d'agate.

Pépé l'Asticot s'y reprit à deux fois pour avaler sa salive et céda à la tentation d'un pas hésitant vers l'avant.

La caillette, dodue dans sa troublante nudité, se lovait bien au chaud entre les bras de Boro. Comme deux oiseaux craintifs, ses petits seins semblaient s'être réfugiés au creux des mains du reporter qui leur prodiguaient d'apaisantes caresses.

– Du nouveau ? interrogea ce dernier en voyant que son hôte restait muet. Quelle heure est-il donc ?

Et se tournant vers la jolie personne qu'il abritait sous ses draps.

– Nous avons bien dormi, n'est-ce pas ?

Il paraissait satisfait.

– Que fait-elle là ? interrogea Palmire d'un air sévère.

– Mademoiselle Tulipe m'est arrivée en pleurs au milieu de la nuit…

– Je ne comprends pas, dit le gros Lucien.

Il s'enhardit et s'avança un peu plus dans la chambre.

– Je lui ai donné l'hospitalité, expliqua Boro en allant au plus simple. Celle qu'on accorde aux persécutés.

– Qui est persécuté ici ?

– Moi ! murmura la colombe.

Elle agita son index sous le pif de l'ancien marlou et, courroucée, ajouta :

– Vous avez essayé de me tripoter au lit en pleine nuit, monsieur Lucien…

Pépé battit en retraite d'un demi-pas.

– J'ai voulu refaire votre bandage…

– Vous mettiez vos soins un peu bas et je ne les réclamais pas !

– Je tâtonnais faute de lumière et d'expérience… et si tout s'est embrouillé, c'est parce que vous avez levé la main sur un vieil homme !… Elle m'a frappé !

– Vous m'aviez mis la main au cul ! récrimina vertement Tulipe. Est-ce que c'est des façons ?

Elle avait retrouvé tout le volume de sa voix.

L'ancien hareng du Topol jeta un coup d'œil affolé du côté de la porte. Pressé par la présence de Schnuckenack qui l'attendait dans l'entrée, il décocha un sourire poli en direction du couple et inclina la tête en signe de reddition.

– Tout cela est de la faute de madame Palmire ! s'épancha-t-il. Cette nuit, à votre retour du Rex, monsieur Boro, j'étais si malheureux après notre conversation… Vous ne m'aviez laissé aucun espoir concernant la recouvrance de mon couple… J'étais désemparé… tendu… J'avais besoin de consolation.

– Je suis vierge ! Faut-il le rappeler ? revendiqua la petite, et je n'ai de comptes à rendre qu'à madame Takasu. Vous n'aviez aucun droit de poser vos sales pattes sur moi ! En outre, je suis l'*Ange* de Bouvier.

– Il était donc naturel qu'elle vînt se réfugier chez moi, philosopha Boro avec un sourire narquois.

La mauvaise foi tranquille qui émanait de cette simple phrase suffit à relancer l'ire de l'ancien rocher du banditisme. De nouveau, le barbeau se prit à claquer des mandibules :

– Turlututu Mr Boro pointu ! Deux ou trois fois, vous m'avez déjà fait cocu !

– Ne remuons pas le passé ! D'ailleurs, je n'ai jamais fait la cour à Chantal…

– Tandis que, moi, j'ai le béguin pour monsieur Boro, revendiqua Tulipe.

– Vicieuse petite catin ! s'écria l'Asticot en roulant des yeux furieux. Fallait-il pour autant lui accorder le droit exceptionnel de s'approprier ton cristal ?

– Oh mais la barbe à la fin ! glapit la gosseline. J'ai seize ans ! Je réserve ma candeur à qui je veux !

– Misérable ! Enfant perdue ! Que va dire Kitsu ? N'oublie pas, ma fille, que tu as été vendue à une maquerelle japonaise ! Elle a veillé sur ton éducation, elle t'a protégée… Elle voudra rentrer dans ses fonds et toucher ses dividendes.

– Kitsu a fait une croix sur son argent ! Elle m'a donnée gratis ! Elle est d'accord pour Boro… et moi, je suis consentante… c'est Blèmia Borowicz que j'ai choisi pour m'ouvrir au monde !

Avec une sorte de pureté primitive, la pupille de Tasumiré Takasu paraissait prête à se battre bec et ongles pour la reconquête de sa liberté. Toutefois, peu à peu, un sombre désespoir sembla la gagner. La ligne de ses épaules s'affaissa. Elle porta machinalement la main à son pansement. Elle leva ses yeux, où dansaient des filaments de cornaline, sur le reporter. Le regard ennuagé, elle laissa s'écouler un instant lourd de doute, puis fit la moue. Peu à peu, les larmes lui brûlèrent les paupières.

– Bououou !… exhala-t-elle en poussant un gémissement enfantin et en désignant Boro. Bou-ou-ou ! réitéra-t-elle en contemplant au milieu des draps froissés son rêve assassiné, ce type est un salaud !… Je lui donne tout mon sucre et c'est lui qui n'en veut pas !… Le gueux ! Le malappris ! L'ingrat ! Le méchant ! L'incroyable !…

Elle éclata en sanglots. Elle ferma ses petits poings pour boxer le Hongrois.

– Est-ce que je ne suis pas assez belle pour vous ?

– Quoi ! s'étonna l'Asticot en se tournant vers le reporter, tu n'as pas consommé ? !

Il en bâillait comme une huître en fin de bourriche.

– C'est partie remise, je le jure, dit Boro mi-sérieux, mi-rieur. J'avais besoin de me refaire, mais j'ai toujours été désireux de découvrir la suite du grand-livre des désirs.

– Bon, bredouilla Palmire, débordé par la tournure que prenaient les événements, de cette façon-là, on ne s'y retrouvera pas… Abandonnons les histoires domestiques et reprenons pied dans la réalité… Boro, le devoir t'appelle !… Habille-toi ! Saute dans ton froc !… Tulipe, couvre-toi,!… Dès que possible, je te ferai rapatrier d'où tu viens.

La gamine ne l'entendait pas de cette façon :

– Le Sphinx ? Jamais ! L'abattage ? Allez vous faire voir ! Je reprends mes fesses !

L'ancien demi-sel soupira. Après tout, le destin de cette gisquette lui importait peu. Maintenant, seul Boro captait son énergie.

Il tendit ses chaussures au reporter. Pour gagner du temps, d'un geste machinal, il en avait desserré les lacets.

L'esprit préoccupé, il devenait presque solennel.

– Comme j'aurais voulu te l'annoncer dès le premier soir, entonna-t-il, la raison pour laquelle je voulais te rencontrer, cher Boro, était de première grandeur…

– Que ne l'as-tu dit en son temps ? rugit le reporter. Tu m'as parlé en long et en travers de ta situation, de ton infortune, et j'ai pensé que l'inconduite de ta femme était le seul sujet du jour…

– Je n'ai pas pu aller au bout de mon information, bien qu'elle fût corollaire de la trahison de Chantal, dit le gros Palmire. Mais ce matin, avec ce qui nous tombe sur la tête, nous n'avons plus le choix de la réflexion… Il faut agir, sinon le désastre sera complet !… Il nous faut affronter la situation dans son intégralité ! C'est pourquoi je t'invite à me suivre ! Et vite ! Et sans récriminer ! Exécution !… Nous vivons sur une poudrière permanente !… Tiens ! prends ta canne !… N'oublie pas ton appareil… Non seulement le danger subsiste, mais il est permanent…

Il tricota sur ses jambons et annonça :

– Je ripe en tête, file-moi le train !

Décidément, le corpulent maquereau faisait montre d'une agilité surprenante si les circonstances l'exigeaient.

Tête baissée, il s'engagea dans le corridor et s'y enfonça en cavalant.

Sa veste sur un bras, tout en luttant contre les boutonnières de sa chemise, Blèmia le suivait. Il traînait la patte.

L'Asticot poursuivait sa course folle en tête. Chemin faisant, il fournissait de nouvelles indications à l'usage de Boro :

– Tu te souviens, j'imagine, des annexes au fond du parc ? Plusieurs corps de bâtiment… Des communs que j'ai fait rénover… Je vous y avais cantonnés, toi et Prakash, et aussi mademoiselle Fiffre et son coquin… la fois où Cosini était après vous…

– Je me souviens…

– Tu ne t'es pas demandé pourquoi cette fois-ci je ne vous avais pas logés là-bas plutôt que sous mon propre toit ?

– J'ai seulement pensé que tu avais besoin de compagnie.

– Eh bien, sache que je ne vous ai pas mis à l'annexe parce que j'ai déjà *du monde* à l'annexe…

– Du monde ?

– Plein de monde !… Une multitude ! Un grouillement ! Une troupe ! Que dis-je, une troupe ?… Un troupeau, bêlant vers l'holocauste !

Lucien Palmire avait freiné son élan. Il s'était bloqué sur ses courtes jambes. Captif de ses propos, il se tenait dos au mur, fané comme une vieille lune.

Il dévisageait Boro. Ils s'attardèrent un bref instant.

– Mon expérience est sûrement banale, murmura le vieux hareng. Mais je crois bien que j'ai rencontré le souffle de l'Histoire.

– Peux-tu m'en dire plus ?…

Le barbeau se fit modeste. Il baissa la tête et dit encore :

– Du moins, mon expérience a-t-elle le mérite d'apporter la preuve par l'absurde que l'aventure n'est jamais prévisible !… Tu crois planter ta tente dans un désert et, le lendemain matin, c'est un village de toile qui t'entoure !

L'Asticot observa un court silence et confia à son interlocuteur :

– J'ai été pris au piège de ma propre générosité.

Soudain, il s'exprimait avec une désarmante sincérité.

– Au début, on m'a demandé d'héberger de vieilles personnes israélites que je connaissais… Le médecin de ma nièce qui était à la retraite, un avocat, un tailleur… Vraiment d'honnêtes personnes… qui avaient boutique ou commerce à Nogent, à Saint-Mandé, au Kremlin-Bicêtre… des Français, en somme… des gens de tous les jours…

Sans prévenir, il reprit sa course. Boro le suivit.

L'Asticot lança par-dessus son épaule :

– Un jour de chevalerie et de patriotisme, j'ai dit oui… J'ai ouvert ma porte… et puis le bouche-à-oreille a fonctionné, naturellement… et l'annexe est pleine si tu veux savoir ! Elle regorge ! Elle sature ! Elle grouille de réfugiés et de réfractaires en tous genres !

Ils étaient arrivés dans l'entrée. D'un signe de tête machinal, Boro et Schnuckenack se saluèrent.

Sur ses doigts potelés, Lucien Palmire s'était mis à compter fébrilement.

Quand il eut achevé de faire ses comptes :

– Dix-huit ashkénazes, dont trois enfants de moins de dix ans, deux vieillards en bonne santé, et un rescapé du STO, récita-t-il sur un mode lugubre. Cela fait vingt et un.

– Vingt et un sujets chez vous et sept sur la péniche font vingt-huit, rectifia le Tzigane.

– Vingt-neuf avec toi, espèce de romanichel ! renchérit l'Asticot.

– Et trente avec ma pomme, catégorie métèque, compléta Boro. Le compte y est !… Au train où vont les choses, si les Allemands nous capturent, Lucien, n'oublie surtout pas de discuter une ristourne sur le prix du transport !

Quand il y en a pour deux, il y en a pour… trente

Les pensionnaires de l'annexe avaient été réveillés. À la faveur de l'obscurité finissante, ils avaient été acheminés par petits groupes en direction de la péniche.

Maintenant que toute la troupe des clandestins était réunie dans la soute de l'*Atalante* et que, manipulée par Piet Van der Velde, la fausse paroi avait livré ses secrets – à savoir un alambic rutilant et sept personnes supplémentaires avec vêture, couvertures et bagages –, l'espace semblait plus restreint, la liberté plus précieuse, et le droit à la vie plus problématique.

L'Asticot avait perdu tout sens de l'humour. Il allait de l'un à l'autre. En guise de chien de berger, il s'était adjoint les services de l'inusable Paris-Sports. Ce dernier, prenant des allures de *boarder-collie*, courait en tout sens. Il s'élançait. Il s'aplatissait. Il flairait la colonne des fugitifs. Il jappait, barrait, bourrait, veillait, gardait. Il repartait le nez au vent. Il se chargeait avec brio de coordonner l'exode des occupants de l'annexe. Il avait lieu avec des précautions extrêmes afin de ne pas éveiller l'attention des riverains.

Boro réfléchissait. Il s'était installé à l'écart, loin de la salle des machines. Un étrange calme s'était emparé de lui. L'isolement avait ramené la paix sur son visage taillé à la serpe. En arrière-plan, Paluche et Anneke – la force et la douceur – distribuaient des boissons chaudes. Le jour s'était levé sur le cours embrumé de la rivière.

Les mains nouées derrière le dos, Pépé l'Asticot faisait les cent pas. Ses yeux agiles balayaient l'espace. Ils se posaient sur les visages graves des hommes et des femmes dont il avait accepté la charge. Il semblait au comble de la nervosité. Il ne dissimulait d'ailleurs pas son désarroi et, la mine soucieuse, sifflait de temps à autre une java ou une valse.

Le reste du tapage, c'étaient des mots avec des toux, des postillons, des piaillements, des bousculades.

Les familles, arrachées au semi-confort de l'annexe, arrivaient par petits groupes et prenaient possession de leurs nouvelles pénates. La cache aménagée dans la poupe du bateau révélait ses véritables dimensions, autrement plus exiguës que celles du petit paradis perdu.

Par affinités, des alliances se reconstituaient. Les femmes, plus réalistes que les hommes, apprivoisaient un coin de la pièce dans l'espoir d'y tisser un nouveau nid temporaire. Elles se faisaient ingénieuses. Elles déployaient les couvertures. Elles retrouvaient une valise égarée. Elles réconfortaient les enfants.

Chacun donnait son avis. Autant de voix, autant d'opinions. En cette époque trouble et nauséabonde, autant de façons de commenter un transfert à la sauvette qui ravivait la crainte des perquisitions. La langue employée importait peu. Qu'on s'exprimât en roumain, en polonais, en pantruchois, en flamand, en dialecte alsacien, ou en français pur porc, les phrases disaient la même chose. Elles demandaient des éclaircissements. Elles réclamaient à manger pour les gosses, un lit pour chacun, un peu de sécurité, la fin de cette course vagabonde d'une cachette à une autre.

– J'ai besoin au bas mot de quarante-huit heures pour me retourner, annonça Boro.

En pariant sur un laps de temps aussi bref, le reporter espérait que rien de fâcheux n'arriverait entre-temps. Ni dénonciation. Ni balance. Ni rafle. Ni crise de nerfs. Ni stupide incident.

Il se tourna vers Piet Van der Velde :

– Il faut que tu les héberges sur ton bateau. Tant pis pour le confort. Nourris-les. Réchauffe-les. Regonfle-les. Anneke et Pépé l'Asticot seront tes assistants. Schnuckenack assurera la navigation. Lève l'ancre dès que possible et va te mettre à quai dans un coin tranquille. Peut-être existe-t-il une passe entre deux îles, un goulet qui permettrait de masquer ta présence... Fais le mort. Pas d'éclairage. Pas de sorties, pas de rassemblements sur le pont. Dans vingt-quatre heures tu auras mes instructions.

Paluche acquiesça d'un simple clignement des paupières. Boro le remercia d'un signe de la main. Décidément, ce géant était une recrue précieuse. Et sous sa rusticité apparente, le Belge dissimulait un sang-froid qui risquait d'être décisif en cas de coup dur.

Blèmia chercha des yeux Lucien Palmire.

– Est-ce que Paris-Sports peut me véhiculer jusqu'à Paris ? demanda-t-il.

En signe de détresse et de dénégation, l'Asticot recommença à siffler comme un dingue.

– Tu me gaules mon fidèle second ? Mon autre moi-même ! protesta-t-il. Autant dire que tu m'abandonnes !

– Le temps d'un aller-retour jusqu'à Paris…

– Tu considères que je peux assurer les services de la Croix-Rouge à moi tout seul ?

– La place d'un général est à la tête de ses troupes !

– Général de l'Armée du Salut ! Merci bien ! Merci beaucoup !… C'est que ça va être un sacré barnum, la vie sur ce rafiot !.. Ça va tenir à la fois de l'Hôtel-Dieu et de l'arche de Noé ! De la tour de Babel et de la piste du Vel' d'Hiv' !…

– Je ne t'ai jamais pris pour un officier de petite étoffe, commandant Palmire !

– Je ne plaisante plus, Boro !… J'ai du sérieux plein les mains… Des petits enfants et des personnes à cinq litres de sang… Rien que pour assurer leur sécurité, il faudrait une milice ! Ressortir les Sten ! J'ai besoin de personnel !

– Organise-toi ! Mobilise s'il le faut Casse-Poitrine, P'tit Sifflet, Ramier, la Taumuche et les autres.

– C'est bien joli de vouloir embaucher, mais du coup l'intendance s'alourdit !… Cinquante bouches à nourrir ! Ch'ais pas si tu vois le casse-tête ! En pleine disette !

– C'est le moment d'ouvrir tes saloirs et de déboucher ton porto de Perpignan !

– Il est fou ! Il est fou !

– Tu ne vas pas refuser une belle occase offerte par la vie d'aller à l'humain, au *véritable* ! Hausse-toi, que diable ! Regarde ta mission en face ! Qui sait ? Tu vas peut-être œuvrer pour une future Légion d'honneur !.. Au nom de Kerberos, je t'emprunte ton porte-flingue et je réquisitionne ta six-cylindres ! Tu viens, Paris-Sports ?

– Gi ! M'sieur Boro…

Mais Pépé l'Asticot était tenace. Il barrait le chemin de toute sa masse.

– Dis-moi au moins où tu vas... exigea-t-il. Que je puisse te joindre en cas de pépin...

– Première étape à Barbès. Je vais renifler chez Polanovna. Après, je ne peux rien prévoir.

– N'oublie pas de me renvoyer Paris-Sports.

– Dès notre arrivée là-bas. Pour la suite, je me trouverai un autre chauffeur.

Piet Van der Velde apparut fort à point. Il était porteur d'une demi-douzainee de chopes de bière nouées à ses poings. Le géant insista pour que ses amis se désaltèrent avant de se séparer.

La gueuze était fraîche. Le houblon fit merveille. À partir de la seconde chope, Paluche adjoignit au malt topaze le mordant d'un excellent alcool de genièvre. Dans le brouhaha, on en vint à parler d'organisation, d'armement, de carburant, de caches. À la suite d'un bref rapport fait par Paris-Sports, les membres de Kerberos s'aperçurent avec un orgueil légitime qu'ils étaient détenteurs de pistolets-mitrailleurs Sten, de grenades, de voitures rapides et de planques en tous genres. Au bout du compte, les esprits devinrent plus larges, les cœurs plus généreux, les pensées plus lucides. On possédait des armes, on était grisés par la bière, on aurait du courage.

Les choses prenant tournure, Lucien Palmire retrouva du poil. L'ancien proxo se redressa. Son torse bombu peu à peu reprit sa forme de tonnelet sous le revers du costard. Porté par un nouveau souffle lyrique, le grand ancien du banditisme se recomposa même une dignité. Il se roula une cigarette. Il partit la griller devant un hublot du pont supérieur.

Soudain, ce qu'il vit le mit en alerte. Il se dressa sur la plante des pieds. Ses yeux s'arrondirent et il commença à sonder plus attentivement l'espace qui s'offrait à lui.

Il se tenait ramassé, les bras serrés autour du corps. Il donnait l'impression de mener une lutte harassante contre un cauchemar.

La tête inclinée sur le côté, légèrement congestionné, il entendit venir Boro et Paris-Sports qui grimpaient l'escalier d'accès à la cambuse. Il finit par pousser une sorte de gémissement et courut dans leur direction.

– Ne mettez surtout pas le nez dehors ! leur intima-t-il.

Toute ivresse dissipée, l'air grave, il s'avança d'un pas. Ses yeux hallucinés lui mangeaient la face.

Ses paroles résonnèrent étranges et sombres dans le clair-obscur de la cambuse :

– Mes enfants jolis, bredouilla-t-il, tout va à tourne-cul !... nous sommes foutus !

– Quoi encore ?... demanda Boro. Tu as vu passer le diable ?

– V'nez sur place ceux qui m'*croivent* pas !...

Le gros désignait le hublot.

– Il y a deux rastaquouères postés sur la rive d'en face... des lustucrus en long manteau... ils observent la péniche à la jumelle !

Les invités de Monte Gargano

Les craintes de Pépé l'Asticot étaient fondées.

Il y avait deux planqués dans les herbes. Deux vieilles connaissances. Deux Ritals natifs des Pouilles.

Deux lascars. Deux doigts de la même main. Feutres mous et tout le toutim. Enfouraillés parabellum. Modèle C 96.

Deux mouchards à tronches de rongeurs. Deux mucidés. Deux rats d'égout. Deux bouffeurs de viande morte.

Ils observaient au travers des verres renforcés l'absence de vie régnant sur le bateau. Grossissement huit fois. Objectifs Zeiss. Optiques allemandes.

– *Gut kamelote !* plaisanta Gourari en rendant les lunettes d'approche à son camarade Sartore. Je viens de me balader sur le pont, comme si j'y étais.

– Diagnostic ?

– Objectif identifié et certifié ! C'est bien la même péniche que celle qu'on nous a signalée stationnant quai Conti.

– Correct ! *Das ist* l'*Atalante* !

– Pardi ! C'est écrit dessus !

Les deux copains se soufflèrent leur joie mutuelle dans le blair. Ail et salamis.

– Je te félicite, Gourari !

– Je te complimente, Sartore !

Les deux grouillots de Gestapo se tâtaient mutuellement les mains. Ils se tapaient sur l'épaule. Ils s'exploraient le cœur. Ils se faisaient l'accolade.

Haleines fétides. Les deux patrouilleurs puaient du bec.

– Deux jours qu'on crapahute ! Danos va être content du résultat.

– Minute ! Qui te dit que l'*Untermensch* fait partie du voyage ?

– Il est là ! Je le sens ! Quelle meilleure planque aurait-il pu trouver ?

Les rats s'entreregardèrent. Le doute assaillait leurs yeux rouges.

Crapahutages, aplatissements, cavales avec plongeons instantanés, ils avaient fait un magnifique travail de reconnaissance. Ils avaient « logé » les occupants de la péniche aux premiers rayons du pâle soleil, après une nuit bien froide passée dans la paille d'une grange avoisinante. La veille, Danos, le patron de l'opération, leur avait fait savoir que, s'ils rentraient bredouilles, il ferait émietter leurs carcasses au-dessus des fouilles d'une fosse commune, quelque part en Silésie.

– Et maintenant, quelle conduite adopter ? s'interrogea Gourari en réprimant un frisson.

– Pas d'hésitation ! décréta Sartore. Nous traversons la Marne ! Droit sur le gibier !

– Prime de chasse à tous les coups ! approuva son compère.

Ils avaient jailli en même temps du fourré où ils se tenaient depuis une grande heure. De façon à rester inaperçus, ils coururent sur cinquante mètres, le corps allongé, la face tournée vers les hautes herbes, invisibles. En fin de parcours, ils mirent la main sur un tandem dissimulé dans l'épaisseur d'une haie.

À peine venaient-ils d'enjamber la bécane à deux places que, à nouveau, le doute les assaillit.

– Il y aurait quand même intérêt à s'assurer que l'*Untermensch* est bien planqué à bord, dit Gourari. C'est lui et personne d'autre qui intéresse Danos.

– Et pas seulement Danos. « Monsieur Henri » en personne.

– *Ja !* échota Gourari. *Herr Hauptmann Lafont* en personne a prévenu : « Ce Bouvier, je le veux vivant ! » C'est dire si la mission est délicate.

Indécis sur la conduite à tenir, les deux chasseurs de renseignements restaient collés sur place. Rivés au cadre du biclou, ils finissaient par avoir les jambes molles et les idées rares.

Leurs yeux se croisèrent.

– Tu te rappelles les instructions, Gourari ?

– Oui. Le règlement dit qu'il faut toujours vérifier ses informations, Sartore.

– Toujours, Gourari.

– En prolongeant l'observation, Sartore ?

– Pas forcément, Gourari. Notre premier mouvement était peut-être le bon… Il faudrait aller voir sur place…

Ils supputèrent un moment leurs chances de réussite. Même en redoublant de prudence, une approche de l'objectif à découvert leur parut hasardeuse.

– Si on se pointe sur la péniche en plein jour… On se fera repérer ! dit Sartore.

– Peut-être même, on prendra une dégelée ! opina Gourari.

Il se souvenait de la volée de plombs distribuée le soir du Sphinx.

– Tu as raison… ne soyons pas trop téméraires.

– Personne ne nous le demande, petit frère.

– Et c'est aussi bien comme ça, dit Gourari.

Les deux tocards étaient gelés. Épuisés. À tordre. Ahuris par l'immensité de leur tâche.

En fait, contrairement aux apparences, ils n'étaient pas frères. Ils étaient beaux-frères. Maçons de métier et beaux-frères de circonstance.

Ils étaient nés dans un village des hauts du Monte Gargano. Ils avaient été embauchés le même jour sur un chantier de construction à Bari et s'étaient connus en haut d'un échafaudage.

Ils avaient épousé deux sœurs. Fionna et Isabella. Les filles étaient originaires du fin fond des lagunes de Lesina. Deux laides, deux jumelles qui se ressemblaient trait pour trait. Elles s'habillaient toujours de la même façon. Leurs maris eux-mêmes les confondaient souvent.

Les deux couples habitaient sous le même toit. Au fil des ans, la jalousie avait déserté l'esprit des deux beaux-frères. Victimes de la promiscuité, tel ou tel qui, entrant dans son lit, se trompait de sœur n'était pas montré du doigt.

À ce régime, évidemment, tant va l'amour partagé qu'à la fin il s'édulcore. Puisqu'au souffle, à l'éclat de rire, au grain de peau, à la molécule près, Fionna et Isabella étaient identiques, un grand flou s'instaura dans les rapports entre ces quatre personnes. Insensiblement, tout esprit de rancune refoulé, tout orgueil effacé, toute morale balayée, les émois amoureux des deux maçons et des deux frangines au physique de fer à friser prirent les couleurs atténuées de relations dosées par la sexualité pure.

L'interchangeabilité des jumelles fit le reste. La chicane ne démangeait plus les deux maris. Et même, par souci de simplifier leur vie, il fut décidé entre eux que Sartore, qui était sanguin, honorerait ces dames toute la semaine et que Gourari, qui était monotesticulaire, se contenterait de les approcher les dimanches et jours fériés.

– Allons téléphoner, décida ce dernier.

– Minute ! dit Sartore. Sur ce chapitre non plus, pas question de faire un travail de gugusse !...

– Que veux-tu dire ?

– Imagine que pendant que nous faisons notre rapport à Danos, il prenne à ceux de la péniche la fantaisie de s'en aller ?

– On les perd !

– Coup de pied au cul, assurément !

– Écrasés comme des punaises !

– Expulsion du sol français, tu peux être sûr !

La perspective de leur retour dans les Pouilles renvoya les deux Transalpins à un indicible désarroi.

– Ça me met la pétoche au gros intestin ! gémit Gourari.

Pardi ! Ils étaient tricards en Italie.

Six mois plus tôt, ils avaient commis un faux pas à Bari. Faute de perspectives plus lucratives que leur métier de gâcheur de ciment, sans doute aussi pour échapper au train-train de leur vie privée, ils s'étaient enfuis avec la caisse du Syndicat du Bâtiment.

À Naples, ils avaient assommé un fasciste, un commissaire de quartier qui les avait démasqués et s'était ému de leur parcours mouvementé. À Rome, ils avaient abusé de l'hospitalité d'une cantatrice qui, un soir de canicule, s'était laissé tenter par la virilité de Sartore. À Reggio, ils avaient dévalisé une station-service et volé une Fiat à son propriétaire qui avait eu la faiblesse de les prendre en stop. À San Remo, ils avaient passé la frontière grâce à des uniformes des douanes chapardés dans un bureau.

Fraîchement débarqués sur le sol français, ils avaient été recrutés à Marseille par un lieutenant d'Abel Danos, grâce à une imposture. Ils s'étaient fait passer pour deux fines gâchettes en délicatesse avec la mafia calabraise. Auréolés d'une belle réputation de flingueurs, ils s'étaient arrimés au clan de la rue Lauriston.

– Je me demande où cette aventure va nous mener ? murmura Gourari que l'indécision du moment rendait pâlot.

– À une réussite éblouissante ! À un avancement sans précédent de nos brillantes affaires !

– Je ne partage pas ton optimisme, Salvatore. (C'était le prénom de Sartore.) J'entends venir la faim, la soif, le cachot. Nous avons les mains si sales !

– Qui se préoccupe de ta gourme, imbécile ? Nous vivons une époque où partout les corbeaux se calent les joues avec de la boyasse humaine… Seulement voilà ! Monsieur ne veut rien faire comme tout le monde ! Et voilà qu'au moment où la capture du boiteux est là pour offrir au Signor Giuseppe Gouari l'occasion unique de toucher un pactole, il renâcle !

– Je ne renâcle pas, je raisonne !

– *Disgraciato* ! Tu craches dans la soupe du bonheur !

– L'argent du crime ne profite jamais, rappela Gourari à son associé. C'est ce que disait ma pauvre mère.

– Réfléchis donc, face de bétonnière ! Depuis ses brillants résultats dans l'affaire Lambrecht, en Belgique, Lafont a besoin de se faire à nouveau mousser auprès des Allemands. Si par bonheur nous tordons le nez d'un grand de la Résistance française, nous allons nous faire la réputation de deux âmes noires et méchantes qui ne lâchent jamais le morceau !

– Les caïds de la rue Lauriston ne t'ont pas attendu pour la réputation ! En mai, ils ont eu la peau du colonel Hervé. En juin, ils ont démantibulé le réseau « Défense de la France »…

– Si nous lui apportons Bouvier sur un plateau, « monsieur Henri » saura se montrer généreux, crois-moi !

– Le Seigneur t'entende, Sartore !

– Laisse le Grand Barbu en dehors de nos affaires, nous usons parfois de finesses qu'il ne saurait apprécier !

– Très bien. Allons téléphoner, Sartore.

Giuseppe Gourari tourna le guidon de leur tandem dans le sens du départ et s'écria :

– La roue à gauche ! En avant toute !

– La roue à droite ! le corrigea son équipier. Direction le premier troquet ou la première écluse *en amont*.

– En amont, Sartore ?

– Réfléchis splendide conard !... s'il leur prenait la fantaisie de lever l'ancre, ils ne retourneraient pas vers Paris qui est surveillé... Ils poursuivraient leur route ! Ergo, postés à la première écluse, peinards, nous les intercepterons.

D'un même élan du mollet, les deux enfants des Pouilles pesèrent sur leur pédale, et hop, d'un mouvement jumeau, ils s'élancèrent sur leur cheval de fer. Le tandem fonçait sur la rive gauche.

Depuis la péniche, amarrée à la rive droite, Boro suivait leur progression vers l'amont. Dès que les deux hommes furent hors de vue derrière un rideau de végétation, le reporter se tourna vers Paris-Sports.

– À nous, vite ! Sors la Traction, il faut les rattraper...

En courant, ils débouchèrent sur le pont de l'*Atalante*. Comme ils s'apprêtaient à sauter à terre, Boro lança à Paluche :

– Combien de temps pour te mettre à couvert ?

– Une demi-heure en direction de Paris.

– N'hésite pas ! Vas-y ! Cingle vers les îles ! Où est Schnuckenack ?

– J'entends le raclement des chaînes sur le bossoir, il est déjà en train de lever l'ancre !

– Tout cela finira mal, augura Pépé l'Asticot.

D'un coffre à outils, il venait de tirer trois mitraillettes anglaises. Des Sten.

– Elles n'ont jamais servi, dit-il mais quand elles aboient, ces vilaines machines font de sacrés dégâts !

Boro ne répondit pas. Les joues creusées, le masque du visage tendu, à foulées allongées il dégringolait déjà la passerelle qui menait à la terre ferme. Surgie du portail de la propriété voisine, la voiture noire conduite par Paris-Sports, s'immobilisa devant lui.

Deux Pouilleux à l'estouffade

La « Quinze » bouffait la poussière du chemin de halage par la calandre. Son moteur respirait fort. Une sourde puissance couvait sous le capot. Le moteur six cylindres buvait allègrement ses dix-sept litres au cent. En revanche, il transformait la carrosserie plutôt massive en un animal mécanique à l'agilité surprenante. Le profil ramassé du monstre inspirait vitesse et tenue de route. Il glissait sur le tapis blanc du chemin. Il laissait un long panache de poudre s'enrouler derrière lui.

Boro semblait ravi et se laissait griser par la vitesse. Le front appuyé à la vitre, captivé comme un enfant par les rives du canal qui défilaient en un embrouillamini illisible, il se préparait à l'action.

Paris-Sports, dans le rôle de l'as du volant, négociait au plus juste la trajectoire de ses pneus sur le sol empierré. Parfois, le lourd véhicule dérapait sur la castine et projetait des pluies de cailloux qui giclaient et ricochaient sous la caisse de la voiture. Au terme d'une pointe de vitesse, la Citroën aborda une zone de nids-de-poule et, malmenée par les trépidations, la suspension Grégoire fut plusieurs fois mise à rude épreuve.

L'ancien turfiste leva quelque peu le pied. D'un geste du menton, il ne tarda pas à désigner à son passager la silhouette cadencée des deux Italiens, qui, tête dans le guidon, tortillaient du pot sur leurs selles.

Boro se contenta d'opiner du chef.

Ses paupières réduites à de simples fentes filtraient la lumière. Il pouvait apercevoir deux taches noires, deux corps penchés et malmenés par l'effort, autour desquels battaient de longues ailes.

Il identifia cet effet de plumage fou comme étant les revers de deux longs manteaux claquant au vent tout au bout d'une longue ligne droite.

À trois cents mètres environ du but, la Citroën ralentit. Mus par un obscur instinct, les Italiens se retournèrent tour à tour. En apercevant la voiture lancée à leurs trousses, ils se mirent à ferrailler de plus belle.

Les deux fuyards pédalaient à tourne-mollets en direction d'une écluse qui se précisait dans la distance. Ils donnaient l'impression de vouloir s'y mettre à couvert.

– Comment vois-tu la chose ? demanda Boro alors que les cyclistes se situaient maintenant dans la perspective du museau de la Citroën.

– À la hussarde ! répondit le porte-flingue de Lucien Palmire. On désarçonne à chaud et on braque dans la foulée !

Il combla les derniers mètres qui le séparaient de l'objectif, approcha le véhicule jusqu'à toucher le garde-boue arrière du tandem et, alors que Sartore se retournait, furieux, dominateur, vociférant, et ébauchait le geste de sortir son arme, il poussa le mufle six cylindres vers l'avant.

La voiture surbaissée sembla avaler l'équipage entier.

Sartore, désarçonné par cet aveugle coup de boutoir, parut expulsé hors de ses cale-pieds. Victime d'une secousse transmise par le froissement du métal sur le métal, il partit en chandelle et monta en flèche à la verticale de sa selle. Il ouvrit les bras pour amortir sa chute et sortit momentanément du champ visuel des occupants de la voiture. Il fit une brève et brutale réapparition, rebondit sur le capot, heurta le pare-brise, s'y compacta en boule avant de rouler au fossé, happé par le vide, tandis que le train avant de la Citroën passait sur le cadre du tandem, le faussait, émiettait peinture, rayons, dérailleur, écrous papillon, boulons et accessoires, et que Gourari, solidaire de la machine à pédaler, perdait le contrôle du guidon et partait en vol plané sur le côté pour finir sa chute en une glissade prolongée sur le gravier.

Paris-Sports stoppa la traction.

Freinage brutal. Dérapage jusqu'à l'herbe du talus.

Côté opposé, portière ouverte, Boro s'était éjecté avant l'arrêt du véhicule. Il avait boulé sur lui-même et avait atterri sur sa jambe valide. En deux pas, il se dressait au-dessus de Sartore. Ce dernier, le visage ensanglanté, jurant dans son dialecte, venait de sortir son C 96 et, prêt à tous les tuages, pointait l'arme sur son agresseur.

Sans qu'il y eût la moindre parenthèse dans l'accomplissement de ses gestes, le Hongrois lança son bras droit vers l'avant.

Il y eut un bruit de mèche, un roulement de fléau, un sifflement qui fouailla l'air. Le stick de Blèmia Borowicz raya l'espace avec une violence et une précision inouïes. Scellée à l'avant-bras du reporter, sa canne semblait être la continuation légitime du biceps de son manipulateur et, alors que l'Italien, la main gluante de sang, appuyait sur la détente de son arme et faisait feu au jugé, le lacet de cuir qui lui-même prolongeait le jonc sembla s'animer d'une vie propre. Il prit des allures de garcette pour la chiourme, puis devint cobra. Enfin, serpent fou enroulé autour du poignet du misérable, il planta ses dents de cuir dans la tiédeur de sa chair pour lui arracher le parabellum.

Sous l'effet de la morsure, Sartore poussa un bref cri de douleur. Le Hongrois mit fin à sa lucidité en lui décochant un direct assez appuyé pour lui faire perdre la notion du temps et du danger.

Au même moment, hébété, Gourari, qui s'était à demi assommé en atterrissant sur le sol raboteux, restait dans un état second sur le bord du chemin. Il ne remuait plus. La viande à bout. Avalé vif par la terre, doucement, il s'abandonnait.

– Qui êtes-vous ? demanda-t-il comme dans un rêve.

Il dodelinait de la tête. Il cherchait à accommoder sur ses agresseurs, mais une rigole de sang avait débordé ses sourcils et l'empêchait d'avoir une vision correcte des gens, des choses, de la situation. Les pierres du chemin l'avaient écorché de partout.

– Police allemande ! radota-t-il encore en sortant son arme, puis en la brandissant devant lui.

Et cette phrase dérisoire lui arracha un pâle sourire.

En guise de réponse, il reçut la charge de Paris-Sports. D'abord une vire-tape en plein blair lâcha lumière et vacarme dans sa cervelle. L'instant d'après, une volée de coups s'abattit sur son thorax. Le titi parisien marchait à la savate. Le Lüger vola en l'air et retomba dans l'eau du canal.

Soulevé du sol par le col, traîné sur quelques mètres, lesté de quelques nouvelles taloches qui lui enlevèrent toute velléité de rebiffe, Gourari semblait absent au monde. Il rejoignit Sartore au pied de la voiture, et le paquet flasque de sa personne s'ajouta au tas de viande et de vêtements qui était le signe de Sartore.

Gourari apprécia le répit magique qui s'ensuivit. Le diable boiteux, *l'Untermensch* responsable de ce Trafalgar et son acolyte à voix de mêlé-cass échangeaient des propos qui lui échappaient.

La paresse envahissait Gourari. Sa nuque prenait de l'épais. Il avait fait une croix sur ses ambitions. La guerre n'existait plus. Il ne se sentait plus responsable de son corps. Les nuages flottaient au-dessus de lui.

Il sentit qu'on le fouillait. Qu'on lui confisquait ses papiers. Ses cartes. Ses *ausweiss*. Il se dit qu'il ne serait plus jamais présentable. Plus jamais un type qui fait la loi. Il se dit que Danos serait furieux. Seulement ses yeux remuaient encore tandis qu'on le chargeait comme un vulgaire ballot dans le coffre du véhicule. Chair et os, Sartore ne tarda pas à s'entasser au-dessus de lui, et Gourari, à demi asphyxié par la masse inerte de son compère qui lui plombait la nuque jusqu'à l'épaule, perdit la notion de l'orientation. En glissant d'à peine cinq centimètres sur le côté, au prix d'un effort surhumain, il pouvait encore apercevoir un petit carré de ciel, mais ça aussi ne tarda pas à disparaître… Les salopards de la Résistance venaient de refermer le coffre.

Il gémit dans l'obscurité parce que Sartore ne retirait pas sa chaussure de son œil droit. Puis il se tut.

Wradaboum ! Faramineux boucan ! Le moteur ricana. La bagnole venait de démarrer.

Les plaintes de l'homme des Pouilles allèrent en diminuant. Ses protestations étaient principalement dans sa tête. Les seuls mots qu'il trouvait pour les exprimer étaient italiens. Il gémit une dernière fois parce qu'il était bigrement secoué.

C'était commode de tourner de l'œil.

Couic, il éteignit la lumière.

Au bouic patriotique

Soucieux de ne pas alerter l'attention des riverains, Blèmia Borowicz se fit déposer par son chauffeur une vingtaine de numéros avant le 40 du boulevard Barbès.

– Salut !

– Salut !

Le temps pressait. Boro et Paris-Sports se séparèrent sur un pâle sourire.

Dans un vibrato de pot d'échappement, la voiture prêtée par l'Asticot décolla du trottoir dans un crissement de pneus et reprit le cap de Joinville-le-Pont. Le temps d'un pincement au cœur, le reporter regarda s'éloigner la puissante traction avant.

Tout naturellement, sa canne sembla lui donner le départ. D'un bon pas, il se mit en devoir de franchir la distance qui le séparait du bordel tenu par Olga Polianovna.

On dit, on raconte que le temps est un accomplissement. Rien n'est plus faux. Et rien n'est moins prévisible que la façon dont nous voyageons vers nos destins.

Six mois plus tôt, Boro avait pris ses quartiers dans cet ancien immeuble de rapport transformé en lupanar par les soins de l'ancienne danseuse de chez Balanchine. Les choses ne s'étaient pas produites par hasard. Pas tout à fait. Il se trouve que Scipion, le compagnon du « Boro P'tit » des premiers jours, venait de réapparaître dans la vie de Blèmia Borowicz. L'Africain au cœur fidèle, l'ex-chauffeur d'Ettore Bugatti, avait endossé le rôle du cheval de Troie pour infiltrer le clandé de Polianovna.

L'ancien modèle des peintres de Montparnasse, l'ami de cœur de Kiki, l'ex-amant de Marie Vassilief, le père d'une dizaine d'enfants, jouissait d'un physique avantageux, d'une musculature puissante et d'une endurance au lit qui avait séduit la propriétaire des lieux.

À y mieux regarder, et si l'on considère l'art d'aimer comme une conjugaison d'expérience et d'impérissable jeunesse, le mérite de Scipion n'était pas discutable. Il avait su conduire Olga Polanovna aux lisières de l'illumination. Toutefois, il ne faut pas minimiser le rôle de sa partenaire dans la façon tambour battant de mener cette belle affaire patriotique. Sexe et Patrie. Olga avait la fibre. Grâce à sa flexibilité et à une réorganisation de son établissement, elle avait su impulser une nouvelle vocation à son bouic.

Le reporter et ses amis hongrois – Prakash ou Pázmány – avaient investi les lieux. Ils avaient pu élire domicile au deuxième étage de la citadelle du stupre. Ils y dormaient en toute impunité. Ils s'y regonflaient la santé et le moral entre deux missions photographiques sur les côtes de l'Atlantique ou de la Manche.

La clientèle de la Wehrmacht, endormie par le zèle du personnel, prompt à la gâter dans tous les compartiments du plaisir, continuait comme par le passé à profiter des commodités du bar du rez-de-chaussée et usait des charmes de ces demoiselles au premier étage sans se douter un seul instant que le second (qui possédait une entrée de service à l'arrière de la bâtisse) servait de base à un réseau de résistance.

Ce jour-là, à peine Boro eut-il posé le pied sur une parcelle du territoire où régnait l'ancienne danseuse de chez Balanchine, qu'il retrouva, comme d'habitude, toutes les sensations de sa jeunesse de bohème. Une légèreté, une envie de rire. Un goût d'avant-guerre.

Il faut dire que tout dans la réception dont il était l'objet le prédisposait à la gaieté. Cette voix tout d'abord, cette voix surgie de nulle part, ce caquet bien timbré qui venait de le héler dès l'entrée, presque une tessiture d'homme dont les accents chaleureux faisaient la part belle à la gouaille et emballait les « r » avec un furieux accent russe.

– *Bonjourrrr*, jeune homme ! Comment ça va, mon lapin ?

Le reporter en était encore à essayer d'habituer sa vision au clair-obscur dans lequel il se trouvait soudain plongé quand, sollicité par un tapotement d'escarpins, il avait reçu tout contre lui la partie osseuse de l'ex-ballerine.

Blèmia avait refermé ses bras sur les épaules d'Olga Polianovna et tous deux, emportés par les effluves d'une tempête au gardénia, s'étaient embrassés comme de vieux complices polissons qu'ils étaient.

Olga défiait le temps. Elle était intacte. Les paupières bleutées par le fard, les lèvres saignantes de rouge à lèvres, elle évoluait encore avec des grâces de bayadère. À soixante ans au boulier, elle affichait les insignifiantes collines de sa poitrine de danseuse avec désinvolture. Maigre sur le devant, mais le torse bien droit, la nuque haute, les gambettes admirables et les fesses joufflues, elle battait encore beau.

– Je te préfère par les fesses, glissa le Hongrois à l'oreille de la pierreuse, tu les as hautes comme celles d'une jouvencelle, et aussitôt, il sentit qu'elle enfonçait ses ongles peints dans son avant-bras.

– Entre tout à fait, petit Czar ! dit-elle en rejetant vers l'arrière sa crinière acajou. Il n'y a pas lieu de rester entre deux portes... Ça n'est même plus la place des filles pour racoler !

Elle franchit en tête le seuil de son établissement. La boîte était fermée le matin afin de permettre au personnel de souffler et ne reprendrait ses activités qu'en fin de journée.

À l'intérieur, fenêtres aveugles, ambiance ouatée, musique douce, ça tournait rond à partir de vingt heures sous la férule de cette bonne Olga.

Le bouic commençait par un bar coquin. Pomponné au velours rouge et dopé au galon doré, l'endroit se voulait émollient. « On est prié de laisser ses angoisses au vestiaire » stipulait dès l'entrée une pancarte bien en vue. Une flèche bleue prenait le relais. Elle indiquait la direction à suivre pour accéder au bonheur parfait.

À son corps défendant, le chaland se jetait dans un étroit labyrinthe en forme de purgatoire dont le dédale imprévisible prolongeait et attisait l'impatience où il se trouvait d'aller retrouver la tiédeur de plume de Solange ou de Louise, de Nicole ou de Fleurette.

La prêtresse des lieux avait pensé à tout. Pour renforcer la vocation hédoniste imposée par cet itinéraire du Tendre, elle avait, le long des murs ornés de frises en stuc, donné la part belle à de petits sujets polychromes qui s'enfilaient par tous les bouts avec de larges sourires. Ainsi, prenant prétexte et alibi des sculptures des temples du sud de l'Inde pour faire passer la polissonnerie de leurs ébats, Olga Polanovna préparait la clientèle aux saines exaltations du corps. Sinon, en corniches, quelques nus bourgeois peints par des disciples de Bouguereau, des lumières tamisées, un angelot décochant ses flèches, complétaient le paysage qui menait à l'embarcadère pour Cythère.

Le voyageur débouchait dans une sorte de fumoir installé un peu comme un salon d'attente. Le long des murs insonorisés, il trouvait des fauteuils profonds et, pour quitter la salle de réception, des tapis profonds comme ça.

Polanovna connaissait la musique en haute laine.

– J'ai l'expérience du stupre, revendiquait-elle volontiers. Trente-cinq ans que l'Archiduc m'a mise au tapin !

Et ce jour-là, se tournant vers Blèmia :

– Vladimir ! Tu te rends compte, gentil Boro, cette croûte de Vladimir !

– Tiens, c'est vrai, tu n'en parles plus jamais. Il est mort ?

– Raide comme balle !

– À Montmartre ?

– À Lachaise.

– Vilain Russe blanc ! disait-elle. Je dansais encore chez Balanchine que déjà il lâchait tous ses vicelards pour me grimper en passes ! Olga ! Pauvre morte ! Ni Baccarat, ni Bohême ! Parfois, il me battait !

Olga roulait une larme. Vite, elle se reprenait. Chassant l'émotion, elle s'efforçait de retrouver un col de cygne.

– Ah, la vie ! La vie, la vie !... elle faisait. C'est comme ça !... Toutes sortes de galipettes pour finir avec un bamboula à peau dorée !

– Scipion va bien ? demanda aussitôt Boro, ravi de retrouver un sol plus ferme. Il est dans le secteur ?

La Louve se tourna vers son invité.

– Il sera là tout à l'heure. Prakash aussi va rentrer.

– Je vais avoir besoin d'eux. Parle-moi de Scipion. Il s'est habitué à toi ?

– Il est adorable ! Il veille à ce que tout soit en ordre. Depuis qu'il est dans mes meubles, je ne casse plus les coupes de champagne avec les verts-de-gris !

Et habile à changer radicalement de sujet :

– Et toi, mon grand ?... Je te croyais *in Inglande... London by small plane...*

– En principe, je pars d'ici quelques jours.

– Je suppose que si tu repasses par chez nous ce n'est pas pour enfiler les perles.

– J'ai besoin de vous réunir. Tous.

– C'est grave ?

– Ça peut le devenir.

– Montons jusqu'au ciel, dit Olga. (C'est ainsi qu'elle appelait le second étage.) Nous y serons plus tranquilles.

Afin de donner l'exemple, elle s'engouffra dans un petit escalier qui dans un premier temps menait aux chambres des pensionnaires.

– Ces demoiselles font la sieste, souffla-t-elle.

Rien n'était moins vrai.

Au détour d'une tenture mauve, une poignée de filles en combinaison se jetèrent sur Boro pour le dévorer de baisers.

– Doucement, les gagneuses ! s'opposa la taulière. Ne me l'abîmez pas ! Passez sous la douche, vous sentez encore l'oreiller ! Et n'oubliez pas de pratiquer la plus entière discrétion pour tout ce qui concerne monsieur Borowicz.

Nicole, Louise, Solange, Fleurette, une Antillaise native de Marie-Galante, parurent vexées.

– Sommes-nous pas des tombes ? s'insurgea la Nicole.

– Votre présence est notre meilleur bouclier ! reconnut Boro.

– Mes filles sont des patriotes certifiées ! renchérit La Louve. C'est grâce à elles si tous les Chleuhs qui nous passent entre les cuisses sont épluchés comme des légumes !

– On fait du chiffre, minauda Solange, mais nous sommes du renseignement.

Il me semble que ça nous donne le droit à la parole, glissa Louise.

– Même à moi, Mam'Olga, susurra Fleurette.

Elle était exquise. Elle avait un goût vanillé.

– Suivez-nous, les Zoiseaux français ! décida Olga. Vous avez gagné le droit d'assister à une réunion du réseau…

De-ci de-là, clopin-clopant…

À l'heure où Boro s'apprêtait à rentrer en conclave et franchissait les limites du « ciel » avec pour aréopage ces demoiselles putes et leur taulière – un gnome à l'aspect repoussant dressait la tête au beau milieu d'un champ d'ordures et d'épandages.

Sa paupière gauche était fermée et tuméfiée. Le pourtour de son œil, le renflé de sa pommette étaient auréolés d'un coquart bleuté où sourdaient des chairs rougeoyantes et mâchées. Son arcade sourcilière avait cédé, poissant d'une herse de sang la moitié de sa face éberluée. Avec son gabarit de poids coq qui aurait boxé quinze rounds en catégorie mi-lourd contre Dempsey, Giuseppe Gourari, car c'était lui, se dressa sur ses ergots. Il chercha à s'orienter et constata qu'à court terme sa position géographique le situait entre un trognon de chou, une baratte éventrée et le siège avant droit d'une Citroën B 14 depuis longtemps mise au rebut.

Pris d'un vertige, il s'accroupit presque aussitôt et attendit à croupetons que le malaise atténue son effet de tournis.

Une odeur prononcée d'ammoniaque, à moins que ce ne fût de Crésyl (robuste désinfectant pour décaper les toilettes), environnait le trajet du bonhomme tandis qu'il recourait à la reptation lente pour s'extraire du cratère empli de résidus – épluchures, fèces et autres bidets lancés d'une main sûre par des populations riveraines désireuses de débarrasser leurs logis du nauséabond et de l'inutile.

Au même instant, le sieur Salvatore Sartore titubait d'une ornière à une autre au fond d'une sablière inondée par les récentes pluies. Largué lui aussi en pleine cambrousse, il n'avait pas connu un sort plus enviable que celui de son *alter ego*.

D'un pas lourd, il abordait maintenant une terre de marécages et se crotta jusqu'à mi-cuisses en cherchant à prendre un raccourci par une tracée de peupliers aux troncs nus. Son visage portait comme celui de son compagnon les stigmates, les bosses et les plaies de son atterrissage mouvementé.

En réalité, quelques kilomètres à peine à vol d'oiseau séparaient les deux hommes, mais comment auraient-ils pu deviner en quel lieu et en quelle situation de détresse se débattait l'autre, alors que leurs agresseurs les avaient volontairement éparpillés dans la campagne afin de se garantir le temps et l'opportunité de gagner une cachette sûre ?

Les Italiens se battaient contre leur mauvaise fortune avec la dernière énergie. Qui dans les ordures, qui dans les fondrières, faisait son calcul : il fallait à toute force atteindre un téléphone, communiquer avec Abel Danos et lui faire engamer une version de leur épopée qui leur donnât le beau rôle. Faute de quoi, les deux espions seraient mis à pied de l'organisation.

Pour l'instant, chacun de son côté, les jambes torses, ils couraient. Ils trébuchaient. Ils tombaient, rebondissaient et se relevaient. Ils étaient perclus de douleurs, transis de froid, et possédés par les deux mêmes idées fixes. Deux idées qui les maintenaient à un degré d'exaltation surprenant malgré le handicap de leur état de délabrement physique.

La première avait le goût du sang dans la bouche. Elle était commune aux deux spadassins. Ni Sartore ni Gourari n'envisageraient plus jamais l'avenir tant qu'ils n'auraient pas retranché du monde des vivants l'*Untermensch* Borowicz et son anguille, le porte-flingue à la voix rauque et aux allures de petit tubard.

La seconde, plus délicate à négocier, consistait à rendre compte du fiasco de leur mission tout en préservant leur place d'hommes de confiance dans l'organigramme de la maison Lauriston. Qu'ils perdent toute crédibilité aux yeux de monsieur Henri, et il leur faudrait refaire avec lenteur et humilité le chemin perdu.

La cervelle de Gourari s'était remise en marche la première. L'imagination ne lui faisait pas défaut. Pour redonner du panache à la mésaventure, il était prêt à inventer une bataille rangée à deux contre vingt.

Sartore, de son côté, échafaudait son plan. Il penchait plutôt pour accréditer une version selon laquelle les deux as du renseignement seraient tombés dans une souricière tendue par ceux de la péniche.

À moins, pensaient les deux amis, qu'il restât quelque prodige à inventer – un si énorme mensonge gonflé aux boniments, qu'il convainque par son incongruité. Que sa taille hors gabarit, ses détails invraisemblables, soient les seuls gages de sa vérité et que, roulée dans le sucre glace de la roublardise, cette confiserie de la désinformation s'avale en haut lieu à la façon d'un œuf de Pâques offert à un python.

Les deux hommes, on s'en rend compte, déliraient à moitié.

La nef de l'espoir

Ailleurs aussi on s'agrippait à la vie.

Piet Van der Velde avait mis à profit l'élimination physique des cyclistes aux longs manteaux par Boro et Paris-Sports pour passer à l'action. La péniche et son équipage (Schnuckenack à tous les postes) faisaient mouvement à toute hélice en direction de Paris.

Terrés dans leur cache aveugle, les passagers clandestins, inquiets de leur nouvelle destination, interrogeaient le tam-tam des machines lancées à plein régime.

L'*Atalante* frissonnait de toute sa carcasse. Il fallait avoir les nerfs solides pour résister au vacarme. Les plus émotifs n'avaient plus rien sur la langue. Ils se suçaient les joues par l'intérieur.

À fond de cale, l'oreille collée aux parois de la coque, Joachim Guschinov, fourreur rue des Rosiers, et Paul-Léon Bronstein, avocat auprès de la cour de Versailles – deux des pères de famille qui avaient embarqué sur l'« arche de l'espoir » –, auscultaient le clapotis de la rivière.

– J'ai gratté les peaux de visons toute ma vie ! ressassait Joachim Guschinov en faisant de drôles de bruits avec la bouche.

Et sans doute parce qu'il en avait épais sur le cœur, il répétait :

– Je me souviens de Vitebsk ! Avant moi, mon grand-père et mon père y étaient nés… Ils avaient eux aussi gratté les queues de visons… Toujours dans la famille, les queues de visons ! En Pologne, en France, gratte ! gratte !… Les Guschinov ont toujours accompli les mêmes gestes ! Ils sont venus en France pour protéger la vie de leur descendance et trouver enfin la paix pour le ventre de leurs femmes… mon frère David, mon cousin Moshé… Ils ont tous tenté l'aventure de l'exil… ils ont tous pensé qu'ils avaient assez payé leur compte au Seigneur…

Il hochait la tête. Il respirait plus vite. Il regardait en lui-même. Comme au début il ne s'était pas méfié de ses sentiments, son amertume avait dégénéré en petits rictus incontrôlés.

Entre deux sanglots, il disait :

– Et voilà que tout recommence ! Je ne comprends pas comment j'en suis arrivé là ! se lamentait-il.

Il fixait ses mains rugueuses. Il les élevait en direction du ciel.

L'écume aux lèvres, il s'écriait :

– Toi, là-haut ! dis-moi ce que j'ai fait pour être ici, sans mon épouse et sans mes gosses !

Et Paul-Léon Bronstein qui se tenait à ses côtés soupirait. Les paupières lourdes, noyé dans sa pelisse, il prenait la parole à son tour.

Il murmurait :

– Ne pleure pas, Joachim. Ne pleure pas, mon frère que je ne connais pas…

Le front soucieux, le juriste se grattait la barbe. Il avait du feu devant les yeux. Sa voix tremblait de colère.

Il disait :

– Pendant toute ma carrière, j'ai défendu le bon droit des justiciables et en 17 j'ai versé mon sang pour la France au chemin des Dames… Est-ce qu'il est juste que le vieux Maréchal me livre aujourd'hui à la vindicte nazie ?

Les deux hommes faisaient un effort désespéré pour maintenir leur équilibre malgré les trépidations. La mine sévère, tout de noir vêtus, ils arboraient à leurs manteaux l'infamante étoile jaune. Ces hommes religieux et respectueux de l'ordre épiaient le glissement de l'eau sous l'étrave de la patache transformée en hors-bord. Étendus à leurs pieds sur des couchages de fortune, les femmes et les maris du peuple de Dieu se hélaient à voix basse. Ils priaient. Une femme soudain se mit à pleurer. Une autre mêla ses anathèmes aux gémissements de la première. Leurs voix de plus en plus aiguës formaient les vœux de la haine contre leurs sanglants bouchers.

Les enfants ne tardèrent pas à pleurer à leur tour.

Une femme disparaît

Pépé l'Asticot s'était installé dans la cambuse. On le sentait mal embouché.

La tête vide de tout projet, le gros hareng s'était laissé tomber sur un banc, face à la table. Il avait les bras lourds, les jambes repliées sous lui.

La main droite rivée à une chope de bière, il semblait en proie à une mélancolie pensive. Son embonpoint, sa pose abandonnée contrastaient avec les tressautements de la lampe de cuivre suspendue au-dessus de la toile cirée. La loupiote au bout de sa chaîne se baladait dans l'espace. Elle prenait des manières de balancier et battait la mesure à l'unisson des vibrations du bateau.

Sans qu'il s'en fût ouvert à quiconque, Pépé l'Asticot ruminait un secret.

Au moment de quitter la terre ferme, dans la précipitation de l'embarquement, il avait croisé le regard affolé de Tulipe. La fille aux yeux d'agate était habillée de pied en cap. Elle se tenait au bord de la passerelle. Elle fixait la terre ferme avec une sorte de détermination frémissante qui faisait trembler ses lèvres. Par-delà les groupes qui encombraient le pont, il avait semblé à Lucien Palmire que la mignonne, comme une sorte de défi, lui adressait un signe d'adieu furtif. Juste un geste ébauché de la main. Il n'était sûr de rien. Une longueur de bateau le séparait d'elle. Sans cesse, les gens passaient et repassaient. Ils faisaient écran de leurs ballots, de leurs bagages. Acceptation ou résignation, il n'avait rien fait pour contrarier les projets de la gosse. Et puis, la fièvre du départ imminent avait brouillé les cartes. Promu guide de la petite communauté cosmopolite, Pépé l'Asticot avait eu mille choses à faire. Il avait dû user de toute son éloquence pour répondre aux questions dont l'assaillaient les nouveaux embarqués. Il avait fallu apaiser les esprits. Rassurer les craintes. Expliquer pourquoi on repartait en direction de Paris. Canaliser les familles vers les entrailles du bateau. Et tout de suite après sa réapparition sur le pont, alors que le doute planait dans son esprit, était-ce vraiment Tulipe, sa robe verte, qu'il avait vue passer sur la berge ? Était-ce la petite qui courait comme un trait de lumière sur un fond de haie ? Une flèche entre deux taillis, tandis que l'*Atalante* décollait du rivage, était-ce bien elle ? Soudain, la rive reculait. Des arbres masquaient la vue de la perspective. Le chemin de halage prenait fin. Il n'y avait plus rien à voir.

Le lourd bateau labourait déjà le courant de toutes les forces de ses machines. Lucien n'avait eu d'autre ressource que d'aller vérifier s'il n'avait pas été victime d'une hallucination. Il était redescendu à l'entrepont. Il avait passé la tête dans la chambre prêtée l'avant-veille par Anneke à la convalescente. Et c'était tel. Le rêve était conforme à la réalité. Les oreillers avaient été retapés. Le lit douillet était vide. Le bel ange avait disparu ! Le bel ange lui avait échappé. Envolé dans les airs !

Sous la lumière oblique du lanternon de cuivre, Lucien Palmire restait prostré. C'était un lent. Un progressif. Il devenait fafa. Il travaillait du violon. D'un coup, c'était trop ! Il luttait contre une envie irrépressible de quitter le décor de toutes ces vacheries humaines.

Le vieux hareng essayait d'imaginer le retour de la charmante Tulipe au Sphinx. En moins que rien, la demoiselle aurait réintégré le giron du bordel. Elle retomberait entre les griffes d'acier de la *pierreuse asiatique*. C'est ainsi qu'il appelait Tasumiré Takasu dans son for intérieur.

Le cerveau engourdi par l'alcool, il se tapa sur les cuisses.

– Merde à la *jaunarde* ! jura-t-il entre ses dents. Merde à la bridée !

Il était de son temps. Il était de sa caste. Il était de l'époque bénie du Topol. Il détestait l'idée du pouvoir des femmes. *A fortiori* celui d'une femme en kimono. Les gonzesses, c'était fait pour se soumettre. Cornaquer un jeune troupeau de brebis prometteuses était l'affaire des mecs !

Pépé jeta un coup d'œil à ses ongles magnifiquement polis. D'ailleurs, Kitsu n'aimait pas les hommes. Elle suçait l'hirondelle.

Remisant pour un moment sa rage et sa rancune, Pépé l'Asticot leva la tête et inspecta la cambuse. Tout le saint-frusquin, les cloisons, la vaisselle, la lampe, s'étaient mis à branler encore plus fort. L'arche entière palpitait au rythme des pulsations des machines.

À l'autre bout de la pièce, Anneke penchée sur un ouvrage de dame offrait un visage serein. Étrangère aux dangers du monde vers lesquels l'entraînait la patache en folie, la douce Hollandaise faisait confiance à Paluche. Son front prenait la faible lumière du hublot.

À tire-l'aiguille, elle brodait.

Lucien Palmire se détourna.

Il but sa chope jusqu'à la mousse. La denture ricanante, il commençait à être dans les vapes. Il se leva en titubant, chercha à s'orienter et, malgré les trépidations, trouva la tirette à bière. Il se servit coup sur coup deux chopes entières et les consomma sur place. Il s'en resservit une troisième et s'embarqua avec.

Il regagna le banc à la nage et posa ses deux coudes sur la table avec soulagement.

La prunelle sombre, il commença à radoter. Il en voulait à la petiote d'avoir repoussé ses avances. Il vilipendait Boro pour n'avoir pas su profiter de ses charmes. Mais son plus gros grief était ailleurs. Obstinément, il maudissait Tulipe d'avoir su garder son cristal. C'est là que le piège à tiroirs se refermerait sur la jolie vierge des bordels ! Au prétexte de sa vertu, la Japonaise vendrait sa protégée le double de ce qu'elle avait prévu au premier nazillon venu !

Emboissonné de gueuze jusqu'aux ouïes, Lucien Palmire déplaça insensiblement sa main sur la toile cirée. Au bord d'une tasse à café restée intacte, le dos d'une petite cuillère s'était mis à vibrer.

D'un index nerveux, le roi des maquereaux l'envoya baller à l'autre bout de la table.

Puis, d'un coup, le port de sa caboche s'avérant trop lourd pour les muscles de sa nuque, il sentit plonger sa hure vers le bas. Elle s'écrasa sur la table sans trop de dommage. L'instant d'après, délivré de tous ses démons, Lucien Palmire ronflait.

Il trépidait, mais il ronflait.

Un mouillage de fortune

Un peu avant la boucle de Nogent, Paluche réduisit la vitesse de la péniche. Il confia la barre à son second et monta sur le pont. La pipe au bec, le regard fixe, ses poings énormes posés à l'entrée de ses poches, le Flamand dressa sa stature de géant à la proue du navire.

Droit devant l'*Atalante*, cap au nord-ouest, la nue croulante se densifiait à vue d'œil. Elle prenait des contours menaçants et des couleurs de suie. Un grain providentiel se dessinait à l'horizon.

Après environ vingt-cinq minutes de navigation, Paluche ajusta sa casquette de marin sur son crâne. Il cracha dans ses mains calleuses et s'en revint d'un pas de promeneur au poste de navigation. Il lança deux ordres brefs à Schnuckenack et lui reprit la barre.

– Pare à nager ! Elle tourne, murmura-t-il.

Il manœuvra la roue qui commandait le gouvernail. Sous une pluie battante, la péniche quitta le chenal classique réservé à la batellerie ordinaire. Sa silhouette grisée par l'averse s'éloigna avec des allures de fantôme. Pas un seul témoin pour assister à son changement de cap.

La barge se présenta bientôt face à un bras d'eau situé entre deux îles. Elle aborda ce chenal étroit et encaissé à vitesse réduite.

Penché à la proue, Schnuckenack lançait de temps à autre un boute pour sonder la profondeur du bief. De chaque côté des lignes de flottaison, de sombres chevelures d'herbes ondulaient sur fond de sable fin. Par endroits, une fosse plus caverneuse enfermait une eau dormante.

Guidé par la main sûre du marinier, l'étrave du chaland glissa son mufle noir le long des berges. La sombre carène de l'*Atalante* frôla les branches d'un saule, heurta deux branches traîtreusement immergées dans l'eau glauque, puis, freinée par un lit de feuilles mortes, s'immobilisa à l'aplomb d'un petit débarcadère. Le ponton de ce dernier rejoignait l'une des îles. Plus loin, un sentier qui courait sous les arbres menait à une villa.

Paluche examina la situation au travers de ses jumelles. Les volets de la grande maison de famille étaient tous fermés.

Pourvu que la propriété fût désertée par ses propriétaires en cette période frileuse de fin d'année, le mouillage serait temporaire, mais la cache assez sûre.

Il fit partager son sentiment à Pépé l'Asticot qui venait de monter sur le pont et parut satisfait.

Sur un signe du hareng du Topol, Piet Van der Velde fit jeter l'ancre.

Retour de mission

Au deuxième étage du clandé patriotique du 40 boulevard Barbès régnait une fièvre pas ordinaire. Outre la volière du premier, autrement dit le lot des gagneuses d'Olga Polanovna, tous les pensionnaires présents se pressaient autour de Blèmia Borowicz.

Ce dernier s'apprêtait à faire une déclaration d'importance.

Dix minutes auparavant, la porte menant à l'escalier de service avait claqué, faisant tourner les têtes. Trois pas décidés avaient martelé le sas du palier. Malmené par un bolide, l'huis du couloir ouvrant sur le « ciel » avait livré passage à un homme affairé. Il portait une barbe de plusieurs jours. Il était sanglé dans un manteau sombre. Sa silhouette légèrement courbée était barrée par la bride d'un sac de cuir porté en bandoulière.

– Béla Prakash !

– Blèmia Borowicz !

Sous les yeux attendris de l'ancienne égérie de chez Balanchine et de ses filles, les deux Hongrois s'étaient précipités dans les bras l'un de l'autre. Même crinière brune. Même gabarit. Même manière d'appréhender la vie. À grand renfort de tapes dans le dos, les deux reporters s'apprêtaient à fêter d'un commun accord la joie bouillonnante de se revoir.

Le Choucas de Budapest avait tiré de sa besace un bouteillon de grès. Il l'avait débouché avec les dents. Il l'avait tendu à son camarade.

Le regard de Blèmia avait croisé celui de son tentateur.

– Vodka ? Slibowice ? avait-t-il interrogé.

– Calvados ! avait rétorqué Béla.

– Simple rafraîchissement en somme ?

– Excellent produit agricole.

Boro s'était incliné.

Du lointain des narines, il avait humé le liquide et avait jaugé la hauteur du défi qu'on lui proposait de relever.

– Brutal, avait-il pronostiqué.

Soucieux d'assurer son équilibre, il avait passé le cordon de cuir de son stick autour de son poignet. Puis, la curiosité et le respect des traditions l'emportant sur la prudence, il avait bu plusieurs gorgées.

Au bout de quatre ou cinq lampées, il avait reculé. Bien qu'il gardât sa dignité, il donnait l'impression d'avoir encaissé une gifle.

Sans qu'aucun mot susceptible de gâcher le cérémonial fût prononcé, à son tour, il avait tendu le flacon à son vis-à-vis. Pour lui faire réponse, le Choucas avait ingurgité sa part. Alternativement, les deux amis avaient bu religieusement. L'un après l'autre, ils avaient gardé le front plissé. L'un après l'autre, ils s'étaient mis le feu à la gorge.

– Température au goulot ? se renseignait l'un.

– 44° à l'ombre ! le rancardait l'autre.

Sciés en deux par la vigueur assassine de la pomme distillée, les deux hommes se regardaient avec attendrissement.

– Mince d'arquebuse !

– Sacré pique-fesses !

Prakash riait. Borowicz gardait son sérieux.

– Aussi bien qu'autrefois, appréciaient-ils.

L'instant d'après, stimulé par les vapeurs éthyliques, leurs esprits avaient galopé jusqu'au Quartier latin. Les souvenirs délicieux du bon vieux temps faisaient battre les tempes des deux Hongrois. C'était bon tout d'un coup de retrouver le meilleur de la vie.

– Tu te rappelles la Puszta ?

Spontanément, ils portèrent un toast à leur passé d'émigrés.

– À Capoulade-sur-Moleskine, Choucas ! s'écria Boro, et les larmes lui vinrent aux yeux. À cette saloperie d'Albert Boutru, natif de Bourguébus, chef-lieu du Calvados !

– À nos chers disparus !

– Aux frères Kossuth !...

– À Baross ! Au gaucho pleureur ! répondit en écho son challenger, son presque double.

Après quoi, pour n'être point en reste l'un avec l'autre, les deux hommes asséchèrent le flacon sous les applaudissements de l'assistance.

Souffle coupé par la méchanceté persistante du breuvage, Boro saisit le Choucas de Budapest par les épaules.

– Corbeau hongrois ! Où étais-tu ?

– Je faisais un peu de photo… en Normandie.

– La côte ?

– Les plages.

– Un travail de commande ?

– Une urgence.

– « *Ils* » avaient demandé un reportage ?

– Oui. Et du minutieux. Bunker après bunker. J'ai livré les négatifs à notre facteur habituel…

Le visage de Blèmia resplendit.

– Germaine ! dit-il avec tendresse. La Fiffrelette ! En quel état se trouve notre ouvrière de la première heure ?

– Il m'a semblé qu'elle pédalait un peu du talon… La fatigue peut-être… L'humeur était maussade.

– Elle avait mangé son clairon ?

Elle ne sonnait pas la charge… Elle a quand même porté son précieux colis dans l'habituelle boîte à lettres de Seine-et-Oise.

– Pauvre Germaine ! Elle souffre de solitude. L'indifférence des hommes pour son physique intéressant l'a vouée à une chasteté qui lui tourne les sangs…

– Le fait est que c'est une grande tour… et l'audacieux écuyer qui se risquerait à vouloir la prendre n'est pas né !

– Tu oublies ses yeux, qu'elle a fort beaux… deux yeux levantins lorsqu'elle rit, et qui font presque oublier ses joues de poisson-lune.

– Mazette ! Si tu lui dis le quart de la moitié de ce que tu viens de dire, elle va faire une grossesse nerveuse ! Depuis que tu cours partout, elle est comme un animal abandonné. Tes sarcasmes lui manquent. Elle se languit de toi.

Boro se rembrunit :

– Il est justement dans mon intention de payer la visite à notre bonne girafe dès demain… Son appartement de vieille fille devrait nous permettre de lui caser au moins une famille…

– Une famille ?…

– Je vais vous expliquer ça en détail, dit Boro en éludant la réponse.

Soudain, les responsabilités de sa charge lui appuyaient sur les épaules. Il ajusta sa canne dans sa main droite. Il se mit en marche, écartant Prakash de son chemin.

Bouvier, chef de guerre

— Écoutez-moi tous ! s'écria-t-il en frappant dans ses paumes pour les rassembler.

Il avait lancé sa canne devant lui. Il était pressé, tendu, préoccupé. Il avait pris position au centre de la pièce.

Il leur parla.

Il leur dit tout d'abord que, jour après jour, la perspective d'une défaite militaire se dessinait dans la conscience des dirigeants du Reich. Cet état de fait expliquait leur nervosité. Leur peur de l'échec devenait palpable. Leurs angoisses, nées des mauvais résultats de l'armée allemande sur le terrain, avaient pour conséquence d'accélérer la volonté d'anéantissement du peuple juif.

Il les dominait de la taille. Il ne les avait pas habitués à leur parler de la sorte. Cette fois, le timbre de sa voix n'était pas à la dérision. Mieux, s'animant, les joues creuses, le teint plus pâle que de coutume, il s'adressa à eux avec un étrange fluide électrique. Il leur dit avec des mots à leur coller la chair de poule, il leur dit que, plus que jamais, face à la barbarie et aux méthodes de la solution finale, il était du devoir de chacun de s'opposer, de retarder ou d'empêcher le départ des convois vers l'Allemagne.

Étaient-ils prêts à devenir des combattants ? Étaient-ils prêts à s'engager au péril de leur vie ? À faire l'offrande de leur mort sans resquille et sans fard ?

Le ton était nouveau. Il contrastait furieusement avec les vestiges du langage de l'insouciance auquel les avait habitués le reporter des années trente.

Boro parlait. Il employait des formules vibrantes. Il travaillait au ventre. Ses prunelles enfoncées dans l'ombre des arcades sourcilières fouillaient l'espace comme l'acier d'une paire de ciseaux.

Il se sentait porté par une énergie que lui soufflait sa mission. Il savait qu'il allait bientôt reprendre la suite de sa course folle au travers de l'Europe des ténèbres. Il savait que sa place serait au premier rang de ceux qui libéreraient les territoires et les peuples écrasés par le joug du fascisme. Il savait que sa tâche ne serait accomplie qu'au soir de l'anéantissement du petit tyran à moustache noire.

Ainsi que l'avaient prédit les femmes d'Égypte, boulevard Raspail, par une nuit venteuse de 1931, au rendez-vous de l'Histoire, Blèmia Borowicz venait d'enfiler la tunique du héros[1].

Il parlait, il haranguait. Il piétinait le renoncement.

Ses amis Prakash et Pázmány, son cher Scipion, Olga Polanovna et ses Zoiseaux du sexe, l'avaient écouté avec une religiosité confondante.

Nul n'en doutait, c'était soudain Bouvier qui s'exprimait. C'était un Blèmia Borowicz plus dense que jamais, plus concerné, un rebelle dont la jeunesse était passée par le crible de la guerre. Un meneur d'hommes dont le visage énergique, martelé par les épreuves, reflétait la marque d'une vraie autorité.

En termes brefs et circonstanciés, il décrivit à ses compagnons la situation telle qu'elle se présentait sur les bords de Marne. Il raconta la pression exercée par la Gestapo autour des murs de la propriété de Lucien Palmire. Il leur révéla l'impasse en laquelle les sympathiques imprudences du gros marlou les avaient conduits. Il leur révéla surtout comment le vieux rocher du banditisme avait eu l'inconscience de recevoir et d'héberger trente fugitifs sous son toit alors qu'un essaim de guêpes noires rôdait autour des fleurs de son parc !

Il omit volontairement de mentionner les amours coupables de Chantal Pluchet et la menace que sa liaison avec un général allemand faisait planer sur le groupe Kerberos. Il relata enfin l'embarquement précipité des familles juives sur la péniche de Piet Van der Velde et rapporta la façon dont Paris-Sports et lui-même s'étaient trouvés dans l'obligation de rosser deux espions et de les « saupoudrer » dans la campagne.

---

1. Voir *La dame de Berlin*.

Ensuite, tourné vers eux, vers ses compagnes, ses compagnons, il dit :

– J'attends de vous des projets ! Qui aura une brillante idée pour secourir au plus vite ceux de l'*Atalante* ?

– L'*Atalante* ?

– C'est le nom de la péniche.

– Où est-elle à l'heure actuelle ? demanda quelqu'un.

– Cachée sur un lit d'algues entre deux îles, du côté de Nogent. Un asile précaire.

Délation sur comptoir

Il était deux heures pétantes lorsque Schnuckenack Runkele, envoyé en éclaireur par son patron, s'embarqua sur le canot à fond plat qui servait d'annexe à la péniche.

Le Rom était doué pour ce genre de reconnaissance de voleur de poules. Il commença par s'assurer que les propriétaires des deux îles n'occupaient pas leurs maisons, rendues trop humides par les crues d'hiver. Après une visite des lieux, il rama jusqu'à la rive, amarra son bachot aux racines d'un arbre aux allures de palétuvier et rejoignit une auberge tapie derrière un rideau de saules pleureurs. La façade était peinte en blanc et déclinait sa raison commerciale : à l'enseigne du « Beau Rivage ».

Cet établissement de moyenne catégorie avait des allures d'assommoir. Fenêtres étroites, portes basses et costaudes, murs de pierres flanqués d'arcs-boutants. Un débit de boissons aux tournures plus estaminet que guinguette, qui, malgré son abord revêche, revendiquait deux chambres tout confort, la demi-pension, une location de barques et une spécialité d'andouillettes au vin blanc.

En entrant dans cette taverne sans consommateurs, les yeux vifs du Tzigane avaient fait le tour de la salle.

Il demanda un blanc gommé et un jeton de téléphone.

La bouche mangée par une moustache gauloise, le cabaretier se tenait dans un pan d'ombre, à l'abri de sa caisse enregistreuse.

Il torchonna son zinc d'un geste machinal en regardant s'égoutter sur le carrelage les vêtements de cet individu à la peau mate, égaré sous la pluie.

Il lui répondit qu'on téléphonait sans jeton, le téléphone était sur le comptoir.

Il ajouta que, si l'on avait quelque chose à cacher, il existait une cabine. Elle se trouvait au fond du couloir, la lumière était à droite en entrant. On pouvait s'isoler.

Le Tzigane choisit la cabine.

Il composa le numéro de la villa de Lucien Palmire. Il laissa sonner cinq fois avant que Paris-Sports ne décrochât. Le porte-flingue venait tout juste de rentrer de Paris.

Schnuckenack lui communiqua la position de la péniche. Il le chargea d'en informer Boro. Il transmit les ordres de Pépé l'Asticot qui demandait à son second de venir le rejoindre à bord dès que possible.

Paris-Sports promit d'être sur place en début d'après-midi. Il comptait bien être accompagné de Casse-Poitrine, Ramier, P'tit Sifflet, la Taumuche et de quelques autres pointures du même genre.

En reprenant pied dans la salle du bistro, Schnuckenack ressentit comme une gêne. Il ferma les poings et sonda plus avant les yeux fuyants du gargotier.

– Sale temps ! bredouilla l'homme.

Ses prunelles injectées de sang dérivaient vers l'extérieur.

– Sale temps, répéta le gitan.

Les deux hommes restèrent comme ça. Ils étaient sans mots. Ce qui n'est pas fameux.

Le Rom, le violoniste, le rescapé des pogroms, baissa la tête le premier. Il ressentait un grand froid intérieur, une glaciation de ses fibres les plus secrètes. Au premier regard sur l'autre, il avait su reconnaître le vol de l'oiseau noir qui plane avant de plonger sur l'innocent mulot. Question d'habitude. Question d'atavisme.

Il tourna le dos au rapace en charentaises et lampa son coup de blanc. Il jeta sa monnaie au pied de son verre.

Il ramassa une botte de fléchettes sur le bord du comptoir et les lança sur la cible avec adresse. Plein centre.

Il décampa soudain sur ses jambes un peu courtes.

Il partit en courant sous l'averse.

Le mastroquet immobile, l'œil mauvais, gambergeait. D'un coup, il se mit à essuyer ses mains dans les plis de son tablier bleu.

– Vingt dieux ! grogna-t-il entre ses dents.

Il contourna son zinc et, en courotant sur ses varices, fonça jusqu'à la porte vitrée que venait d'emprunter son visiteur. Il colla son front au carreau embué et chercha à distinguer la silhouette du Tzigane.

Il la trouva sur le chemin qui suivait la Marne. L'homme était rincé par la pluie battante. Il s'éloignait en trottant. Le bistroquet se demanda où diable il pouvait aller. Vers quoi. Il n'y avait pas d'habitations le long de l'eau. Sauf sur les îles, là-bas, des grandes baraques.

La tête basse, en revenant vers son comptoir, il paraissait attentif à ne pas se déconcentrer. Il souriait machinalement. Ses doigts gourds cherchaient le contour familier de son tablier.

Il s'était à nouveau perché derrière sa caisse. Il regardait dehors. Longtemps, il contempla le lugubre rideau de pluie. Ensuite, d'un index rapide, il fouilla dans sa fosse nasale. De la corne de son ongle noir, il tira une petite bourbe, une crotte, une crasse, et commença à la tourner vivement entre pouce et index.

Il lui confectionna une allure de boulette. Il la durcit. Il la maçonna.

De sa main libre, il décrocha le combiné de son téléphone de comptoir. Il composa un numéro et dit :

Allô, les gendarmes ? Ici Boutru !… Le Boutru du « Beau Rivage »… Vous me remettez ?…

Sûrement qu'on le remettait. Il continua donc son laïus :

– J'viens d'voir un drôle de type… avec un genre basané. Pas d'ici. Je me suis demandé si ça serait pas des fois un de ceux que les deux gars de la Gestape recherchaient hier…

Pendant qu'on lui répondait à l'autre bout de la ligne, d'une chiquenaude adroite, il catapulta sa crotte infecte, sa fouillure de nez dans la glace qui lui faisait face. Elle s'y incrusta.

D'où il était, en contemplant son image, le mastroquet avait l'impression qu'il l'avait reçu en plein dans l'œil droit. Quel farceur, ce Boutru !

– Ne me remerciez pas !… De rien, n'adjudant-chef ! dit-il avant de raccrocher son téléphone sur la fourche. À votre service, messieurs !

Et une fois tout seul, il avait savaté derrière son comptoir. Il avait repris du poids. Il s'était fait un sourire dans la glace. Un sourire à la Boutru. Façon chacal.

– Ah mais, tout de même ! il avait grogné. On est chez nous, y me semble…

Puis réfrénant un léger tremblement de ses lèvres :

– C'est que… les bicots, les youtres ! C'est tout un bacchanal ! On peut pas les laisser faire n'importe quoi !

Il était moitié marteau. Il se grattait de partout.

Il courut jusqu'à la cible et d'une seule main arracha toutes les fléchettes.

Il les replaça là où il avait l'habitude de les voir. En botte, sur le comptoir.

Comme dans le temps. Comme avant qu'il ait pris sa retraite et perdu sa femme. Comme en 37, par le fait, quand il possédait encore cette riche affaire… Cette superbe brasserie au Quartier latin, « Le Capoulade ». Un chiffre d'affaire colossal comparé à celui du bouiboui d'aujourd'hui.

– Le Beau Rivage ! frissonna-t-il. Tu parles ! Vise un peu l'humidité, le salpêtre !

Sans s'en rendre compte, le limonadier venait de se verser un coup de rouge dans un ballon.

Cul sec. Allez ! Il l'avait éclusé.

Pour que cette merde de vie soit moins dure !

Euréka ! C'est Scipion qui a trouvé

Trente personnes à sauver du joug nazi !

Boulevard Barbès, dans un indescriptible tohu-bohu, les locaux du deuxième étage avaient vite pris des allures d'état major. Une carte des environs de Paris avait été épinglée au mur. Une cohorte de doigts avides de renseignements remontait le cours de la Marne. Une complicité bien huilée s'était manifestée spontanément chez les participants à cette opération de sauvetage.

Boro s'était installé sur un divan, sa mauvaise jambe étendue devant lui. Ses pensées étaient plus vastes que la mer.

Aux quatre coins de la pièce, chacun donnait son avis.

– Premièrement, ne pas laisser trente personnes ensemble à partager le même danger sur le même bateau ! s'était écrié Prakash.

– Deuzio, faire le tour de nos relations, préconisa Pázmány. Trouver dare-dare des lieux d'accueil pour les malheureux.

– Je ne suis pas sûre qu'il faille les évacuer vers des cachettes parisiennes, objecta la Louve de Sibérie.

Chacun donnait son avis. Celui-ci proposait son calepin. Tel autre se demandait s'il ne pouvait pas poser la question à son voisin, un veuf vivant dans une grande baraque. D'une seule voix, Fleurette, Nicolc, Louise, Solange avaient proposé de céder leurs pénates personnels aux rescapés de rafles. Désormais, les quatre joyeuses resteraient coucher sur le lieu même de leur travail.

Trente personnes à sauver du joug nazi ! Comme le compte n'y était pas, elles cherchaient de nouveaux hébergements dans leurs carnets d'adresses. Elles tenaient à montrer qu'elles avaient de l'entregent. Cœur et tête, elles s'étaient mises au service de la cause de la Liberté.

– Pauv'gens, tout de même ! s'indignait Solange. On ne peut pas les laisser s'envaser sur un coche d'eau ! L'armée allemande va les repérer vite fait !

Boro couvait ces dames d'un regard brûlant.

Il aimait leur enthousiasme. Il redoutait leur caquetage naturel et le brouillon des scénarii qui leur passaient parfois par la tête.

– S'il le faut, j'irai chercher un petit juif à bicyclette ! disait Louise. (Elle exhibait ses mamelles de laitière sur lieu.) Je peux passer pour une nourrice, c'est sûr !

– Ou un gros lapin sauté ! avait glissé la voix flûtée de Fleurette.

– Silence, Guadeloupe ! Silence, Zoizeaux !

Heureusement, Olga Polanovna veillait au grain. Elle remettait de l'ordre chez ses filles. Mieux, la Louve de Sibérie, au lieu d'être foutraque comme autrefois, était organisée et lucide.

– Solange ! Toi qu'es fortiche pour nous faire le coup du grand blabla républicain, apporte-nous plutôt du thé bien chaud ! Tu trouveras des gâteaux secs dans le placard d'en bas... Fais vite, ma poule !

Elle se promenait parmi les groupes. Elle tendait l'oreille aux suggestions des uns, des autres.

– Dans un deuxième temps, il faudra trouver un lieu protégé. Loin de Paris. À la campagne de préférence, en attendant de trouver une filière de passage vers l'étranger...

– Je pensais à la Suisse, dit Pázmány. Liselotte et Dédé Mésange sont branchés sur les Alpes...

– Proposition retenue, dit Boro. Bien qu'elle ne soit valable que si la cache s'avère sûre.

– Il y a un hic. Avant que nos amis de Lyon n'interviennent, il faudra bien compter trois-quatre jours.

– Je prends le risque. Pierre, peux-tu entrer en contact avec eux ?

– Je m'en occupe.

– Ne téléphone pas depuis ici. Je ne veux pas griller la ligne d'Olga. Je la réserve aux seuls appels de ceux de la péniche.

– J'utiliserai des cabines téléphoniques.

– Changes-en à chaque appel. D'autres idées ?...

– Et si on organisait des départs individuels ? On agirait de nuit. Par petits groupes… Un passeur pour deux ou trois clandestins à chaque voyage.

– Avec quels moyens de locomotion ?

– La bicyclette ! Je ne vois que ça, la bicyclette !

– Je mets mon vélo-taxi au service d'une évacuation modeste mais efficace, approuva Scipion.

– Vous faites fausse route ! trancha Boro. Une évacuation comme celle que vous préconisez prendrait trop de temps. Elle multiplierait les chances de se faire pincer en route ou de se voir dénoncer par le voisinage.

– Les voitures, alors ! s'exalta Scipion. Il faut avoir recours aux voitures !

– Il a raison, dit Prakash. L'Asticot et ses voyous doivent être capable de fréter au moins cinq ou six bagnoles, et toi, Boro, tu as les tiennes…

– Elles sont sur cales… à Nogent.

– Justement.

– Elles ne sont pas forcément en état de marche.

– Tu avais demandé qu'on les entretienne…

– Le temps a passé. Je ne me suis pas souvent trouvé dans les parages.

– De toute façon, il faut des papiers.

– Juste ! Qui procurera les *ausweiss* en un clin d'œil ?

Ils s'étaient tus, à bout d'arguments.

– Le seul projet raisonnable serait de déplacer la péniche avec tout son monde, s'avisa Prakash qui enfilait son manteau pour sortir.

– Vers l'amont ? Paluche n'a pas le droit de naviguer au-delà d'une certaine zone. Il se ferait refouler à la prochaine écluse.

– Eh bien… mais en aval alors !

– Revenir vers Paris ?

– Si c'est son territoire légal !

– Tu n'y songes pas ! La silhouette, le nom de la péniche sont connus des gens de la Gestapo.

– Qu'en sais-tu ?

– Tu n'écoutes rien !… Je t'ai dit que les gens de Lafont avaient suivi, perdu et retrouvé l'*Atalante*. En tout cas, ils connaissent leur proie.

– Ils l'ont à nouveau perdue… dit Scipion… puisque tu les as toi-même envoyés au tapis !

– Pour combien de temps ?

À nouveau, ils s'étaient tus.

Chacun mesurait le peu de chances qu'il y avait de trouver la recette magique qui permettrait de sauver les malheureux fugitifs. Dehors, le jour commençait à tomber. Les visages à demi mangés par l'ombre s'étaient curieusement répartis dans l'espace de la pièce.

Certains avaient encore la force de tourner en rond. D'autres restaient tapis dans un coin. Pour Boro, qui se sentait responsable de l'issue de l'affaire, une lutte muette et effroyable contre la faiblesse commençait. À l'abri des regards, il faisait l'inventaire des solutions avancées. Son corps était lourd de fatigue.

– La nuit sera longue pour ceux du bateau… dit quelqu'un.

Borop'tit ! s'écria soudain Scipion, il me semble que je viens de trouver la solution !

Les regards convergèrent instantanément vers le grand Noir. Il était comme oublié dans l'heure éteinte. Longtemps sa langue s'était assoupie.

Olga se déplaça rapidement jusqu'à un commutateur. Elle alluma la lumière. Le visage de l'Africain leur apparut. L'ancien petit copain de Kiki de Montparnasse semblait excité par sa propre découverte.

– L'*Atalante* est connue des Boches, c'est vrai… mais on peut la débaptiser ! Sa forme est connue… mais… on peut la changer ! Sa coque est noire mais on peut la repeindre en gris ou en rose !… Il suffit d'avoir du personnel !

– Du personnel ? Pépé l'Asticot en regorge !… Ramier, Casse-Poitrine, les autres, sont montés à bord pour prêter main-forte.

En effet, au milieu de l'après-midi, deux canots à moteur s'étaient détachés d'un embarcadère situé du côté de Champigny. Ils avaient sillonné la Marne à vive allure et étaient apparus au tournant de la rivière. Cap sur le bief où était mouillée l'*Atalante*, les deux embarcations s'étaient insinuées entre les îles. En serpentant entre les arbres, elles avaient fini par s'amarrer au flanc gauche de la péniche. Une demi-douzaine de gentlemen en costumes ridères s'étaient aussitôt hissés à bord.

Sous la conduite de Paris-Sports, ces messieurs quelque peu voyants étaient enfouraillés de mitraillettes et chargés de différents bagages. L'exubérance était de mise et tous semblaient jongler avec une idée forte et unique qui était la joie de se revoir et d'unir leurs forces, leurs connaissances, pour les mettre au service du « patron ».

Tandis que Schnuckenack les canalisaient en direction du poste de pilotage, les deux canots automobiles relançaient leurs moteurs et s'éloignaient comme ils étaient venus, à vive allure.

Pépé l'Asticot recevait ses invités en les accueillant par des mots de circonstance. Pour chacun, il trouvait des formules qui allaient droit au cœur de l'intéressé…

Casse-Poitrine ! Bel alcoolique ! Comment va ta santé ?

– Je tousse. Je me refroidis pour un rien. Chuis pas à prendre avec des pincettes.

– On dirait que t'as pris du poids…

– J'peux pas vous laisser dire ça !

– Accouche !

– C'est de pas fumer qui fait ça ! J'ai arrêté la semaine dernière !

– Et toi, la Taumuche, comment va ta vie privée ?

– Silence téléphonique, patron !

– Toi aussi, tu me caches quelque chose… Je te sens les nerfs au bout des doigts !

– Gisèle m'a quitté, voilà !

– C'est rien, tu verras !… Te laisse pas aller, limace !

– Promis, m'sieu Lucien !

– Et l'autre, là… P'tit Sifflet ! Misérable poil du cul ! Où étais-tu ?

– Au pain sec. À Fresnes, m'sieur Lucien.

– Tout l' monde te cherchait !

– Une erreur d'aiguillage…

– T'en es sorti, c'est l'principal !… et toi, Ramier ? Je parie qu'on t'a réveillé ?

– Tout juste, Auguste ! Je v'nais d'honorer Lucette, et Paris-Sports m'a tiré de l'édredon…

Lucien Palmire compatissait. Avec ces hommes fabriqués à son image, il avait partagé trente ans de banditisme. Il connaissait le pedigree de chacun d'entre eux et aurait pu nommer leurs femmes, leurs cinq-à-sept et leurs prisons.

Pendant ce temps, au clandé patriotique du boulevard Barbès, le « ciel » s'éclairait d'un passionnant espoir.

Scipion, qui tenait Boro par la manche, ne le lâchait plus depuis qu'il avait eu sa transcendante idée. Avec des gestes d'architecte illuminé, il finissait de dessiner pour son auditoire le schéma de son projet :

– Je vois ça avec quatre planches, quelques seaux de peinture et beaucoup d'huile de coude, peaufinait l'ancien modèle de Montparnasse. En s'y collant tous, les maquereaux de l'*Atalante* sont capables de modifier le profil du chaland en deux coups les gros… de faire du neuf avec de l'ancien… Pour un type comme la Taumuche, qui a été chef-machiniste chez Pathé, c'est un jeu d'enfant… juste une affaire de menuiserie…

– L'idée paraît bonne, l'ancien ! approuva Boro. Je souscris à ton plan.

Scipion l'inventeur était satisfait par sa propre astuce :

– Et si c'est une autre péniche qui revient à Paris, personne n'y trouvera à redire !… Dès lors, il nous suffira d'opérer une évacuation discrète. Elle pourra même avoir lieu de jour… Qu'en dites-vous ?

Ils en dirent.

Et l'on déboucha le champagne en attendant le prochain coup de fil de Schnuckenack Runkele.

Retrouvailles entre canailles

La nuit tombait et c'est son droit. Chacun de leur côté, Gourari et Sartore avaient marché dans les marécages pendant des heures.

La fatigue donnait au moindre de leurs muscles la pesanteur du béton. Ils étaient arrivés à la limite de leurs forces et de leur énergie mentale. Ils avançaient, paupières mi-closes et teint terreux. Abdiquant toute réflexion, ils invoquaient parfois le ciel et suppliaient le Grand Juge de les délivrer de la solitude et de la pluie.

C'est soulagés et par hasard qu'ils débouchèrent au même carrefour. Ils bichèrent longuement de s'être retrouvés. Ils étaient crottés comme deux briquets au retour d'une journée de chasse.

L'obscurité, petit à petit, engloutissait l'espace. Ils ne se quittaient plus du bout des doigts.

– Gourari !

– Sartore !

S'étant palpés à loisir, flairés et reconnus malgré leur état de laideur et de saleté repoussante, les deux tueurs se réjouirent d'être encore en vie.

D'un coup, tout leur souriait à nouveau.

Avec une lourdeur de brutes, ils reprirent leur marche somnambulique sous l'averse qui redoublait.

Leur harassement les transformait en automates. Il les empêchait de se réfugier au sommet des vibrants sentiments qui leur traversaient pourtant la tête. Ils gambergeaient, amers.

Soudain, le visage gris de Sartore s'éclaira :

– Ma main au feu !.. je reconnais ce chemin ! s'exclama-t-il. Il mène tout droit à la rivière. Et tiens, regarde, gentil Gourari !

ajouta-t-il en prenant le petit trot et en suivant une piste qu'il désignait, l'index tendu vers le sol. L'empreinte de nos pneus est encore gravée dans la terre…

– Notre beau tandem ! geignit Gourari, en miettes !

– Regarde le présent, bec de truelle ! Maçonne chaque minute au lieu de pleurnicher sur le passé !

– Oui, Sartore.

La langue un peu raide, ils marchèrent un moment en silence.

– Alors ? Homme de peu de foi, que te dit ce chemin ? recommença Sartore après qu'ils eurent crapahuté pendant une centaine de mètres.

– Que nous l'avons emprunté avant-hier et qu'il nous faut recommencer aujourd'hui.

– Que faisions-nous sur ce chemin ?

Gourari revisita le cauchemar des jours précédents.

– Eh bien… Nous nous dirigions comme nous le faisons en ce moment même vers l'auberge « Au Beau Rivage ». Nous y avons passé la nuit avant de reprendre nos recherches. Et, le lendemain, nous sommes tombés sur la péniche.

– Exact. Maintenant, réfléchis ! Qu'y avait-il de notable à l'auberge ?

Gourari répondit en bâillant.

– Un lit, Salvatore !…

Il remâchait les étapes de leur mauvais rêve. Il en reniflait rauque.

-… un lit et un aubergiste qui sait faire cuire les andouillettes comme ma pauvre mère.

– Oublie ta mère, bourrique bétonnée ! Il y a un comptoir. Et sur le comptoir ?

– Un téléphone, Salvatore… Est-ce qu'on ne pourrait pas attendre demain pour s'en servir ?

– Accordé, Gourari ! Henri Lafont attendra jusqu'à demain.

Salvatore Sartore éternua, et Giuseppe Gourari l'imita. La fatigue les plombait.

La démarche molle et cahotante, ils s'éloignèrent une fois de plus. Ils avaient le dos rond, les épaules affaissées.

Un quart d'heure plus tard, ils frappaient à la porte du Beau Rivage.

Boutru Albert, natif de Bourguébus, leur ouvrit.

Silhouette carnavalesque, le mastroquet leur apparut tel qu'il était luné ce soir-là. Outre une sorte de redingote un peu raide et sans âge, il arborait le béret, la médaille du travail, la francisque et la motte de beurre.

Il était soûl comme un panier de raisins.

Tout l'après-midi, après que Schnuckenack eut fait son apparition dans son établissement pour téléphoner depuis la cabine, il avait mûri son ivresse patiemment.

Derrière son zinc et son tiroir-caisse – un ballon de rouge, une crotte de nez sous l'ongle– le cabaretier normand avait ruminé.

Le mufle tordu dans un plissement de bête fauve, les yeux injectés, il avait ressassé son exaltation intérieure. En fait, canon de rouge après canon de rouge, il se posait inlassablement la même question. Qu'est-ce que ce métèque pouvait bien fabriquer dans le secteur ?

À mi-voix, il s'accordait la réponse :

– Je sens que ce romanichel est un astibloche de la plus abjecte catégorie ! Derrière lui, je flaire le gros poisson !

La fin d'après-midi avait filé. L'obscurité avait envahi le bistro. Boutru était resté debout comme un cierge, l'air caverneux et halluciné.

– Demain, si ce vers de vase revient, je le ferre ! murmura-t-il en fin de journée.

Du genre mulet, il restait attaché à ses métaphores halieutiques. Indulgent envers lui-même, il connaissait les justes limites de son courage personnel. Sachant pertinemment qu'il n'aurait jamais les tripes pour affronter les poings ou le couteau du Tzigane, il venait, pour choper son bonhomme, de s'en remettre au vague de la Providence, lorsque des coups d'une brutalité insistante avaient ébranlé la porte de la taverne.

– Voilà ! Voilà ! ronchonna Boutru. On y va... On y va... On s'esclavage !...

C'est dire assez si, à la vue de *ces messieurs*, son cœur avait sauté un battement. La Gestape ! Quelle joie ! Chaque fois qu'il avait téléphoné pour cafter aux gendarmes, les bourres n'avaient jamais rien fait. Même pas le simulacre d'une ronde. Tandis que des professionnels de l'interrogatoire musclé, on allait voir ! Boutru imaginait déjà tout son plan. Demain serait jour de gloire !

– Police allemande... Pourriez-vous nous héberger pour la nuit ? s'enquit Sartore.

Il brandissait une carte où figurait la svastika.

Le limonadier passa d'un pied sur l'autre. Il grimaça un sourire d'archange en début de carrière.

Il chercha l'appui de quelques mots ampoulés et trouva tout de suite à dire que chez Boutru, pour des gens de valeur qui traquaient la racaille, les communistes et les métèques, il y avait toujours un lit douillet et une assiettée d'andouillettes chaudes.

– Entrez, messieurs, entrez ! Poussez la porte du pied ! Vous êtes ici chez vous !

Fièvre et chuchotements

À l'aube du jour suivant, la pluie avait cessé de déverser ses trombes sur Paris. La vilaine tempête s'éloignait vers l'est. La capitale, éclairée soudain par le pâle sourire d'un soleil de derrière les nuages, luisait de reflets nacrés.

La ville entière semblait se vider de ses eaux de gouttière. Rejoignantes, elles dévalaient des faîtières et des pentes. Elles ruisselaient le long des tranchées de zinc, engorgeaient les chéneaux, s'enrageaient dans les caniveaux, submergeaient souvent la corne des trottoirs et débordaient à la bouche des égouts.

Rue des Fossés-Saint-Jacques, Mademoiselle Fiffre venait de se moucher dans un tire-jus de vigneron à carreaux qui avait appartenu à son grand-père, vendangeur et cueilleur de cerises à Irancy. Elle avait pris la veille un mauvais rhume d'imprudence.

Le nez froissé par un écoulement nasal qui la jetait sur le flanc, en proie à la migraine, elle venait de s'octroyer deux cachets d'Antigrippine Midy. Elle s'accorda même la permission de prendre un grog et de faire la grasse matinée. Si bien qu'il était près de dix heures et demie lorsqu'elle accéda à la surface du monde sensible et que, l'œil petit, elle traversa l'appartement en glissant sur ses mules.

Côté rue, son premier soin fut d'ouvrir en grand les volets. L'air frais l'aida à mieux respirer. Captivée par le spectacle de Paris, elle écouta un moment sa rumeur.

Vu de haut, rien, aucun signe extérieur ne laissait présager en quel marasme de guerre et d'humiliation était plongée la ville. Paris occupé, Paris vaincu semblait vivre en paix avec lui-même.

Il n'en était rien. Paris vaincu, Paris contaminé, se bouchait le nez. Partout même refrain, même mauvaise haleine. Les gens se méfiaient les uns des autres. Ils ne s'aimaient pas.

La manifestation tangible de la pourriture – son odeur méphitique, l'écume de la peste brune – ne se mesurait qu'à hauteur d'homme. Il fallait arpenter les trottoirs, entrer dans les magasins aux étals vides, croiser des silhouettes fuyantes, renifler le cuir des militaires bottés, casqués, pour mesurer les effets du grand influx psychotique instillé par le régime nazi.

À cette minute même, Boro et Scipion auraient pu se porter témoins de l'état de putréfaction de la ville. Dès les huit heures du matin, ils s'étaient jetés dans le dédale des rues.

Abandonnant pour un temps le clandé patriotique du boulevard Barbès, ils avaient sillonné à vélo-taxi les différents arrondissements où les avait menés les recommandations des pensionnaires d'Olga Polanovna.

En ce moment même, ils abordaient le quartier voisin de l'Opéra et se faufilaient entre les véhicules de la Wehrmacht.

– Passage embouteillé, signala Scipion. Il y a un contrôle d'identité à la sortie du théâtre de la rue Caumartin.

– Passe la quatrième, mon beau lapin !

– Je prends la première à droite, Boro P'tit ! Cramponne-toi !

– Plus vite, moteur à jambes ! l'encouragea le reporter. Et surtout… profil bas !

Effectivement, le moteur de l'attelage était Scipion. Le grand noir ahanait sur sa selle. Le transporté, le seigneur, c'était le reporter.

À peine sorti du traquenard tendu par la patrouille fridoline, il se pavanait d'ailleurs, hilare sous la capote d'une sorte de remorque bringuebalante peinte de couleurs vives.

Tout de suite des allures de pacha ! Tout de suite des privautés avec le petit personnel !

– Je lâche les mains !… Vois comme je suis à l'aise dans ton chausse-pied ! bichait-il.

Au départ, pourtant, le Hongrois crânait moins.

– Jamais je ne rentrerai dans ta civière à roulettes ! s'était-il rebiffé à la vue du pousse-pousse.

Scipion avait dû faire preuve de fermeté. Il avait chargé Boro sur ses épaules comme un quartier de bœuf vivant et l'avait aidé à glisser sa boiterie dans la remorque.

– En voiture, Boro P'tit !

– Un peu de respect, brutasse !

– Garde ta morale pour plus tard, petit Blanc… L'essentiel maintenant, c'est que tu entres dans cette boîte !

Il avait fini par installer son ami reporter sur la banquette. Instable, mais agréablement surpris, ce dernier avait vite retrouvé son esprit frondeur et, relançant son chauffeur :

– Fais-moi voir ! Tricote un peu, saucisse à pattes !

– D'accord, bouana ! Toi, baisse le pif et plie ton jambon !

Et le machin à pédales avait décollé du trottoir sous les bravos de ces dames.

En réalité, Boro avait accepté ce voyage comme une aubaine. Traverser Paris trimballé à dos d'homme par l'ex-chauffeur d'Ettore Bugatti transformé en cycliste de dernier rang lui semblait un contrepoint plein d'humour au voyage vers l'Allemagne nazie effectué autrefois par un petit émigré hongrois, installé au fond du luxueux capiton des banquettes d'une Bugatti Royale.

Crénom ! Aujourd'hui, la traversée de Paris valait bien l'arrivée à Munich !

Des Français bien serviables

Sur la foi de la liste d'adresses recommandées par les pensionnaires d'Olga Polianovna, les sauveteurs de l'*Atalante* avaient frappé à la porte de plusieurs particuliers possédant des appartements susceptibles d'abriter des fuyards.

Mauvais accueil sur toute la ligne ! Un catalogue de collabos frileux, de pleutres, de cathos légalistes, de bourgeois pleureurs, de rupins sans vergogne avait ouvert ses portes aux quémandeurs.

Cœurs endurcis, les gens rivalisaient de talent pour trouver des excuses et des faux-fuyants. Ils se mettaient le plus vite possible à l'abri de la moindre prise de risque. Les entrevues étaient courtes. De quoi raboter les énergies les plus inusables.

Après « bonjour » et « comment allez-vous », sitôt les premiers mots engagés, la prudence ou l'hostilité était de mise. Elles cachaient mal la puanteur de la xénophobie.

C'était à observer ! L'ambiance était désolante. En supplément des boutiques juives fermées ou revendues à bas prix à des profiteurs, à l'heure du quignon de pain et de toutes les pénuries, on respirait la délation à plein pif. Les vertus les plus farouches passaient au flou. À l'estompe. À la trappe. Tout était à l'avenant.

La folie des gens ! Partout, pour un peu de matière grasse, pour un os à ronger, ça crassait. On sentait la collaboration à longueur de palissade, on la palpait à chaque renfoncement de porche. Le commerce bouchonnait. Les bougnats bougonnaient.

Tel pékin dans sa salle à manger en palissandre mettait dans le même sac les communistes et les juifs, tel autre par sa porte entrebâillée laissait briller dans son regard la méchante petite braise de la bêtise et refermait sa bauge. Les plus vichystes croyaient à l'Ordre et s'en tenaient au Maréchal. Un guerrier d'opérette teint en blond et vaguement apparenté à la Solange du lupanar de Barbès leur parla de sacrifice. Marié à une créature entravée dans le fourreau de sa robe créée par Marcel Rochas en 1937, il puisait l'élan de ses phrases dans le regard de sa compagne. Elle lui faisait apparemment l'obligation de la vertu. Lui, les yeux bleu outremer, vantait le frisson des drapeaux, l'esprit de devoir et le triomphe de l'héroïsme sur la douleur.

Pas étonnant que tant de pureté lui interdise de tendre la main à un nègre et à un planqué d'origine sémite. La farce était énorme ! Il avait la photo de Doriot sur sa cheminée. Non mais d'un culot !

Manquait pas de sang, la vache ! fit observer Scipion en dégringolant les escaliers de ce dernier client. J'ai failli lui taper sur la gueule !

Ils étaient repartis bredouille. Ils avaient roulé dans des ruelles où, inlassablement, colleurs et décolleurs de placards se livraient la guerre des murs. Des générations d'affiches se succédaient, se recouvraient les unes les autres, se relayaient pour bourrer les crânes, pour anesthésier le jugement. Autant de graffitis honteux, d'ukases nationaux-socialistes, autant de décrets vichystes, de recommandations de préfecture de police, d'interdits en langue gothique, auxquels s'ajoutait comme un affront supplémentaire le fléchage systématique des rues et des monuments, énoncé en langue allemande.

Ultime recours sur la liste, un gras banquier nanti d'un huit-pièces exposé plein sud, rue de la Chaussée-d'Antin.

Coup de sonnette. Glissement de pas furtifs. Ouverture prudente de l'huis. Vilain clampin en costume trois-pièces.

Boro montre patte blanche. Lui dit de la part de qui ils viennent. L'autre les fait entrer. Même, les assied dans du cuir chippendale.

Au début, la conversation se fait générale. Elle butine et ronronne autour du retour du patriotisme. Le bonhomme pérore. Il cocarde, c'est quelque chose. Sa voix fait un barouf extraordinaire.

Finalement, il marchande son courage contre de l'argent exorbitant.

Au tour de Boro de voir rouge.

– Espèce de lugubre planqué ! C'est comme si je vous proposais de troquer la vie contre du jus de chaussette ! Il ne vaut rien, l'argent que vous voulez ! C'est le fric du déshonneur !

Scipion et lui étaient partis en claquant la lourde. Auparavant, ils lui avaient foutu deux calottes. L'enfant de salaud râlait rauque. Ils lui avaient aussi coupé sa ligne téléphonique.

– Au pays des vieux chênes, la hardiesse et le désintéressement ne sont plus de mise ! philosopha Boro en réintégrant le pousse-pousse. Tes forces, cher Scipion, te permettront-elles de rallier la rive gauche ?

Pour caser ses protégés, Blèmia Borowicz visait en dernier ressort le perchoir de Germaine Fiffre.

Le corps entraîne l'esprit

Croisées ouvertes sur la ville, offerte au courant d'air, l'imprudente demoiselle Fiffre respirait l'air froid et humide. Elle laissait sa pensée s'envoler comme chaque jour vers l'ingrat monsieur *Borowice* qui ne lui avait pas fait signe depuis longtemps.

De fumée en fumée, le regard de Germaine ne tarda pas à se perdre vers le nord. Il divagua là-bas, à la limite du visible, s'éloigna entre les toits et les terrasses, plana un court instant du côté d'Aubervilliers et s'égara dans une forêt de cheminées d'usines aux troncs herculéens avant de prendre pour repère final le pâté de saindoux du Sacré-Cœur.

Aussitôt, ses souvenirs de jeunesse se mirent à revivre.

Montmartre ! La Butte ! Le Bateau-Lavoir ! Au milieu d'un sourire machinal, la vieille fille s'était mise à tousser. Pour autant, elle ne chercha pas à s'échapper de sa rêverie attisée par la fièvre.

La Butte ! La place du Tertre ! Les rapins, les peintres ! Gen Paul et sa grande gueule ! Utrillo échangeant ses toiles pour l'amour de la bouteille ! La rue de Norvins, Marcel Aymé dont elle goûtait tant les contes !

Mademoiselle Fiffre poussa un soupir.

Partie comme elle était, elle mêlait aux fumets de ses lectures passées l'image des promenades anciennes. Elle voyait les ruelles en pente, les pavés de guingois, les escaliers avec une rampe centrale. Des chats noirs et efflanqués. Des bancs à l'ombre des marronniers. Les jardins minuscules. Quatre pieds de vigne au creux d'un clos. Le garde champêtre et son tambour.

Et tout en bas, Barbès, les bars louches, les boulevards de la luxure où elle savait que le reporter hongrois, son Kirghiz adoré, avait ses refuges.

Cramponnée à son appui de fenêtre, la bronche caverneuse, crachant ses éponges, brave Germaine imagina Boro, son chevalier blanc, le résistant le plus recherché du moment, courant d'un rendez-vous secret à une réunion où se jouait sans nul doute l'honneur de la France. Ce en quoi elle n'était pas loin de la vérité et même apportait de l'eau au moulin de ceux qui lui accordaient un don de voyance, puisque, à la minute même où elle entrevoyait son héros dans la bulle d'une vision colorée, un cycliste et son passager traversaient Paris au péril de leur vie pour lui payer la visite.

C'est qu'elle emmagasinait tout, Germaine. C'était une vraie pile. Victime de son pouls accéléré, elle était électrique. Elle était partout avec sa fièvre. Caméléonesque, elle avait les yeux qui roulaient. Elle devenait pour ainsi dire extralucide.

Elle pensait à la fois à cette infortunée madame Birenbaum terrée au fond de sa soupente, avenue du Bois, au bon docteur Eugène qui protégeait les juifs, mais avait disparu de son hôtel de la rue Le Sueur, et elle s'effrayait à la pensée de la date du 11 janvier – gravée dans sa mémoire –, qui tomberait un mercredi sur le prochain calendrier du rendez-vous avec l'espoir.

Pauvre peuple juif voué à l'errance ! Avant même qu'on lui parlât de la détresse des trente clandestins de l'*Atalante*, elle y pensait, Germaine. Elle avait le cœur giroflée.

Paupières closes, elle referma la fenêtre. Elle reprit son souffle. Elle avait la tête qui tournait. C'est que l'influenza lui moulinait la cervelle, à la grande girafe.

Les prunelles fiévreuses, les tempes battantes, elle pagaya encore un moment sur le fleuve de ses souvenirs. Erratique et frissonnante, elle mêlait le présent et le futur. Elle repeignait à sa manière le blason de la guerre. Elle hypertrophiait sa perversité, son insidieuse façon d'accaparer les gens, de leur donner des rôles, d'en faire des héros ou des renégats. Elle avait les mains brûlantes. Elle n'avait rien mangé depuis longtemps. Les mots, les images, se précipitaient à sa bouche, la consumaient. Elle faisait des gestes incontrôlés. Elle envoyait ses longues mains en l'air. Elle commença à réciter comme ça, de mémoire, le début d'une nouvelle de Marcel Aymé qu'elle avait lu avec délices dans le «*Je suis partout*» du 8 au 23 janvier 1943 :

«Il y avait à Montmartre, dans la rue de l'Abreuvoir, une jeune femme prénommée Sabine, qui possédait le don d'ubiquité. Elle pouvait à son gré se multiplier et se trouver en même temps, de corps et d'esprit, en autant de lieux qu'il lui plaisait souhaiter.»

Ah, tiens, justement ! Que n'était-elle cette Sabine Lemurier, Germaine Fiffre ? Que n'avait-elle la faculté magique d'être ici et ailleurs à la fois ?

Elle en eût fait bon usage !

Ubiquité quand tu nous tiens !

Rien n'est moins sûr !

Germaine Fiffre, cycliste des airs – eût-elle été capable d'aborder les villes en perçant leurs murailles, de soulever les toitures ou d'entrouvrir en toute impunité la porte des habitations pour y capter des complots ou des bribes de conversations secrètes –, se serait bien vite étranglée dans le boutonnage de sa robe grise, effrayée qu'elle eût été à la vue des infinis rouages et des duplicités du vaste monde.

Plus simplement, en découvrant le présent explosif qui se tramait, brave Germaine aurait vite roulé sur les jantes. Perdant tout contrôle de son ubiquité, elle se serait même, selon toute vraisemblance, jetée au fossé et fracassée la binette.

En effet, à l'heure où Boro, tracté par Scipion qui relançait son braquet, passait les guichets du Louvre avec une grande bouche rigolarde, Schnuckenack Runkele, mandaté par Pépé l'Asticot, prenait à nouveau le chemin du Beau Rivage. Il était chargé de téléphoner à ceux de Barbès et de savoir si un quelconque plan de sauvetage se dessinait à l'horizon de cette deuxième journée de mouillage entre les îles.

Le ciel, nettoyé de ses nuages d'averse, encourageait le messager. Sous un pâle soleil d'hiver, le Tzigane, délaissant sa barcasse sous un arbre, se hâtait sur le sentier qui conduisait à l'auberge.

Dès qu'il apparut sur le sentier, Boutru, qui ne quittait plus l'observatoire de son fenestron, roula sur ses pantoufles. À pas feutrés, il s'en fut alerter *ces messieurs*, fraîchement tombés du lit. La veille, il les avait logés comme des coqs en pâte au premier et réveillés à une heure raisonnable. Il les avait régalés d'un robuste petit déjeuner. Il leur avait fait mention des allées et venues suspectes d'un individu au teint basané, qui apparaissait chaque après-midi et usait de son téléphone pour communiquer sans nul doute avec des gens de son acabit. Il avait orné son récit de détails susceptibles d'éveiller la curiosité de ses hôtes en y intégrant ses interrogations concernant les origines, les activités louches et la religion du «métèque» en question. Sartore et Gourari avaient tout de suite paru intéressés par les faits et gestes du visiteur.

– Ça nous chatouille, ce que vous racontez là, avait gloussé Sartore.

– Pensez! Ça nous gratouille au bon endroit, avait renchéri Gourari.

Au déjeuner de midi, Boutru avait profité d'un bœuf bourguignon de sa façon pour révéler à ses nouvelles relations ses convictions intimes. La bouche pleine et le verre en main, il avait pu à loisir exhaler sa haine des étrangers et faire mousser son adhésion aux idées du national-socialisme.

Gourari et Sartore se délectaient de ses propos. En même temps, ils se refaisaient une santé. Ils dévoraient, les gnomes. Ils picolaient. Ils luttaient contre les douleurs et les crampes qui les assaillaient, séquelles inévitables de leur crapahutage de la veille. Boutru avait sorti le grand jeu de sa cave, un irancy 1937, côte de la Palote, de derrière les fagots.

– Je soupire après un dictateur efficace pour mon pays! avait-il expliqué aux Transalpins. C'est pas d'hier! C'est en moi depuis toujours. J'ai pas attendu Laval pour bouffer du juif!...

Les moustaches rincées par le pinard, les lunettes de travers sur son pentu tarin, il prenait ses nouveaux potes à témoin. Il reniflait autour de lui. Il s'adressait à Sartore qui lui faisait face. Il lui soufflait dans la figure. Il insistait en le tiraillant par la manche :

– Le Sémite, à son allure, je le débusque depuis longtemps! Je le renifle! Et tenez, dans les cinq minutes qui vont suivre, je vais vous en livrer un pur spécimen!

Il désignait la porte qu'allait franchir le malheureux Schnuckenack Runkele d'ici une poignée de minutes.

– Vous allez voir de quoi, je parle... *Ecce homo*! Je le sens! Celui qui va entrer est un véritable tract traduit du yiddish... Je l'entends venir... Il s'approche à pas comptés...

La sonnette de la porte venait de carillonner.

Judas de Bourguébus et les deux des Pouilles se tenaient cachés dans la cuisine. Par la fente de la porte, ils avaient une vue partielle sur la salle du cabaret.

La silhouette du Rom s'encadra dans la perspective. Il se tenait à contre-jour.

– Y a quéqu'un ? s'enquit-il.

– Voilà ! Voilà ! dit Boutru à travers la porte, on arrive ! On s'esclavage !

Et, se tournant vers les autres, il murmura :

– N'intervenez surtout pas, mes bons messieurs ! Boutru va essayer d'entendre ce que l'étranger dit au téléphone. Le mieux serait de le laisser partir et de le filer ensuite… Je le dis, je le répète, ce gars est une bloche… un asticot !… il va vous conduire à plus gros que lui…

Déjà le bistrotier se précipitait dans la salle voisine. Il se faisait obséquieux.

– Bonjour, bonjour ! C'est le monsieur qui veut téléphoner ? Allez-y, je vous prie… la place est libre… je vous donne la ligne… Qu'est-ce que je vous sers en attendant ?

– Un blanc cassé…

– Un blanc limé !… c'est comme si c'était fait… Vous avez la ligne !…

Schnuckenack s'enferma dans la cabine.

– Allô, commença-t-il est-ce que je peux parler à qui vous savez ?

– Il est absent pour la journée, répondit la voix de la Louve de Sibérie, mais il a laissé une commission pour vous… Écoutez bien ses instructions… C'est à suivre à la lettre…

Pendant ce temps, toujours tapis au fond de la cuisine, les deux gestapes n'en finissaient pas de zyeuter par la fente de la porte. Gourari, qui se démanchait derrière Sartore pour avoir sa part de spectacle, avait entamé une sorte de méditation grave et raisonnée qui lui arrachait des froncements de sourcils. Sans doute parce qu'il avait affiné son diagnostic concernant Schnuckenack Runkele, il lui prit l'envie de dire ce qu'il avait sur le cœur.

– Salvatore ! Salvatore ! chuchota-t-il, il ne faut peut-être pas aller trop vite en besogne… Notre bonhomme n'est ni rond ni carré… Je crois que nous n'avons pas tout à fait affaire à un juif, plutôt à un Tzigane…

– Fichaises !… Sous-races ! Subterfuges de poils et de peaux ! C'est bonnet blanc et blanc bonnet, bec de truelle ! Les uns rempaillent les chaises, les autres bouffent notre argent, mais, où qu'ils apparaissent, c'est toujours sauve qui peut la vie !

– Ça en fait des gens comme nouzôtres, Sartore... débrouillards, velus sur le torse, les yeux noirs, la peau sombre... et expatriés...

– Ne mélange pas le soleil, la peur, l'argent et la religion, Gourari ! Et retiens bien ceci : l'argent, c'est l'affaire des hommes. La religion, c'est l'affaire de Dieu. La peur, c'est la raison du plus fort. La peau, les yeux, les poils, c'est l'affaire du soleil.

– Justement !... Quelle est la différence entre le soleil de Roumanie, de Pologne et celui de Bari ? Ça n'est quand même pas le soleil qui rend juif ou tzigane ! Ou alors, le soleil de Ouarzazate ou de Niamey devrait rendre les hommes encore plus juifs ! Or, dans ces coins-là, ils ne sont pas spécialement juifs ou tziganes. Ils ne sont pas pouilleux non plus. Ils sont plutôt nègres, arabes ou berbères.

Sartore regardait le visage de son beau-frère avec une horreur non dissimulée. Il se demandait quelle mouche le piquait. À quels équilibres périlleux il se livrait.

– Jusqu'où vas-tu aller ? Où nous emmènes-tu ? Où vas-tu trouver tout cela ?

Gourari clopinait. Il giguait. Il dansait sur place. Il était dépassé par lui-même.

– Je ne sais pas... Je ne sais plus... J'en étais venu à me demander pourquoi on emmerdait les races... les minorités...

Sartore s'était redressé. Il lui barrait la route. Il riboulait des prunelles. Les couards, les pleutres, les raisonneurs, n'étaient plus de sa planète.

– Allez, couché, Gourari ! Rentre à la niche !

L'incriminé rentra la tête dans les épaules.

– Pourtant, ces gens-là... soupira-t-il.

– Ces gens-là sont toujours planqués sous les cartes... trancha Sartore en coupant court à la discussion. Nous allons suivre ton romanichel... Il nous mènera à l'*Untermensch* !

Le sort de l'*Atalante* était scellé.

La porte de la cuisine venait de s'ouvrir sur Boutru. Le mastroquet avait posé ses mains sur ses hanches. Il exultait, secoué d'un rire effrayant.

– À vous, les amis ! À vous la filoche. Le gibier est sur le chemin de halage, vous ne pouvez pas le rater !

Vagues à l'âme

L'échine traversée de tremblements incoercibles, Germaine Fiffre avait repiqué au délire. Elle avait commencé à faire tourner un guéridon en bois de rose. Un coup pour oui, deux coups pour non. Elle voulait connaître l'avenir de madame Birenbaum.

Elle avait défait son chignon. Elle piochait dans l'épaisseur de ses cheveux avec ses doigts écartés. Elle réchauffait la petite table de tout son magnétisme. Elle la marquait de son influx. De sa fièvre. Elle n'avait plus d'âge, elle remettait ça, elle voyait les choses aussi nettes que si elle y était, y compris ce fameux jour où – chez elle, dans son appartement riquiqui, dos à sa petite cheminée de marbre sur laquelle trônaient, alignées sur un chemin de dentelle au crochet, trois douilles d'obus de la guerre de 14 – elle avait reçu, nourri, traité, réconforté, le premier ambassadeur des Forces françaises libres, comment s'appelait-il déjà ? Pauvre joli garçon ! Infortuné d'Estienne d'Orves ! Un si bel officier ! Héros de quelques jours, tôt dénoncé, tôt capturé, tôt fusillé au Mont Valérien.

Foin du passé ! Foin des cigarettes éteintes ! Brave Germaine but un coup de rhum et retourna à son guéridon.

– Écoutez-moi, d'Estienne d'Orves ! ronchonna-t-elle en morigénant la petite table. C'est l'avenir que je veux interroger !..

Elle reprit sa recherche. Elle réchauffa le bois. Elle éclaircit le spectre de sa voyance. Le guéridon grinça sur son trépied.

– Esprit, es-tu là ? demanda-t-elle d'une voix tremblante.

– Toc !

– Un coup pour oui, deux coups pour non ! lui intima Germaine. Madame Birenbaum sauvera-t-elle sa peau ? Réponds !

– Toc, toc.

– Quoi, toc toc ? Tu me dis non, bourrique ?

– Toc.

– J'insiste ! rabroua-t-elle l'objet. Un coup pour oui, deux coups pour non !

Elle distribua au plateau en marqueterie une chiquenaude agacée.

– Madame Birenbaum passera-t-elle la frontière avec succès ?

– Toc, toc.

– Seigneur ! balbutia la vieille fille, si j'avais le don d'ubiquité, moi, au moins, je saurais quoi en faire ! Et je sauverais bien des vies humaines !

Le guéridon s'était cabré. Il venait de lui échapper des mains.

Un coup pour oui, deux coups pour non, le petit meuble était gorgé d'énergie. Il avait traversé la pièce dans toute sa largeur. Il était bloqué dans un angle. Enfermé dans un rythme binaire, il tapait de la patte contre une plinthe.

Toc toc, toc toc ! Il tapait comme un lapin sourd. C'était un guéridon qui disait non, non, non, non, non. Non.

Pénétré par les fluides magnétiques jusqu'à la moelle, ce guéridon en bois de rose avait pourtant tous ses esprits. Il savait par avance que madame Birenbaum ne passerait pas la frontière. Il était fait d'un bois de rose qui n'aimait pas qu'on mît en cause son talent d'oracle. Ses sautes de caractère s'expliquaient par ses origines. C'était une pièce d'ébénisterie à trois pieds née des doigts habiles d'un artisan fouriériste du faubourg Saint-Antoine. Elle avait connu des tas de conneries sous la Commune de Paris. Ses propriétaires d'alors, des versaillais notoires, lui demandaient tous les soirs si Louise Michel assassinerait monsieur Thiers ou si Bismarck poserait son gros cul sur le trône de France. Or, antérieurement au mouvement du 18-Mars, ce guéridon, rue de Tournon, avait appartenu six mois à Jules Vallès.

Jules, en pleine rebiffe contre le régime, avait posé sur le plateau dudit guéridon un bougeoir, une édition du *Cri du peuple* et un bol de sang de lapin. On prétend que les bois de rose sont des buvards qui aiment à boire les idées subversives.

Vallès avait renversé son bol.

Le guéridon avait bu rouge.

Quant à mademoiselle Fiffre, pleine de rhum jusqu'au bord pour cause d'influenza, à trop vouloir prévoir l'issue d'un avenir qui s'annonçait funeste pour les juifs, à force de s'acharner à le corriger avant même d'en avoir vécu les prémices, elle avait tout simplement irrité les esprits tapeurs. D'Estienne d'Orves rouspétait contre un mur, il avait envie qu'on lui foute la paix.

Souvent, il en est ainsi. Les pratiquants de l'occulte emmerdent les morts. Ils réveillent de vieilles douleurs chez leurs interlocuteurs de l'au-delà et en viennent à négliger le présent qui s'amène.

Justement, on sonnait et tambourinait à la porte de mademoiselle Fiffre.

Elle se leva. Elle était pâle comme si elle allait déboyauter sur le tapis.

Elle garda la bouche ouverte. Elle courut tout au long du corridor.

– Mon Dieu ! Je suis affreuse, je suis en cheveux ! disait-elle en courant sur ses jambons.

Maintenant, elle se trouvait devant la porte d'entrée.

Avec des glissements de vicaire et des murmures de sacristie, elle demandait :

– Qui c'est ?... C'est qui ? elle répétait. *Kiçapeubienêtre ?* elle finissait par buller.

Pour toute réponse, le visiteur tapait avec du dur. On aurait dit... un pommeau de canne.

– C'est vous, monsieur Boro ?

Déjà, elle farfouillait dans ses clés. Crampons et verterelles, elle dégageait les serrures de sa porte. Elle l'entrouvrait.

Et il était là, en chair et en os. Monsieur Borowicz !

Le diable slave ! Avec son beau visage buriné. Son corps vivace et indestructible. Son sourire fait pour la séduction.

Derrière lui se tenait un autre démon. Le grand Scipion qui riait rose et avait soif. Il venait de pédaler.

– Est-ce que nous pouvons entrer ? demanda Boro. C'est qu'à part contempler votre profond décolleté, mon enfant, nous n'avons guère de motifs de nous plaire sur votre palier.

Elle se tenait ramassée devant eux. Elle donnait l'impression de mener contre elle-même une lutte harassante. Elle faisait obstacle de son corps sans s'en rendre compte.

– Entrez ! Je vous en prie !... Oh, comme je suis confuse !

Elle s'effaça enfin devant ses visiteurs.

Porte refermée, elle galopa devant eux. Elle avait honte de son accoutrement. Elle avait lancé un châle sur ses épaules nues. Elle sentait son nez qui coulait. Elle aurait tant voulu se moucher. Où était passé son grand mouche-nez à carreaux ? Une vilaine toux la secoua jusqu'aux larmes.

Dans un coin de la pièce, le guéridon renversé frappait ses derniers coups contre la plinthe. Toc toc, il tapait de la plante.

– Qu'est-ce qui se passe avec votre tabouret ? s'étonna Scipion.

Il le ramassa et reçut une secousse.

– Pas tabouret, répondit Germaine Fiffre. C'est d'Estienne d'Orves ! Il débloque dès qu'on le contredit.

Boro semblait fossilisé.

– Vous vous livrez au spiritisme, ma bonne Germaine ?

De temps à autre. Une petite promenade... Je vois des oiseaux... je vois des fleurs...

– Votre grand nez ne vous suffit pas pour respirer le monde ?

C'est qu'aujourd'hui je suis souffrante ! J'ai les poumons qui râlent... J'ai de la fièvre, je crois... J'ai tant attendu votre visite !

Blèmia fit l'ébauche de la prendre dans ses bras pour l'embrasser, il aurait voulu qu'enfin elle se calme, mais elle repoussa cette marque d'affection :

– Non, non ! Ne me touchez pas, je pourrais vous donner mon rhume !...

– J'ai surtout peur d'attraper votre rhum, grande girafe ! Combien de tasses avec trois sucres depuis ce matin ?

– Une demi-douzaine... C'est un tue-germes...

– C'est un prétexte !... Vous êtes schlasse !

– Juste grisée... Comment le savez-vous ?

– Je le sais parce que vous déboitez sur le parquet comme une toupie ivre, Germaine... Vous chaloupez à chaque virage... vous pouloppez le long des meubles à la vitesse d'un canasson !

– Ah, le salaud ! Le sale type ! Ah l'ignoble Kirghiz ! Me comparer à un cheval ! Vous vous adressez à une femme, monsieur Borovice ! À une patriote ! Pas à l'une de ces putains dont vous êtes coutumier... des hétaïres qui font pile avec la Wehrmacht et face avec la cocarde !

Il avait bravé son haleine – rhum agricole de Marie-Galante et transpiration refroidie – et l'avait serrée dans ses bras. Elle avait pleuré un bon coup. Elle était partie s'enfermer dans la salle de bains.

Elle était revenue au bout de dix minutes. Elle était maquillée à l'ancienne. Repimpée, elle tirait sur son collier de perles de la Caspienne qui lui venait de sa mère. Elle avait recouvré sa dignité. Elle s'était talquée de la tête aux pieds et chignonnée sans arabesques.

– Je suis là, dit-elle résignée. Qu'attendez-vous de moi ?

Il le lui dit.

Il savait lui parler. Il avait le don de transformer les hautes herbes du marécage en une belle vallée fertile. Germaine Fiffre l'écoutait. Elle se taisait, pensive. Elle avait un goût immodéré pour le passé. Quand il évoquait l'agence, le temps des reportages, les belles heures de la créativité, les prunelles jusqu'alors éteintes de la demoiselle prolongée s'allumaient d'une intelligence fertile. Au bout d'une grande heure, persuadée qu'on avait à nouveau besoin d'elle, qu'elle serait utile aux autres, elle était prête à ne pas s'économiser.

– Figurez-vous, Blèmia, dit-elle avec des éclairs dans les yeux, que je suis tombée il y a peu sur une certaine madame Birenbaum… Golda Birenbaum… Or, il se trouve que cette personne…

De l'aptitude au commandement

À l'instant même où mademoiselle Fiffre révélait à Boro l'existence de madame Birenbaum et faisait état du nom et de l'adresse de son passeur, le bon docteur Eugène, 21 rue Le Sueur, Sartore et Gourari, protégés par un camouflage de branchages, se tenaient à plat ventre derrière une levée de terre d'où ils pouvaient à loisir surveiller les faits et gestes de ceux de la péniche.

Une heure à peine auparavant, après huit cents mètres de filoche, ils avaient suivi le parcours de Schnuckenack sans lui donner l'alerte. Ils avaient vu l'Alsacien monter dans un esquif et godiller sur le clapotis jusqu'à la première île. Ils l'avaient vu débarquer, planquer la barque et s'enfoncer dans le petit bois qui masquait la partie sud. Le Rom n'avait pas tardé à disparaître à leur vue.

Après conciliabule, les deux anciens maçons s'étaient séparés. Gourari était resté rivé à son poste d'observation. Sartore avait rejoint le Beau Rivage.

Boutru, avide d'être informé, s'était mis à sa disposition. Le cabaretier avait dessiné pour l'Italien un plan qui donnait la topographie des lieux et révélait la présence d'un second îlot parallèle au premier. Sartore avait manifesté le désir de louer une embarcation pour explorer par voie d'eau cette géographie mystérieuse. Sur ce chapitre encore, Boutru s'était montré l'homme de la situation. (Il louait des barques de pêche ou de promenade pendant la saison d'été.)

C'est nanti de deux casse-croûtes plantureux, de deux bouteilles de Palote et de deux couvertures que le gestapiste s'était embarqué. À la force de la rame, il avait rejoint son comparse.

Une demi-heure plus tard, les deux hommes abordaient l'îlot.

Ils avaient dissimulé leur canot à l'opposé de la barque de Schnuckenack. Au détour d'une sente, ils débouchèrent sur une pelouse recouverte de feuilles mortes. Ils firent la découverte de la grande habitation vide. Elle avait des allures de villa anglo-normande. Ils en avaient longé la façade. Ils s'étaient assurés qu'elle était inoccupée, puis, coupant par de hautes herbes, avaient traversé le terrain.

Ils n'avaient pas tardé à découvrir l'*Atalante*, encastrée de la poupe à la proue entre les deux îles. Leur joie n'avait plus connu de bornes lorsqu'ils avaient vu de quelle agitation le pont de la péniche était le centre. Une dizaine d'hommes se livraient à différents travaux qui captaient leurs efforts, leur énergie. Les uns, suspendus à des échafaudages de fortune, s'employaient à peindre les flancs de la patache, les autres, plus mobiles, manipulaient des planches, clouaient, sciaient, rabotaient, rehaussaient les plats-bords et allongeaient la cabine de pilotage.

Gourari souriait aux anges :

– Si tu me certifies que je ne rêve pas, Sartore, je m'essuierai plusieurs fois les yeux avec les poings... J'aurai aussi envie de pousser le cri de l'âne dans le soir qui tombe. Après, je te jure, je resterai muet de bonheur !

Sartore n'était pas d'humeur à plaisanter avec plus simplet que lui :

– Si tu ne fermes pas ta gueule, joli Giuseppe, je l'écraserai avec une bûche. Tu verras comme ça fait mal.

Gourari avait donc mis un mouchoir sur son immense joie. Il était retourné à son observation.

– Ils sont douze, je viens d'en compter douze ! s'extasia-t-il à voix basse. Certains portent un revolver, glissé dans leur pantalon. Le patron de la péniche est un sacré malabar... c'est lui qui se tient à l'avant... Il est accoudé à côté du petit gros pas trop jeune qui, lui, est armé jusqu'aux dents.

– Ils se tiennent sur leurs gardes.

– Ils sont en train de modifier l'aspect du bateau.

– Le nom de la péniche a changé lui aussi.

– Justement ! Qu'est-ce que tu lis, Gourari ?

– Où ça ?

– Sur l'étrave, bourrique !

– *Gueuze Lambic*, je lis *Gueuze Lambic*. Et je n'y comprends rien…

– Tu n'es pas là pour comprendre, Giuseppe, mais pour exécuter ! Je prends le commandement de notre groupe.

– Et moi ? Qu'est-ce que je deviens, Sartore ?

– Tu restes ici en observateur et ton chef direct va rendre compte aux autorités.

– Téléphoner à Lafont, Sartore ?

– Oui. À Danos, à monsieur Henri. Aux huiles. Restaurer la confiance et l'estime auxquelles nous avons de nouveau droit.

– Surtout, ne mentionne pas notre échec dans la bataille avec l'*Untermensch*.

– Je m'en garderai bien ! Je vais simplement dire que nous n'avons jamais perdu le contact avec notre gibier et que, si nous ne nous sommes pas manifestés avant, c'est que nous étions éloignés de tout moyen de communication.

– Ça passera comme une lettre à la poste, Sartore. J'en suis sûr.

La langue un peu raide, Gourari déboucha une bouteille de Palote. Rancunier, il en voulait à son beau-frère de l'avoir relégué au rang de sans grade. Il clopina quelques pas dans les herbes et regagna son poste d'observation. Il but un coup et s'efforça d'étouffer au fond de ses tripes un ressentiment vraiment sauvage envers Sartore. À la troisième lampée, il se mit sur un coude et se retourna vers son collègue.

– Eh bien… s'enquit-il. Tu n'es pas encore parti, Sartore ? Quelque chose qui cloche ?

– Je me demandais si l'*Untermensch* était revenu sur la péniche ou s'il avait filé définitivement…

– Quelle différence cela fait-il, Sartore ?

– N'oublie pas, pauvre d'esprit, que le véritable enjeu de la capture, c'est le boiteux ! La question est donc : s'il y a des gens armés à bord, est-ce pour protéger Bouvier ou est-ce simplement pour faire croire qu'il est à bord ?

Je ne sais pas, Sartore, avoua Gourari.

Il se tut. Il baissa les yeux. Il fit montre d'une grande modestie. Le fiel de la rancune cheminait en lui avec lenteur.

C'est toi le grand Manitou maintenant, dit-il avec un mauvais goût dans la bouche. Moi, je suis d'une espèce si arriérée que toute responsabilité m'est épargnée. J'exécute. J'incarne la bêtise. Je crois que je m'en fiche pour le moment.

Au tour de Sartore d'être inquiet et seul dans sa catégorie. Il finit par porter un regard égaré sur la péniche qui grouillait d'hommes prêts à combattre.

– Tu ne crois pas que je devrais demander à Danos de nous envoyer des renforts ?

– Je ne sais pas, Sartore. Je suis nul et fatigué.

– Que faire ?

– Impose-toi, Sartore ! C'est toi le chef !

Sartore peinait de plus en plus dans son nouveau rôle. Il était abasourdi. Il restait sur son cul. Il répétait d'une voix chevrotante :

– Ça peut barder ! Ça peut drôlement barder !

Gourari haussa les épaules.

– Débine, Sartore ! lança-t-il. Ripe et fais ton rapport ! Va gagner tes galons !

Il ricana, leva le coude, renversa la bouteille en direction de sa bouche et but de l'irancy à grands traits.

– Des responsabilités, Sartore, distilla-t-il avec un sourire resplendissant en s'essuyant les lèvres d'un revers de manche, je n'en veux pas ! Les responsabilités… c'est pour des gars comme toi et les gens qui ont les dents blanches !

D'un coup, l'autre se débina.

Gourari resta seul. Il en aurait pleuré.

Die Spielregeln
(« les règles du jeu »)

À Neuilly-sur-Seine, la mine arrogante et le sourire carnassier, un groupe d'officiers nazis se hâtaient vers la villa Boemelburg pour y traiter leurs affaires ordinaires.

Henri Lafont figurait au nombre de ces bienheureux.

À sa descente de Mercedes, il tomba dans les bras de Herman Brandl, l'un des patrons du Lutetia venu l'accueillir. Il serra aussi à n'en plus finir la main du capitaine Radecke, qui, comme d'habitude, était dans le sillage de son ami Brandl.

Il était heureux de retrouver ces deux hauts responsables allemands, ces deux vieux complices en affaires louches.

Le premier en sa qualité d'agent de l'Abwehr était un mythomane fastueux qui, ainsi qu'il a été dit plus haut, régnait sur l'empire des « bureaux d'achats ». Le second, officier détaché de la Wehrmacht, était un aventurier. Lafont appréciait principalement en lui l'amateur de femmes et de virées nocturnes.

En devisant, les trois hommes s'engouffrèrent dans la luxueuse villa du square du bois de Boulogne, dont les murs abritaient souvent leurs conciliabules.

Dans la vaste salle à manger, ils retrouvèrent l'*Hauptsturmführer* Friedrich Berger, le chef de la Gestapo de la rue de la Pompe. L'homme avait la mine sombre. Il était en grande conversation avec Herr Gustav Mensch-Hobenfold, qui était tiré à quatre épingles et portait avec élégance un prince-de-galles digne de l'avant-guerre. Ils ne tardèrent pas à être rejoints par leur hôte, le *Sturbanführer* Karl Boemelburg de l'Amt IV, celui qu'on surnommait l'« œil de Berlin » et qui, avec le grade de colonel du service de la police de sûreté, régnait sur la rue des Saussaies.

Sous la houlette de ce dernier, ils entamèrent séance tenante l'un de ces déjeuners informels inventés par eux-mêmes pour harmoniser les affaires en cours et nouer de nouveaux projets.

Le bien-boire et le bien-manger s'avéraient être les catalyseurs indispensables à ce type de réunions. Qu'ils se nomment Cheval Blanc, liquoreux d'Yquem ou Château-Palmer, les grands crus classés invités à leur table allumaient mille gaîtés dans les cervelles de ces messieurs.

Passé le foie gras des Landes, le ton montait. Les voix s'escarpaient. Ils riaient. Ils se soulevaient de leurs bottes. Ils se sentaient fins, spirituels. Ils faisaient inlassablement tourner le nectar dans leur verre à dégustation. Ils commentaient, ils humaient, ils oxygénaient, ils tastaient ces trésors prestigieux pillés dans les caves des victimes de leurs rafles. Ils étaient servis par un sommelier français dont la compétence faisait loi et jurisprudence dans les dégustations à l'aveugle puisqu'il avait naguère officié à la Tour d'Argent.

Les mérites de ces divines bouteilles, leur poudre de cave, leurs fragrances, bouquet, charpente, cuisse, garde, terroir, vantés en termes ronflants, faisaient planer sur l'assistance un respectueux silence. La voix bien timbrée de l'œnologue, son ton parfois lyrique, prenaient les contours et les inflexions d'un prêche bien inspiré. Il y avait du curé chez ce zélateur patenté de la grappe et du flacon. Par moments, son homélie touchait à la perfection, au divin. À la spiritualité.

Pourtant, ici – villa Boemelburg –, le propos de la réunion était plus ordinaire que mystique. En fait, ce zeste de liturgie généralement réservée aux esprits les plus élevés avait été introduit dans les rites de la maison à seule fin de faire écran à la vulgarité des transactions en cours. La pompe réservée à la dégustation du vin, la pseudo-camaraderie affichée entre les partenaires, étaient destinées à raboter l'âpreté des propos mercantiles tenus à l'heure des partages ou du marchandage.

En réalité, les bénéfices astronomiques réalisés par ces messieurs auraient eu de quoi soulever les cœurs les plus endurcis. L'amour de l'argent seul soudait les consciences et renforçait la cohésion du groupe. L'intérêt commun prenait le pas sur les camps, les convictions et les hiérarchies. Chacun pour soi, mais tous canailles.

Leur association n'était pas récente. Depuis le début de l'Occupation, ces hommes avaient appris à se reconnaître. Il s'était noué entre eux un jeu subtil et dangereux qui consistait, moyennant protection réciproque, ristournes ou renseignements de première qualité, à accroître et à partager un enrichissement dont la courbe ascendante ne se démentait pas depuis trois ans.

Désormais, Lafont s'était lancé dans le trafic d'or, en relation avec la *Deutsch-Devisen-Kommando*, le service des devises, rue Pillet-Will. Monsieur Henri avait également accaparé un secteur important du marché noir à Paris et dans les environs. Il pourchassait les trafiquants non pour les arrêter, mais pour les incorporer dans son service, leur assurer une *protection* et prélever la moitié de leurs bénéfices. Il participait également à la confiscation des biens des juifs.

Qu'importe l'ordre du jour, la conversation roulait justement sur la traque de toutes sortes de vermines susceptibles de rapporter de l'argent.

Henri Lafont avait sorti son livre de comptes de sa serviette à documents.

– Pour le seul mois dernier, annonça le gestapiste français en chaussant une paire de lunettes, empruntant ce faisant les inimitables accents d'un comptable méritant, je veux vous livrer les chiffres de mes arrestations. À ce jour, nous comptabilisons 247 israélites d'origine française ou étrangère, 54 terroristes – gaullistes, communistes ou personnes appartenant à des organisation anti-allemandes.

En proie à une fierté légitime, il releva la tête de ses fiches, espérant provoquer un satisfecit de la part de son auditoire.

– Bon travail, Henri ! Bon travail *visible*, approuva Otto Brandl.

– Bonne vitesse de croisière... appuya Radecke en mâchonnant sa viande.

-... À quoi il convient d'ajouter 142 millions, dont 17,5 millions en livres anglaises et 9 millions en dollars... 17 lingots d'or, 502 pièces d'argenterie, des bijoux, des tableaux et des appartements réquisitionnés...

– *Ja, ja, Henri !* Nous saluons, ton savoir-faire ! s'en mêla Boemelburg en repoussant son assiette, et ce que tu viens d'énoncer va s'intégrer à merveille dans nos statistiques !

Il rota de la plus écœurante façon, comme s'il voulait indiquer à ses invités que sous son aspect policé se cachait un lointain descendant des chevaliers teutoniques, posa une main lourde sur son verre et reprit :

– Toutefois, nos autorités, le colonel Reile en tête, réclament quelques résultats plus spectaculaires… ce dont nous manquons, cher Henri, martela-t-il, c'est du spectaculaire !

– Le front de l'Est cède, dit Radecke pour apporter une explication concrète… En Ukraine, nos lignes sont enfoncées… La Navy vient de couler le cuirassé *Scharnhorst*, 36 rescapés sur 1 600 hommes… Berlin a le cafard. Le Führer a besoin de rassurer son opinion publique.

– J'ai peut-être ce qu'il vous faut, annonça Lafont en se rengorgeant.

Pesant bien ses effets, il chercha le regard du *Sturbanführer* Boemelburg par-dessus la flamme des bougeoirs en argent. Une dent en or grimaçait dans la bouche du cher Gustav Mensch-Hobenfold.

– Bouvier ! demanda monsieur Henri. Ce nom résonne-t-il à vos oreilles ?

– Caluire ! coassa aussitôt Radecke.

– Enigma ! échota Brandl.

– Riegenbourg ! se souvint Friedrich Berger en remontant le fil de ses souvenirs.

– Je vois que vous avez tous entendu parler de l'insupportable reporter boiteux qui ridiculise nos agents depuis des temps immémoriaux… constata Lafont.

– En effet, prononça Herr Mensch-Hobenfold. J'ai eu personnellement affaire à lui et, à cause de ce *sous-homme*, j'ai été obligé de me séparer de mon plus proche collaborateur !

Il leva les yeux sur les convives et poursuivit :

– Vous vous souvenez, je pense, de l'*Oberfeldwebel* Schlassenbuch ?… Eh bien… l'*Untermensch* avait fait si bien tourner en bourrique ce pauvre Kurt qu'il n'était plus productif…

Et, après un court silence, il ajouta sur un ton de vif mépris :

– L'imbécile a laissé filer son gibier alors même qu'il le tenait !…

– *Kolossale erreur !* frissonna Friedrich Berger.

– Ce Borowicz a un culot phénoménal, opina Herman Brandl.

– Il n'est pas conforme, souligna Lafont. Cela arrive rarement, mais cela arrive.

– Ce diable d'homme a failli me faire perdre mon latin ! insista Herr Mensch-Hobenfold.

– C'est un métèque *bouchonné*, rota Boemelburg qui ne détestait pas employer des métaphores vineuses.

– C'est un juif hongrois *dégénéré*, appuya Radecke.

– C'est surtout un terroriste insaisissable ! Il a glissé maintes fois entre les mains de nos services.

– Je suis à ses trousses, annonça Lafont. Son arrestation est peut-être une question d'heures…

Tous les visages de ces messieurs étaient tournés vers lui.

– Êtes-vous sûr de vos allégations, cher Henri ?

– Mes agents le traquent à cet instant même dans les environs de Paris.

– La prise serait de taille, reconnut Karl Boemelburg. C'est exactement le genre de succès dont nos services ont besoin pour restaurer la confiance et donner à Berlin l'occasion de souffler.

Ils se regardaient tous les cinq. Ils se recueillaient.

Dans leurs yeux figés, dans leurs cervelles exécrables, circulaient sans doute d'inexcusables images telles qu'en suggérait l'endroit même où ils se gobergeaient, cette villa Boemelburg, d'où des centaines de captifs étaient remontés des caves avec l'air hébété, le corps convulsé, les ongles arrachés, les prunelles percées, tous victimes des baignoires, des chaînes, des anneaux, des fouets, des chiens, des plaques d'amiante électrifiées – morts debout.

– J'ai un autre cas qui me pose problème, annonça Friedrich Berger en sortant brusquement de son rêve éveillé.

Au fond des prunelles éteintes de l'*Hauptsturmführer* dansait l'ombre mate de la mort.

– Un médecin véreux. Il résiste à toutes mes… sollicitations…

Cédant à un tic nerveux, il battit plusieurs fois des paupières.

– Une punaise, indiqua-t-il. Un petit homme brun… il me résiste ! Il se fait passer pour plus minable qu'il n'est… C'est un gros poisson ! J'en suis sûr ! Je le sens. Je le sais ! Mais il me résiste !

– Auriez-vous perdu la main rue de la Pompe ? le railla Brandl.

– Demande à Henri de te déléguer un de ses cuisiniers… conseilla Radecke. Les bougres savent s'y prendre… avec des pincettes !

– *Ja ! Ja !* Ils t'ouvriront ton médicastre en moins de dix minutes !

– *Nein! Danke*! Je garde mon cher docteur Petiot! se récria Berger. Je finis presque par l'aimer pour sa résistance hors du commun!...

Et, s'adressant à son hôte avec une gravité soudaine, il ajouta tout bas :

– Avez-vous remarqué que la torture crée des liens étranges entre le bourreau et sa victime ?

– *Damit bin ich überfordet*! Cela dépasse mes capacités! avoua Boemelburg en baissant la tête. L'« œil de Berlin » exhala la fumée de son cigare, puis tapota le bord de la table avec le dos de sa cuillère, une façon de ne pas montrer son trouble.

Otto Brandl soupira avant de liquider son verre de vin. Il vissa ses méchantes prunelles bleu acier dans l'œil égaré de Berger.

– *Um Gottes willen!* s'écria-t-il à son tour, pour l'amour de Dieu, combats ton âme allemande, Friedrich! Tu es trop romantique!

– Otto a raison, gloussa Radecke. Le nettoyage du *moi intime* n'est facile pour personne!

– *Niemand!* acquiesça Brandl. À titre personnel, avouerais-je que j'ai parfois quelques difficultés à l'heure du sommeil si je croise mon regard dans le miroir!

– Depuis la nuit des temps, il en est ainsi pour chacun d'entre nous... intervint Mensch-Hobenfold. C'est... c'est le germanisme qui veut ça!

– Nous y voilà!... plaida l'*Haupsturmführer*. Comment extirper de nous le germe des Nibelungen ?

– L'obscure bagarre continue! La lutte est sans fin! psalmodia Brandl.

– L'ombre souvent dépasse la lumière, renchérit Boemelburg. La force est dans le feu! Le doute surgit dans la caverne dès que s'éteint la flamme!

– C'est le petit Mozart contre Wagner, Friedrich! C'est le quatuor contre *La Chevauchée des Walkyries*...

– Peut-être suis-je fatigué des fracas et des orages de notre grand opéra en chemise brune, murmura le gestapiste de la rue de la Pompe. Peut-être suis-je rassasié de pouvoir! Peut-être n'ai-je plus le goût d'être distribué dans le rôle du tortionnaire!

Il avait l'air à bout d'énergie. Il était en bras de chemise. Il regardait en l'air, comme s'il fixait un soupirail. Un rai de lumière venu de très haut semblait être tombé sur le bas de son visage. Un voile dessinait un trait horizontal qui barrait son front. Ses poings étaient blancs à force d'être serrés. Le silence était descendu dans la salle. Les chandelles arrivaient à leur terme. Chacun restait muré dans sa réflexion.

– Bois, Friedrich ! dit quelqu'un.

– Repose-toi plutôt, Friedrich ! conseilla Mensch-Hobenfold. *Nach dieser schweren Arbeit brauchs du Erholung...* Après ce dur travail des derniers mois, sans doute as-tu besoin d'un changement d'air...

– J'ai toujours pensé que notre distingué collègue finirait de l'autre côté de la baignoire ! plaisanta Brandl.

– À moins qu'il ne trouve sa place de gardien du soleil et de la pluie quelque part sur le mur de l'Atlantique ! renchérit Mensch-Hobenfold. Ce vieux Kurt Schlassemburg dont je vous parlais tout à l'heure m'a écrit dernièrement de Normandie pour me dire tout le bien qu'il pense de la petite plage sur laquelle il veille désormais.

– Comment s'appelle ce délicieux endroit ? s'enquit Radecke.

– Grancamp-Maisy. Non loin d'Isigny-sur-Mer[1].

– Trois camemberts sur le Guide Michelin ! commenta monsieur Henri.

Seul de son espèce, il esquissa un rire sous cape, mais personne ne le suivit. Le cœur n'y était pas.

Sur un signe du maître de maison, le sommelier versa à boire un nouveau vin. Un margaux Château-Giscours de derrière les fagots.

– *Meine Herren*, commença le spécialiste, voilà un nectar qui sait montrer des délicatesses de femme amoureuse...

Mais personne ne manifesta l'intention d'y tremper ses lèvres.

Friedrich Berger était au centre des regards.

– *Du habst uns die Stimmung verdorben.* Tu nous as gâché l'ambiance, lui reprocha Lafont en allumant nerveusement une cigarette plate.

Il rassembla ses affaires et ajouta :

– Je dois repasser par le bureau... Je vous tiendrai au courant de l'avancement de mes travaux.

1. Cette grève s'appellera *Omaha Beach* le jour du Débarquement.

Sur le point de prendre congé, il se pencha sur la table encombrée des reliefs du repas et écrasa sa cigarette au fond d'une assiette.

Il fit le salut fasciste en claquant des talons, heil Hitler, et, sanglé dans son bel uniforme de capitaine de la Wehrmacht, entama sa sortie.

Un prisonnier modèle

À Fresnes, cellule 440, Marcel Petiot, docteur en médecine dans le neuvième arrondissement, était étendu sur son grabat. Recroquevillé sous une mauvaise couverture, il respirait régulièrement. Un pâle sourire se dessinait sur ses lèvres. Une paire de chaussettes fraîchement reprisées et un nécessaire à coudre étaient posées à côté de lui, sur sa couche.

Le pseudo-docteur Eugène, soupçonné par les gens de la Gestapo de vouloir s'engraisser aux dépens des familles juives qu'il s'offrait à convoyer hors de France, dormait d'un sommeil de plomb. Celui des innocents. Celui qui terrasse les enfants, sonnés par une bonne journée employée à cavaler en plein air.

Bien entendu, le sort de Marcel Petiot était moins enviable que le leur. Sous un ciel bas, il avait dû se contenter, comme ses compagnons de cellule, Ébrard et Bourdier, de la promenade réglementaire offerte par le régime pénitentiaire. Trois quarts d'heure d'allers et retours à saboter dans une cour carrée, sous les yeux des matons. Défense de se rassembler par groupes de plus de trois personnes. Défense d'échanger de la correspondance, des médicaments ou le moindre objet susceptible de trancher, de creuser, de se transformer en arme.

Le reste du temps, au fond de sa geôle, le détenu Petiot avait lu. Il lisait énormément. De la littérature facile. Parfois frivole. Souvent policière. Il lisait à toute vitesse. Trois cents pages en une heure. Il retenait les moindres détails. Il photographiait littéralement les mots. Il retenait les situations. Il s'intéressait aux personnages, qu'ils fussent meurtriers ou policiers.

Quand il laissait tomber ses bouquins, celui qu'on accuserait bientôt d'être le féroce liquidateur d'une vingtaine de familles juives, qu'on désignerait comme un assassin paranoïaque, peut-être l'incarnation du boucher le plus monstrueux de tous les temps, se révélait être d'un commerce agréable.

Marcel, dit «Mégot», était prompt à rire. Il était d'humeur malicieuse. Une clope noire et charbonneuse plantée au coin du porte-pipe, il plaisantait volontiers avec ses collègues de gnouf. Il leur chantait des strophes paillardes, il sculptait de petites statues érotiques, il racontait des histoires lestes et ne rechignait pas à entreprendre des travaux de couture.

Le soir, naturellement, il tombait de sommeil. Il s'endormait le premier. N'était-ce pas le signe d'une âme apaisée ? N'était-ce pas le comportement d'un être qui n'a pas grand chose à se reprocher ?

Parfois, le judas de la cellule 440 s'ouvrait. Une présence se manifestait derrière l'huis. Un œil interrogeait l'espace du gourbi. Une ombre glissait de l'autre côté de la porte. Elle fouillait dans les recoins, violait l'intimité des prisonniers, s'attardait sur le médecin des pauvres.

Le silence retombait. Les pas s'éloignaient.

De retour à l'administration, le gardien Damien empoignait son téléphone. Il demandait à parler au commandant Friedrich Berger. Il lui faisait son rapport.

– Le 420 dort comme un Jésus.

À part un détenu modèle, qui était le docteur Petiot ?

Personne à ce jour n'aurait su répondre.

L'étau se referme

Abel Danos grimaça un sourire.

Il était au comble de l'excitation.

D'un geste bref, il invita Sartore à s'asseoir en face de lui. Il alluma une cigarette et essaya de se détendre. Après une journée stérile passée à noyer en vain des têtes de Polonais récalcitrants dans une baignoire, c'était une vraie détente pour le bourreau du 93 d'écouter de vive voix les péripéties qui avaient amené ses chiens de chasse aux basques de Borowicz.

L'Italien s'installa en face de son chef. Sous les soies drues de ses sourcils brillaient ses petits yeux de goret tandis qu'il entamait le récit de ses faits et gestes des derniers jours.

La « Perle d'Italie », comme Danos se plaisait à nommer le maçon des Pouilles, avait un réel talent de conteur. Avec un luxe de détails et de fioritures abracadabrantesques, il déroula pour le patron le récit des mille épreuves endurées par ses deux recrues transalpines pour mener à bien leur incroyable filoche.

Bien entendu, Sartore évita soigneusement de relater le seul épisode susceptible de faire ombre à leur courage. En passant sous silence la cuisante dérouillée infligée par Boro, il croyait peu modifier le déroulement et la véracité des faits. À ceci près que Danos (qui mordait à l'histoire avec bel appétit) en posant la seule question qui l'intéressait, mit les pieds dans le plat prin cipal et condamna l'Italien à un somptueux mensonge :

– Êtes-vous sûr que l'*Untermensch* se trouve toujours à bord de l'*Atalante* ?

– Depuis que nous l'avons localisée, nous n'avons jamais lâché la péniche des yeux. Votre homme est à bord. J'en veux pour preuve qu'il est gardé par une véritable petite armée…

À son tour, le Mammouth avait décroché son téléphone pour informer Lafont de la bonne nouvelle. Il avait laissé entrevoir à monsieur Henri une arrestation proche et l'avait tenu informé de son départ immédiat sur les lieux de l'astucieuse cachette.

Il avait pris la tête d'un convoi de trois tractions avant banalisées qui précédaient un camion de transport de troupes. Une trentaine de soldats de l'Abwehr placés sous la conduite d'un officier rompu aux opérations de commando en constituait les effectifs.

La voiture de tête était conduite par Danos en personne. Il avait fait l'honneur à Sartore de le prendre à ses côtés. Au coude à coude sur la banquette arrière, les trois tueurs à gages du grand patron, des sommités de la gâchette prêtées pour l'occasion par Henri Lafont, se contentaient du rôle de sardines en boîte. Jo le Corse, Adolphe Cornet, dit «Fredo la Terreur du Gnouf» et Jacques Rinal, dit «la Ristourne», avaient perdu leurs couleurs, leur allant habituel. Ils valsaient dans la glace du rétroviseur. Ils dégustaient au moindre virage. Enfouraillés jusqu'aux yeux et malmenés par la vitesse, ils faisaient grise mine et foie jaune à cause du roulis.

Dans les autres bagnoles était répartie la crème de la «Gestape française». François Lorand, dit «François le Mauvais» voisinait avec Marcel Bérard, inspecteur de police. Serge Hâli, médecin, fraternisait avec Paulo du Helder, dit «la Gamberge». Miclar, qui se spécialisait dans les filatures et les dénonciations de juifs, s'entretenait avec Riri l'Américain. Armand le Fou et Robert Mériq, dit «Robert le Pâle», pionçaient la bouche ouverte. Feu-Feu, dit «le Riton», et Bernard Simoni, les crochets malmenés par l'abus du tabac, grillaient cibiche sur cigarette.

Danos avait l'habitude de cette sorte d'expédition. Sitôt arrivé en vue du site de leur intervention, il s'était fait dresser un plan approximatif par Sartore. En se reportant à sa carte d'état-major, il avait longuement examiné la configuration du terrain. Il avait demandé à ses hommes de prendre position sur les deux rives de la Marne et de rester dissimulés. Les soldats s'étaient déployés à couvert. Ils avaient mis en batterie deux fusils-mitrailleurs susceptibles d'arroser la rivière au débouché des îles.

Ensuite, accompagné du seul Sartore, Abel Danos s'était rendu à l'auberge du Beau Rivage, qu'il avait transformée en QG.

Boutru les avait reçus à bras ouverts. Triomphant initiateur de cette opération d'envergure, le délateur était aux anges. La moustache servile, il se fendait en quatre, en miettes, attentif à se rendre indispensable. Il faisait carpette. Il se mettait en eau pour satisfaire au moindre desiderata de ces messieurs.

Danos avait obtenu sans difficultés deux barques supplémentaires. Il en avait expédié une sur la rive gauche. Il en avait conservé une pour son propre emploi sur la rive droite. Au Beau Rivage, il avait laissé un opérateur radio qui resterait en liaison avec Paris. Accompagné de Sartore, il avait procédé à la vérification du dispositif d'encerclement. Les mitrailleuses étaient en place. Les mâchoires de l'étau lui avaient paru bien tendues. Au terme de leur inspection, les deux hommes avaient pris place sur un des esquifs à fond plat. À la rame, ils avaient gagné un sillon tracé au milieu des joncs. Ils avaient débouché au fond d'une anse aux senteurs de marigot, et échoué leur barque sur une langue de terre boueuse.

Au sortir de cette zone marécageuse faite de tourbe et de sable gris, ils s'étaient orientés. Puis, piquant résolument vers le centre de l'île, ils étaient tombés pile sur la maison de maître. Avec d'infinies précautions, ils avaient contourné la villa anglo-normande et suivi le contour de l'îlot, afin de retrouver sans peine l'avant-poste d'observation laissé à la vigilance de Gourari.

Au grand dam de Sartore, ce dernier avait disparu.

Une surprise peut en cacher une autre

Abel Danos accueillit la nouvelle par un grognement de gorge qui trahissait son mécontentement. Il braqua ses jumelles sur l'objectif et appesantit son regard sur le pont de la péniche.

Au travers des branches, il nota que les travaux de modification des structures, les derniers fignolages de peinture, tiraient à leur fin. La surveillance du chaland était assurée par deux gardes qui se tenaient à la proue et à la poupe.

La Taumuche et P'tit Sifflet étaient armés de pistolets-mitrailleurs anglais.

Danos cajolait leurs silhouettes dans ses jumelles. L'esprit accaparé par son observation, il panoramiqua sur un nouveau venu. Le doigt fébrile sur la molette, par d'imperceptibles attouchements, il affina le point.

L'instant d'après, grosse émotion ! La vision de quelque chose d'inattendu l'obligea à approfondir son examen.

Il lorgna derechef.

Il re-lorgna avec une curiosité brûlante.

Il n'en crut pas ses yeux.

Il s'étrangla dans ses propres mots et s'adressa à lui-même en ces termes :

– Bon Dieu, Abel !... Te v'là dans la panade ! Bon Dieu, mon gars, mais c'est que c'est plus pareil ! Bon Dieu de bon Dieu, mais c'est que ça va faire chaud aux ailes si on se bagarre !

Pressé de questions par Sartore qui ne comprenait rien à son galimatias, il s'obstina à ne pas répondre. Le bada rejeté sur l'arrière de la tête, le Mammouth se contenta de poursuivre sa balade optique sur le pont de la *Gueuze Lambic*.

De temps en temps, il lâchait entre ses dents :

– Va falloir atterrir, Abel… jouer fin du guidon… peut-être bien négocier…

Comme il détaillait les yeux boursouflés d'un quatrième personnage, il sentit bruire le sang dans ses artères :

– Crédieu ! s'écria-t-il. Et maintenant, l'alcoolique ! Casse-Poitrine en personne !… mon vieux pote ! Mince, y manquait plus que ça !

– Vous connaissez ces gens-là ?…

Sartore était atterré.

– C'est toute ma jeunesse qui me saute à la gueule ! répondit Abel Danos…

Au tour de l'Italien d'avaler une boule d'angoisse. Si le Mammouth était copain avec les types de la péniche, les carottes étaient cuites ! C'était sans équivoque le signe qu'on s'était fourré le doigt dans l'œil sur toute la ligne.

D'ailleurs, Danos affichait un masque furibard.

Sans plus attendre, il ouvrit la bonde à son exaspération :

– Tu te rends compte dans quel coup pourri tu m'emmènes ?

– Je ne pouvais pas prévoir, patron…

Adieu veaux, vaches, cochons ! L'aventure personnelle de Sartore et Gourari allait-elle tourner court ? Les juteuses perspectives de prime à la capture allaient-elles fondre comme sucre en eau chaude ?

Et Gourari qui n'était même pas là pour essuyer la moitié de l'algarade !…

Le Mammouth gratta le sol et souffla comme un ruminant prêt à charger :

– *Cretino ! Stronso da mierda !* exhala-t-il.

Il était parti pour dire son chapelet au Rital. Il lui serrait les mains jusqu'au sang.

Il montra la péniche :

– Celui qui est de garde à l'avant, on était mômes, encore tendres pour ainsi dire… On a fait Fresnes, Poissy et Clairvaux ensemble. On partageait la même tinette, on a multiplié les projets pour plus tard… Et l'autre, là, Casse-Poitrine !… celui qui reluit dans sa jaquette à pois… c'est toute l'Union sportive dijonnaise qui défile !

– Vous étiez sportif ?

– Espoir amateur. On avait dix-huit piges… On taquinait la petite reine… En 23, on se sentait prêts à franchir la ligne… la vraie… celle du Tour de France… On était sur le point de bouffer les champions… Henri Pelissier, Léon Scieur, Firmin Lambots, Alavoine ou Buysse, y z'avaient qu'à bien s'tenir ! Là-dessus, a fallu que Casse-Poitrine se présente saoul au départ de la troisième étape !… Il était rond comme une queue de pelle au prétexte que j'avais gagné la veille ! Il arrêtait pas de rigoler… J'lui disais : « Arrête ta moulinette, gamin… passe le braquet, on est sur du grand plat… » Mais non, c't'enclume !… il pédalait à toute meule… il s'marrait… Y gueulait : « Attention tous ! Chaud devant ! J'ai les mains aux cocottes ! » Il baissait la tête… il moulinait à tout-va… On a roulé cinq cents mètres dans sa roue, tout le peloton, et ce qui devait arriver est arrivé… il s'est fracassé la boule dans les rayons ! Ma pomme et pas moins de vingt collègues ont giclés des cale-pied… emportés dans le carambolage… grand gadin collectif ! Les vélos, les bonshommes, t'aurais vu… les genoux, les coudes, du sang partout… du jus humain… On comptait plus les cassures, les clavicules, les péronés, les roues en huit… un mois d'hosto pour mézigue… un peu moins pour lui et mon poing sur la gueule à la sortie ! Après… Après, on était mûrs pour la pince-monseigneur, le rossignol et la pompe à siphonner les réservoirs… Dix ans de bonheur parfait… et pour clore la décennie… 1940 !

– Encore le gnouf ?

– Tatahouine ! Réserviste dans les Bats d'Af. La drôle de guerre dans les sables chauds !… Et pour clôturer la guigne, cet enculé de Chenevier !

– Chenevier ?

– Un commissaire.

– Ça me dit quelque chose.

– Une chaussette à clous qui m'a envrillé pour une affaire de coffre-fort percé l'été précédent aux Sables d'Olonne… un quatre-mains accompli en collaboration avec un chevronné… Lucien le Dijonnais…

À l'instant où il prononçait ces paroles, Abel Danos esquissa un mouvement de recul. L'œil rivé à la lunette Zeiss, il avait l'air de manquer d'oxygène.

Muto ! Il restait sec et muet.

Dressé sur les genoux, il se tenait raide, au bord de la tétanie. Le masque de son visage paraissait soudé. La bouche restait ouverte. Le souffle était court. Les jumelles toujours braquées sur le pont de la péniche.

– Incroyable ! balbutia-t-il au bout d'un moment. Dis moi que j'hallucine, Sartore ! Pince mon bras... ! Ou alors, c'est le passé qui se venge !... Celui que je vois venir, celui qui vient d'entrer justement dans le champ de ma lunette au moment où je parlais de lui !... C'est... c'est le gros Lucien !... C'est bien lui... Le Dijonnais... Un vrai sénateur !... avec ses cheveux en neige et sa montre Rolex... boitier en jonc, 18 carats... Il s'arrête... bien planté sur ses chaussures jaunes... il regarde par ici... il ajuste lui aussi des jumelles... il vise l'endroit où nous sommes... il zyeute...

Pour un peu, Abel Danos aurait fait des bulles. Il laissait danser ses prunelles exorbitées devant les œillères de la machine à grossir les images.

Incrédule, il murmurait :

– *Alias* l'Asticot !... Un revenant... Une étoile descendante du grand banditisme ! Un barbeau à l'heure qu'il est... Un vieux mac en déshérence. Mais un sacré pote quand même que je ne comptais pas retrouver aujourd'hui aux commandes de cette nef de fous !

Sans prévenir, Abel s'était dressé dans les herbes. Happé par les fantômes de son passé, il ne pensait plus à sa sécurité. Il avait mis ses mains en porte-voix. Il s'adressait au gros type qui venait de sortir du poste de pilotage.

Il gueulait :

– Lucien !... Palmire !... l'Asticot !... C'est t'Abel, mon voyou !... C'est t'Abel Danos !... Y faut absolument qu'on se parle !

Un arrosage de balles de mitraillette salua les vociférations du gestapiste et l'obligea à plonger du pif dans les pissenlits. Les projectiles 9 millimètres adressés par la Taumuche et P'tit Sifflet couraient rageusement dans la terre.

Presque aussitôt, joignant à la conversation des armes la persuasion d'un argument plus musclé, le fusil-mitrailleur de l'Abwehr placé en couverture à la corne du bois aboya à son tour. Sa mâchoire de 12,5 millimètres mordit le plat-bord de la *Gueuze Lambic*, déchira l'habillage de bois, fit voler de longues esquilles et imprima dans la peinture fraîche les traces d'une denture impressionnante.

– Enfants de salaud ! s'écria Casse-Poitrine, en vidant son chargeur au hasard avant de plonger derrière un tas de ferraille, vous voulez la chicore, vous allez l'avoir !

Paris-Sports, Ramier, Paluche, Schnuckenack venaient de surgir sur le pont. Eux aussi étaient prêts à en découdre.

– Halte au feu ! claironna Pépé l'Asticot.

Au fond de ses jumelles, il venait de reconnaître Abel Danos.

Gloses et palabres des temps immémoriaux

Échappant à l'argent facile qui peuplait ses rêves, Gourari rassembla les liasses de bank-notes qu'il venait de gagner au poker et s'éveilla en sursaut.

Son cœur, son cerveau, se mirent en alerte.

Ça crépitait dans les parages. Nul doute qu'une arme lourde toussait au bord de l'eau. Les balles ronflaient dans l'air.

D'un saut carpé, l'ancien maçon s'extirpa de la tiédeur du lit à baldaquin auquel il avait confié son ivrognerie et son ressentiment vis à vis de Sartore.

Il dévala l'escalier de la villa anglo-normande. Il traversa le hall. Il se précipita en direction d'une porte de service dissimulée dans la boiserie d'un couloir. Il s'enfonça vers la cuisine, traversa la buanderie et, d'une embardée de voltigeur, repassa le seuil de la fenêtre par laquelle il s'était introduit dans la maison.

Il courut le long de la berge et s'arrêta net quand il vit deux hommes s'embrasser.

L'un d'eux était Danos.

Le gangster penchait sa haute carcasse sur la silhouette d'un barbeau grassouillet que Gourari identifia illico comme étant le chef des occupants de la péniche.

Un troisième personnage se tenait légèrement en retrait. C'était Sartore. Sous les yeux éberlués de ce dernier, les deux anciens taulards se foutaient à vif à force d'accolades et de baisers virils.

Une dizaine de soldats allemands venaient de sortir lentement du couvert. Bien qu'ils ne fissent pas usage de leurs armes, ils étaient menaçants. De leur côté, les gens de la péniche avaient délégués Casse-Poitrine et P'tit Sifflet à terre. Les deux maquereaux étaient chargés de protéger Pépé l'Asticot. Mitraillette au poing, ils se tenaient eux aussi sur le qui-vive.

Convaincus qu'on s'élançait au-devant d'une fusillade collective, de nouveaux acteurs entraient en scène. Un à un, ils se détachaient du sombre des fûts d'arbres qui leur servaient d'abri. Ils vérifiaient le chargement de leurs calibres.

Des images violentes passaient devant les yeux de Gourari. Son imagination, sa lâcheté, lui soufflaient que la prairie et les îles risquaient à tout moment de devenir le haut lieu d'un carnage général.

– Lâche la vapeur, Gourari, se gourmanda-t-il. Avance, mon ami !... Le pas assuré, je te prie !... La conscience tranquille !... Il faut que tu inventes une fable pour accréditer ta disparition et te réhabiliter aux yeux de Danos !

Il clopina crânement à travers les herbes bien que chaque pas de son avancée vers Sartore lui fît perdre quelques miettes de son assurance. À la fois, il redoutait la colère de son persécuteur intime et méditait la façon d'assurer son retour en grâce.

Un poids phénoménal appuya sur ses épaules lorsqu'il passa à la hauteur de trois grands fauves à chapeaux mous – des porte-flingues qu'il avait aperçus maintes fois dans le sillage d'Henri Lafont.

Il porta l'index à la bordure de son borsalino et les salua d'égal à égal, mais ne put réprimer un frisson en identifiant à quelles sommités de la gâchette il s'adressait. De leur côté, le doigt crispé sur le pontet de leurs parabellums, Jo le Corse, Adolphe Cornet et Jacques Rinal semblaient nerveux. Montés sur ressorts, ils étaient prêts à épauler Danos au moindre pépin.

Cependant, les minutes passaient. Près du débarcadère, la comédie des retrouvailles battait son plein. Pour célébrer la minute heureuse de sa rencontre inopinée avec l'ancien rocher du Topol, Abel Danos s'ingéniait à répéter :

– Lucien, sacré vieux rongeur ! Il a fallu que je vienne jusqu'ici pour te retrouver !

Luttant contre la sentimentalité, le Mammouth claquait sa large paume sur les bajoues de Lucien Palmire.

Gourari n'était maintenant plus qu'à un jet de salive d'eux. En vérité, personne ne lui prêtait attention. Pourtant, il se trouvait bel et bien dans le champ visuel de Sartore. Ce dernier paraissait fasciné par la scène que jouaient pour lui seul les deux caïds.

Cœur d'or et franc sourire, Danos racontait ses prisons à vingt ans. Il devenait lyrique en évoquant les temps de la relègue. La brisure. L'abandon. La sodomie. Une intense souffrance déformait ses traits. De temps en temps, il s'informait :

– Et toi, Pépé, comment t'en es-tu sorti ?

Il scellait le tombeau du passé. Le vieux blaireau en jaquette vive subissait sa loi. Il recevait sans broncher les bourrades amicales du gestapiste dans les replis de son estomac et allait chercher jusqu'en son abdomen sa respiration, bien plus profondément que d'habitude.

Emphatique, gesticulant, il emboucha à son tour la trompette du bonheur :

– Abel ! Après toutes ces années ! Sacré vieux loustic ! Tout est intact !

Joyeux, musard, bonasse, le barbeau jouait la situation avec un grand air d'honnêteté. À son tour, il solfiait les notes bleues des souvenirs de cavale.

– Ah, tu m'as manqué, Abel ! J'ai su que tu étais sorti de cabane et après, de loin en loin, je me suis tenu au courant de tes exploits.

Il rejouait le vieux vaudeville de l'amitié avec autant d'humanité dans le regard que lorsqu'il était en train de refiler une puce grattante à un collègue de cellule.

Expérimenté rastaquouère, il disait :

– J'ai toujours eu la prescience de ton avenir, Abel. Même quand t'étais un petit casseur, j'étais sûr qu'un jour tu donnerais les cartes…

Feignant d'ignorer que son pote avait la carte jaune de la Gestape dans la poche intérieure de son imper de faux lardu, il se renseigna en loucedé :

– Pour qui travailles-tu en ce moment ?

Il passa sa langue sur ses lèvres.

Avec un grand naturel, le caïd de la rue Lauriston lui répondit sur le même ton enjôleur.

Il se faisait agneau de lait :

– Dis donc, tu te rends compte, Lucien, ce qui nous arrive ? Quand je pense qu'on a failli se foutre la pâté !

– Il en est pas question, protesta Lucien Palmire. On va tout faire pour arrondir les angles.

– Bien sûr, bien sûr, dit Danos. Y faudrait éviter la casse.

Soudés l'un à l'autre, ils se souriaient.

C'était du timbré fou.

Les deux hommes se turent un moment. Plus retors l'un que l'autre, ils éprouvaient le besoin d'une accalmie. D'un couloir humanitaire. C'était un peu comme si la Croix-Rouge distribuait des couvertures. Tout de même, de temps en temps, Danos laissait filtrer une nuance de doute dans son regard.

À l'improviste, il montra les dents :

– C'est plutôt que je voudrais savoir ce que tu transportes sur ton rafiot, dit-il.

– Chuis emmerdé, Abel, rétorqua l'Asticot. Chuis emmerdé pour te répondre... Mais je pense que ça peut s'arranger...

– Qu'est-ce qui te fait dire ça, Lucien ?

– L'expérience, Abel. Toi et moi, on devrait pouvoir s'entendre...

– Pas sûr.

– Réfléchis ! De nos jours, tout se vend. Il suffit de savoir acheter...

– Polope ! le mit en garde Abel Danos. Tu sais que je suis embarqué avec Lafont... Il y a des pas de travers que je ne peux pas faire... des limites que je ne peux pas dépasser...

– Je me doute bien, ma truffe, dit Pépé l'Asticot, mais t'es trop mariolle pour ne pas savoir que la Résistance aura peut-être bientôt son mot à dire en bas du tableau... Les choses évoluent... Je ne t'apprends rien... Pour certains d'entre nous, il y aura des tournants à prendre avec prudence.

Rien n'était plus vrai. Nul ne l'ignorait.

C'est que la Saint-Sylvestre de 1943 n'avait rien de comparable avec l'été 40 et l'image insolente de la Wehrmacht défilant avec fifres, bagages et *glockenspiel* sur les Champs-Élysées avait fait place aux terribles travellings des caméras d'actualités fouillant la neige russe – linceul de milliers de cadavres. À ce train-là, c'était perceptible, s'insinuait dans la conscience des salopards les plus endurcis un moment d'incertitude.

Pour se persuader de la fragilité des confiances, Danos, premier servi, était bien placé pour consulter le baromètre du Milieu. Déjà, les plus pragmatiques d'entre les caïds de la pègre française donnaient les avant-signes de leur ébranlement en devenant les suiveurs alternatifs du nazisme ou de la Résistance. La circonspection était mère de toutes les audaces. Jouer sur les deux tableaux permettrait tout du moins de plaider un patriotisme tardif. C'était un peu s'acheter une assurance contre les représailles si jamais le camp des Anglo-Américains avait raison des dernières *Panzer Divisionen* de l'Allemagne.

– Je vais jouer cartes sur table, dit Danos. Si c'est un chargement d'armes parachutées que tu transportes, je peux fermer les yeux. Mais si tu donnes asile à Bouvier, je suis obligé de donner l'assaut.

– Bouvier ?

– Ne fais pas le con avec moi, Lucien ! Borowicz !... L'homme au Leica !

– Pourquoi tant d'acharnement, Abel ?

– Les ordres viennent d'en haut. Le commandement allemand veut la peau du boiteux.

Lucien Palmire examina ses mains vides. Doucement, il releva la tête et planta son regard dans celui de son interlocuteur.

– Je t'en donne ma parole, Abel. Blèmia Borowicz n'est pas à bord.

– Laisse mes hommes fouiller.

– Si tu montes à bord, tu seras furieux... Pourquoi te gâcher le teint ? Laisse-nous repartir. Je ne l'oublierai pas le moment venu.

– Quand tu me parles comme ça, Lucien, j'ai envie de faire sauter ta vieille cabèche à coups de chevalière !

D'un coup, la brutalité était de mise. Elle venait de s'installer dans le corps puissant du Mammouth. Il avait noué son poing autour du col de chemise de l'Asticot.

Il le souleva à demi de terre.

L'homme de la rue Lauriston avait dans le regard la promesse d'une grande cruauté.

– Crache, Lucien. Crache, sinon, je te troue la rose du cul avec mon revolver !

Gourari fit un pas en avant. Il sentait que c'était son heure. Il sentait que c'était le moment de placer son conte.

Si je peux risquer un mot pour dénouer la situation le plus vite possible, dit-il en saluant Danos... j'ai une information qui peut contribuer à rendre la situation plus négociable...

Le Mammouth s'était retourné d'une pièce. Il n'avait pas lâché prise pour autant.

– Ah !... c'est toi, la Pouille ?

– Oui.

– Déballe ton sac.

Sartore fit un pas pour s'entremettre. Il était pâle. Il redoutait quelque nouvel impair de la part de son beau-frère.

– Gourari, qu'est-ce que tu vas encore inventer ?

– Seulement la vérité, dit le maçon. Bouvier n'est pas sur la péniche, affirma-t-il. Il ne l'est plus.

Et parfaisant un mensonge qui reléguerait Sartore au simple rang de comparse et lui rendrait le rôle du héros :

– Si vous ne m'avez pas trouvé à mon poste, tout à l'heure... c'est parce que je me suis jeté à la poursuite du Hongrois... C'est parce que j'ai tenté de m'opposer à sa fuite dans des conditions difficiles...

– Qu'est-ce que c'est que ces conneries, bec de truelle ?

– Parfaitement, mon frère !... L'*Untermensch* et un autre type... j'avais repéré leur manège dans mes jumelles... ils ont débarqué en douce... je les ai filés... une voiture les attendait sur le sentier... J'ai bondi en travers de la route... ils m'ont foncé dessus... je n'ai rien pu faire pour les arrêter... vous êtes arrivés avec un bon quart d'heure de retard...

Sartore recula. Après tout, il n'y avait pas trop de casse. Les allégations de Gourari ne contredisaient pas sa propre version des choses. Borowicz était là *avant*. Il n'était plus là maintenant.

Danos restait piqué sur place. Mâchoire durcie. Comme paralysé. Il ruminait son échec.

Une lassitude inattendue paralysait sa main de tueur. Il avait oublié Pépé l'Asticot. Ses gestes ne lui appartenaient plus. Sans qu'il y puisse rien, il sentit son sang faire un bond vers l'avant. Sa main de fer lui échappa. Elle renforça son mouvement de strangulation. Lucien Palmire sentit monter des ombres dans sa cervelle. Il écoutait, portée par un galop, la course invisible de la mort battre contre ses tempes. Tout son corps était las.

Danos serra davantage.

Les yeux de Pépé l'Asticot se voilèrent de tristesse. De toutes ses forces, il essaya d'empêcher que quelque chose d'explosif ne fasse éruption dans le cratère de son crâne.

Le cavalier approchait.

Les yeux laiteux, il leva un doigt et désigna Gourari. C'est tout ce qu'il pouvait se permettre.

– Ce qu'il dit est vrai ! Je le jure ! exhala-t-il avec ce qui lui restait de souffle. Bouvier n'est pas à bord !

Les doigts du tueur desserrèrent leur étreinte.

Le visage empourpré, Palmire happa l'air et plongea vers l'avant. Il avait du feu dans la bouche. Il commença à vomir sur ses chaussures jaunes.

– Je propose que nous allions parler de tout cela à l'abri du vent, suggéra Danos en lui tournant le dos. Marchons jusqu'à l'auberge voisine. Toi et moi, Lucien… Parlons entre quat' z' yeux. Qu'en dis-tu ?

Trop content d'entrevoir la lumière au bout du tunnel, entre deux nausées et une gerbe, le commandant Palmire hoqueta qu'il était d'accord.

Deux âmes seules contre le mauvais temps

Dehors, la nuit était tombée.

Le vent rabattait une mauvaise pluie qui cinglait les fenêtres du Beau Rivage. Un feu de bois ronflait dans le poêle Godin. Son cylindre de fonte, porté à incandescence, rougeoyait dans la pénombre. Il donnait à la salle basse de l'auberge des allures de classe désaffectée.

Personne autour des tables, excepté autour de celle qui était la plus proche de la sortie. Les silhouettes voûtées des quatre supplétifs qui avaient été admis dans le saint des saints pour servir éventuellement d'estafettes entre l'île et le lieu des tractations se confondaient avec les murs couleur café. Réduits à quelques phrases et ponctués de longs silences, leurs conciliabules prenaient des allures de conspiration.

Les plénipotentiaires, Danos et l'Asticot, occupaient le centre de la pièce. Le sommet de leurs crânes, la ligne de leurs épaules étaient inondés par la lumière verte de l'unique lustre d'opaline.

Boutru veillait au confort de ses hôtes.

Il leur avait proposé une collation. Danos et Palmire s'étaient contentés d'une assiettée de rillettes de lapin et de deux bouteilles de saint-nicolas-de-Bourgueil. Du « de derrière les fagots ».

Entre eux, les choses avaient l'air de prendre tournure. Quoi qu'il advienne, on ne s'entretuerait pas.

Avant de quitter l'île, les deux parties étaient tombées d'accord sur la façon d'opérer.

Primo : le dispositif d'encerclement de la péniche resterait en place, interdisant toute tentative de sortie intempestive de la part de « ceux de la barcasse ».

Deuzio : un détachement de six hommes de l'Abwehr prendrait position sur le pont du rafiot. Ils emmèneraient avec eux l'une des mitrailleuses. De cette façon, il serait plus facile de veiller à ce qu'aucun passager ne tente de s'enfuir.

Tertio : Sartore et Gourari accompagneraient Danos tandis que Casse-Poitrine et P'tit Sifflet seraient les mentors de Pépé l'Asticot.

Danos et l'Asticot avaient cassé la croûte en silence et de bon appétit. La tortore, la jaffe, restaient deux valeurs sûres, deux fameux liants. Qui pouvait se vanter d'avoir jamais fait mieux pour apaiser les passions et rassasier les corps ? En bouffant les rillettes de l'entente cordiale, c'était un peu comme si les deux malfrats rafistolaient leurs liens d'hier, un peu comme s'ils se rendaient compte de la folie des années de guerre et prenaient conscience de ce sacré coin d'amitié perdue.

Petit à petit, un verre de vin chassant l'autre, la parole avait repris ses droits. Lucien Palmire avait recouvré son calme et sa faconde.

Même si aucune trace visible de faiblesse ou d'humanité n'apparaissait sur le visage monolithique de son vis-à-vis, le rusé maquereau espérait mettre à profit les retombées d'un climat plus apaisé.

– Rien de tel qu'un peu de vin vieux pour rallumer la clarté ! s'écria-t-il en abdiquant toute agressivité.

Le Mammouth vida son verre et posa ses yeux impénétrables sur le gros barbeau.

– Je ne te demande pas de marcher sur la bouche, l'Asticot, dit-il. Je te demande seulement de me dire qui sont tes passagers.

Pépé l'Asticot lui opposa des paupières lourdes. Il lutta un moment contre une sensation d'impuissance à restaurer les nobles sentiments du Milieu et finit par lâcher :

– Ma main sur le cœur !... j'ai seulement voulu mettre à l'abri une poignée de juifs... sauver quelques familles innocentes !... Où est le crime ?...

Il réprima un renvoi vinaigré. Il s'en voulait d'avoir abusé du jaja pour se remonter le moral. En promenant sa paume sur son estomac replet, il chercha à calmer une brûlure qui lui ravinait la trachée-artère.

La voix douloureuse, déployant un véritable talent de comédien, il laissa saigner son cœur :

– Les pauvres gens sont cachés dans la soute… À l'heure qu'il est, ils doivent mourir de faim et de soif…

Il était soulagé d'avoir craché le morceau. Il espérait emporter l'indulgence de Danos.

L'autre buvait en silence. À l'heure des comptes, il devenait sordide.

– Combien que t'as exactement de juifs dans ton légumier ?… interrogea-t-il soudain.

– Une trentaine.

Le bourreau de la rue Lauriston haussa les épaules. Il scruta le vague pendant un moment, puis, reportant son attention sur le caïd vieillissant, lui offrit son faciès ricaneur :

– Mon gros brochet… Lucien, cher trésor… Cinq !… Je t'en accorde cinq ! Tu peux sauver cinq vies… je te les donne au nom de notre amitié.

Pépé ferma les yeux. Il semblait lutter contre un malaise.

– Du commerce avec des hommes ! C'est monstrueux !

– C'est l'époque qui le veut !…

– Moi qui t'prenais pour un gentleman !

– Navré pour cette éclipse des bonnes mœurs, entérina Danos. Lafont attend des résultats. J'étais censé pincer Bouvier… Je ne lui ramène que des rogatons.

– Il y a aussi deux gosses ! plaida Palmire.

– Prends-les sous ton aile, Lucien ! Tu vois… je suis conciliant. Il faudra te souvenir de ma générosité !

– Que vont devenir les adultes ?

– Je les ferai conduire en transit à Drancy après les avoir interrogés.

– Où iront-ils après ?

– À Compiègne. Ils prendront place dans le 257e et dernier convoi de l'année 43… Direction Ravensbrück, Buchenwald, Mauthausen… Ils inhaleront la mort puante que leur réserve Hitler.

Un étrange sourire restait accroché aux lèvres d'Abel Danos. Dans un état de raideur et de dédoublement de soi, il fixait Lucien Palmire avec l'air braque.

– Tu es fier de toi ? demanda ce dernier.

– Ne crois pas ça, dit le gestapiste, mais je ne peux pas revenir en arrière. Danse de l'argent ! Danse de folie ! Danse macabre !... Je suis prisonnier de ce que j'ai accompli... J'ai tué, haché, noyé !... Quand tout sera consommé, une balle dans la tête, je participerai à la noyade universelle !

D'un coup, dans son comportement, tout dérapait. La vie s'effarouchait. La vie s'en donnait. La vie s'en allait. Le meurtre rôdait. Danos luttait contre ses péchés. Contre sa vilenie. Il se battait contre lui-même.

– Un jour, je m'y attends... je vais pondre un œuf pourri ! dit-il en se dressant sur sa chaise.

Il était livide. Son comportement avait de quoi effrayer Lucien Palmire.

– Merde ! Arrête, Danos ! Tu vas pas nous faire un coup de calcaire ? Voire un caca nerveux ?...

L'autre avait dégainé son parabellum. Il brandissait le Herstal 7, 65 on ne sait trop pour menacer qui. Son visage, d'où s'était retiré le sang, était trempé dans la pâte d'un masque de tragédie. Dans ces conditions de marasme effrayant, il aurait pu aussi bien tourner l'arme contre lui-même, entrer en enfer sans frapper ou se livrer à n'importe quelle dinguerie si brusquement le temps lui-même n'était pas devenu une horloge folle.

Un coup de feu venait de secouer la campagne endormie.

Le halètement plus grave de la mitrailleuse ne tarda pas à lui répondre, comme si la fureur des hommes repartait ailleurs – comme si, inlassablement, le destin avait voulu ajouter l'écho des pistolets-mitrailleurs MP 38 au cauchemar sans fin, à la déraison qui venait de s'emparer de Danos.

Flambés, hagards, les deux anciens camarades de geôle et de fric-frac se regardaient.

– C'est pas moi qui chierai dans mon froc, prévint Pépé l'Asticot, mais je crois bien qu'on a touché le fond du bocal.

Où Paris-Sports fait chauffer les semelles

– C'est comme ça que ça s'est passé, dit Paris-Sports.

Sa voix tremblait. Il inclina soudain son visage halluciné. Ses yeux dansèrent. Ses mâchoires grincèrent.

Poings fermés, il se laissa tomber sur une chaise et s'essuya le front. Le thorax soulevé par une quinte, il toussa longuement. Il redressa la tête et fixa ses yeux rougis sur Olga Polianovna.

– Donne-m'en encore une rasade, dit-il, j'ai besoin de me refaire.

Il marchait au kirsch, au Guignolet, c'est tout ce qu'on lui avait trouvé dans l'urgence du moment.

Il but son verre d'un trait et s'en reversa un autre. Il cherchait visiblement à apaiser son esprit égaré.

Il reporta sur Boro son regard fiévreux.

Il était arrivé un quart d'heure auparavant. Il s'était présenté à la porte du « ciel » en passant par l'escalier de service. La manche de son manteau arrachée par un projectile pendait le long de son bras gauche. Il était blessé superficiellement à l'épaule, mais sa chemise imbibée de sang séché montrait qu'il avait dû faire face à un début d'hémorragie. Il était accompagné par deux hommes à chapeaux noirs et un enfant étrange.

Essoufflé par les étages, diminué par sa blessure, il essayait d'expliquer aux êtres charitables qui s'étaient précipités pour lui porter assistance quelle vilaine tempête humaine venait de disperser les espoirs et les vies de ceux qui n'en finissaient plus de chercher une parcelle de paix.

La colère l'avait repris. L'impression que personne au monde ne pourrait comprendre l'intensité, la sauvagerie de ce qu'il venait de vivre, l'accaparait tout entier.

– Où est le mal ? Où campe l'irrattrapable ? Où est la logique du désastre ? Juste ciel !... J'essaie de réfléchir, dit-il de sa voix grasseyante... j'essaie de faire passer un peu de bon sens par la fente de raison qui me reste...

Les mots se nouaient dans sa gorge. Toute énergie retombée, il se laissa rattraper par un sanglot long et prolongé qui lui secoua tout le corps. D'un coup, les lèvres tremblantes, il s'épancha. C'était comme s'il entrevoyait les flammes de l'enfer. Et Boro, désarmé par sa fragilité enfantine, n'eut de ressource que de le réconforter.

Il lui posa la main sur la nuque et sentit les muscles de ses épaules se contracter.

– Parle, Pierre-Georges... Tu en as vu d'autres, vieux crabe... il faut effacer tout ça... il faut que tu nous racontes ce par quoi tu es passé...

Scipion venait d'entrer dans la pièce et Prakash derrière lui. Mesurant l'intensité des propos échangés, ils se firent oublier.

Paris-Sports, sur le point de parler, s'était mordu la lèvre. Il se sentait oppressé. Il porta la main à son cœur. Une ribambelle de points lumineux passait devant sa vue...

– Crois bien que je ne suis pas trop fou de ce genre de situation où tout devient dingo, dit-il en levant son visage désespéré vers Boro... Mais les premières limites dépassées, les actes les plus atroces s'enchaînent sans que personne ne puisse mettre un terme à la barbarie. Il faut qu'elle aille jusqu'au bout et s'éteigne, victime de l'abus de son propre délire.

Le souffle raccourci, il reprit d'une voix sourde, il hoqueta :

– Morts ! Tous morts !... Non mais quelle saumure ! Les balles... Les balles miaulaient à la ricoche... mitrailleuse allemande MG-34... cadence de tir 800 coups-minute... vous ne pouvez pas savoir !...

Et, au milieu d'une nouvelle crue de larmes, il répéta :

– ... Elles couraient sur les gens... elles tapaient dans du mou... elles traçaient dans du tendre... Elles voguaient au fracas ! Elles labouraient du saignant... elles creusaient au fond des yeux de vilains papillons noirs... les femmes criaient... les gosses pleuraient... les hommes vociféraient... ils se jetaient au devant des armes... Ils hurlaient des anathèmes en yiddish... en polonais... il n'y avait nulle part où se cacher... ceux qui n'ont pas été touchés ont seulement eu de la chance...

Il se tourna vers les deux hommes habillés de pardessus noirs et vers l'enfant à la tresse qu'il avait amenés avec lui, et les prit à témoin.

Joachim Guschinov, fourreur rue des Rosiers et Paul-Léon Bonstein, avocat à Versailles, s'inclinèrent. Muets, ils avaient l'air de saluer après une mauvaise pièce. Quand ils se furent redressés, ils restèrent raides comme du bois cassant.

Ils luttaient avec acharnement contre quelque chose d'indicible qui perlait et grandissait à l'intérieur de leurs cages thoraciques.

Sous le rabat de leurs grands chapeaux noirs, leurs pupilles dilatées par la haine laissaient filtrer un regard fiévreux.

L'enfant ne bougea pas. Il semblait peint par Mané-Katz.

Il suffit à Paris-Sports de porter son regard sur ce gamin pour qu'il soit à nouveau emporté par le maelström de ses cauchemars.

– Passé un certain cap, tout flageole ! se désola-t-il. Tenez, je me souviens, j'ai marché sur des lunettes brisées... et quand Danos et l'Asticot sont arrivés, il était trop tard... ils ont pataugé dans le sang... ils ont buté sur un tas de cadavres... les chargeurs des pistolets-mitrailleurs MP-6 étaient vides... l'odeur suffocante de la poudre à peine évacuée... les seuls survivants étaient ce gosse que le corps de sa mère avait protégé... et ces deux-là qui ont été épargnés parce qu'il n'y avait plus de balles à tirer...

Paris-Sports attrapa la bouteille de kirsch à l'improviste. Il l'arracha presque des mains d'Olga Polianovna. Il s'enfila le goulot dans la bouche. Il but avidement.

– Vous imaginez ! Vous imaginez les Boches de l'Abwehr faisant irruption dans la cache... ils vidaient leurs chargeurs de 32 balles en poussant des cris sauvages...

– Quelle mèche a bien pu mettre le feu aux poudres ? s'inquiéta Olga Polianovna.

– Oui, comment la folie a-t-elle pu naître ? demanda Boro. C'est ce que nous ne comprenons pas pour le moment...

– Il a suffi de peu de choses pour dessiner le premier cercle fatal... murmura Paris-Sports. La situation s'est envenimée peu après que l'Asticot et Danos étaient partis négocier à l'auberge.

Je me souviens de Schnuckenack. Il reluquait du côté des Allemands. Il s'est approché d'eux. Autour de la mitrailleuse, ils n'étaient plus que cinq au lieu de six. L'un d'eux avait disparu. Celui qui était décoré de la croix de fer.

Les autres avaient allumé des cigares et l'odeur du tabac avait attiré le Rom.

L'air gourmand, avec sa face de clown pour tout passeport, il avait abordé le *Feldwebel* :

– Votre tabac sent le miel, avait-il apprécié avec un bel aplomb. Est-ce que vous ne m'offririez pas un de vos odorants cigares ?

Le Chleuh avait paru plutôt surpris. Schnuck s'adressait à lui en dialecte alsacien.

– Je suis prêt à payer pour vos bienfaits... insista le Rom.

– En monnaie de singe ?

– En notes de musique, avait rétorqué avec hauteur l'homme des monts Zemplén.

Il avait sorti son violon et fait voyager joliment son archet dans les airs avec un infini respect.

– Que diriez-vous d'une suite en *mi* ?

Le Boche avait eu un réflexe plutôt grincheux.

– N'essaie pas de m'ensorceler, Tzigane ! avait-il éructé. Sale racaille ! Je n'aime pas les métèques de ton espèce !

Mais rien ne pouvait arrêter Schnuckenack quand il avait un violon entre les mains et envie de fumer. Il a commencé à jouer. Un démon sous le masque d'une humanité candide !... Un musicien hors pair !... un génie, quand il manipulait son instrument... ses bras devenaient démesurés... ses doigts innombrables... La musique courait sous les caresses de l'archet... les Boches étaient sidérés... ils avaient tous envie de pleurer tellement Schnuckenack les avait emmenés sur les rives de la mélancolie... Il racontait les forêts d'hiver... Il enjolivait des contes à dormir debout... il s'emmanchait dans des pensées profondes... la vie, la mort... l'écrin de la nuit froide... Il disait... Était-ce vrai ?... était-ce faux ?... Il prétendait qu'il était le neveu de Django Reinhardt...

– C'est vrai, dit Boro. Mais où cela nous conduit-il ? Je veux savoir où la violence prend sa source.

– J'y viens ! protesta Paris-Sports... Je ne peux pas aller plus vite que la musique !

De son inimitable timbre voilé, il s'emmancha à nouveau dans l'histoire :

– Au début, je me suis fait piéger... En fait, Schnuckenack n'avait pas plus envie de fumer que ça... simplement, il était bon camarade... il agissait selon un plan...

– Ça recommence !... Je ne comprends pas ce que tu racontes...

– Il s'était engagé à endormir l'attention des Allemands pour rendre service à son patron... Paluche était en glandes !... jaloux façon Othello... il avait surpris les manigances d'un caporal bavarois qui pressait Anneke de ses compliments... le lourdaud voulait monter au pince-fesses... Il cherchait à la mettre sur le dos... Il lui disait : « *Matemoiselle*, il faut venir s'amuser au lit... » Elle, coquine sous sa coiffe, se défendait mal... Les pupilles hantées par le désir, elle disait non, mais tu sais bien comment sont les femmes... avec un œil, elles disent « barre-toi », avec l'autre elles pensent « pourquoi pas ? »... Des taches rouges dansaient autour de son cou... Le doryphore a fini par l'entraîner au plus profond de la péniche... Vous imaginez Paluche ! Son petit pot-au-feu hollandais qui allait se faire reluire comme une catin !... Le géant des Flandres descendait l'escalier guidé par les soupirs, par les rires... quand il est entré dans la cabine, il a trouvé sa femme les yeux fermés, le visage renversé vers l'arrière, le fridolin lui mangeait le cou... elle avait trente-six culs... Le Bavarois commençait à s'enfourner dans sa fente... Piet Van der Velde a tapé de toutes ses forces... un vrai dancing a commencé... le vert-de-gris a dégainé son Mauser, Paluche l'a désarmé, il lui a tiré une balle dans le cœur. Anneke a poussé un cri... Elle a serré les cuisses... Le marin d'eau douce a zigouillé sa femme tant qu'il y était... Elle a hurlé comme un phonographe... Il a couvé sa mort entre ses bras énormes... il avait accumulé une colère de grizzli... En arrivant sur le pont, il a dézingué le premier Boche venu... À coups de Mauser... il avançait, il tirait... Aussitôt, il s'est fait découper en rondelles par les servants de la mitrailleuse... après... après, tout le monde a perdu la boule... c'est devenu fou hystérique...

Paris-Sports s'interrompit pour essuyer sa face hallucinée avec un gros mouchoir. Il bégayait, il poussait des cris amers. Il dévorait ses mots.

– Ça flinguait dans tous les coins... reprit-il. Ramier, mézigue, on s'y est mis... Il arrivait du Chleuh par tous les bouts, on a été débordés... ils s'engouffraient dans le bateau... ils étaient menés par l'officier de commando... ils tiraient devant eux... ils sont allés jusqu'au fond de la péniche… Ils nettoyaient tout… ils ont découvert les clandestins… et le carnage est allé à son terme…

Paris-Sports enfouit sa tête entre ses mains. Il était épuisé par son récit.

Il finit par sangloter.

Ceux qui l'avaient écouté étaient dans les mêmes dispositions que la terre ravinée d'une colline après l'orage.

Leurs lèvres restaient arides.

Bouvier sèche les pleurs, Boro disperse les hommes

D'un coup, les événements étaient trop lourds à porter.

Boro, réfugié au creux de ses pensées, tournait en rond. Parfois, son regard consentait à prendre un furtif rendez-vous avec celui de Béla Prakash, son frère, celui qui était le plus apte à comprendre son désarroi, sa révolte.

Très vite, Blèmia baissait les yeux. Inlassablement, les mêmes obsessions faisaient le siège de sa raison. Elles rôdaient autour de sa cervelle comme une mouche bourdonnante cherchant la sortie.

Où aller ? Qui aider ? Qui condamner ?

Cédant à une impulsion soudaine, le reporter se pencha sur Paris-Sports :

– Tulipe ? demanda-t-il.

– Ta mignonne petite pouliche ? ironisa le porte-flingue en levant des yeux rougis par la fatigue et les larmes. Je ne saurais même pas te dire ce qu'elle est devenue dans la cohue…

– Schnuckenack ? interrogea à nouveau Boro.

– Danos l'a fait embarquer par ses zigotos à chapeaux mous. Il a dit qu'il voulait l'interroger. Il ira jusqu'au sang.

– L'Asticot ?

– Épargné par la paix des voyous. Faudra quand même qu'il crache un peu d'artiche.

– Ramier, Casse-Poitrine, P'tit Sifflet, les autres ?

– Régime spécial. Dépouillés de leurs armes, mais la vie sauve.

Comme après une marche harassante, les occupants du « ciel » s'entreregardaient.

Boro ne bougeait plus. L'orage était sous sa peau. Tant de vies englouties ! Tant d'espoirs brisés ! Il luttait contre l'impasse d'une situation qu'il ne savait pas dénouer.

– La mort aveugle ne se répare pas, dit-il entre ses dents.

Il souleva une main nerveuse, la porta à hauteur de son visage immobile et ébaucha le geste de remonter sa mèche.

Puis, grave et tendu, se tournant vers ses compagnons, il ouvrit les bras et dit :

– Je vous demande pardon. Je demande pardon à nos frères juifs qu'on vient d'assassiner. Je ressens ce massacre comme un deuil personnel. J'ai dans cet échec ma part de responsabilité. Sans doute aurais-je dû agir autrement.

– Vous n'avez rien à vous reprocher, grinça Guschinov le fourreur. C'est Dieu qui nous a abandonnés !

– Dieu ? s'insurgea Paul-Léon Bronstein. Jéhovah, si j'ai bien compris ? Le Dieu des Hommes !... le Dieu des Armées ! Celui qu'on met à toutes les sauces ? Celui qui campe confortablement sur ses positions d'idole invisible !... Je ne lui pardonne rien !

Pantalon en godille, les traits accusés comme ceux d'un vieil homme, l'avocat versaillais ouvrait les vannes de son amertume. Seuls ses yeux entretenaient un reste de braise.

– La chanson du cœur nous affaiblit chaque jour davantage ! exhala-t-il en se voûtant. Et vous avouerais-je, mes amis, que, depuis que je suis né, je cherche en vain un signe de compassion de la part de l'Éternel !...

Le regard terrible de l'homme en noir s'égara un moment sur les visages de ceux qu'il prenait à parti. Ses yeux allongés bougeaient à toute allure.

Il s'éclaircit la voix et dit :

– Parfois, j'en conviens, le Grand Barbu passe devant nous et... nous ne le voyons pas... Parfois, il est vrai, il nous apparaît et nous ne le reconnaissons pas... Mais c'est de bonne guerre ! Il a le visage fermé. Ses lèvres sont grises. Il chemine le menton baissé. Juste un pékin ordinaire qui passe devant nous, sans se détourner. Un par un, nous comptons si peu dans son jeu !...

Il recula jusqu'à la paroi du mur le plus proche et y appuya son dos comme s'il ressentait le besoin d'un soutien.

– Non mais ! Dites-moi !... Qui sommes-nous pour celui qui frôle les cimes ? Rien ! Personne ! Juste de chétives créatures prêtes à toutes les compromissions... mûres pour la luxure...

l'ingratitude... et le renoncement !... Tenez ! Avec cette mentalité-là, je suis sûr que Dieu n'aime pas les juifs qui perdent !

– Hé, hé !... C'est pas idiot c'qu'il dit, le *bavard* ! commenta Paris-Sports qui s'y connaissait en ténors du barreau. Assez gémi ! Assez blasphémé !

– Il a même bigrement raison ! Refusons la fatalité ! C'est à nous de nous ressaisir !... explosa Boro.

D'un coup, le reporter avait relevé son visage énergique. D'un coup, il avait recouvré sa sève. Il s'arracha au grand vide exténuant et flou où il était tombé en même temps que ses compagnons. Il décroisa ses longues jambes et sans l'aide de sa canne se dressa avec détermination.

– Du moins, pour ceux qui restent, essayons de paraître en vie, dit-il en caressant la tête bouclée de l'enfant. Comment t'appelles-tu, petit ?

– David.

– David... répéta Boro avec un air d'une gravité extrême, c'est toi qui auras la charge de refaire le monde... toi qui respireras le chant des oiseaux.

Comme il prononçait ces paroles, ses prunelles brillaient d'un éclat si sauvage, si surnaturel que le temps s'était arrêté. Le front bosselé et volontaire, Blèmia Borowicz pensait à son propre fils. À Sean qui inventait son chemin loin de son père, loin, très loin de lui, quelque part en Amérique.

– Levez-vous tous ! commanda-t-il. Ramassez le strict nécessaire. Nous partons !

Avec une brusquerie inattendue, il traversa la pièce en claudiquant. Il affichait un sourire résolu. Il ramassa son trench-coat qui traînait sur le divan, empoigna son stick et se tourna vers Olga Polianovna :

– Merci pour ta longue et chaleureuse hospitalité, tante Olga. Merci pour ta patience. Pour les risques que tu as pris en nous recevant sous ton toit. Tu peux disposer de nos chambres, nous ne reviendrons plus. Fais nettoyer sur-le-champ chaque parcelle de ton appartement avec autant de soin que si nous avions eu la fièvre typhoïde ! Le « ciel » doit oublier jusqu'au grain de tabac près toute trace de notre passage. Chacun d'entre nous doit plier bagage à la minute même.

– Pourquoi cette hâte ? s'effraya la Louve de Sibérie.

– Parce que si Schnuckenack parle, les Allemands seront là dans moins d'un quart d'heure.

Aussitôt, l'ancienne bayadère de chez Balanchine se jeta dans les étages. Elle dévalait les marches. Elle glapissait :

– Debout les filles ! Nicole, Louise, Solange, Fleurette, Gouadeloupe, Zoizeaux ! On s'active ! Chacune un balai ! Des seaux, une serpillière ! Des chiffons ! Que ça saute !

Les cris de la taulière, confondus avec les protestations de la classe laborieuse qui venait à peine de finir sa nuit de prestations avec l'occupant, se perdirent dans les profondeurs de l'immeuble.

Boro se tourna vers Paris-Sports.

– Dis donc, bonhomme…

– Voui ? dit l'escarpe.

– Te sens-tu assez vaillant pour conduire nos amis chez Mademoiselle Fiffre ? Elle s'attend à ce qu'un petit groupe de réfugiés frappe à sa porte. Ils y seront à l'abri jusqu'au jour de leur départ. Demande à Scipion de t'accompagner. Au besoin, il peut conduire. C'est un as du volant.

– Et après ? s'enquit Paris-Sports, qu'est-ce que je fais de ma viande ? Je décroche ? Je me la joue en solo ?

– Tu retournes à Joinville. Informe l'Asticot que selon toute vraisemblance, les survivants partiront vers l'Espagne à la fin du mois. J'y veillerai personnellement.

– Ça boume extra ! enregistra le porte-flingue. Et se tournant vers les fugitifs : Tenez-vous prêts, messieurs. Nous partons dès que j'ai trouvé à me désaltérer…

– Mais toi-même, Boro P'tit ?… Ton départ vers l'Angleterre ? chuchota Scipion à l'oreille du reporter.

– Le rendez-vous est prévu pour après-demain, répondit Boro. J'y serai.

– Et en attendant ?… s'inquiéta le grand Noir.

Blèmia posa son index sur ses lèvres.

– Je connais un rat qui est tapi dans ses galeries du côté de Denfert, dit-il. J'ai l'intention de le rejoindre par un trou de soupirail. Il a sûrement mis du gruyère de côté pour les mauvais jours. Ah ! et j'oubliais… j'emmène David avec moi…

– Un enfant ? Tu n'y songes pas !… Tu es l'homme le plus recherché de France !

– Mère-grand, je te promets de ne pas mettre le nez dehors.

– Confie nous le petit, proposa la Polaniovna. Ce serait plus raisonnable.

Elle venait de réintégrer le « ciel » avec son escouade de voltigeuses. Un véritable corps de ballet. Une équipe de nettoyage en soutiens-gorge, fines combines et petites culottes qui s'était constituée en moins que rien.

– Confie-nous le gamin, réitéra Solange.

Elle achevait de nouer un madras sur l'échafaudage de ses bigoudis.

– Oui, confie-le-nous, s'enthousiasma Louise. On te l'élève facile, nous, ton mouflet !

Et faisant valoir ses roploplos :

– Ici, c'est plein de dames à l'instinct nourricier !

Boro s'inclina :

– Je vous remercie, candides jeunes femmes pour votre élan splendide, mais je compte veiller personnellement au salut et à l'éducation de cet enfant. Et je n'ai confiance qu'en moi.

– Belle mentalité ! râla la Louve. Jolie reconnaissance !

Boro se redressa. Il échangea avec la volière un long regard muet et retint son souffle comme s'il souhaitait retarder jusqu'à l'extrême limite le moment où l'on ne peut plus se tromper.

– Mesdames, apprenez qu'à partir d'aujourd'hui David est devenu mon second fils… Sean et David, j'en fais mon affaire.

– Je suis prêt ! annonça Béla Prakash en passant la tête par l'ouverture de la porte. Je profite des circonstances pour remettre le cap sur la Normandie.

Salut patron, chuis sur le départ ! bonnit Paris-Sports qui s'était requinqué avec un fond de quinquina. Et faisant amende honorable : J'ai fini d'irriguer le salon avec mes larmes ! Ayez confiance en moi. Je vais marcher sur la réserve. J'en ai encore sous le pied.

Je n'en doute pas une minute, Pierre-Georges.

Le voyou cligna de l'œil.

– Nous les hommes de trottoir, on n'est pas faits pour s'allumer au chalumeau en rase campagne. On préfère un beau coup de pistolet en tête-à-tête.

Il fit un signe à ses protégés de le suivre. Le fourreur et l'avocat prirent congé de Blèmia.

Comme ils le serraient contre leur étoile jaune :

– Retirez-moi ça, grogna le reporter.

– Ce sera fait ! promit l'avocat. Ce sera fait avant que j'arrive en bas.

Tous trois se précipitèrent dans l'escalier.

Scipion leur emboîta le pas le temps de dire :

– Salut Boro P'tit !... pour le gamin, si tu as besoin d'un conseil, n'oublie pas que j'ai eu douze enfants !

Restait Olga. Elle s'avança pour se présenter au baiser.

– Je réclame un sort spécial, exigea-t-elle. On ne me quitte pas comme une vieille chaussette !

Avec grâce et spontanéité, elle lui proposa la rondeur de sa croupe. En fin connaisseur, il en caressa le galbe parfait.

– Au revoir, mon joli col de cygne ! Soigne tes hautes fesses.

– Au revoir, lapin. Tâche de passer entre les balles ! Essaie aussi d'être un bon père...

Des adieux sur le pouce

Deux minutes plus tard, David et Prakash sur les talons, le reporter dégringolait à son tour l'escalier de service et débouchait dans l'air froid de la rue.

Les premières lueurs du matin, un timide début d'aurore, ourlaient les façades du boulevard.

C'était pour les deux Hongrois l'heure de la séparation.

Un regard. Un sourire. Une accolade.

Prakash libéra son épaule de l'une des deux musettes qu'il trimballait et la tendit à Boro :

– Tiens, ton petit colis pour l'avion de mercredi. On y trouve le tout béton entre La Hague et Sainte-Mère-l'Église. Le reste des photos est entre les mains de Germaine.

– Je les ramasserai au moment du départ. À plus tard, Choucas !

– Si je comprends bien, tu vas rejoindre Dimitri ?

– Bien vu ! Toi qui es au courant de mes affaires de famille… tu sais bien qu'il est la seule personne avec qui je partage mes enfants !

– Comment va Sean ?

– Je n'ai pas de nouvelles.

– Ce sera pour bientôt, tu vas voir. La paix approche.

– Oui, dès qu'on aura fini la guerre.

À peine avait-il prononcé ces mots désabusés qu'un rugissement de moteurs s'annonça au carrefour. Les deux amis se rejetèrent instinctivement dans l'ombre d'un porche qui les accueillit à point nommé. Deux side-cars suivis de trois camions bâchés bourrés de soldats passèrent en trombe devant eux. À pas plus de cent mètres de distance, sur le boulevard, ils firent leur jonction avec deux conduites intérieures noires d'où jaillirent une demi-douzaine de silhouettes en manteaux.

Olga a des invités, commenta Prakash.

Schnuckenack a craqué, se désola Boro.

À bientôt, Blèmia !

– À plus tard, Béla !

– À Buda !

– À Pest ou en enfer !

Prakash prit à droite.

Blèmia prit à gauche. Sa main enfermait celle de l'enfant lovée au creux de sa paume comme au fond d'un nid chaud.

– On va loin, Boro ? demanda le gosse.

– On ira loin ! rectifia le reporter.

Il assura sur son épaule la bandoulière de sa besace à appareils photo. Il l'entrecroisa avec celle de la musette de Prakash et ajouta :

– Jusqu'au bout du monde !

Il releva son col et, tête nue, l'âme assiégée par un douloureux combat, il commença leur voyage au hasard des rues.

Comme il longeait un mur gris où rien ne se discernait, il entendit grandir derrière lui le tapotement précipité d'un pas léger.

Au passage d'une venelle, il se jeta dans l'ombre. Les pas s'arrêtèrent aussitôt. Apeuré, le petit se précipita contre lui.

Le reporter se retourna d'un bloc. Le suiveur se tenait à contre-jour des phares d'une imposante voiture qui venait de glisser le long du trottoir.

– Bonne année, monsieur Borowicz ! dit une voix de femme.

– Qui parle ? demanda-t-il en serrant le pommeau de sa canne.

– Renseignez-vous, conseilla la voix.

Le reporter fit un pas en avant et reconnut Tulipe.

– Vous ? Ici ? Au plus mauvais moment !

– Ne suis-je pas votre ange ? dit-elle. C'est ma vocation d'être à vos côtés.

La neige qui commençait à tomber caressait son visage.

Dame Tasumiré Takasu

La portière de la voiture était restée ouverte.

D'autorité, Tulipe prit le jeune David par la main et l'aida à grimper dans le coupé bleu lagon à liserés noirs surgi des derniers pans de la nuit.

– Installe-toi sur le strapontin pliant, mon garçon, lui souffla-t-elle en s'engouffrant à son tour dans l'habitacle.

Elle se détourna à peine pour compléter sa phrase :

– Boro n'aura qu'à se mettre à côté de moi !

Elle se lova dans un coin fenêtre.

Le reporter prit appui sur sa canne et s'apprêta à embarquer à son tour. Après qu'il eut casé sur le sol ses deux précieuses musettes, il s'élança. À l'instant même où il foulait l'épais tapis, il perçut une présence invisible qui grandit et ne tarda pas à se manifester à contre-jour de la custode.

En atterrissant sur la banquette, il croisa le regard sombre de Dame Tasumiré Takasu.

Mâchoires fermées, la Japonaise salua son hôte d'une simple inclinaison de tête. Du chaton de son améthyste, elle tapota sur la vitre coulissante qui séparait les passagers du conducteur et, de la pointe du menton, adressa un signe impérieux à ce dernier.

Aussitôt, le chauffeur asiatique fit ronfler le moteur et la puissante voiture prit le large, imposant sa trace véloce dans le trafic, fort modeste en ces premières lueurs du jour.

La neige malmenée par une bise coupante redoublait. Elle semblait se précipiter au-devant du pare-brise. Elle arrivait par trombes successives. Les essuie-glace s'emballaient. Le chauffeur luttait contre la buée. Il avait baissé légèrement sa vitre. Assez pour qu'un flux d'air vienne siffler dans l'habitacle.

Boro paraissait aux anges.

– J'adore la vitesse ! dit-il.

Avec un sourire indéfinissable, lui qui n'était pas insensible au beau sexe mais n'avait jamais su résister au besoin enfantin de commenter le charme des grosses cylindrées, céda à la tournure d'esprit assez mufle qui consistait à prendre davantage en compte les finitions et les boiseries de la séduisante automobile que l'aveuglante séduction de ces dames.

– Talbot-Lago, 17 chevaux ! apprécia le reporter en prenant ses aises sur le cuir. Que voilà une splendide *ouature* !.. On peut dire que sa propriétaire ne se refuse rien !

Le visage dénué de toute expression, Tasumiré Takasu resta immobile. C'était comme s'il ne lui paraissait pas nécessaire de répondre à la platitude d'une phrase sans effet sur sa personne.

– Ma marraine gagne beaucoup d'argent, justifia Tulipe en volant spontanément au secours de l'ancienne égérie de Montparnasse. Elle a connu le Tout-Paris des arts et de la peinture et, en dehors du Sphinx, elle peut choisir son mode de vie.

– Oui, oui, oui, dit Boro.

Il priva les dames de son sourire enthousiaste et prêta l'oreille pour mieux jouir de la voix cuivrée du six-cylindres qui s'enjazzait à haut régime.

– Tu te rends compte, David ! s'émerveilla-t-il en s'adressant à l'enfant. Tu te rends compte quelle chance est la nôtre ! Nous roulons dans un véritable carrosse qui possède un *ausweiss* permanent !

– Ça ! dit le gosse. On peut dire que ça ira !

Il était client pour l'humour. Dans la chaleur de l'habitacle, ses joues avaient repris des couleurs. Elles s'ornaient de deux pivoines de bonheur et sa complicité confiante avec le reporter paraissait déjà inaltérable.

À la recherche de toujours plus de confort, ce dernier étendit sa jambe malade et, l'œil candide, continua à faire le tour du propriétaire.

– Sacré bagnole, constata-t-il en se haussant pour découvrir le tableau de bord.

Il en profita pour jeter un regard pressé sur le rétroviseur et rencontra les yeux attentifs du chauffeur. Le type était carré d'épaules. Il se concentrait sur la conduite du bolide sans pour autant perdre une miette de ce qui se tramait sur la banquette arrière. Boro reporta son attention sur le paysage qui défilait et, mine de rien, demanda :

– Où va-t-on ?

Comme ni l'une ni l'autre de ses compagnes ne lui répondaient, il ne parut pas s'offusquer.

– Une voiture élégante et racée... Une voiture qui vous va bien, Kitsu.

En réponse à ce compliment qu'elle était en droit d'apprécier médiocrement, la Japonaise opposa son visage de porcelaine.

Un bref instant, Boro risqua vers elle un regard chargé de reproches qui signifiait tout à la fois : « Pourquoi avez-vous confisqué ma liberté ? Pourquoi gardez-vous le silence ? Vers quelle destination roulons-nous ? »

Le faciès sec, l'Asiate ne jugea pas bon de desserrer les dents. Son corps menu aux proportions parfaites s'accommodait d'un simple kimono gris, gansé de noir. À la finesse de ses traits, à la rectitude de son front souligné par le casque de ses cheveux relevés par un peigne en jade, répondait la certitude d'un caractère trempé comme l'acier.

– Bon, dit Blèmia Borowicz en essayant de donner à sa pensée une forme moins moqueuse, je m'attendais à devoir braver la neige et déjouer la curiosité des patrouilles allemandes et je me retrouve dans un abri feutré, agréablement calé entre deux jolies femmes qui se taisent. Qu'est-ce qui nous arrive ?

La sous-maîtresse se contenta de lui opposer son sourire hiératique. De son côté, rebuté par une attitude qu'il jugeait inamicale, Boro couvait insensiblement les orgues noires d'une colère rentrée.

– Au diable les esprits méprisants ! éclata-t-il. J'adore les déraillements ! Mais je veux qu'on m'explique ce changement de programme et d'itinéraire... d'autant qu'il n'est pas de mon fait !...

Tasumiré Takasu haussa les épaules. Son visage minéral fut soudain traversé d'un éclat si sauvage et surnaturel qu'il semblait détaché de toute contingence.

– Quelle question ! Si l'on vous avait laissé faire, vous alliez tout droit vous jeter dans la gueule du loup ! Il fallait bien que quelqu'un prenne le risque de vous sortir du guêpier où vous vous seriez fourré !

– Qu'est-ce que vous me chantez là ? Mon contact était sûr.

– Votre Dimitri est grillé ! Cette nuit même, il a abandonné sa taupinière. À l'aube, les Boches ont débarqué à Denfert et investi les catacombes... Simultanément, tous les services de la Gestapo sont mobilisés pour vous coincer, ajouta-t-elle de sa voix nasillarde. Bientôt, c'est toute l'armée allemande qui sera à vos trousses ! Il devient dangereux de respirer le même air que vous, Bouvier !

– Dans ces conditions, pourquoi prendre le risque de ma fréquentation ?

Elle ne répondit pas.

Par paquets d'immeubles, irréel, Paris défilait derrière les vitres de la voiture. La Talbot poursuivait sa coulée vivante à travers les rues de la capitale. On plongeait vers les beaux quartiers.

Boro avait enserré les petites mains de Tasumiré Takasu dans les siennes. Il cherchait son regard. Il se faisait pressant.

– Qui êtes-vous, à la fin ? Qui représentez-vous ? s'écria-t-il, rompant avec l'atmosphère confinée de la voiture.

Il la secoua plusieurs fois. Elle le laissa faire, narines pincées. Il trouva enfin son regard. Il y lut l'irréfragable défi de celle sur qui la peur n'a pas de prise.

– Vous ne m'impressionnez pas, monsieur Borowicz, dit-elle. La jungle, je connais. La jungle, *c'est moi.*

Elle accompagna sa formule d'un rire sans gaieté, et il n'obtint pas d'autre réponse.

Boro relâcha sa prise. Il fit un effort pour recouvrer son sang-froid.

– Notre entretien bat de l'aile, apprécia-t-il en lui tournant résolument le dos. Pourtant, c'est la seconde fois que nos routes se croisent et, si mon instinct me commande de vous faire confiance pour le tout-aller, ma prudence me conseille de ne pas fraterniser avec vous.

– De toute façon, vous n'avez pas le choix, prononça la mystérieuse Kitsu.

– Pas le choix, Boro, confirma la fille aux yeux d'agate.

– La solution que nous proposons est la seule envisageable, renchérit la Japonaise. Je vous recevrai chez moi. C'est le meilleur cas de figure pour votre sécurité, mais aussi pour vous acquitter de vos promesses.

– Mes promesses ?

– Vous serez mon premier amant, dit la jeune fille. Vous l'avez promis à marraine.

Voyage au pays du Soleil levant

Passy dormait sous l'averse de neige.

La voiture s'était immobilisée devant le perron d'un hôtel particulier. Un domestique en costume de samouraï les attendait en haut de l'escalier. Il dévala les marches dès qu'il les vit. Il déploya une ombrelle colorée au-dessus de la frêle silhouette de Kitsu et abrita sa maîtresse jusqu'à la maison.

Simultanément, une sorte de majordome s'était avancé au-devant des nouveaux venus. Il les salua d'un bref plongeon de sa tête rasée et offrit à Boro de lui porter ses deux musettes. Comme le reporter déclinait l'offre, il grogna quelque chose en japonais, s'inclina à nouveau et invita les voyageurs à le suivre.

Il s'effaça devant eux au passage de la porte d'entrée. Il leur fit traverser le hall, puis les orienta vers l'escalier monumental.

Il les escorta jusqu'au premier étage.

Kitsu s'y trouvait déjà.

En voyant réapparaître la maîtresse des lieux, Boro s'arrêta un bref instant. Il fit tournoyer son stick. Il chercha un moment le mot qui fait mal et dit :

– C'est assez coquet chez vous. Vous n'auriez pas une piaule à louer ?

Elle se refusa à relever la provocation.

– Tokuromoto est là pour pourvoir à tous vos désirs, répondit-elle en désignant le majordome. Il parle couramment le français, même s'il préfère s'exprimer en japonais. Il sait ce qu'il doit faire. De mon côté, je vais donner des ordres pour qu'on fasse manger le petit David. Viens, mon chéri, ajouta-t-elle en tendant la main vers l'enfant.

Elle l'entraîna dans son sillage.

Boro se retourna.

Tulipe avait disparu à son tour.

– Je vais vous montrer vos appartements, dit Tokuromoto sans écorcher le moins du monde son français.

Boro allait de surprise en surprise.

Parfois, point n'est besoin de voyager à dos de collines, de survoler les fleuves, de traverser les déserts pour affranchir le temps. Sous les pas du visiteur, la géographie des lieux changeait à vue d'œil. Le serviteur avait fait coulisser une cloison translucide et, en lieu et place d'une architecture et d'un mobilier européen traditionnel, voilà que se développait une série de cellules, de cabinets, d'antichambres de la plus pure obédience nippone.

Partout, jouant avec ces structures d'apparence fragile, la lumière frissonnait ou s'éteignait au rythme des nuages.

Épicé aux rougeoiements du jour naissant, un ciel particulièrement tourmenté donnait aux pièces laquées de noir et de gris un pouvoir magique. Telle ambiance, tel meuble aux lignes épurées, inclinaient au repos, à la concentration, à la méditation.

Ils abordèrent une salle sur la table de laquelle étaient disposés des mets japonais accommodés et présentés avec un art raffiné. Boro s'essaya à goûter quelques coupelles de poisson cru. Il avait sorti son Leica de sa poche et, lorsque Kitsu fit une nouvelle entrée, elle le trouva occupé à photographier tous ces trésors d'ingéniosité culinaire.

– Mangez, mangez ! dit-elle en le servant. Vous devez avoir une faim de loup. *Do you care for some tea ?*

– Qu'est-ce qui me vaut tous ces égards ?

– Mon souci de vous mettre à l'abri.

– Je ne vous ai rien demandé.

– J'agis sur ordre, dit la Japonaise.

– Soyez plus claire.

– De l'autre côté du Channel, on se fait du souci pour vous.

Boro bougea de façon inattendue. Sans demander son avis à la Japonaise, il la photographia à deux reprises.

– Qui êtes-vous exactement, Tasumiré Takasu ?

– Continuons la visite, murmura-t-elle.

Plus loin, un cabinet de travail aux murs ornés de quelques estampes les accueillit pour un temps, puis ils débouchèrent dans une pièce où les attendait Tokuromoto. Dans sa langue rauque et fâchée, l'homme au kimono fit à Boro les honneurs du lieu.

– Vos appartements privés, précisa la maîtresse de maison.

Ils ouvraient sur une cour intérieure.

Dehors, la neige continuait à tomber. Au creux d'un patio, elle poudrait les arbres exotiques. Miniaturisée, la nature, livrée aux frimas, était organisée autour d'un minuscule ruisseau. Seuls le murmure de ce filet d'eau coulant entre les arbustes et l'ombre légère d'un bosquet de bambous incitaient à se dévêtir et à utiliser les thermes bouillonnants d'un jacuzzi déployé à même le sol.

Boro déposa ses précieuses musettes et son appareil sur le lit bas et s'étira. Une lassitude inattendue paralysait son corps.

– Comment m'avez-vous retrouvé ?... demanda-t-il.

Kitsu se fit malicieuse :

– Ma filleule et moi-même savons nous servir d'un téléphone.

– Une indiscrétion ?

– Un tuyau entre filles.

Le ton persifleur de la Japonaise irrita le Hongrois.

Il braqua sur elle des yeux furieux :

– Les gagneuses du boulevard Barbès ?

– Je ne dévoilerai pas nos sources.

– Attention ! je deviens misogyne ! lui fit-il savoir.

Une lueur de désagrément passa dans les prunelles de l'Asiatique.

– Vous auriez tort ! N'est-ce pas un certain Bouvier qui a eu l'idée d'utiliser des putains comme agents de renseignements ?

– Pour autant, je n'aime pas ce vocable, plaida Boro qui sentait se dresser entre eux un mur infranchissable. C'est dévalorisant pour la gent féminine.

Leurs regards se séparèrent un bref instant.

La Japonaise balança son corps fluet. Elle semblait sortir de son indifférence. Elle démasqua des yeux perçants et, la bouche brûlée par le ressentiment, s'écria :

– De vulgaires catins ! C'est pourtant ce que nous sommes pour la majorité des hommes ! Des femmes publiques ! Des hétaïres, dressées pour le plaisir de ces messieurs.

Soudain, elle lui échappait. Elle s'était mise en mouvement autour de lui ainsi qu'une toupie folle. La dureté se lisait sur son faciès immobile, elle était tout en ongles, et la moindre de ses paroles prenait les allures d'un sabre tranchant.

Boro s'abîma dans une courte réflexion.

– Vous vous exprimez comme une personne qui a peur de toucher à ses fantômes, dit-il.

Kitsu baissa ses paupières bleutées.

– Je parle comme quelqu'un dont le corps a été souillé !

Elle paraissait au bord de l'écœurement.

– À treize ans, j'ai été victime d'un viol collectif... Des hommes ont dansé sur mon ventre pendant des heures. Ils étaient six. Un remuement vivant et humide comme si une huître cannibale dévorait mon sexe ! Ils ont installé en moi leur crasse pour toujours. Des hommes ont volé ma jeunesse !

Il la regarda avec une intensité nouvelle. Il s'avança jusqu'à elle. Au point de discerner le grain de sa peau.

Sans arrogance mais sans crainte, elle dévorait ce bel homme brun que les circonstances avaient déposé devant elle. Entre eux, brusquement, se déliaient les liens étranges et invisibles qui les empêchaient jusqu'alors de communiquer.

– Encore une fois, Tasumiré Takasu, qui êtes vous ? demanda Blèmia.

Elle lui opposa la fente de ses yeux bridés et l'ossature de son visage taillé dans un bois sec.

– Je suis l'agent X-25. Attachée au MI- 6 depuis 1937 et j'ai le grade de capitaine dans l'armée britannique.

– Prouvez-le.

Il lui sembla qu'elle lui adressait une sorte de courte révérence.

– Julia Crimson est mon agent traitant. Tout comme le vôtre... Bouvier.

– J'ai confiance en vous, lui dit-il. Je souhaite que nous devenions amis.

Tasumiré Takasu avait recouvré son teint d'ivoire, sa dignité provocante, son sourire de statue.

– Le temps nous fabrique, dit-elle. Je ne veux plus subir la moindre défaite. C'est vous expliquer mieux, je pense, pourquoi je veux offrir à ma filleule le libre choix de son premier amour.

Elle se détacha du coin d'ombre où elle se trouvait.

– Je me retire, prononça-t-elle. À demain, monsieur Borowicz. Prenez soin de Tulipe.

Solo perso blues

Après le départ de Tasumiré Takasu, il fit le tour de ses nouvelles pénates et découvrit, attenante à la chambre, une salle de bains.

Une porte, il l'ouvrit. Il s'en fut pisser.

Il resta un moment planté devant la cuvette. Il avait posé une main sur sa hanche. De l'autre, il avait dirigé le jet de son urine de façon à ce qu'elle tombe droit dans l'eau du réceptacle, produisant un bruit chaud dans un effet de mousse. Il se complut un moment dans l'état de vacuité que lui procurait sa miction.

Il y avait si longtemps qu'il avait perdu le luxe de la solitude !

Il repassa par la salle de bains. Il se brossa les dents. Il remarqua qu'il saignait des gencives. Il se lava plusieurs fois les mains.

Par le vitrage, il scruta un moment le lointain, une avenue rectiligne, des gens qui couraient, la chaussée blanchie et marquée par la trace des pneumatiques.

De retour dans la chambre, il but un whisky trouvé dans le bar. Il s'en versa un autre et le but sans s'en apercevoir.

Son intelligence en alerte lui recommandait d'analyser la situation. Il calcula qu'il lui restait à peine trois jours avant le rendez-vous avec le Lysander qui devait l'emmener en Angleterre et que, s'il venait d'être dépossédé de son bien le plus précieux – la liberté de manœuvre –, il avait gagné en revanche une cache où personne ne viendrait le chercher.

Restait sa dette envers les rescapés de la péniche. Il s'était juré de faire passer le salut du fourreur et de l'avocat avant le sien. Il n'oubliait pas qu'il avait chargé Scipion de demander à

Germaine Fiffre de prendre contact avec madame Birenbaum. À son tour, il lui faudrait entrer en scène. Il mettrait un point d'honneur à régler lui-même les modalités de la transaction financière. Il était de son devoir de rencontrer le bon docteur Eugène. De son devoir de s'acquitter du prix exigé par le passeur. De son devoir d'accompagner ses protégés jusqu'aux portes de la liberté. Pour David, il avait un plan. Pour les autres, peu à peu, germait dans son esprit un stratagème qui laissait une large part à l'improvisation. À moins que Kitsu ne coopère. Sous le couvert de ses masques et de ses blessures, il la sentait capable de toutes les déraisons.

D'un coup, il se surprit à siffler *Blue Turning Grey Over You*. Il se laissa tomber dans l'unique fauteuil et se versa un troisième verre.

Tulipe venait d'entrer dans la pièce. Elle était nue sous un kimono.

Mam'zelle Tulipe

– Où étais-tu passée tous ces temps-ci ? demanda-t-il.

Elle fit la moue.

– Je t'ai quittée sur une péniche, je te retrouve dans une auto.

– La jolie question !... Vous étiez parti ! Je n'allais pas rester là où vous m'aviez abandonnée !

Elle se laissa glisser à ses pieds. Sa tête bouclée s'appuyait sur l'accoudoir en cuir.

– J'ai sauté de la péniche au moment de son départ. Je ne voulais pas retomber entre les pattes baladeuses de l'Asticot.

– Sais-tu que tu as échappé à une mort certaine...

– L'aventure a mal tourné ?

– Un massacre.

– Je sentais que quelque chose de funeste allait arriver...

Il jeta un coup d'œil furtif du côté de la jeune fille.

Elle se tenait droite et lui offrait un profil séraphique. Son visage sensible s'ourla d'un délicat liseré de lumière dorée. Il eut du mal à détacher ses yeux de sa haute nuque où venait mourir le casque de ses cheveux noirs. Seigneur, pensa-t-il, comme il serait tentant de troquer les réalités poignantes de l'existence contre une nuit d'amour auprès de cette jolie Tulipe.

Elle s'était lovée contre lui. Elle avait pris sa main dans la sienne. Un vrai glaçon.

Ne vous dérobez pas, murmura-t-elle. Nous ne disposons que de peu de temps.

– Pourquoi cette urgence ?

– Je veux en finir avec mon âge stupide.

– Qu'attends-tu de moi ?

– Que tu sois un prince somptueux.

Il haussa les épaules. Il se sentait coincé. Il n'avait pas tort.

Il se leva d'un mouvement brusque. Il attrapa sa canne au passage, marchant jusqu'à la baie donnant sur le patio. Il appuya son front contre la vitre et finit par se retourner.

Tulipe était debout. Elle l'attendait avec les yeux méchants. Elle s'était déshabillée.

Lorsqu'elle le vit, elle courut se jeter sur la natte. Elle tira à elle les draps de soie noire et s'enroula dedans. Elle claquait des dents.

– Je suis gelée, dit-elle.

Ses formes parfaites se dessinaient sous le drapé de l'étoffe.

– Venez me rejoindre, Boro, supplia-t-elle. Je crois que je suis sur le point de me transformer en statue de glace.

Et quand il se fut glissé auprès d'elle :

– Réchauffez-moi, exigea-t-elle.

Il posa sa main sur ses épaules et plongea son regard au fond du sien. Il caressa ses seins et, comme sa main s'enhardissait et trouvait son ventre, elle poussa un gémissement.

Elle renversa la tête en arrière. Sa respiration s'accéléra. Son souffle devint chaud.

Elle rouvrit les paupières. Elle le noya dans ses yeux agate.

– J'ai toujours rêvé d'être déniaisée par un homme d'âge mûr, dit-elle avec un brin d'impertinence.

– Retourne jouer avec ta pelle et ton seau, murmura-t-il.

– Vous êtes sûr ? Vous n'avez pas envie de profiter de mes restes d'enfance ?

Il remarqua une minuscule veine bleue qui se perdait dans sa tempe.

– Qui résisterait ? demanda-t-il.

– Alors montrez-moi les meilleurs trucs que j'ai toujours été désireuse de découvrir dans le grand-livre des désirs.

Il se pencha sur elle et l'embrassa longuement. Il assista à sa lente résurrection. Son visage était émouvant.

Il l'embrassa à nouveau.

Un sourire ineffaçable survivait sur les lèvres gonflées de la petite.

Il lui caressa le front, puis le visage comme pour enlever toute tension. Il se sentait très proche d'elle. Très capable d'envahir à défaut de l'aimer un être qui lui ferait oublier les jours noirs qu'il venait de traverser.

– J'aspire à la paix, lui dit-il.

– Je peux t'aider à la recouvrer.

Son visage était grave.

Elle éparpilla ses cheveux et, en un clin d'œil, devint une petite fille capricieuse. Elle se jeta en arrière et l'entraîna dans sa chute.

Je veux que tu me baises, murmura-t-elle sans ciller. Je t'ai choisi.

– Tu es inconsciente, petite.

Elle le débarrassa brusquement du poids de ses grands yeux. Elle prit sa main et la glissa sur son ventre nu.

– Marraine est d'accord, souffla-t-elle.

– Où est-elle ?

– En coulisse. Elle prête sa maison. Elle viendra nous chercher le moment venu. Je sais que tu partiras pour toujours. Je suis prête pour ça.

Il laissa ses doigts jouer avec la toison de son sexe, tendrement.

– Mets-moi tout au fond de tes bras, exigea-t-elle. Prends-moi ! Fais-moi ma fête, Borowicz !

– Après, quel sera ton lot, petit roseau ? demanda-t-il.

– Je deviendrai putain ou courtisane, répondit-elle avec assurance. J'asservirai les hommes riches. Je t'ai choisi pour me conduire là où je veux aller.

Deux plus quatre font six

Marcel Petiot, alias docteur Eugène, reposait sur le dos. Son corps était détendu. Un léger sourire retroussait le bord de ses lèvres. Les traces des sévices infligés lors du dernier interrogatoire commençaient à s'estomper. À peine une vilaine croûte dans l'arcade sourcilière et des restes d'hématomes jaunissants à hauteur des sinus trahissaient-ils la violence des coups qu'on lui avait infligés.

On l'avait réveillé en sursaut.

Les matons.

Damien et le petit jeune. Ils l'avaient secoué.

– Debout, Mégot ! Les affaires reprennent ! Les Frisés veulent te voir !

Désormais la rencontre du médecin marron avec ses tortionnaires de la rue des Saussaies se déroulait selon un rite pendulaire.

Ainsi, ce jour-là, un sombre après-midi du début janvier, après que le fourgon cellulaire s'était immobilisé dans la sinistre cour des transferts et que, par une succession de couloirs humides, Petiot avait été conduit sous bonne garde jusqu'au cœur des anciens locaux de la brigade mobile de la Sûreté nationale, rien, aucune modification d'itinéraire, aucune variante de passage de relais entre tel ou tel garde n'était venu apporter un gramme de fantaisie à la prise en charge du prisonnier.

Il avait été introduit directement dans la salle des interrogatoires. Trois hommes en chemise s'y trouvaient avant lui. Il avait été invité à prendre place sur un siège dont les accoudoirs étaient pourvus de sangles.

Personne n'avait entravé Petiot. D'un seul coup d'œil, ce dernier avait noté la présence des anneaux et des chaînes installés sur les murs. Des ampoules nues assuraient l'éclairage de la pièce. Par une des fenêtres à barreaux occultées jusqu'à hauteur d'homme, le médecin pouvait deviner le jour tombant.

La séance pouvait commencer.

Elle avait vite pris la forme d'un dialogue discontinu qui reprenait son cours entre gens rompus à discuter ensemble. Le genre de conversation avec laquelle on renoue d'autant plus facilement qu'elle est restée présente à l'esprit de chacun.

Le plus grand des nervis s'était penché sur l'« invité ». Il avait profité de son nez dévié et de son œil d'aigle pour essayer d'impressionner le cobaye.

– Alors, Mégot ? Un grand mois a passé depuis qu'on ne s'est vus. Tu as eu le temps de te refaire une santé !

Le petit docteur avait souri. Son interlocuteur lui avait pris la main, feignant de s'intéresser à un ongle arraché.

– Il repousse, avait-il constaté. Fantastique !

Il s'était redressé et avait accordé le privilège d'une cigarette Abdullah à son souffre-douleur.

– Tabac égyptien ! Tu apprécies, Marcel ?

Petiot avait fumé la cigarette.

Tabac sucré. Ambiance bleutée. Sourires forcés.

Sous les yeux des trois nazis en bras de chemise qui allaient s'occuper de lui, le docteur renvoyait l'image paisible d'un compère qui aurait goûté un bon moment en présence de vieux copains.

– Allons-y, Marcel, avait fini par dire Bec d'Aigle en achevant sa chope de bière. Il faut bien s'y remettre !

Et les quatre hommes étaient retournés à leurs vieux démons.

Une fois de plus, l'odieux cauchemar recommençait. D'emblée, le feu des questions roulait sur ce mystérieux Martinetti qui existait ou n'existait pas.

– Comment vous contactiez-vous ?

– Il venait régulièrement en traitement chez moi.

– Chez toi ?

– Oui, chez moi. À mon cabinet.

– Rue Caumartin ?

– Rue Caumartin, naturellement.

– Mais Fourrier ?

– Fourrier aussi. Les gens dont me parlait Fourrier étaient des clients pour Martinetti. Après les premiers départs, Martinetti me téléphonait presque tous les jours pour me demander si j'avais du nouveau.

– Les premiers départs ? Quand ?

– Il y a environ six mois. Mon rôle était d'accompagner les voyageurs avec leurs bagages au rendez-vous convenu avec Fourrier.

– Où retrouvais-tu Martinetti ?

– Entre onze heures et midi à la station Concorde, à l'angle de la rue Saint-Florentin. Martinetti s'assurait que je n'avais pas été suivi. En cas d'ennui, nous avions un second rendez-vous l'après-midi entre seize heures et dix-sept heures au métro Saint-Augustin. Dans les deux cas, c'est au métro que mon travail cessait. Martinetti prenait les voyageurs en charge… Je n'ai jamais été attiré par l'appât du gain ou de quelque chose de matériel. J'agissais pour rendre service.

Le grand mot était lâché.

Petiot s'acharnait à n'apparaître dans toute l'affaire que comme un intermédiaire. Un rouage secondaire. En toutes circonstances, il n'obéissait qu'à son esprit de compassion.

Sans cesse recommencée, la litanie des questions épuisait celui qui les posait autant que celui qui y répondait. Leur chapelet répétitif alternait avec des coups de plus en plus appuyés. Avec des tortures de plus en plus raffinées.

Le supplicié se contentait de ressasser cent fois la même version des faits.

À l'entendre, il n'était rien. Il n'était personne. À le voir, à le suivre à son insu, à fouiller dans sa vie, c'était tout le contraire. Il avait le profil d'un joueur invétéré. Il était un manipulateur-né. Il était le roi des trous de mémoire. Il avait déjà trempé dans plusieurs affaires de drogue. En 42, il avait failli tomber pour une histoire d'ordonnances de complaisance contre espèces sonnantes et trébuchantes.

Sombre histoire en vérité ! Autour de l'accusé, les plaignants, les témoins disparaissaient. Ils écrivaient une lettre à un proche et partaient en voyage. Ils ne se présentaient pas à la convocation des tribunaux. Leur vie basculait ailleurs. En zone libre. À Bordeaux. On ne les revoyait plus. Partis à la cloche de bois.

Empalmés vifs. En ces temps incertains, tant de gens disparaissaient tous les jours…

Petiot était d'une habileté diabolique. Il avait esquivé le pire. Toutes les condamnations semblaient vaines. Au prétoire, il était là. Le geste vif. La répartie acerbe. Il contre-attaquait. Il réfutait les accusations mensongères. Il gardait sa part de mystère. Condamné avec indulgence, il avait regagné l'anonymat. Personne grise, il s'était fondu dans la foule parisienne des honnêtes gens. Il avait confectionné des avatars. Il avait été le bon docteur Eugène. Il ne s'était jamais confié à personne. Pas même à sa propre femme.

Bec d'Aigle refermait le dossier. On n'avançait pas.

Depuis son bureau de la rue de la Pompe, l'*Hauptsturmführer* Friedrich Berger passait un coup de fil à ceux de la rue des Saussaies.

– Où en est-on ?

– Comme d'habitude, *Herr Hauptsturmführer* ! Notre ami se promène ! *Wir sind noch weit vom Ziel entfernt…* Nous sommes encore loin du but !

Berger soupirait.

Cependant, il persistait dans sa conviction : on avait affaire à un dur à cuire. Derrière les contours qu'il entendait se donner, l'extravagant docteur Eugène était le cerveau d'une organisation.

– Zwei und vier ist sechs !… deux plus quatre font six ! gueulait l'officier dans le combiné. En bonne logique, ou bien ce type est un génie du mal, ou bien je le réduirai à merci ! Frappez-le !

Il ne restait plus aux spécialistes de la rue des Saussaies que les coups pour briser la résistance surnaturelle du petit homme brun et pour essayer de percer sa vraie personnalité.

L'*Hauptmansturmführer* raccrochait.

Cinq ou six fois de suite, les hommes en chemise se relayaient. *Zwei und vier ist sechs !* Ils pendaient le docteur à un crochet. Ils le battaient. Ils lui cassaient un doigt. Le supplicié s'évanouissait.

L'interrogatoire finissait par tourner court.

Les officiants, acculés à l'impuissance, fixaient le prisonnier avec haine.

Un baquet d'eau balayait le sang sur la table des sévices. Un autre réveillait le docteur. Une éponge crasseuse nettoyait l'épanchement qui sourdait de son cuir chevelu fendu en plusieurs endroits.

Un des bourreaux lui torchonnait le visage. Un autre allumait une cigarette et la lui vissait aux lèvres.

– Alors, « Mégot » ? Avoue que c'est toi, le caïd !

– Je ne suis qu'un médecin de quartier… J'ai cherché à rendre service à des personnes que les incohérences de l'histoire plaçaient en danger…

– Tu le faisais pour de l'argent ! Tu oublies l'argent !

– J'en manque plus que je n'en prends !

Petiot souriait faiblement. Un sourire de mangeur de groseilles. La bouche emplie de sang, il défiait ses tourmenteurs.

Le gestapiste devenait comme fou. Brusquement, il arrachait la cigarette de la bouche de sa victime. Il lui brûlait la joue avec la partie incandescente. Une fois, deux fois, il écrasait la cibiche sur les lèvres de son patient.

– Tiens ! fume, Mégot ! Fume !

Il gueulait. Sa voix montait dans l'aigu.

Il perdait son sang-froid. Il remontait nerveusement sa mèche sur son front.

Il donnait à l'aveuglette plusieurs coups de ceinture. Il fouettait l'espace, puis s'arrêtait de gesticuler, ainsi qu'un moulin privé de vent.

En retour, il recevait les reproches muets de deux grands yeux sombres, immenses et captivants. Deux yeux persuasifs, intelligents et impérieux qui le renvoyaient, lui et ses semblables, à leur barbarie.

Ceux qui, comme Friedrich Berger, avaient croisé ce regard ne l'oublieraient jamais.

Le plus extraordinaire, c'est que, pendant les sept mois de sa détention, la Gestapo qui continuait à perquisitionner dans toutes les propriétés du docteur Petiot n'avait jamais découvert ou suspecté l'existence du sinistre hôtel de la rue Le Sueur.

Chez Gaspar

Madame Birenbaum avait l'impression qu'elle ne parviendrait jamais au terme de son harassant voyage immobile autour du grenier.

Elle se disait : « Je m'enfonce. Je sombre. L'attente est trop longue. C'est trop d'insolubles problèmes. » Elle pensait à son mari. Elle pensait à Isaac, son vieux compagnon. Avait-il atteint l'Amérique ?

Pas un signe. Pas une nouvelle !

Golda était de plus en plus fragile. Elle le sentait bien, elle partait par la tête. Elle disait à voix haute : « La solitude est un drôle d'équipage. »

Elle fit quelques pas incertains.

Pourquoi gardait-elle aux pieds ces affreux escarpins rouges et toujours ces bas à échelles qui tournaient aux chevilles ? La raison lui avait échappé. D'ailleurs, plus rien n'avait de sens.

Un oubli progressif de soi et du temps la rongeait.

Elle lâcha un gloussement un peu timbré. En ricanant, elle regagna son fauteuil. Chemin faisant, elle se déhancha comme une jeune fille. Pour voir.

Vingt-quatre heures plus tôt, en faisant la fofolle, elle s'était cognée à une poutre. Elle avait sous la paupière une vilaine ecchymose qu'elle ne cherchait même pas à dissimuler.

La grappe de ses cheveux de vieille poupée venait de se dérouler à son insu. En s'ouvrant de la sorte, son chignon avait donné le signal d'une pluie d'épingles. Elles s'étaient répandues sur le parquet grossièrement raboté, une bonne vingtaine, juste derrière le dossier du fauteuil.

Madame Birenbaum pensait : « Demain, demain ! Quelle importance ? Je m'en occuperai demain. » Elle était trop lasse pour se pencher et ramasser tous ces tortillons de métal à tâtons dans l'obscurité. Elle extirpa de sa chevelure les barrettes censées retenir deux accroche-cœur et ôta son beau peigne en os qu'elle déposa sur le petit guéridon, à sa gauche.

Elle pensa : « C'est janvier, je n'aurai pas les forces d'aller plus loin. La neige s'est mise de la partie. Il fait si froid sous les toits de Paris, je commence à ressembler à une bouteille vide. »

Sur le cahier d'écolier qui lui tenait lieu de journal intime, à la date du jour, elle nota : « Je parle seule. Je m'emmaillote dans des laines mitées, je porte des combinaisons de pilou, je me suis tricoté des mitaines, je fais mine d'être coquette devant le miroir. Je maquille mes yeux. J'ai des baisers à revendre, mais personne à qui les distribuer. Je m'habitue au moindre bruit. Je connais le moindre craquement.

« Gaspar le Rat ne m'intimide plus du tout. Nous bavardons souvent ensemble. Ou bien, nous faisons notre petit micmac dans la pénombre. Chacun de son côté.

« De temps en temps, j'allume une lampe. Je retouche mes racines. Le dimanche, je bois l'une des cinq bouteilles de vin qui me restent. Je la vide intégralement. Je vis au-dessus de mes moyens. La fin d'après-midi survient et me trouve au fond de mon fauteuil Voltaire. Je suis complètement pompette. Je ris toute seule et je dors jusqu'au lundi.

« Sinon ?

« Sinon, je me réfugie dans mes souvenirs.

« Aussi loin que remonte le cours de mes vieilles espérances, les draps dans lesquels j'ai couché il y a longtemps sont toujours les plus beaux, les plus mouillés, ceux dans lesquels j'ai enroulé des rêves qui aujourd'hui encore me déchirent la poitrine. Dis, cher Isaac, comme nous étions vivants quand nous nous sommes rencontrés ! Comme nous étions vivants ! Comme nous gigotions bien ! Où es-tu passé, cher Isaac le Magnifique ? Où ? En quel logement de fortune habites-tu ? Tes bagages ont-ils suivi ? L'argent, qu'en est-il ? Sois prudent avec le whisky ! As-tu seulement revisité le cher vieil hôtel Algonquin où nous nous étions si souvent donné rendez-vous par le passé ? Jamais je n'aurais dû accepter de te laisser partir seul ! Jamais je n'aurais cru qu'il me faudrait renoncer plusieurs fois au voyage ! J'ai hâte de voir revenir le bon docteur Eugène à son cabinet de la rue Le Sueur. J'espère que son absence ne signifie pas son arrestation. Je prie le ciel pour, dès le 11 janvier prochain, faire partie des privilégiés qui seront élus pour entreprendre le grand saut au-dessus de l'océan ! »

Soudain, son corps affaissé sursauta. Elle chassa quelques balbuzards qui peuplaient encore son esprit embrumé par la rêverie et se redressa dans son fauteuil.

Elle était presque sûre d'avoir entendu un bruit de verre brisé. Un peu la résonance d'une vitre qui se serait fracassée sur le carrelage du rez-de-chaussée.

La recluse se sentit envahie par la peur.

Elle jeta un coup d'œil machinal à son image telle que la lui renvoyait la glace avec la complicité de la bougie en service. Elle avança son visage vers le reflet. Du bout d'une houppette plongée dans un nuage de poudre, elle rectifia une de ses pommettes.

Elle tendit l'oreille.

Elle s'engloutit dans un pénible silence, ferma les paupières et essaya de se détendre.

Elle calcula que, depuis 187 fois le soleil et 188 fois la tombée du jour, elle n'avait jamais cessé, aux mêmes heures, d'inspecter les mêmes rainures, les mêmes poches d'ombre, les mêmes toiles d'araignée tendues entre les poutres.

Elle consulta sa montre Patek Philipp achetée à l'occasion de son mariage chez un horloger juif de la 48e Rue est. Bientôt vingt-deux heures. Elle soupira. Elle rejeta l'unique journal qu'elle avait en sa possession. Une gazette datée du 23 mai 1933, un exemplaire défraîchi et jauni du *Figaro* qui avait servi d'embauchoir à une vieille paire de chaussures mouillées et qui, maintenant, était son plus précieux auxiliaire de lecture.

Elle s'apprêta à se lever de son fauteuil afin de se livrer au rituel qu'elle avait instauré chaque soir avant de se coucher. Avant de fermer les paupières et de s'abandonner à un sommeil en général lourd comme le coma, elle aimait passer l'index sur le contour du landau où elle avait jadis bercé Sarah, sa fille.

Au lieu de se dresser sur ses jambes, elle poussa un petit grognement de contrariété. Elle tendit l'oreille et, cette fois, il lui sembla entendre un grincement répété. Le bruit en question, inhabituel, provenait de la cage d'escalier. Golda Birenbaum se rétracta sur son siège et sentit sa mâchoire échapper à son contrôle. Ses vieilles rangées de dents faisaient un bruit de frottement insupportable.

Quelqu'un, un être vivant, s'avançait vers elle.

Quelqu'un avait pénétré dans la grande maison vide ! Bientôt, à l'autre bout du grenier, la porte tournerait sur ses gonds et grincerait.

La main droite de madame Birenbaum accomplit une curieuse cabriole sur le côté et attrapa une pincette. Elle ne se laisserait pas emmener de force. Si c'était « eux », elle se défendrait.

Gaspar le Rat, à l'instar de sa vieille copine de miettes, avait opéré un prudent recul. Le rongeur avait trouvé asile sous une poutre qui prenait sa source au ras du toit. Golda pouvait apercevoir ses petits yeux rouges et attentifs.

Comme redouté, la porte bougea sur son emboîture. Les ferrures rouillées chantèrent d'une voix de gorge. Le vantail de chêne dessina sur la tommette du seuil un rai de lumière en forme d'éventail.

Une silhouette prudente se profila à contre-jour du faisceau d'une lampe électrique. Un faciès déformé, un visage blafard, s'avança. Un pied qui n'en finissait plus s'allongea. Il palpa le terrain qui, de carreaux d'argile, se transmuait en parquet. Il rampa sur le sol, chercha son assiette. Une longue personne s'introduisit dans le grenier et, dans un froissement d'étoffe, se déplaça d'un bond, gagnant une cache derrière les plis d'un paravent.

La lampe électrique s'éteignit.

Golda Birenbaum pouvait entendre la respiration haletante de son visiteur. Elle se haussa sur les accoudoirs de son fauteuil, s'essayant vainement à déchiffrer l'opacité ambiante.

De son côté, comme elle ne distinguait pas grand chose dans la perspective brouillée par l'enchevêtrement de chaises dépaillées, la haute apparition braqua soudain l'éclat éblouissant de sa torche sur le fond du grenier. À l'embouteillage de sièges s'ajouta un fatras de sommiers, de tringles, tubes, malles, maillets, cannes à pêche, boîtes à chapeau, cages à serins et meubles vermoulus.

Elle allongea un cou qu'elle avait fort long et entreprit une approche à enjambées prudentes. Elle accomplit ainsi une vingtaine de pas.

Seul le passage obligé par un labyrinthe de vieux rideaux tendus par l'occupante du grenier pour s'isoler du froid séparait désormais les deux partis.

Madame Birenbaum, tétanisée dans son fauteuil, avait le souffle court.

Elle s'appliqua à suivre la progression feutrée de l'intrus. Elle ferma les yeux et tenta de calmer la tempête qui bouillonnait en elle.

Une voix altérée par l'émotion lui parvint du fond du labyrinthe et lui posa une question incongrue :

– Est-ce que vous aimez la confiture ?

Alors, Golda Birenbaum rouvrit les paupières et, les nerfs vibrants, vit apparaître une main sèche qui tendait sous son nez un pot de tomates vertes.

– Vous ? Comment est-ce possible ? exhala-t-elle.

Boutonnée de nacre jusqu'au menton, Germaine Fiffre s'était mise sur son trente et un. Cintrée dans un manteau transformé en jaquette trois-quarts, la girafe souriait à la recluse avec humanité.

Chavirant sur de très hauts talons assortis à cette parure, elle posa le pot de confiture sur le guéridon.

– Je viens vous rendre le sucre qu'un jour vous m'avez si obligeamment prêté, dit-elle et, agissant à la façon d'une voisine qui, en des temps meilleurs, serait venue prendre le thé chez une vieille amie, elle chercha un siège en état afin de mieux papoter.

Elle ne trouva qu'un vieux cheval à bascule abandonné par des enfants, morts de vieillesse depuis longtemps. Elle attrapa le gris pommelé par la crinière, l'avança vers elle, en chassa la poussière et s'assit cavalièrement sur sa selle.

Golda Birenbaum était aux anges.

– C'est tout simplement magique de vous revoir ! s'émerveilla-t-elle. J'étais justement en grande détresse ! Sur le point de perdre la notion du temps !

– Nous sommes le 4 janvier 1944, dit Germaine Fiffre. Hitler est toujours l'homme à abattre.

Elle avait le visage grave d'un négociateur plénipotentiaire.

Friedrich Berger lâche ses chiens

– *Ja ? Herein !*

Étalé derrière son bureau, en bras de chemise, les plis du ventre pour ainsi dire dans le tiroir, Friedrich Berger venait d'aboyer qu'on pouvait entrer. Il replia le plan de Paris qu'il tenait entre les mains et concentra son attention sur son visiteur.

La porte s'entrebâilla prudemment sur le museau chafouin d'un certain Clavié, agent permanent de la Gestapo, section française. Clavié avait connu son heure de gloire. Coureur cycliste très en vue, une chute lors d'un Paris-Roubaix d'anthologie avait ruiné sa carrière.

Son feutre à la main, l'homme franchit le seuil. Il fit quelques pas prudents dans la pièce et s'arrêta devant le siège disposé en face du *Hauptsturmführer*.

– Asseyez-vous, monsieur Clavié, dit ce dernier.

Il s'exprimait dans un français sans accent qui contribuait à mettre ses interlocuteurs d'autant plus mal à l'aise qu'il adoptait une voix policée dès qu'il ne s'exprimait plus en allemand.

Du plat de la main, il balaya la surface de son bureau, un peu comme s'il voulait faire place nette et dit :

– Je vous ai fait venir parce qu'on m'a parlé de vos talents de négociateur.

On les aura exagérés, plaida Clavié en se ratatinant sur son siège.

Le petit homme avait trop l'expérience des pièges pour ne pas adopter le parti pris de la modestie.

Berger ouvrit un étui à cigarettes. D'un geste affable, il le présenta sous le nez de son visiteur, qui déclina l'offre.

– *Navy Cut!* commenta l'allemand. Ce tabac a été saisi sur un aviateur anglais que nous avons abattu !

Sa fausse cordialité renforçait le sentiment d'insécurité qu'on retirait de sa fréquentation.

– Je ne fume pas. Un sportif ne fume pas, s'excusa le gestapiste français.

Il reçut les yeux bleus de Berger en plein regard.

Après un silence embarrassant, l'Allemand donna l'impression de ramasser ses forces et de se délivrer d'un poids qui encombrait son élocution :

– J'ai un type, à Fresnes, dit-il en soufflant sa fumée sous le nez de l'autre, dont je ne viens pas à bout. Une vermine malfaisante ! Un pensionnaire avec une tête de pou et des yeux de velours. Sept mois d'incarcération ! Il n'a rien avoué. Il me rend cinglé !

– Comment s'appelle-t-il ?

– Petiot. Docteur Petiot ! Ça vous dit quelque chose ?

Clavié se mordit la lèvre. Il se contenta de regarder en direction de Friedrich Berger et resta muet. Les yeux bleus de l'officier ne l'avaient pas lâché.

– Je vous rafraîchis la mémoire, précisa ce dernier. Vous avez été son client...

Le petit homme offrit un large sourire à son interlocuteur.

– J'habite rue Mogador... À un jet de salive de la rue Caumartin... Le docteur m'a soigné pour un herpès. Et, six mois plus tard, pour des insomnies à répétition.

– Vous lui avez laissé un bon souvenir, insista Berger.

– Bonjour, bonsoir. Nous nous saluions. Nous échangions des banalités. Nous étions voisins. Il s'intéresse au vélo.

L'Allemand se pencha sur son bureau pour bien montrer au Français qu'on ne jouait pas au plus malin avec lui.

– Il m'a parlé plusieurs fois de vous.

La lâcheté envahissait Clavié. Il n'oubliait pas qu'il se trouvait en face d'un fonctionnaire du crime aux mains manucurées qui s'était fait la réputation d'un bourreau implacable. Il ne comprenait toujours pas sur quel terrain voulait l'entraîner le gestapiste allemand.

– Vous souhaitez que je l'interroge ? risqua-t-il.

– Pas la peine. Tout le monde s'est cassé le nez sur l'entêtement de ce macaque !

– L'électricité ?

– Plus de quatorze fois !
– Les ongles ?
– Les siens repoussent à peine.
– Les dents ?
– Limées à plusieurs reprises.
– Que puis-je faire de mieux ?
– Négocier. Leur proposer à lui et à sa famille un marché financier.

Clavié prit le temps de respirer à fond. Progressivement, son corps sembla s'assouplir.

– Pouvez-vous être plus précis, *Herr Hauptsturmführer* ?
– 100 000 francs et l'affaire est conclue. Je le libère ! Dites à sa femme de trouver l'argent !
– Pendez-le ! Vous ferez des économies.
– Non. Je veux qu'il ait besoin d'argent ! Je veux qu'il recommence son micmac ! Je veux avoir le dernier mot !
– Comment vous y prendrez-vous ? Vous le ferez surveiller ?
– Mieux ! Dès qu'il reprendra son petit trafic juteux avec les juifs, je lui enverrai un de mes hommes. Un type crédible... Vous, par exemple !
– Moi ?

Le regard de Berger s'appesantit sur le gringalet.

– *Warum nicht ?*... Peut-être même aurez-vous le talent de vous proposer pour jouer le rôle du rabatteur de la clientèle juive. Vous ferez valoir votre portefeuille... Votre situation dans la Gestapo française qui vous garantit une bonne couverture... Vous demanderez une petite commission... Je suis sûr qu'il mordra à l'hameçon ! Et alors... Couic ! Je lui tordrai le cou !... Compris ?...
– *Zu befehl, Herr Hauptsturmführer !*

Friedrich Berger s'était dressé sur ses bottes et montrait la sortie dans un geste comminatoire.

– Exécution !

Abasourdi par le poids de sa mission, Joseph Clavié se dirigea à petits pas vers la porte.

Il s'éloignait avec la raideur de corps que confère la peur de rencontrer un obstacle au bout de la route.

Les yeux biais des français aux humeurs divagantes

Le 4 janvier 44, justement, les troupes soviétiques bousculèrent les Allemands et franchirent l'ancienne frontière polonaise.

En Italie, la Ve armée britannique lança l'attaque du Monte Cassino.

En France, la population civile gravit un nouveau degré dans l'ordre de la déraison.

La multiplication des lettres de dénonciation aux préfets, à la police, aux *Kommandanturen*, atteignit un pic vertigineux. Il semble que, daubant les statistiques, les lâches, les vicelards de tous bords, les collaborateurs besogneux, donnèrent plus que jamais libre cours à leur contagieux penchant pour la délation.

Coïncidant avec la sortie du *Corbeau*, le film d'Henri-Georges Clouzot, la rédaction des lettres anonymes devint un sport national. Au fond des pavillons en meulière, au creux des fermes reculées, dans les beaux quartiers, une génération spontanée de « bons Français » était née.

Elle écrivait en lettres-bâtons d'infâmes éructations découpées dans le gras des journaux. Elle marchait à la colle Sécotine et aux gants beurre-frais. Elle dénonçait, caftait, balançait ses voisins, son entourage, ses concurrents à la flicaille, tout en restant soucieuse de son impunité. Les enquêtes diligentées contre les « mauvais citoyens » par les contrôleurs vichyssois s'accéléraient. Les sanctions pleuvaient sur la France éternelle. Pour une odeur de bouffe, un fumet de blanquette, pour un tonnelet de vin, un bouquet de romarin jeté au trou du cul d'un lièvre, on vendait son prochain. Le téléphone bavait et en moins que rien une traction avant s'arrêtait devant la porte. Un car de chaussures à clous, une escouade de miliciens déferlait sur le quartier. La police économique intervenait. Elle relevait de l'autorité de monsieur Darnand et disposait d'une caisse noire pour rétribuer ses « informateurs ».

En même temps qu'on affamait le pékin ordinaire, on favorisait la crapule de haut vol.

Le pillage en règle s'organisa.

Il était courant par exemple de voir défiler dans les gares des trains entiers dont le contenu était marqué de la cocarde tricolore. Des convois réputés incontrôlables qui transitaient, puis disparaissaient aux yeux de tous. À coup sûr, ces mystérieux wagons étaient bourrés de tous les vivres dont la France était privée. Mais à qui étaient-ils destinés ? Sûrement pas au peuple de Paris.

D'autres requins, profitant des occasions qui leur étaient fournies par leur statut d'auxiliaires des polices parallèles, profitaient de missions secrètes pour mettre du beurre dans les épinards et faire main basse sur des bijoux, des œuvres d'art, des coupons de ravitaillement ou des livraisons d'armes éminemment négociables.

Toutefois, ce qui était bien raisonné pour certains ne le fut pas pour d'autres et, au bal des ténors du grand banditisme, nombre de truands notoires allaient payer de leur vie leurs expérimentations hasardeuses au service de plusieurs maîtres.

Pendant ces mois de ténèbres et de craintes, de surveillance mutuelle et de corruption, des fortunes colossales furent édifiées grâce au marché noir. Des Français prirent du ventre, d'autres moururent de faim. En cette période de grenadine saccharinée, d'orge perlé et de poêlées de rutabagas, les recettes économiques faisaient florès. Il n'était pas rare de voir afficher à la porte de certaines gargotes parigotes des menus hallucinants que les lois du rationnement transformaient en alléchants gueuletons.

Ainsi en allait-il de cette recette de *Bouillon aux herbes* :

Pour un litre d'eau,
60 gr d'oseille,
60 gr de cerfeuil,
60 gr de cresson,

60 gr de laitue.
Salez le tout.
Délicieux ! Vous en direz des nouvelles !

Le cynisme était partout.

Ici, on récupérait les mégots. Là, le tabac était de l'armoise, de la barbe de maïs. Ailleurs, on pouvait prendre connaissance d'une affiche où il était recommandé de couper le pain en tranches minces ou d'utiliser l'huile à la graisse de cheval.

Il y eut même un malin qui inventa dans les Deux-Sèvres une sorte de camembert intitulé « Le Roi des Maigres » dont le titre de gloire était : 0 % de matière grasse. La limite du geste surréaliste était atteinte ! Sur les affiches, l'immoralité avait le visage caricatural et l'aspect grandiloquent de la propagande. Elle bénéficiait de la complicité du gouvernement Pétain, elle avait l'aval de ceux qui s'engraissaient sur le dos de leurs concitoyens.

À force de creuser les rutabagas à la pointe du couteau, bien sûr, la mentalité des ménagères avait changé. Malmenées, les consciences avaient évolué vers le trouble et le pas net. Même les braves gens étaient contaminés par le virus de la débrouillardise, gage de survie.

Les fausses cartes de pain se revendaient de 100 à 150 francs, ce qui portait le kilo de pain chez le boulanger de 3,40 à 22 francs. Les boulangers honoraient sans sourciller les faux tickets qu'on leur présentait. Désabusés, les Français avaient appris peu ou prou à se « démerder ». La façon de contourner le règlement s'appelait le système D qui fut longtemps une lettre de noblesse revendiquée par la nation entière.

Jusqu'aux amours qui déjantaient. L'équilibre des sexes était rompu. Entre les prisonniers de guerre, les requis du STO et les déportations diverses, les hommes devenaient eux aussi une denrée rare.

La précarité aiguisait les passions. Il n'était pas de foyer où l'on n'attendît un mari, un fiancé, un prisonnier, un amant. On espérait l'amour. D'une zone à l'autre, on s'écrivait des milliers de lettres. Jamais on avait lu autant de romans et de poésie.

On croyait au poids du destin. On se croisait dans les trains. On avait peur ensemble. Les cœurs débordaient. Les esprits s'enflammaient. Le temps d'une étreinte furtive, on s'apercevait que les corps que tiraillait la faim pouvaient aussi donner des joies.

Aventures sans lendemain, souvent. Simple dérivatif à une vie sans distractions. Le plaisir avait un goût de revanche. La mode était extravagante. Les femmes séparées de leurs maris par les événements faisaient des enfants. Jamais, dit-on, l'amour ne fut si violent et si passionné.

Au reste, le poète a toujours raison. Charles Trénet dans ces moments de noire saumure chantait *Que reste-t-il de nos amours ?* Lucienne Boyer fredonnait qu'elle ne *croyait plus au père Noël.*

Seul archange battant des ailes aux couleurs de la pureté, *Le Petit Prince* de Saint-Exupéry avait atterri au Sahara.

Dieu soit loué ! Son père était du bon côté du ciel.

De-ci, de-là, cahin-caha…

En fait – de manière inéluctable –, précédée de glissements insensibles, une force invisible mais rebelle, comparable à l'avancée d'un nouvel ordre tectonique, émergeait sous le manteau d'une société minée par la passivité, l'usure et la corruption. Doucement, les pièces du puzzle du futur se mettaient en place. Décors et personnages attendaient les trois coups pour entrer en scène.

Prenez les Parisiennes ! Plutôt que de se soumettre aux règles épaisses des vainqueurs, elles avaient commencé par la comédie ! C'était bien dans leur style ! Elles avaient compris que la légèreté a son mot à dire dans l'équilibre des groupes humains et que la gaieté des rues peut contribuer à ébranler la rigidité dogmatique des apparats totalitaires.

Aux bottes du pas cadencé de l'occupant, les coquines avaient répondu par la vague désordonnée des chapeaux. Les élégantes s'étaient toutes mises à porter des galurins « rigolos ». Et ce n'était pas un signe innocent de leur part. Si elles s'ingéniaient à porter capelines, turbans, voilettes, chaperons de toutes veines, tubes et « pots de fleurs » dans toutes les circonstances de la vie, c'est que les rouées avaient l'intuition de participer à quelque chose de beaucoup plus actif. Il se respirait sur le passage exubérant de leurs « bibis » un parfum de mobilisation. Les Françaises avaient tout simplement coiffé l'emblème de la révolte contre l'armée d'occupation.

Pas de bas ! Pas de lingerie raffinée ! Des jambes nues été comme hiver ! Des semelles en bois. Soit ! mais des plumes, des fleurs, des rubans, des voilettes, des choux de tulle pour narguer les vainqueurs. Petits signaux mais grands courants souterrains. Ce qui n'était pas exprimé en termes de rébellion objective deviendrait évidence le moment venu.

Dans la coulisse, « Mademoiselle Swing » avec ses boucles et son insouciance, son air espiègle et le rythme dans la peau fait la queue pour le peu de lait que lui vaut sa carte J 3. Elle attend déjà sans le savoir ses frangines noirâtres et élastiques de Saint-Germain-des-Prés. Elle dandine.

Pour séduire madame Birenbaum, Germaine Fiffre avait coiffé le gâteau de ses cheveux d'un fameux assemblage de fleurs et de tulle. Elle était venue sur sa chère bicyclette immatriculée 5365 RK 7. Elle s'était munie d'un pot de confiture. Elle l'avait négocié à prix d'or. Elle venait parler à l'enfermée de l'avenue du Bois de ses « juifs » à elle – un avocat et un fourreur, « *des personnes comme il faut et même mieux que ça* ».

Conformément aux instructions de monsieur *Borowice*, brave Germaine allait essayer de persuader Golda Birenbaum d'intercéder en faveur de ses coreligionnaires Joachim Guschinov et Paul-Léon Bronstein auprès du bon docteur Eugène afin qu'ils soient intégrés au convoi du prochain départ.

Encore faudrait-il que notre saint laïque ait réapparu, dit madame Birenbaum avec une sacrée amertume dans la voix. Parfois je me demande s'il n'a pas déménagé à la cloche de bois.

– Votre confiance est ébranlée ?

Golda Birenbaum haussa les épaules.

Elle écarquilla ses yeux de hibou et fixa par-dessus l'épaule de mademoiselle Fiffre un point d'opacité parfaite qui se trouvait au fond du grenier.

– Qui peut se vanter d'avoir jamais déchiffré l'énigme du noir absolu ? demanda-t-elle. Qui peut dire si le docteur Eugène réapparaîtra jamais ?

Un pas hésitant vers plus de crimes…

Il réapparut.

Il réapparut comme par miracle.

À rebours de la grisaille ambiante, c'est en ce début de janvier 1944 que la porte de la prison de Fresnes s'ouvrit pour livrer passage à un petit homme brun vêtu d'un manteau ajusté.

Il avait l'air éberlué.

Il fit quelques pas étriqués, puis s'arrêta. Il étendit sa main droite devant lui et examina l'imperceptible tremblement de ses doigts. Il leva la tête, observa un long moment le ciel plombé de nuages de neige et sourit.

Marcel Petiot portait une chemise blanche sans cravate. Des vernis noirs. À la main, il tenait une valise de carton et, comme n'importe quel prisonnier, semblait estomaqué par son retour dans le monde libre.

Celui qu'on n'attendait plus laissa errer son regard sur le caniveau et se remit en marche. Au bout d'une vingtaine de pas, il trouva un mégot.

Il se pencha et d'un geste vif le ramassa. De sa poche, il tira une boîte métallique qui permettait de rouler les cigarettes. Il émietta son mégot et, avec le reste des miettes de tabac qui traînaient au fond de la boîte, eut de quoi confectionner une cigarette extrêmement fine. Il l'alluma aussitôt avec un air de satisfaction indicible.

Le prisonnier de la cellule 440 se remit en marche.

Il sentait sa mécanique intérieure grincer de toute part. Sa tête hurlait des pensées harassantes. Sa cervelle lui chantait le cantique de sa démence grandissante.

Le docteur Petiot avait le teint pâle, il se hâtait vers son destin. Il avait besoin d'images folles. Il fallait qu'il impose son culot. Sa témérité. Son inconscience.

Il s'était mis à chantonner une chanson leste.

Il avait mis son masque de pierre.

Il marchait de plus en plus vite.

Il allait retrouver sa femme et son fils rue Caumartin.

Son regard était comme une forêt obscure.

Les prédictions du maréchal Rommel

De l'autre côté du Channel, à un jet de salive du hameau de Grancamp-Maisy, l'*Oberfeldwebel* Kurt Schlassenbuch enfilait ses bottes. Il s'apprêtait à se rendre dans le bunker dont il était responsable.

Alléguant l'état de ses pieds à demi gelés sur le front russe, il avait obtenu de ses supérieurs le privilège de loger chez l'habitant et avait dormi comme un gisant sous une couette en duvet de canard.

Il devait cette nuit royale au pharmacien Hocquigny, un vieil original qui avait accepté de le loger et dont l'érudition et le nom sentaient bon l'an mil puisqu'à l'époque de Guillaume le Conquérant un certain Hocquigny portait déjà blason aux côtés de ce dernier.

Kurt louait sa bonne étoile qui l'avait éloigné des châlits d'une casemate humide. Après tout, la guerre telle qu'il l'avait vécue en Ukraine et surtout telle qu'elle se dessinait en Normandie ne méritait pas qu'on lui sacrifiât sa santé. Le guerrier était fatigué par trop de campagnes et sentait peser ses cinquante-deux ans. En outre, il louchait sur la jeune fille de la maison.

Il enfourcha sa bicyclette kaki et suivit la petite route côtière menant à Isigny-sur-Mer. Au bout d'environ deux kilomètres, il guetta le moment où il la quitterait pour prendre par un chemin vicinal.

En pédalant de la sorte, il croisa le facteur.

À la vue de son « Chleuh du matin », le père Boutteville s'illumina d'un sourire qui démasqua une denture chevauchante. Mathurin était un Normand de pure souche, avec l'œil madré et une couperose digne d'un juge de comices agricoles. À bien sucer la pomme, son teint, cuivré jusqu'à la nuque, disait assez son amour du jus d'alambic.

Il souleva son képi bleu. Selon une habitude désormais bien ancrée, il interpella l'*Oberfeldwebel* par son prénom à la mode de Normandie :

– Salut « Courte » ! Sois béni... surtout si tu l'as pas longue !

– Pas longue ! *Ja, ja ! D*rès *d*rôle ! s'enthousiasma le Bavarois.

Bien qu'il ne comprît toujours pas ce que le fonctionnaire des Postes lui disait chaque matin, Schlassenbuch cherchait à faire bonne figure. Il était flatté d'être connu comme le « loup vert ». Le loup vert, c'est comme ça que Boutteville l'appelait quand ils buvaient ensemble un ou *teux* calvas au comptoir du bistro et que la population des habitués lui décernait de larges claques sur les épaules.

Il était connu comme le loup vert, « Courte ».

Il appuya sur ses pédales en pensant qu'il allait vivre une nouvelle journée de tempête et de crachin. Chahuté par le vent qui enfilait le couloir du bocage, il se dressa sur sa bécane, mais, attaqué en pleine face par un méchant remous, fut contraint de poser pied à terre.

– *Cheise !* lâcha-t-il entre ses dents et, enfin, dans une trouée de la haie, il vit scintiller la mer.

Il repéra l'échappée, vira et dévala d'un coup vers le littoral. Pas question de freiner, même si casque et bedaine se trouvaient secoués. Le chemin serpentait parmi les herbes folles.

Au-delà de la pointe de Barfleur, le ciel était si noir qu'il évita de lever la tête de peur d'affronter la nue et d'attiser son cafard.

Il prit pied sur la grève. En poussant sa monture devant lui, il remonta en direction de la ligne de falaises au sommet de laquelle étaient enterrées les pièces de canons de marine.

Sur les côtes hollandaises, belges et françaises, le programme de construction des fortifications allemandes était très avancé. Hitler lui-même avait veillé aux moindres détails de cette longue barrière de protection. 15000 ouvrages offraient leurs abris aux batteries côtières. 13, 3 millions de mètres cubes de béton avaient coulé sur 1,2 million de tonnes de fer, et ce bouclier d'un nouveau genre était censé assurer une puissance de feu qui mettrait le Reich à l'abri de la moindre tentative d'invasion.

Seule note un peu fêlée, celle qu'avait siffloté le *Feldmarschall* Erwin Rommel, en inspection sur les côtes de Normandie au mois de décembre, lorsqu'il avait estimé que le système de défense du littoral présentait de nombreuses faiblesses.

Kurt se trouvait au troisième rang de ceux qui écoutaient l'oracle. L'inspection tirait à sa fin. Celui que ses pairs avaient surnommé le « Renard du désert » avait posé ses yeux métalliques sur ses subordonnés. À l'improviste, juste avant que les organisateurs de la visite fassent signe aux préposés de déboucher le champagne de l'autosatisfaction, celui qui était en charge du groupe d'armée B s'était ouvert de ses appréhensions. Le gratin des états-majors se pressait autour de lui. L'aréopage de ces messieurs se trouvait à la sortie d'une tour blindée. On allait entamer le parcours d'une série de tranchées abritées menant au mess, mais le maréchal s'était arrêté.

L'ancien patron de l'*Afrikakorps* avait laissé errer son regard froid sur les défenses barbelées, puis sur la mer grise, chahutée par la houle. Il s'était exprimé à peu près en ces termes :

– Nous avons l'impression d'être à l'abri d'un assaut venu du large, mais nous commettons tous un péché d'orgueil ! Je veux vous redire ce que j'ai déjà exprimé devant un groupe de vos collègues en charge de la défense du Cotentin… Le pire peut arriver, si nous ne terminons pas le travail de fortification en cours…

Le vent balayait l'entrée de l'étroit dédale où se trouvait le groupe d'officiers, et Kurt avait été fasciné par la noble physionomie de Rommel. Le maréchal venait d'ôter sa casquette et livrait ses cheveux coupés court aux caprices du vent. À peine décoiffé par la poigne de la tempête venue du large, les yeux brouillés de larmes, le grand soldat restait immobile face à la bourrasque. Sanglé dans son long manteau à revers rouges, il dominait la nature et les hommes de sa stature rayonnante.

– *Meine Herren*, avait conclu le héros du désert libyen, savez-vous de combien de batteries nous disposons de la Somme à la Loire ?

Et sans attendre la réponse :

– Trente-sept ! Et je ne vous souhaite pas que Churchill désigne ce coin de la côte du bout de son cigare !

Ainsi avait parlé le maréchal et il avait donné l'ordre de renforcer la défense des plages.

Ce jour-là, le vainqueur de Bir-Hakeim et de Tobrouk n'avait pas sablé le champagne avec ses compatriotes.

Une pensée insensée commençait à se faire jour dans le tréfonds de son entendement. Si des hommes de valeur ne trouvaient pas le courage de se dresser en travers de la folie du régime, Hitler serait le fossoyeur de l'Allemagne.

Un frisson s'était emparé de sa nuque.

Sentiments contradictoires

Boro ouvrit les yeux et s'aperçut qu'il avait cédé à un sommeil lourd. Ses tempes battaient, prises dans l'étau d'une lancinante migraine.

Il faisait jour. Il jeta un œil à sa gauche et découvrit sa compagne endormie.

Mon Dieu ! Comme tout cela était absurde ! Depuis qu'il avait accepté de se plier à ses jeux, le reporter s'était graduellement laissé prendre au piège des caprices de Tulipe. Alors que chaque instant de l'époque obéissait aux lois du réalisme le plus cruel, il avait conscience de s'être laissé entraîner dans un monde décalé et lénifiant.

Dehors, des milliers de gens criaient au secours.

Il s'en voulait de ne pas être à leur côté. De ne pas partager leurs angoisses comme il s'était aguerri à le faire pendant toutes ces années.

D'un coup, il essayait de se reprendre. Il luttait contre des images éteintes. Il se revoyait lever son verre embué à la santé de sa jeune maîtresse. Il se revoyait liquidant le breuvage qu'elle lui avait versé.

Il entendait la voix de la jeune fille résonner en une succession de vagues à ses tympans :

– Ça va, Boro Boro Boro ? Tu te sens bien ? bien bien ?

Ses yeux d'agate croisaient les siens.

Avec un aplomb extraordinaire, elle avait dit :

– Tu peux faire ce que tu veux avec moi. Ça m'intéresse.

Au début, il n'attendait rien de son passage entre les bras de la petite. Il ne pensait pas à tirer la moindre part d'érotisme de l'embarras de leurs rapports.

La logique de ce qui lui arrivait lui échappait. Toute la situation lui échappait. Elle résultait d'un entêtement. Des caprices d'une gamine, d'un pari romantique et absurde attisé par les incertitudes du lendemain. Pourquoi fallait-il que les actes graves de l'existence passent sans cesse par la case d'un jeu étrange entre la vie et la mort et qu'à l'inverse les situations les plus dramatiques soient sans cesse revisitées par la fragilité des êtres ?

Tulipe remuait sa crinière. Ses seins étaient menus et fermes.

– Finis ton verre, exigeait-elle. Viens contre moi. Aide-moi.

Il y avait de quoi être étonné par l'étrange chemin que s'entêtait à prendre la jeune fille. Était-elle seulement libre de ses choix ? Pourquoi s'obstinait-elle à vouloir suivre la destinée tracée par sa marraine ? Il était bien difficile de se faire à l'idée déraisonnable d'une créature formatée, éduquée et modelée par une adulte au point de lui obéir corps et âme et de se conformer aux moindres inflexions de sa voix. Pourtant, force était de se rendre à l'évidence : pilotée depuis sa prime enfance par l'inflexible Tasumiré Takasu, Tulipe était solidement installée dans la conviction que le pouvoir du sexe assure aux femmes leur domination sur les hommes.

Tasumiré Takasu, espionne ou putain ? Femme violée ou démon manipulateur ?

À l'issue de leur première nuit d'amour, Boro n'aurait pas su nier que, dans les bras de Tulipe il s'était approché du velours. Au début, il avait voulu résister. Ému, troublé par l'ombre chaude de ce corps irréprochable, il avait essayé d'exercer sa sexualité d'homme de passage sans émettre de jugement. C'était sans compter sur l'ardent brasier qui n'avait pas tardé à unir la jeune fille et le reporter dès que la pièce avait été plongée dans l'obscurité.

Elle et lui avaient fait l'amour comme des anges de l'enfer. Ils avaient chevauché un cheval emballé. Elle disait « Boro, Boro », elle perdait la tête, elle exigeait d'être profanée. Son ventre était un pont. Et même, à supposer qu'elle ait feint les cris de l'amour comme seules les femmes savent le faire, Boro avait vaincu son corps.

Il en était sûr.

Tulipe l'avait supplié de recommencer. Il l'avait prise de nouveau. Équilibriste fasciné par son propre vertige, il allait vers une vibration de plus en plus parfaite.

Il avait été plusieurs fois le délégué de sa virilité, de cette ardeur à aimer qui éloigne les amants de la mort. Il avait mis son corps au service du sien.

Entre eux le temps avait fui comme du sable renversé.

Effrayé par le volcan qu'il avait éveillé, il avait voulu partir sur-le-champ.

Comme il faisait mine de retraverser les appartements et de se jeter dans l'escalier, deux Japonais armés de sabres avaient surgi de derrière les colonnes et lui avaient barré la route.

Pommettes hautes, yeux enfoncés, ils avaient grondé une nouvelle fois des menaces dans leur langue ouralo-altaïque.

Boro avait haussé les épaules et rebroussé chemin.

Il se sentait la tête lourde. Pourquoi avait-il accepté de boire à nouveau ce breuvage auquel déjà, la veille, il avait reproché son goût saumâtre ?

Au matin du deuxième jour, seul substitut aux mots qu'il aurait voulu hurler, Boro ne ressentait que mécontentement envers lui-même.

– Cessons ces enfantillages, mon bon ange, dit-il soudain en se dressant sur ses jambes.

Il attrapa son stick, ramassa ses musettes et se campa devant la jeune fille.

– Réfléchis, Tulipe. C'est la guerre qui commande à nos rencontres. Seulement la guerre. Pas l'amour.

– Parle pour toi, dit-elle.

Elle s'était dressée à son tour.

– Si tu t'en vas maintenant, je ne le supporterai pas !

– Rien ne peut me retenir, tu le sais bien. Je dois régler mes affaires.

– Tu mets ta liberté dans la balance !

Il haussa les épaules et se fendit d'un petit rire incrédule.

– Que feras-tu ?

Elle le fusilla du regard. Elle le mit au défi. Encore le jeu de l'amour avec la mort.

– Si tu me quittes avant que sonne l'heure, je te dénoncerai.

Il la dévisagea. Seule la rage la portait. Il la percevait comme un personnage au fond d'un rêve.

– Tu ne le feras pas.

– Si tu romps notre pacte, je le ferai. Parce que je suis pire que marraine ! La Jungle, c'est moi !

Elle soudait son regard au sien. Elle le scrutait avec un sourire dominateur.

Soudain, elle lui tendit la main.

– Ne perds pas de temps, dit-elle. Entre dans le cercle. Aide-moi.

Et la seconde nuit les emporta.

C'était compter sans Fleurette

Abel Danos ne décolérait pas.

Après son échec des bords de Marne, après sa descente infructueuse dans le bouic patriotique du 40 boulevard Barbès, après perquisition de tout l'immeuble, le truand avait l'impression d'avoir subi le jeu pervers d'un adversaire qui continuait à plastronner dans la coulisse.

Blèmia Borowicz, l'insaisissable Hongrois, était plus que jamais l'homme à soumettre. La pensée qu'il se trouvait quelque part dans Paris obsédait Abel Danos. À tout moment, en tout lieu, il imaginait le boiteux promenant son élégante silhouette. Il se retournait d'une pièce dès qu'il entendait le ferrage d'une canne frapper le trottoir. Il se prenait à suspecter tous les infirmes. Il luttait pour chasser le tumulte de ses sentiments. Une ombre criminelle passait dans son regard. Pas plus que Lafont, il ne supportait qu'on le nargue. Pour se donner du tonus et faire passer l'arête de la vacherie humaine, il avait résolu de déboucher un succulent médoc. Il avait bu la bouteille. Il avait pris son arme de service. Il s'était enfermé dans une cave. Il avait vidé deux chargeurs sur une cible en forme de silhouette humaine.

Simple exutoire.

Jour après jour, il avait maintenu la pression sur Olga Polianovna. Il avait fait interner la Louve de Sibérie dans une des cellules de la rue Lauriston.

Crânement, elle avait tenu tête à la rigueur de ses interrogatoires. Elle était habile dans les joutes verbales. Elle était femme si on la laissait faire. Elle devenait muette si on la menaçait. Olga savait parler avec les paupières. Question discrétion et emberlificotis, elle connaissait des passe-passe de papillon. Elle était dure à la douleur. Il l'avait giflée plusieurs fois. Elle se serait laissé tuer sur place. Elle ne pleurait qu'en russe.

Aucune preuve n'était venue corroborer les accusations dont elle était l'objet. Il se trouva même des officiers allemands de haut rang pour témoigner en sa faveur et vanter « le bon service de collaboration et de confiance qui faisait du "40" un appréciable lieu de repos et de plaisir pour les guerriers du IIIe Reich ».

Abel avait relâché sa prisonnière.

Par d'occultes messagers, Olga avait fait savoir à Scipion qu'il ne devait pas rentrer au bercail. Elle avait sermonné ses filles afin qu'elles tiennent leur langue. Seule Fleurette, à l'insu de ses camarades de jeux, était entrée dans le parc des brebis galeuses.

Bien qu'elle se tût sur le sujet capital, la jolie Antillaise au parfum de vanille avait cédé aux sirènes de Danos. Elle s'était laissé prendre au piège du miel. En acceptant de l'argent, elle s'était engagée à fournir tout renseignement sur un fait nouveau capable de relancer la piste de Bouvier.

Fleurette n'était pas fière de son comportement, mais elle avait tellement besoin d'argent ! Chaque mois, il lui fallait graisser la patte des contrôleurs vichyssois qui venaient d'arrêter son compagnon de vie, un certain Marcel Cassargue – marlou de petite envergure – dont la spécialité était la fabrication de fausses cartes alimentaires.

Ce genre de faussaires à la petite semaine étaient considérés comme des tricheurs de la pire espèce. Ils étaient passibles de déportation. Désormais, le sort du beau Marcel dépendait de la régularité des versements de la rançon que les fonctionnaires de Vichy infligeaient à sa petite amie. Un seul manquement, et la sanction tomberait. Le marloupin serait déporté.

Fleurette, aveuglée par un noir chagrin, était aux abois.

La nuit, elle entendait le grincement des boggies au passage des aiguillages, elle imaginait le tamponnement des trains de nuit en partance pour l'Allemagne.

– On a vu le cas de gens ordinaires virés en Prusse orientale pour un jambon, lui avait dit Danos.

Le Mammouth était trop ignoble pour ne pas sauter sur l'occasion qui lui était offerte : il avait mis deux fois la fille de vanille dans son lit.

Avant de la faire avancer vers des chaleurs, il lui avait promis de sortir Marcel Cassargue des griffes des contrôleurs. En échange, Fleurette lui offrirait sa collaboration sincère.

Le plan d'Abel Danos était simple. Un jour ou l'autre, quelqu'un ferait un faux pas dans le camp des résistants et par sa maladresse relancerait la chasse à l'*Untermensch.*

Le bourreau de la rue Lauriston avait acquis l'intime conviction de la duplicité de Polianovna. L'ancienne danseuse connaissait Borowicz depuis de longues années. Elle avait ouvert ses portes à l'amitié et hébergé les gens du réseau Bouvier-Kerberos. Abel Danos serait patient. Il ne lâchait jamais le morceau.

Il avait placé Sartore et Gourari dans une chambre réquisitionnée qui faisait face au bouic. Il avait rendu compte de ses nouvelles perspectives à Lafont.

Le patron, qui avait été sincèrement déçu par l'épisode des bords de Marne, trépignait d'impatience et encaissait mal ce nouveau contretemps qui différait l'arrestation du diable boiteux.

Faute d'avoir capturé une tête d'affiche, il s'en était pris au seul survivant de la péniche qu'il avait sous la main.

Ainsi désigné par le sort, Schnuckenack Runkele trinqua en priorité. On le pendit à un croc de boucher, on lui prodigua quelques amusements à l'électricité. On lui fit vraiment mal, même si ce n'était pas assez pour effacer la rage.

Ensuite, puisqu'il n'était pas tout à fait mort, Berger l'envoya à Compiègne.

Il livra son souffre-douleur aux mains expertes du SS Eric Jaeger. « L'homme aux chiens fidèles ». Cet adjudant à la poigne de fer n'avait pour amis que deux molosses, Prado et Klodo, qui avaient mangé pas moins d'une quinzaine de détenus. Mais celui qui régnait sans conteste sur le camp de Royallieu, l'antichambre des camps de déportation, était un fringant capitaine à la démarche légèrement féminine – gants de pécari, fume-cigarette en ivoire bagué d'or.

Nacht und Nebel ! Grâce à la parfaite organisation du *Hauptsturmführer* Illers – capitaine docteur Illers –, qui, depuis ses bureaux du boulevard Haussmann, préparait en quatre exemplaires les fiches de renseignements et de départ des détenus, le Tsigane fut déporté au camp de Buchenwald ; mais, que nul ne l'ignore : la musique devait lui garder la vie sauve[1].

1. Schnuckenack Runkele n'est pas un personnage de fiction. Ses talents de musicien lui valurent l'estime du chef de camp nazi qui se targuait d'être mélomane. Le tzigane monta un orchestre et joua pour accompagner les plaintes et atténuer les souffrances de ses compagnons de déportation. Il échappa miraculeusement à la chambre à gaz et retourna en Alsace. Il était le neveu de Django Reinhardt et, au début des années 50, joua souvent avec son parent.

La gibelotte de madame Petiot

Au sortir de Fresnes, Marcel Petiot ne s'était accordé que quarante-huit heures de bon temps pour sceller ses retrouvailles avec sa famille et reprendre ses marques.

Après un bain chaud, une longue conversation avec sa femme, une promenade dans les rues de Paris avec son fils, il s'était octroyé une sieste dans son bureau.

Tandis qu'il se reposait, le rectiligne et sombre corridor de l'appartement du 66 rue Caumartin s'était progressivement empli de délicates odeurs de cuisine tirées des sucs et aromates qui faisaient escorte à une gibelotte cuisinée par madame Petiot.

Cette femme méritante avait sacrifié au retour de son époux un lapin russe à poils blancs – un animal casanier avec une irrésistible tache noire sur l'œil qu'elle avait élevé dans une cage de fortune, au fond du recoin à bicyclettes.

« Gibus » était apprivoisé. Il répondait à son nom. Il était tellement civilisé qu'il était autorisé à fréquenter le cercle de famille et même à « taper de la patte » dans le couloir. C'est dire assez si le « Jeannot » n'avait fait aucune difficulté pour présenter sa nuque à l'assommoir.

Marcel Petiot n'avait pas participé au meurtre du léporidé. Il dormait du sommeil du juste. Il s'était réveillé de fort bonne humeur. Il s'était installé avec plaisir devant la belle nappe blanche dressée dans la salle à manger. Il s'était restauré sans poser de questions inutiles sur la provenance du fricot.

Il avait dévoré de bon appétit les deux pattes de devant du petit animal domestique. Pour accompagner sa chair délicate, madame Petiot avait trouvé trois pommes de terre qui valaient une fortune. Le médecin avait sorti les verre de Daum. Il avait dégusté avec plaisir une de ses dernières bouteilles de vin du Clos de la Chaînette – quelques arpents de vigne à l'ombre de Saint-Germain, en plein cœur de la ville d'Auxerre. Ce nectar, issu de la récolte de l'hôpital psychiatrique, s'appelait d'ailleurs le « vin des fous ». Trois précieux flacons avaient été offerts à Petiot par le médecin-chef en souvenir de sa pratique de médecin auxerrois.

En conclusion de ce festin bien arrosé, Marcel s'était servi la tête du lapinos dans son assiette. Il avait déboîté la mâchoire du rongeur avec une grande habileté et sucé ses joues avec un plaisir de fin gourmet. Son morceau préféré.

Sur sa lancée, il avait embrassé sa femme. Il avait retrouvé toute sa vivacité.

En chantonnant un refrain un peu leste, il s'était enfermé dans son bureau. Il y était allé rétablir un semblant d'ordre dans ses livres et dans ses dossiers, dont l'ordonnance avait été mise à mal par les perquisitions successives de « ces messieurs ». Il avait butiné ensuite dans de vieilles paperasses. Notamment, il était tombé sur une « réclame » assez tapageuse qu'il avait fait paraître lors de son installation rue Caumartin et qui vantait son matériel médical des plus modernes et ses traitements les plus prometteurs : *galvanisation et faradisation, ionisation, cryothérapie, diathermie toutes fréquences, ondes courtes et grande puissance, bistouri électrique, outillage chirurgical, ozonothérapie, aérothérapie et remèdes introuvables…*

Le lendemain, aux alentours de dix-sept heures, il avait à nouveau baisé madame Petiot au front et avait enfourché sa bécane.

Il avait filé dans les rues de Paris sans s'apercevoir qu'il entraînait dans son sillage un petit cycliste vêtu d'un costume gris muraille.

Il avait atteint la rue Le Sueur à la nuit tombante. Bien qu'il eût déployé tout au long du trajet un luxe de précautions, l'avisé docteur n'avait pas repéré son suiveur.

Ce dernier, qui n'était autre que Joseph Clavié – le séide de Friedrich Berger –, s'était arrêté à distance.

L'ancien coureur cycliste avait mis pied à terre et caressait le guidon chromé de sa superbe machine de course.

Il reniflait la nuit.

Les secrets du montreur d'ombres

Dans l'obscurité tombante, l'ancien héros d'une mémorable étape du Tour de France 1938, qui avait scellé la victoire finale de Gino Bartali sur Antonin Magne, avait retenu son souffle. Il avait assisté de loin à l'agonie de la loupiote alimentée par la dynamo de la bicyclette du docteur.

En prêtant l'oreille, il avait perçu le grincement d'une grille. De là à imaginer l'entrée furtive de Petiot dans le jardin d'un immeuble, il n'y avait qu'un pas à franchir. Clavié s'était approché suffisamment pour capter, au passage d'une haie, un crissement de chaussures s'éloignant sur du gravier.

Poussant plus loin sa reconnaissance des lieux, le chien de chasse de Friedrich Berger avait situé avec certitude la grille mal graissée au niveau du numéro 26. Devant lui se dressait un hôtel particulier. Une demeure aveugle, barricadée derrière ses persiennes. Il s'agissait d'une construction à quatre étages.

À l'idée qu'il se trouvait sur les lieux où Petiot enfermait ses secrets les plus intimes, le minuscule flicard fut traversé par un frisson qui lui caressa l'échine et le laissa dans un état d'esprit pas tellement éloigné de la volupté. Il se haussa sur la pointe des pieds et reprit son observation. Graduellement, ses yeux apprenaient à mieux déchiffrer l'obscurité.

Il eut confirmation de son hypothèse lorsqu'il vit les fenêtres du premier s'animer de lueurs incertaines, un peu comme si un spectre ou un montreur d'ombres évoluait derrière les murs et déplaçait un fanal dans des lieux privés d'électricité.

Clavié semblait rivé au sol. Il essayait de se libérer d'une lourdeur de plomb. Que devait-il faire ? Pénétrer dans l'hôtel ?

Manifester sa présence ? Certainement pas. C'eût été alerter prématurément la méfiance de celui dont il avait mission de gagner la confiance.

La raison lui conseilla donc de se borner ce soir-là à un examen extérieur de la bâtisse.

Il poussa la grille. Il maudit le gémissement des gonds gravés dans la rouille. Il pénétra dans l'avant-cour.

À pas feutrés, il s'avança en prenant garde de faire crisser le sol caillouteux. Il retenait son souffle.

Pas de doute possible, le fantôme de Petiot hantait les flancs de la bâtisse aux murs lépreux tandis qu'il s'efforçait d'en faire le tour. Une lampe, à moins que ce ne fût une torche électrique, était en train de se déplacer. La lumière s'élevait en direction du second étage.

Clavié poursuivit son examen.

Il leva la tête et se remit en marche.

Ceinturée par un labyrinthe de haies, la cour de l'hôtel se présentait comme un puits. Nul, s'il n'était dans la maison, ne pouvait y jeter un regard. Sauf tout en haut, à la hauteur du toit. Et cela depuis deux ou trois fenêtres des hôtels voisins. Or, à cette hauteur – troisième et quatrième étages –, Petiot avait fait élever un mur de carreaux de plâtre qui prenait appui contre son propre toit.

Clavié n'en croyait pas ses yeux tellement toute logique d'architecte était violentée. Grand comme deux draps de lit cousus ensemble, blanc comme un écran de cinéma et empêchant toute indiscrétion des voisins, ce mur était comme suspendu, défiant les lois de la perspective et de l'équilibre.

Lorsque la faible lumière qui irisait les vitres du fenestron de gauche disparut au second, Joseph Clavié sortit son calepin de sa poche. Il nota l'heure d'extinction. Il compléta son compte rendu par quelques notes jetées d'une écriture hâtive. Puis il regagna la rue et referma la grille sur lui.

Il longea le trottoir – ombre noyée dans le couvert des arbres – et s'en fut rejoindre son vélo, qu'il avait attaché un peu plus loin, au coin de l'avenue.

À l'aide d'une petite clé, il libéra la chaîne qui entravait la roue avant de sa monture et rangea cadenas et maillons dans l'une des sacoches du porte-bagages. Il en tira un journal, le plia soigneusement en quatre et le glissa sous sa canadienne pour protéger son thorax du froid.

Il prit sa bécane «par les oreilles», courut un moment à côté du cadre, puis sauta en voltige sur la selle.

Le vent glacial lui arracha des larmes, mais tout son corps endolori criait victoire. Le 21 de la rue Le Sueur n'avait pas encore révélé tous ses secrets, mais il n'était plus inviolable. Il existait «sur le papier».

Demain, Clavié reprendrait contact avec le docteur Petiot. Le petit gestapiste pensait qu'il était temps de lui faire engamer l'appât de quelques juifs à sauver.

Longtemps tenu en laisse, le cynisme de l'ancien coureur cycliste ne connaissait plus de bornes.

Demain, il aborderait le second versant de sa mission. Demain, il serait à la tête d'un pactole. En bon comptable du futur, il misait sur deux bailleurs de fonds. D'un côté, Friedrich qui récompenserait ses services. De l'autre, Petiot qui l'associerait à son trafic.

Bien d'aplomb sur ses cale-pieds, l'ancien as des critériums pesa sur les pédales et, le cul en l'air, relança sa machine bien graissée. Les mains aux cocottes, il fonçait dans les ténèbres. Il roulait à vive allure. Les Champs-Élysées étaient vides. De toute façon, si une patrouille l'arrêtait et mettait fin à son bel élan, il possédait un *ausweiss* jour et nuit.

Il se sentait fort comme un turc. Il faisait corps avec son vélo. Il enroulait petit braquet. Il prêtait une oreille attentive aux roulements.

Une vibration de plus en plus parfaite.

Docteur Satan

Revêtu d'une blouse de chirurgien sur laquelle il avait noué un grand tablier de jardinier, Marcel Petiot arpentait son rêve avec des yeux hallucinés. Inutile de chercher à lutter avec un poids aussi énorme. Un peu de sang poissé au dos de sa main lui rappela qu'il devait enfiler ses gants de latex.

La tête légèrement penchée, il fit quelques pas en direction de son cabinet médical et glissa sur un déchet sanguinolent. Petiot abaissa son regard. Il chercha à identifier l'irregardable paquet de tissus tuméfiés qui lui barrait la route.

Lentement, ses yeux s'éloignèrent de la vue d'un vieux chapeau d'homme.

– Vieux Birenbaum ! soupira-t-il.

Il shoota dans le galurin.

Mais cela n'était rien ! Dans chaque pièce qu'il traversait, il lui fallait surmonter de répugnantes odeurs et la plus lugubre vision qui se puisse imaginer. Celle d'une usine à tuer. À dépecer. À scier. À découper. À dissoudre. À brûler.

Déployé sur plusieurs étages, un charnier en décomposition accueillait le propriétaire des lieux.

Comment ne pas imaginer en quelles angoisses se trouvait le docteur Petiot en retrouvant au bout de sept mois de réclusion les restes des corps de ses victimes – abandonnés pour cause d'arrestation ?

Le décor où il se trouvait, les éléments qui le constituaient, relevaient d'un chaos mental invraisemblable. N'importe qui aurait crié grâce. Petiot livré à lui-même par un autre Petiot se trouvait en face de l'œuvre d'un fou. Il affrontait l'hypertrophie de l'impossible. Le trop-plein d'une inimaginable perversité. Une déviance qui mettait en scène la mort violente. Tout était trop. C'était la foire aux crevés, la contemplation de l'abominable. C'était des nœuds de corps enchevêtrés. La confrontation surréelle du crime et de son auteur.

Marcel Petiot donnait l'impression de venir et de revenir sur les lieux de ses meurtres pour se relire à livre ouvert. Il gardait un visage de pierre. Il lui arrivait de jouer avec le réalisme involontaire d'un sac à main. D'une dentelle. D'un étui à cigarettes, qui fraternisait avec un crâne, un tibia, de la chair qui ressemblait à un bras. Il se trouvait au centre d'un film d'horreur dont le démiurge oubliait que ses acteurs étaient des cadavres d'êtres humains.

Pour se donner le temps de réfléchir à cette situation hors du commun, peu à peu, Petiot se recomposait une figure. Il était livide, mais il agissait avec calme, et une irréfrénable barbarie s'élançait dans sa cervelle. Docteur Satan, il se déplaçait sans bruit, à la façon d'un savant fou qui manipulerait ses victimes en oubliant totalement qu'avant d'avoir été dépecées elles avaient incarné des personnes dotées de sentiments. Qu'elles avaient eu des projets. Qu'elles avaient formulé des mots d'amour. Que leurs voix s'étaient éclairées d'un rire.

Mais non. Obéissant à un sens archaïque, Petiot trouvait la force de triturer ce monde en décomposition sans manifester la moindre émotion. Le moindre dégoût. Le moindre recul. Il était dans son élément.

Il rangeait ses morts comme il avait rangé ses livres chez lui. Et l'aventure de ce criminel unique ouvrait le vertigineux questionnement posé par le dédoublement d'une personnalité où cohabitaient harmonieusement le boucher fou et le père de famille.

Petiot gouvernait l'hydre et le quotidien. Il était le monstre et le médecin des pauvres. Nul dans son entourage ne s'était jamais inquiété d'un éventuel changement quand il s'était mis au crime comme d'autres se mettent à la belote. Il n'était devenu ni plus secret, ni plus agressif, ni plus nerveux, ni plus sombre.

Il était seul. Il était dément. L'oubli prenait son corps. Le temps n'avait plus prise sur lui.

Ce soir-là, il s'attelait à son passif comme on élimine le rebut d'un chantier abandonné.

Pour lui, tout était réduit à un problème terre à terre. Comment résorber ce trop-plein de chairs humaines afin de pouvoir à nouveau relancer la machine ? Comment agir vite ? Comment être efficace ?

Une idée venait de germer dans son industrieux cerveau.

Il descendit au premier étage. Il s'assit devant un vieux secrétaire louis-philippard. Il écrivit une lettre à l'intention de son frère Maurice qui habitait Auxerre et exerçait la profession d'électricien.

Aux grands mots, les grands remèdes : il libella ainsi sa missive :

Je veux faire quelques travaux de nettoyage rue Le Sueur. J'ai besoin de toute urgence de quatre cents kilos de chaux vive pour l'assainissement.

En attendant cette livraison destinée à chasser une invasion de cafards, toute la nuit, il pataugea dans les fèces et les sanies. Il piétina jusqu'à l'aube dans une boue noire et lutta comme un soutier de haute mer pour faire entrer des tronçons humains dans le calorifère.

Il brûla, il essuya, il découpa.

Bientôt, grâce à la chaux, il dissoudrait.

Le chasseur de buccins…

À Grancamp-Maisy, l'*Oberfeldwebel* Schlassenbuch logeait toujours chez le pharmacien Hocquigny.

Il était secrètement épris de mademoiselle Jeanne, une robuste fille dont la peau était d'une blancheur parfaite.

Cette fervente catholique avait coiffé sainte-Catherine deux mois avant la guerre et renvoyait aux hommes qui la regardaient de près une image paisible. Elle se dévouait au confort de son père, qui avait perdu sa femme, vaincue par une infection pulmonaire.

Kurt était tombé amoureux d'elle sur-le-champ. Il rougissait chaque fois que l'appétissante Normande lui apportait sa chicorée du matin pour le petit déjeuner. Une fois, il avait retenu sa main potelée.

Elle lui avait souri. Ses yeux étaient ternes.

Lui, fort embarrassé par la familiarité de son propre geste, s'était écrié :

– *Ach !* Ma*t*emoizelle Hocquigny, je *b*ensais… *f*otre *Q*uillaume le *G*onquérant, a*f*ec ses drakkars, il a réussi à *t*ébarquer en *N*ankleterre, mais *ch*e ne *g*rois *b*as que les *Z*an*k*lais *z*eront *k*apa*p*les *t*e faire la même chose *t*ans l'autre sens !

– On n'est jamais sûr de rien, avait répondu Jeanne.

Elle avait repris sa main. Ses oreilles étaient écarlates.

Kurt Schlassenbuch avait été rattaché au 1058e régiment de grenadiers. Il était en charge du dispositif d'ouvrages fortifiés qui dominaient la grève et chargé de donner l'alerte à la moindre observation suspecte. Du matin au soir, il observait donc l'horizon maritime. Il le voyait tel qu'il apparaissait au fond de ses jumelles, c'est à dire quotidien, raplati, grisé et monotone.

Aussi loin que portait son binoculaire Zeiss, grossissant dix fois, la Manche lui renvoyait l'image d'une mer rageuse, saumâtre et inhospitalière. À la lisière des vagues ourlées d'écume qui trahissent la formation de creux d'au moins six mètres, l'Allemand supputait l'efficacité des champs de mines installés depuis peu. Maintenant que l'espace des plages compris entre la *laisse* de basse mer et la *laisse* de haute mer était comblé par des pieux d'acier inclinés vers le large, des tétraèdres pyramidaux, des barrières d'acier et autres « grilles belges », le tout truffé d'engins explosifs, il se sentait rassuré.

Ses petits yeux noirs roulaient parfois sous ses paupières lourdes. Avec une lenteur mélancolique, il baissait la tête et regardait les attaches épaisses de ses poignets. Kurt était issu d'une lignée de paysans bavarois. Si on ne lui avait pas appris à faire la guerre dès son plus jeune âge, en l'enrôlant dans les Jeunesses hitlériennes, sans doute serait-il resté au fond de ses montagnes, paisible comme un bœuf.

Les circonstances et l'appétit de conquête du IIIe Reich l'avaient dispensé de choix. Depuis 1939, il soupirait sous le harnais de la Wehrmacht.

À d'autres moments de son interminable journée, il ressassait les inquiétudes formulées par le *Feldmarschall* lors de son inspection et haussait les épaules. Il essayait de faire la part des choses. Ces messieurs d'en haut sont si fragiles dès qu'ils craignent pour leur réputation ! Et puis, il y avait les faux bruits. On chuchotait que Rommel n'était plus dans les petits papiers du chancelier Hitler. Désormais, le Führer le considérait plus comme un symbole nécessaire que comme un authentique zélateur du régime.

Kurt bénissait le ciel et le commandement de ne pas lui avoir donné de responsabilités plus écrasantes ! Il se contentait volontiers d'incarner le rôle modeste pour lequel on l'avait désigné : surveiller la mer.

Une bière, un schnaps et de l'observation. C'était son lot. Un petit boulot de retraité. C'était tout à fait dans ses cordes. Et il n'était pas prêt d'arriver le jour où Kurt verrait s'encadrer dans la meurtrière de son bunker les bateaux du débarquement allié !

Il abaissa ses jumelles et, ce faisant, effleura la perspective de la plage. Au lieu d'être déserte comme l'aurait voulu ce foutu règlement, la silhouette d'un promeneur se détachait sur fond de sable. L'homme avançait pesamment. Il luttait contre le mauvais temps qui balayait toute l'anse de son haleine humide.

Ce type, Kurt l'avait repéré la veille. Sans doute un de ces autochtones têtus qui bravaient les interdits de l'armée allemande pour sacrifier à leur passion des crustacés. Qu'il neige ou qu'il vente, au risque de sauter sur une mine, les gens d'ici trimballaient leur panier et leur croc. À l'appel de chaque grande marée, une pulsion plus forte que la raison les poussait à marcher sur les talons de la mer. Ils allaient chasser le congre dans les anfractuosités de roche ou passaient des heures à soulever les pierres. Les étrilles, les ormeaux, les crabes, les coques, les palourdes, les bigorneaux, tout leur était bon. Un peu naufrageurs par tradition, ils revendiquaient aussi un droit de propriété sur tout ce qui s'échouait sur la côte. Le premier venu qui déposait un galet sur une planche, un boute, un vestige de bateau déposé par les vagues en devenait le légitime possesseur.

Kurt avait décidé dans son for intérieur de fermer les yeux sur les activités de l'intrus. La grande Allemagne n'en était pas réduite à redouter un débarquement de bulots !

L'homme était barbu. Il abritait sa tête sous un chapeau de pluie. On distinguait mal ses traits. Il était chaussé de hautes bottes de pêche et de temps en temps s'accroupissait pour inspecter les rochers envahis de varechs, les cuvettes fraîchement découvertes par le retrait des eaux. Il plantait son bâton devant lui et semblait interroger le sable de la pointe de son vieux couteau. Parfois, quand il avait fini de fouiller le sol autour de lui, il relevait la tête, il tendait la main en direction de la crosse de sa canne et s'appuyait dessus. Il semblait se désintéresser de la mer et même lui tournait le dos. Son regard s'appesantissait du côté des dunes, du côté des fortifications. Sans doute préférait-il avoir le vent derrière lui plutôt qu'en pleine face.

Si Kurt avait eu les idées plus longues, si l'heure du schnaps n'était pas venue faire obstacle à sa méfiance naturelle, il aurait envoyé deux hommes vérifier l'identité et le comportement du pêcheur. Les soldats eussent fait connaissance avec Prakash en habits de « Le Moal », comme il disait, c'est à dire grimé en indigène et nanti d'excellents faux papiers. Ils auraient fouillé son panier, choisi un beau crabe pour eux-mêmes, et auraient refoulé l'intrus vers l'intérieur des terres.

Au lieu de cela, Kurt avait rejoint les deux sous-officiers qui faisaient équipe avec lui. Le *Feldwebel* Ludwig Groebel brandissait déjà une bouteille de calvados «pur porc» offerte par la fermière de l'entrée du village. Les Allemands portèrent un toast bruyant à son mari qui n'y était pour rien et rameutèrent les trois soldats du corps de garde, qui s'empressèrent de complimenter Ludwig pour son savoir-faire avec les femmes françaises.

Sur la plage, Prakash s'était rapproché du but qu'il s'était fixé. Il avait planté devant lui la canne spécialement équipée pour la prise de vue à la sauvette, une petite merveille technique que lui avait passé Boro afin de l'expérimenter.

Avec une grande économie de gestes, il visa au travers du télémètre les ouvrages qui le dominaient. Herbes folles et béton. Le minuscule Leica logé dans le pommeau du stick fonctionna plusieurs fois avec sa discrétion ordinaire.

Le photographe rebroussa chemin en coupant la grève au plus court. Il trouva sans le moindre tâtonnement la naissance d'un sentier de douane qui dominait la plage et se coula entre les haies pour regagner la maison du maire qui l'abritait pour la seconde fois en l'espace de six mois.

D'ici quelques jours, les photos de la future plage d'Omaha Beach seraient sur la table de Sir Artur Finnvack.

Même si le bébé était encore dans ses langes, l'opération «Overlord» était en marche.

A job for Donald

À Londres, après une permission de vingt-quatre heures, le *flight-lieutenant* Donald Eliott Tennessee, son sac sur l'épaule, quittait son appartement de Chelsea et sautait dans une voiture de l'état-major qui l'attendait devant sa porte – une Wolseley noire, conduite par un caporal de l'armée de l'air.

L'ancien soupirant de Maryika, l'amant d'une seule soirée, s'apprêtait à être reçu par l'adjoint de l'inatteignable Menzies, Sir Artur Finnvack, le numéro deux des services secrets de Sa Majesté, un homme désarçonnant.

La voiture glissa jusqu'à Regent Street et s'immobilisa devant un immeuble tout en cubes dont la banalité affligeante et la façade pisseuse ne justifiaient en rien la présence d'un factionnaire armé jusqu'aux dents et posté au creux d'une guérite à la peinture écaillée.

Au passage du *flight-officer*, le soldat en faction se figea en un garde-à-vous d'une roideur parfaite, à laquelle le lieutenant, cédant aux usages militaires, fit écho en portant sa main à la visière de sa casquette.

Sous la voûte de l'immeuble, Donald Eliott Tennessee obliqua vers la gauche. Il s'élança pour conquérir plus vite une volée de marches et déboucha dans un hall sombre, de larges proportions. Différents couloirs résonnaient de l'écho de pas pressés.

Au pied d'un ascenseur central, il attendit quelques instants l'arrivée de la cabine. Elle se posa dans un léger vacillement. Lorsque la grille s'ouvrit, le lieutenant s'effaça pour laisser passer un civil d'un âge rassis, porteur d'une serviette de cuir et armé d'un parapluie. Le gentleman était accompagné d'une jeune femme en uniforme. Le temps d'un *excuse me* pour lui et d'un battement de cil pour elle, le couple glissa devant Donald. Il les remplaça dans la cabine et, d'un effleurement du pouce sur le bouton du sixième étage, libéra l'ascenseur vers sa destination : les bureaux de l'Associated Press Incorporated.

Sur le palier du sixième, une plaque aux proportions modestes confirmait la raison sociale du lieu où se rendait l'officier.

Il poussa la porte. Un *blount* la referma dans son dos.

Admis dans une sorte de salle d'attente, il patienta au fond d'un canapé. Il gardait un œil libertin sur les longues jambes de la secrétaire – Miss Pennypecker (qui lui en donnait pour son grade) –, mais, pour calmer ses impatiences, il eut plusieurs fois recours à la flasque de whisky qui, depuis sa blessure, ne quittait plus la poche intérieure de son blouson. Il eut largement le temps d'imaginer la tournure que prendrait l'entretien.

Sir Artur Finnvack saluerait l'entrée de l'officier d'un simple hochement de tête tamisé par un paisible : « *Hello Donald ! How is life with you today ?* » Sans attendre la réponse, sans qu'aucun de ses magnifiques cheveux blancs perde du lustre ou de l'ordonnance, il quitterait le refuge de son bureau pour prendre place en face de son invité. Il logerait son élégante carcasse de gentleman dans un fauteuil à dosseret de cuir de chez Morgan's. Avec des gestes pondérés, il verserait le thé *Earl Grey* dans les tasses préparées à l'avance.

Il s'enroberait de fumée bleue en tirant sur sa pipe de chez Dunhill et se recueillerait un bref instant. Il laisserait sommeiller le paresseux goût de miel du *fine cut* au fond de sa bouche aux lèvres aristocratiques. Le visage impénétrable, mais avec une exquise courtoisie, il notifierait d'une voix égale la mission de « ramassage » pour laquelle son visiteur était désigné.

Sir Artur Finnvack était d'une espèce inusable. Il faisait la guerre avec autant de flegme qu'un *clubman* accomplissant un parcours de golf. Le sérieux de ses analyses précédait toujours le risque engagé, qu'il qualifiait volontiers de *handicap*. Maître de ses nerfs, il choisissait les hommes qu'il expédiait en mission avec autant de soin qu'un champion utilisant tel « fer » ou tel « bois » pour atteindre le plus rationnellement possible le « *pot* » situé à plus de cent cinquante mètres.

À propos de cette fichue mission au-dessus de la France occupée, il se dirait *raisonnablement* préoccupé. Il spécifierait les contours d'une opération plutôt casse-cou. Elle aurait lieu en région parisienne, non loin d'une zone sensible, truffée de batteries antiaériennes. Il insisterait auprès du pilote pour qu'il intègre une donnée fondamentale : la sûreté du lieu d'atterrissage dépendrait essentiellement d'un balisage de fortune. Assuré en plein champ par une poignée de résistants, il ne saurait être mis en place qu'au tout dernier moment.

À ce stade de l'entrevue, Finnvack libérerait au moins deux boutons de son gilet, comme pour mieux respirer. Il entamerait plusieurs phrases inaudibles, un peu comme si les mots s'étranglaient les uns les autres, et, de cette bouillie verbale, il ressortirait que l'exploit de se poser dans les mêmes conditions, au même endroit, avait déjà été réalisé une fois. Et qu'une autre fois il avait mal tourné. *As a matter of fact*, la vie, la sécurité de plusieurs agents en fin de mission dépendraient de l'habileté du pilote. Disséminés sur le territoire occupé, des hommes et des femmes de l'ombre seraient au rendez-vous du Lysander piloté par le *squadron-leader*. Sa réputation d'as du rase-mottes en faisait l'homme de la situation. Donald n'aurait droit qu'à un seul plongeon vers le sol infesté de pièges. La moindre faute de pilotage, l'abus du whisky ou l'éveil donné aux Allemands risqueraient d'être fatals.

Le moindre accroc signifierait la mort.

– *Here we are, old man!* conclurait Sir Artur Finnvack en se levant de son siège pour marquer la fin de l'entrevue.

Et, tapotant amicalement sur l'épaule du pilote, il ajouterait :

– *Indeed! We all share the same feeling… you are the right man at the right place!… It's a job for you, Donald! Good luck!*

Tout de même, le temps de parler de ces choses sérieuses, sa pipe se serait éteinte.

Docteur Fly-Tox or Mister Hyde?

Clavié poussa la porte du bougnat situé à l'angle de la rue Scribe et de la rue de Mogador.

La salle de bistrot était vide. En l'absence du propriétaire, Clavié laissa la porte se refermer dans son dos. Il pivota et, le front rivé à la vitre, commença à surveiller la rue.

Il semblait frigorifié. Il avait la goutte au nez. D'un revers de manche, il s'essuya le blair à la va-vite.

Le bistrotier, Castagné, un limousin sanguin, ne tarda pas à surgir des profondeurs du plancher. Le cheveu ébouriffé, l'homme émergeait de sa cave. Il salua respectueusement le suppôt de Vichy. Il grimpa les dernières marches, referma derrière lui la trappe en bois de châtaignier et passa derrière son comptoir. Il s'ensuivit un grand fracas de bouteilles entrechoquées.

– Il fait un froid de gueux, marmonna-t-il en lissant sa moustache.

Et fixant le dos opaque de son client :

– On a les mains gercées ! Aujourd'hui, je ne vous proposerai pas de rester en terrasse.

Clavié ne bougea pas. « Terrasse » était un bien grand mot ! Le vocable désignait en l'occurrence un petit espace gagné sur le trottoir par l'Auverpin afin de remiser sa charrette pliante, ses échantillons de bûchettes de bois d'allumage serrés en bottes et deux guéridons de marbre montés sur un pied de fonte.

– Comme d'habitude, m'sieu Clavié ? Une petite gâterie ?

– Je veux bien, oui.

Castagné avait la bosse du commerce. Il avait adapté son négoce de liqueurs, bois et charbons aux rigueurs de l'époque.

Il agissait sans états d'âme. Sa conduite lui était dictée par son seul bon sens. Le boulet, la briquette, l'anthracite battaient-ils de l'aile faute d'approvisionnement? Il feignait de miser sur une réserve de vin de Saint-Pourcain aux relents aigrelets (qu'il écoulait grâce à l'assiduité d'une demi-douzaine de poivrots du quartier) et faisait le gros de son chiffre d'affaires en vendant sous le manteau des œufs, du fromage et quelques alléchants quartiers de bœuf en provenance de sa ferme du plateau de Millevaches. Aussi en dénonçant les derniers étrangers du quartier.

Il remplit le verre de son client d'un quinquina sorti d'un recoin de placard et vaqua à ses occupations.

Au bout de la rue apparut un homme à bicyclette.

Avec une dextérité de manœuvrier expérimenté, bravant les restes de verglas, le cycliste arrondit sa courbe dans les derniers mètres. Il fit glisser son vélo le long du trottoir et freina au dernier moment. Il mit pied à terre et retira les pinces qui entravaient ses pantalons à hauteur de chevilles.

C'était Petiot.

Ses joues étaient pâles et creusées. Ses yeux enfoncés et injectés de sang trahissaient la fièvre.

Il s'affaira un moment sur son porte-bagages.

Sans qu'aucune expression particulière vînt troubler le faciès de Clavié, ce dernier en profita pour s'installer à une autre table, au fond de la salle. D'un geste vif, il redressa le col de sa canadienne et adopta l'attitude détendue de celui qui s'absorbe dans la lecture du journal.

Le temps de parcourir un article signé Robert Brasillach, où il était écrit à propos du *Soulier de satin* qu'il s'agissait « d'une œuvre immortelle respirant au naturel l'un des génies les plus grandioses de notre langue et de l'Europe », et la porte du troquet s'ouvrit.

Elle livra passage au docteur.

Le poing noué sur une valise en carton qui avait fait son temps, le récent libéré fit quelques pas hésitants. Il marqua un temps d'arrêt et balaya la salle d'un regard circulaire.

Clavié abaissa son journal et lui fit signe.

– Bonjour, dit Marcel Petiot en s'avançant vers son ancien client. Comment va votre herpès?

– Vous m'en avez débarrassé! On ne chantera jamais assez vos louanges, docteur!

L'étonnant docteur Petiot grimaça un sourire. Il tira la chaise qui lui était destinée, s'y installa et déposa sa valise à ses pieds.

Le nez pointu, le cheveu ondulé rejeté en arrière, les yeux largement cernés de noir, il fixa Clavié, lança le menton en avant et soudain ergota :

– Vous vouliez me voir ?

– Ma foi, oui…

– Il fallait passer au cabinet. Prendre rendez-vous auprès de madame Petiot… Vous en avez l'habitude.

– C'est une femme charmante. Elle s'est montrée très soucieuse de vos intérêts.

– Elle n'entend rien à l'argent. Elle le jette par les fenêtres !

– Vous faites allusion au marché financier qui a permis votre libération ?

Petiot prit l'air rancunier :

– Je fais allusion à la rançon dont vous vous êtes fait l'entremetteur !

– Je n'avais pas de marge de manœuvre !… protesta Clavié.

– Vous avez fait du chantage auprès de ma famille !

– J'avais l'épée des Allemands dans les reins !

– Et moi, j'avais leurs tenailles au bout des ongles ! Il me semble que c'était à moi de décider !

– Madame Petiot a compris que votre salut n'était pas négociable. Elle a pensé aussi qu'il était temps de rendre son père à votre fils.

– 100 000 francs, mazette ! Comme vous y allez !

Et, dressé, l'œil dilaté :

– Ça n'a pas poussé sous le pied d'un cheval, vous savez !

– La liberté n'a pas de prix !

– Je suis ruiné.

– Il vous reste votre métier.

– Médicastre, vous voulez dire ? Plus aucun patient ne viendra se faire soigner par le toubib du 66 rue Caumartin !… À part vous, bien entendu !

– La médecine n'est pas le sujet de notre entretien du jour, trancha Clavié.

– Ah !

Petiot se rejeta en arrière. L'œil voilé, il attendait.

Clavié replia son journal et sembla réfléchir.

– Vous savez quoi ? dit-il. En vous attendant... je lisais un article sur Claudel. Ils disent que c'est un grand homme ! Que c'est le miracle... le génie ! Je n'en crois trop rien.

– C'est un lanceur de mots.

– Il y a de l'esbroufe, dans les mots ! De nos jours, le génie se cache ailleurs... je le verrais plutôt dans les plis du quotidien...

Les pupilles de Petiot s'étrécirent.

– Je ne vous vois pas venir, dit-il. Éclairez un peu mieux votre route, cher ami... que me voulez-vous, exactement ?

– Un peu de patience, *cher ami*...

Le gestapiste français s'était mis à parler sur le souffle. Castagné, toujours affairé derrière son zinc, rinçait des bouteilles. Ensuite, il les passait au hérisson.

Le médecin ne lâchait plus son interlocuteur du regard. Ses yeux sublimes avaient viré au sombre. Visiblement, il était sur ses gardes.

– Je n'aime guère les gens qui me tendent des pièges, proféra-t-il d'une voix sourde. Il semble que l'entremise soit votre spécialité... je me méfie des spécialistes... je me méfie de tout le monde... Je suis entouré de traîtres.

Soudain, le mal moral et physique que lui avait infligé sa détention se lisait à visage ouvert. L'épreuve endurée avait gravé deux rides prononcées au coin de sa bouche, d'où semblait s'être retranchée la saveur de la vie.

– N'ayez crainte, docteur... Je sais que, au fond de vous-même, vous êtes un patriote, se risqua Clavié. La façon dont vous avez résisté aux interrogatoires prouve assez votre trempe.

– J'ai résisté à la torture parce que j'étais innocent, monsieur !

– Pas seulement ! Parce que vous êtes unique !... D'une anormale envergure...

– Allons donc !

– Si, si... *Normalement*, personne ne résiste... Les plus endurants, pour ne plus affronter la douleur, finissent par se parer des crimes les plus éminents... tandis que vous, cher docteur...

Secrètement flatté par les compliments que Clavié adressait à sa paranoïa, Petiot semblait se régénérer. La force quasi hypnotique de son regard très sombre se renforçait d'un sourire qui, sans doute, se délectait de ses secrets ignobles.

Il fallait de sacrés nerfs pour s'appeler Petiot et jouer dans sa peau. Personne, pas même Clavié, n'aurait pu supposer en quel état de surmenage se trouvait le plus grand criminel de tous les temps. Depuis deux jours et deux nuits, il ne s'était pas couché. Il avait œuvré avec une résistance à la fatigue et une insensibilité peu communes, s'échinant à effacer la trace des assassinats perpétrés en son hôtel de la rue Le Sueur. La tâche était harassante. Elle était surnaturelle. Des dizaines de corps en décomposition à faire disparaître. Des cadavres entiers, des fragments humains, deux squelettes en morceaux, des crânes, des troncs, trois sternums, des péronés, des corps sans tête avaient été plongés dans une fosse emplie de chaux vive.

– Je sais que vous travaillez pour la Gestapo française, monsieur Clavié, dit le médecin en se radoucissant. Vous devez donc avoir vos sources. Ergo, vous n'êtes pas sans savoir que j'ai été innocenté de toutes les accusations dont on m'accablait.

– Faute de preuves, docteur ! Grâce à votre art de brouiller les pistes.

De façon furtive, une sourde colère, une grande froideur, des yeux d'oiseau en cage habitèrent Petiot. En un clin d'œil, il se reprit. Il sourit à l'autre. En vrai séducteur, il revint à ses prunelles de velours.

– Je n'étais qu'un intermédiaire sans importance ! laissa-t-il tomber. À peine un moussaillon sur un immense bateau à l'équipage invisible ! On ne peut m'en vouloir au prétexte que j'ai voulu donner ma caution, mon engagement, au projet de sauver des vies humaines… Un médecin est fait pour préserver la vie !… J'ai agi comme n'importe quel humaniste… J'ai agi comme m'y engageait le serment d'Hippocrate…

– Vous avez cru soulager la détresse de ceux qu'on persécutait…

– C'est cela même !… j'agissais pour rendre service.

– Et maintenant… quelles sont vos perspectives ?

– Je vous l'ai dit ! Aucune ! Je suis sur le sable ! Ma clientèle a fondu comme neige au soleil. Je n'ai plus d'argent puisque les Allemands me l'ont ôté. La bague de ma femme va partir chez « ma tante ». Je racle les fonds de tiroir pour nourrir ma famille !

Au tour de Clavié d'occuper le devant de la scène.

– Si vous savez échanger un secret, si vous me faites confiance, je pourrais peut-être vous aider.

– Un échange de bons procédés ? Dites-m'en plus.

Clavié se gratta le menton. Il compensait sa courte taille par une réelle méchanceté qui n'échappait pas à son interlocuteur.

– Avant toute chose, à qui m'adressé-je, Marcel Petiot? demanda l'homme de la Gestapo française… Docteur Fly-Tox ou Mister Hyde?

– Polope! commença le docteur. Je ne sais pas jusqu'où peut nous entraîner votre imagination!

Mais le petit gestapiste lui coupa le sifflet.

– Je sais tout sur Fly-tox, spécifia-t-il. Je suis bien placé. Je sais qu'en réalité vous êtes le chef d'un réseau de résistance.

– Vous vous mettez le doigt dans l'œil! se débina Petiot en portant la main à son nœud papillon. Pensez-vous! Je ne suis rien de tout ça! Je suis seulement un fou «certifié», un inventeur méconnu et le médecin des pauvres…

Clavié, d'un signe, l'arrêta dans son nouveau délire :

– J'ai fait le voyage d'Auxerre, dit-il. J'ai rencontré votre frère Maurice, l'ancien clerc de notaire, celui qui est devenu électricien. Je l'ai passé à la curette. Je lui ai fait un peu peur…

– J'ai les mains propres! protesta Petiot. J'ai été maire, j'ai été conseiller général… Ne m'entraînez pas vers une nouvelle aventure!

– Vous n'y êtes pas, Petiot. Je vous demande de m'aider à secourir un groupe de familles en danger. Je vous demande de secourir des malchanceux de l'Histoire…

Que se passait-il alors dans le cerveau de l'insondable docteur? Il resta longtemps muet, excédé, abattu.

Enfin, il leva sur son tourmenteur ses yeux d'oiseau de nuit dans des orbites fripées.

– Qui êtes-vous, vous-même, Clavié? demanda-t-il. Pourquoi changer de camp?

– Ne vous y trompez pas. Je suis depuis longtemps de votre bord. Je m'avance masqué depuis début 43. Et je sais que Fly-Tox, même s'il n'a pas établi de contact avec la Résistance officielle, peut se targuer de patriotisme… Vous avez averti des juifs avant une rafle, vous avez abrité un réfractaire, vous avez été torturé par la Gestapo… Vous êtes un patriote, Petiot! Ne vous reniez pas!

Petiot sourit.

Après tout, l'autre lui offrait de faire à nouveau fonctionner son usine à meurtres.

– Il y a le problème de l'argent, dit-il. Pour mes contacts. Pour mes passeurs. Pour le coût du voyage. Pour le risque couru.

– J'y pourvoirai. Les familles sont à l'aise.

Petiot chercha sa respiration. Il gonfla sa poitrine. D'un coup, il semblait reprendre du poids. De l'autorité. Sa voix de magnétiseur forain.

– Préparez vos ouailles, monsieur Clavié. Préparez-les à un long voyage.

Et l'inquiétant docteur, donnant soudain ses consignes habituelles :

– Dites-leur de réaliser tout. Qu'ils emportent de l'argent. Beaucoup d'argent ! Qu'ils n'oublient pas qu'en Amérique du Sud le change leur sera défavorable. Cinq photos de face, cinq photos de profil !… Vous me remettrez leurs pièces d'identité, car imaginez-vous bien, monsieur Clavié, qu'ils vont quitter la France pour n'y plus revenir !

– Quand aura lieu le prochain départ ?

– Dès que possible. Je m'y emploie. Peut-être après-demain.

Les deux hommes se serrèrent la main. Une façon de sceller leur pacte.

Justement, Castagnié était de retour. Il venait de passer la tête au ras du parquet.

– Ces messieurs !… Qu'est-ce que je vous sers ? demanda-t-il en s'extrayant de sa cave. Une petite mousse ?

Fiffre sur tous les fronts

Vu de l'extérieur, l'appartement de mademoiselle Fiffre semblait assoupi derrière ses rideaux au crochet. L'immeuble dans son entier respirait un air de province, de modestie, de rente et de bien tenu qui inspirait la confiance.

Passé le seuil du logement situé au deuxième étage, le diapason vibrait d'une tout autre façon. Ainsi que le faisait remarquer elle-même l'occupante des lieux, il régnait « dans cette turne une atmosphère de camp retranché » !

On n'en était pas au « blitz », aux sacs de sable, à la défense passive et aux chefs d'îlots, mais pas loin. La moindre alerte, le plus infime retard, le plus anodin manquement au règlement, déclenchaient l'ire du commandement.

Les rênes du pouvoir étaient entre les mains de ladite Germaine. L'intransigeante personne avait la réputation d'un général exalté mais brave et consciencieux. D'un galop de girafe, elle arpentait le parquet geignard de son quatre-pièces-cuisine. Elle marchait d'un pas résolu et distribuait ordres, compliments et réprimandes à ses troupes avec une énergie qui ne se démentait pas.

Aux obscurs, aux sans-grades, aux corvéables, à ses protégés, ellc distribuait les tâches ménagères. À Paul-Léon Bronstein, sommité du barreau versaillais, elle disait :

– Plus fines, maître, je vous prie, plus fines, les épluchures de vos topinambours ! Et puis ça sent mauvais ici… Quelqu'un aura fumé ! Vous avez fumé !… Qu'est-ce que vous avez pétuné encore ?

– Ça n'est pas moi, je le jure ! se défendait l'avocat, c'est Guschinov… il a encore essayé de se rouler un peu de géranium séché…

Sous la lumière crue de l'ampoule nue, Germaine poussait un gémissement et levait les yeux au ciel.

– Seigneur ! disait-elle.

Elle se tournait vers le fourreur :

– C'est comme l'électricité, *Gurchinov*, il faut l'économiser !

– Guschinov, pas *Gurschinov*… protestait l'artisan. J'ai allumé pour pouvoir prier, madame…

– Mademoiselle !

– Mademoiselle ! Je n'y voyais rien… J'ai allumé pour lire les Psaumes.

– Les psaumes, *Gutchinof* ?

– Guschinov, mademoiselle !… Guschinov !…

– Si vous voulez, Joachim ! mais puisqu'on en parle, n'esquivez pas la controverse ! On prie toujours trop ! On *s'embigote* dans toutes les religions ! Il faut faire des économies de bondieuseries ! À l'heure ou presque de la délivrance, c'est l'action qui doit nous guider !

Le fourreur de la rue des Rosiers pardonnait tout à Germaine.

Ce matin-là, il avait osé demander :

– Justement, bonne dame ! Quand allons-nous partir ?

Germaine avala sa salive et prit l'air mystérieux.

– Un peu de patience, mon cher.

– Quoi ? Vous avez du neuf et vous le gardez pour vous !

– Croisez vos doigts, mécréant ! C'est peut-être pour demain…

– Et vous ne nous disiez rien ! reprocha Paul-Léon Bronstein en mêlant à la conversation la tessiture grave de son bel organe d'avocat.

– Pour ne pas vous donner de faux espoirs, Maître ! Ces choses de la diplomatie sont tellement fragiles… tellement tarabiscotées…

Les yeux du juriste se posèrent sur la vieille fille :

– Je peux vous conseiller, si vous le désirez.

– Eh bien, vous allez me détester, Maître, s'écria mademoiselle Fiffre, mais je ne le souhaite pas !

Inflexible grand cœur ! L'excellente Germaine se méfiait des mâles dominants. Sa détermination à gérer ses affaires elle-même était à la hauteur du mal qu'elle s'était donné pour venir en aide à ces messieurs. Autant dire qu'elle était énorme.

– Merci pour votre offre ! Sur le chapitre des exploits à deux, j'ai viré ma cuti ! Nous les femmes, nous nous en tirons très bien toutes seules ! L'intuition qui fait ça... L'instinct de vie. Et notre capacité d'adaptation. Ce soir, je vais rencontrer le dénommé Clavié pour la seconde fois. Et je vous fiche mon billet qu'il va me confirmer la date et l'heure exacte de votre rendez-vous avec le bon docteur Eugène !

– Que Dieu ait son âme et protège son corps ! psalmodia Guschinov.

Que l'exemple de ce saint homme vous fasse éteindre la lumière en pleine nuit ! répondit Germaine. Qu'il vous donne un peu de jugeote ! Et surtout, priez pour que ma voisine n'ait pas la tentation de me dénoncer à la *Kommandantur* à force d'entendre des voix d'hommes dans mon logement, ajouta-t-elle.

Elle consulta sa montre.

Elle dit :

– Je me maquille, j'enfile mes talons et j'y vais ! J'ai rendez-vous à dix-sept heures. Si j'arrive à négocier l'arrangement financier à l'issu de ce rendez-vous, le grand soir sera pour demain !... Vous vous rendez compte, mon bon *Gurtchinoff* !...

– Guschinov, mademoiselle !

– Sur le souffle, Joachim !... parlez sur le souffle !... demain commencera peut-être le futur de votre résurrection !

Cœur au ventre

Boro était tellement joyeux de renouer avec l'action qu'il se trouva prêt avant tout le monde. Il tournait en rond comme un fauve en cage alors même que sa jolie compagne émergeait à peine des brumes du sommeil.

Tasumiré Takasu fit son apparition à la porte de la chambre des amants dès huit heures du matin. La Japonaise était très peu maquillée. Elle portait avec grâce un ensemble – veste et pantalon gris ardoise – qui accusait sa masculinité.

Elle joignit les mains et s'inclina devant Boro.

– Bonjour Kitsu, dit le reporter.

Il ajouta comme s'il cédait à un accord de circonstance :

– Tout est en ordre.

En lui présentant le miroir de son visage impassible, elle s'inclina imperceptiblement et répondit :

– *Arigatô Boro San*. Merci, monsieur Boro.

Étrange atmosphère. Les nerfs étaient tendus, quoiqu'on restât d'une politesse exquise.

Tulipe salua sa marraine à son tour. Effacée, la jeune fille restait au fond de la chambre.

Regards de soie. Sourires de circonstance. Sourires sur toutes les lèvres. Un immense savoir-vivre.

Kitsu leva son faciès large. Elle annonça laconiquement :

– Dehors, c'est un bourbier. La pluie s'est mise de la partie. Les sols sont rendus glissants par le dégel.

Elle posa sur le reporter des yeux aussi transparents que du plomb. Messagère de la poisse, elle dit aussi :

– La météo prévue est mauvaise pour cette nuit. La couverture nuageuse va en se renforçant sur la région parisienne. Elle risque de gêner le pilote.

Boro demanda :

– Vous êtes-vous assurée que l'opération était maintenue ?

– Ce sera confirmé par radio, en cours de journée.

– Vous possédez un émetteur ?

– Celui que m'a parachuté le SR. Avec toute sa panoplie. Je ne transmets que depuis ma voiture. L'appareil se trouve dans un aménagement spécial de la carrosserie. Je me déplace à chaque émission.

– Je ne mets pas en doute vos capacités professionnelles, dit Boro.

Entre eux, le ton était toujours aussi poli, toujours aussi glacial. Tulipe s'était avancée. Elle paraissait parfaitement préparée à admettre le départ de Boro.

Au moment de la séparation, elle dit :

– Je préfère ne pas vous raccompagner jusqu'à la porte, Boro. Comme ça, j'aurai l'impression que vous êtes quelque part dans la maison…

Elle s'envola sur ses pieds graciles et courut jusqu'à lui. Elle passa ses bras autour de son cou et se haussa sur les pointes. Elle ferma les paupières et unit ses lèvres à celles du reporter.

– Pardon, souffla-t-elle. Pardon d'avoir été si lourde à porter !

– Prends soin de toi.

– Ne t'en fais pas. Je sais où je vais.

Leurs deux visages étaient si proches qu'ils risquaient à tout moment de basculer dans le tumulte et l'émotion.

Nuque renversée, la fille aux yeux d'agate se retrouva blottie dans les bras du Hongrois. Il noya son visage dans la cascade de ses cheveux. Il s'emplit de son odeur.

– Toi aussi, fais attention à toi, petit prince.

Les yeux fiévreux de la belle cherchaient le regard de son héros.

– Que vas-tu faire de bon sans ton ange ? demanda-t-elle. Et ses yeux s'emplirent de larmes.

Elle se reprit. Elle se rejeta en arrière.

– Pardon. Pardon encore… Je te jure que je ne voulais pas me donner en spectacle.

– Nous partons, trancha Kitsu.

Boro détacha le regard du grain délicat de la peau de Tulipe. Il lui caressa la joue et mit un terme à leurs épanchements.

– Adieu, lui dit-il, je sors de ta vie.

Il lança sa canne en avant. Vingt horloges pendulaient le cœur de Tulipe tandis que s'estompaient les pas de l'homme qu'elle avait choisi.

L'instant d'après, Blèmia Borowicz se retrouvait dans le couloir, où l'attendait David en compagnie d'une jeune Japonaise.

En le voyant apparaître, l'enfant poussa un cri bref et courut à sa rencontre. Il se jeta contre lui et l'entoura de ses bras en se suspendant à lui comme à un arbre. Boro dut avoir recours à son stick pour restaurer son équilibre menacé.

– Où tu étais ? demanda le gosse. Tu m'as laissé tomber !

– Bien sûr que non !... Je savais ce que tu devenais. Je suis sûr que tu n'as manqué de rien.

– J'ai manqué de toi ! Tu m'avais dit que tu serais mon père !

– Je le serai. C'est promis.

– Maintenant ! Tout de suite !

– Je t'emmène en voyage. Je le serai à mon retour.

– Et en attendant ? Qui va me dire bonsoir ? Qui va me dire : « Est-ce que tu as bien dormi ? »

– Une femme délicieuse. Elle s'appelle Julia.

– Julia c'est tout ?

– Julia Crimson. Tu verras. Elle sent bon et elle sait s'y prendre avec les enfants.

– Bon. Ça ira. Allons-y.

Ils prirent place dans la voiture de Tasumiré Takasu.

Même chauffeur nippon au regard impénétrable qu'à l'aller. Même sensation de glissement dans une ville surréelle.

Neige et boue. Essuie-glaces. Asphalte luisant. Glissades. Sensation de vertige. Rues désertes. Cap sur le centre de Paris. La somptueuse voiture semblait rouler au hasard.

Enfin, la Japonaise leva vers le reporter son visage mangé par l'ombre.

– Quelle est notre première destination ? s'inquiéta-t-elle.

17 bis rue des Fossés-Saint-Jacques, répondit celui qui était redevenu Bouvier. Je voulais m'assurer que j'étais le seul à connaître l'adresse et que nous n'étions pas suivis.

Il se tourna vers David et adressa à l'orphelin le seul signal un peu humain qui fût à sa portée – un grand sourire avec les dents.

– Cœur au ventre, fils ! dit-il en serrant la menotte du gosse. Tu n'es pas obligé de me croire, mais je suis sûr que le destin des hommes n'est pas aussi noir qu'on veut bien le dire !

Bref passage en terre d'accueil

— Je ne comprends pas ! Bouvier devrait être déjà là ! Il est en retard ! s'écria mademoiselle Fiffre. Toujours il se croit invulnérable, celui-là, mais avec son fichu culot il finira par se faire pincer !

Elle avait débouché une bouteille de vin. Elle tenait en mains un légumier en faïence de Gien encore fumant qu'elle déposa sur un dressoir. Elle échangea un rapide coup d'œil avec Scipion qui lisait son journal.

– C'est tout l'effet que ça vous fait ?

L'Africain attarda un œil jaune sur l'énervée demoiselle.

– Pas de panique ! Boro P'tit va venir, général ! C'est parce qu'il ne veut pas vous mettre en danger qu'il prend le temps de vérifier s'il est suivi.

– Tchi ! piailla Germaine, avec vous, tout est toujours normal ! Dites-moi plutôt comment vont nos deux clandestins ?

– Ils n'ont pas fermé l'œil de la nuit. Excités comme des puces à l'idée d'entamer le grand voyage.

– Surtout, ne les quittez pas des yeux, Scipion ! Qu'ils n'aillent pas me faire une bêtise au dernier moment !

– Ils ne risquent pas. Conformément aux ordres, ils sont installés dans le placard à balais. Tout près de l'escalier de service. Prêts à cavaler par là.

– C'est votre responsabilité, insista la Fiffre.

– Oui, *Bouana* ! répondit l'Africain.

En cas de coup dur, c'est lui qui assurerait la défense et le repli du petit groupe. Aussi, lorsque la sonnette transmit un écho grêle et aigu via le lointain et interminable couloir, c'est tout naturellement sur lui que se posa le regard du général Fiffre.

Scipion se leva tel un ressort.

D'un pas sautillant, il s'en fut coller un œil inquisiteur au verre de loupe du judas pratiqué dans la porte d'entrée. Il commença à lorgner le palier avec suspicion. Il avait dégainé sa pétoire, un revolver Manhurin à barillet. Il se tenait sur le qui-vive.

Ce qu'il vit, une Japonaise et un aveugle, lui fit venir un sourire blanc sur le visage.

– Boro P'tit ! s'exclama-t-il joyeusement, et il se mit en devoir de débloquer les serrures, loquets, crampons et chaînes de sécurité qui encombraient la porte de leurs ferrures.

Les nouveaux venus s'engouffrèrent dans l'appartement. La porte se referma derrière eux en douceur. Le temps pour l'« aveugle » de retirer ses lunettes noires et d'habituer ses yeux à l'obscurité, et un piaillement d'alto survolté lui parvint.

Le visage chevalin de Germaine Fiffre se précipita au-devant de celui de son ancien patron.

– Monsieur Blèmia ! s'épanouit l'ancienne administratrice d'Alpha-Press. Comme c'est bon de vous revoir après cette semaine éprouvante !

D'un élan sans grâce, la vieille fille se jeta au cou de son Kirghiz préféré. Sur le point de s'attendrir, elle changea de ton :

Surtout, surtout, que chacun prenne l'habitude de parler sur le souffle, recommanda-t- elle.

Puis se tournant vers le reporter hongrois :

– Vous êtes en retard, monsieur *Borovice* ! Vous m'avez fait une de ces peurs !

Soudain, elle s'avisa de la présence de Kitsu et du jeune David.

– Que vois-je ?… Un enfant ! chuchota-t-elle en ouvrant de grandes prunelles effarouchées. Qu'est-ce qu'un moustique de votre gabarit vient faire dans un monde aussi dangereux que le nôtre, monsieur ? s'enquit-elle en s'approchant du gosse pour mieux le contempler.

Boro s'apprêtait à répondre.

L'enfant lui chipa la parole :

– Je suis là de plein droit, dit-il.

– Je vous demande pardon ?

Fiffre n'en croyait pas ses oreilles.

– Je suis juif orphelin, revendiqua l'enfant.

Les paupières de Germaine papillonnèrent plusieurs fois.

– Bon. C'est méritoire. Mais de là à vous présenter devant moi avec un toupet pareil…

– J'ai suivi mon nouveau père. C'est naturel en somme.

– Votre *nouveau* père ?

– Parfaitement. Monsieur Borowicz ! Il sera mon père d'ici peu… Il sera… un héros. Un photographe. Et mon père !

– Je ne comprends toujours pas, jeune homme.

– C'est pourtant simple. Dans un moment de cafard, Boro m'a demandé de placer toute ma confiance en lui.

– Et vous l'avez fait ?

– Sans hésiter ! dit le gamin en plantant son regard sombre dans les yeux épatés du général en jupons. Depuis, je vais mieux ! Je pleure moins dès qu'on m'embrasse. Je sais que je ne suis plus seul.

Le gamin lova sa petite main dans celle du reporter pour accréditer ce qu'il venait d'affirmer.

– J'ai l'intention d'adopter David dès la fin des hostilités, confirma Boro. Auriez-vous quelque chose à y redire, sainte Germaine ?

C'était trop pour un seul jour. La main sur le cœur, la grande caraque se contenta de hennir dans sa barbe. Elle était trop émue pour répondre. Elle pensait à sa propre incapacité à enfanter.

Elle déglutit longuement. Une boule d'air remonta le long de son larynx.

– Je vous envie, monsieur Borowicz, finit-elle par s'étrangler. Là où vous passez, c'est extraordinaire, la vie renaît ! Et je crois bien que c'est un don capital que vous avez là !

– C'est exactement ça ! dit David. Tout le monde a de l'admiration pour mon père. Et je vois bien que vous n'êtes pas la dernière, mademoiselle.

– Il est charmant, ce petit ! s'écria-t-elle. Il faudra me le confier de temps en temps.

Et, cédant à un élan maternel, elle s'accroupit devant le gamin :

– Tu sais, petit, lui confia-t-elle, quand la vie est ordinaire, je veux dire quand il y a du beurre et du sucre, vieille Germaine tourne d'admirables pâtes à tarte… Elle confectionne plein de croustillants desserts pour les enfants… Mais… s'interrompit-elle, en proie à un remords subit, je manque à tous mes devoirs, moi ! Ne restons pas là !... Suivez-moi, tous !... doucement tout de même ! Sur le souffle !

Ils s'élancèrent à sa suite dans le long couloir.

En attendant le grand soir

Ils étaient maintenant dans la salle à manger.

À sa grande confusion, l'hôtesse venait de se rendre compte d'un nouvel oubli :

S'adressant à Kitsu :

– Excusez-moi, madame, je ne vous ai pas saluée…

La Japonaise hocha la tête et déclina son nom :

– Tasumiré Takasu !

Impressionnée par l'exotisme du patronyme et la rugosité de la langue nippone, Germaine se fendit d'une révérence qui ressemblait plus à l'écart d'une jument effarouchée qu'à une politesse de salon.

N'importe, tout son monde était maintenant réuni autour de la table.

– Vous devez avoir faim, décréta-t-elle. Surtout le petit ! À son âge, on a toujours faim. Je peux vous mettre devant un plat de topinambours. Guschinov les prépare à merveille !

– Réglons nos affaires en priorité, demanda Boro, car le temps nous est compté. Kitsu, David et moi sommes seulement de passage.

Il se défit de sa musette et s'assit devant la table.

– Tout d'abord, Germaine, comment vont vos pensionnaires ? demanda-t-il.

– Ils vont bien. Ils ne s'ennuient pas ! Nous avons organisé la vie communautaire. C'est à eux qu'il incombe de faire marcher la boutique. Les lessives, les vaisselles, les repas, sont de leurs obligations. Scipion veille à la sécurité. Moi, je me consacre aux ambassades, à la diplomatie, aux prises de contact avec l'homme de confiance du docteur Eugène.

– Le médecin a envoyé un entremetteur ?

Mademoiselle Fiffre pouffa derrière sa main.

– Si on peut dire ! Il s'est fait représenter par un homme aux mensurations minuscules.

– Un jockey ?

– Une puce ! Avec *Gringoire* dans sa poche.

– Où l'avez-vous rencontré ?

– Dans un café. Rue Mogador.

– Voyez-vous ça !

Germaine battit des paupières.

– Deux fois, confessa-t-elle. Il mesure un mètre soixante-six environ. Je lui mange la soupe sur la tête ! Mais il est bien fait... Il possède une jolie musculature et le même amour que moi pour la petite reine. Nous nous entendons plutôt bien...

– Comment s'appelle ce nouvel amoureux ?

– Oh, monsieur Blèmia ! Comme vous y allez !

– Dites toujours...

– Clavié. Joseph Clavié.

– Vous a-t-il fait part du prix du passage ?

– Il m'a communiqué les tarifs et les conditions draconiennes imposées par le docteur. 50000 mille francs par participant, plus 10000 mille pour le passeur et autant pour lui-même.

– Nous frisons des sommets que notre modeste caisse noire ne saurait aborder, décréta Boro.

– C'est à prendre ou à laisser, monsieur. Le docteur Eugène n'est pas en mal de candidats.

– Êtes vous sûre que votre bon Samaritain est aussi altruiste qu'il y paraît ?

– C'est un saint ! N'y touchez pas !

– Un saint ? Comme vous y allez !

– C'est ce que dit madame Birenbaum ! Et je ne vois pas pourquoi le docteur ne relèverait pas ses prix alors qu'il prend des risques énormes au sortir de prison... Réfléchissez tout de même !... cet homme agit au péril de sa propre existence !

Boro baissa la tête.

– Je me rends à vos arguments parce que le temps presse, ma bonne Germaine. J'espère que nos protégés ont des économies et pourront compléter la somme de leurs propres deniers.

– Et s'ils ne le pouvaient pas ? s'interrogea mademoiselle Fiffre. C'est l'air de la calomnie qui fait croire que tous les juifs sont riches et cupides !

– *Candide* et *Gringoire* l'ont écrit, dit Boro avec une lumière coquine dans le regard.

Cessez de vous moquer de moi, sale moitié de Kirghiz ! S'il est vrai que Maître Bronstein a des trésors en diamants cachés dans les talons de ses chaussures, laissez-moi vous dévoiler que le fourreur a seulement le portrait de sa femme dans les doublures de son manteau ! Pas un kopeck !

– Chapeau, Germaine ! admira Boro. Vous êtes fichtrement rancardée !

– J'ai mes informations, revendiqua en rougissant la grande girafe.

– Vos indiscrétions, corrigea Blèmia. L'état de fortune de nos protégés ne nous regarde pas. En attendant, voilà la contribution de Kerberos…

Il fit glisser sa ceinture hors des passants de son pantalon et dégagea une bourse de cuir au dos de laquelle coulissait une fermeture éclair. Il en sortit un par un de nombreux billets pliés dans le sens de la longueur.

Scipion et mademoiselle Fiffre dépliaient machinalement les coupures au fur et à mesure de leur apparition et recomposaient une liasse homogène.

– Cent mille balles, épela Boro. Le prix de deux vies humaines payé par les rapines des hommes de Pépé l'Asticot dans une perception du Maréchal !

Et redevenant factuel :

– Germaine, vous me donnerez le complément des bobines exposées par Pázmány et moi-même dans le Cotentin.

– Le paquet est prêt.

Elle se leva de table.

– Ah ! se reprit-elle, et j'allais oublier, il faut à nos amis des photos d'identité… cinq ! C'est la règle pour l'Amérique du Sud… Vous ferez bien ça d'un coup de Leica, monsieur Boro !

– À vos ordres… d'un coup de Leica, mademoiselle Germaine !

Elle haussa les épaules. Elle reprit sa course. Elle courut ranger l'argent dans un secrétaire et revint avec un paquet enrobé de kraft et noué d'une ficelle en papier. Elle le glissa dans la musette grise de son patron.

Ensuite, en proie à une excitation visible, la poitrine palpitante, la main posée sur les globes de ses seins pour en contenir les rebonds, elle annonça en regagnant sa place :

– C'est pour demain soir ! Le grand soir !... Vous vous rendez compte !... La situation se débloque ! 21, rue Le Sueur, c'est le lieu du départ !

Sûre de son triomphe, elle avait posé sa longue main froide sur celle du reporter. Elle goûtait, elle savourait, elle partageait son succès avec lui.

Il souriait.

– Ainsi vous allez perdre vos paroissiens, Germaine ! Je parie qu'ils vous manqueront, lui lança-t-il.

Elle leva vers lui un regard mélancolique et amorça une sorte de prudent repli sur elle-même :

– Vous me connaissez bien, Blèmia ! Je n'aime pas quitter un monde une fois que je m'y suis glissée... Je m'étais attachée à toutes ces personnes... Quand vous serez tous partis, ça me fera drôle... Je serai de nouveau toute seule...

Elle frissonna. Elle jeta un coup d'œil du côté de son guéridon.

Elle bredouilla :

– Un coup pour oui, deux coups pour non !... Il ne me restera plus qu'Estienne d'Orves pour me tenir compagnie...

Boro la gratifia d'un désarmant sourire :

– Pensez-vous, vieille punaise ! C'est moi que vous aurez pour vous toute seule !

Vieille Germaine grinça comme une porte.

– Qu'est-ce que vous me chantez là, monsieur *Borovice* ?

– Je retiens votre soirée de demain, Germaine... J'ai dans mes projets un petit souper fin... vous et moi... en tête à tête !

Emberlificotée dans un fatras de pensées confuses, mademoiselle Fiffre jeta un regard angoissé derrière elle, comme si elle en référait à quelqu'un d'autre, une personne cachée, qui se serait tenue dans le sombre du couloir.

– Quelle mouche pique le vilain Hongrois ? demanda-t-elle.

Elle ne goûtait pas du tout la plaisanterie. Pas du tout.

Elle avait retiré sa main du circuit.

Scipion, qui adorait jouer les crétins, riboulait de grands yeux. Il agita la tête en tous sens en produisant un incroyable bruit de babouines.

– Boro P'tit ! C'est une très mauvaise blague !... Tu seras en Angleterre !

– Je n'y serai pas.

Ils s'entre-regardèrent tous.

– Honk ! lâcha Germaine comme si elle manquait d'air.

Blèmia ne l'avait pas lâchée des yeux :

– Je ne vous dis rien d'autre que la vérité, ma bonne... J'essaierai d'être de retour à temps pour vous aider à accompagner nos amis rue Le Sueur... Si je tarde à venir, bien sûr, faites votre devoir... et dans tous les cas nous finirons ensemble cette soirée mémorable.

Ils allèrent tous au bout d'un morne silence, puis Boro rompit la trêve :

– Je cède ma place dans l'avion à mon fils... annonça-t-il avec un calme absolu. Moi, je trouverai toujours un autre moyen pour regagner Londres.

Il avait posé sa main sur la tête de David et caressait la chevelure du gamin.

– C'est suicidaire, monsieur Blèmia ! murmura Germaine Fiffre. Sui-ci-daire ! Prendre de tels risques alors que vous avez toutes les polices lancées après vous !

Le reporter montra aussitôt les dents d'un rire silencieux et complice :

– C'est que je ne résiste pas à l'appel d'un moment sensuel passé en votre compagnie, Germaine. Préparez les coupes ! J'apporterai le champagne !

Terrain lourd

La pluie tombait sans discontinuer. La nuit commençait à jeter sa cape sur la campagne.

La Talbot-Lago de Kitsu cahotait depuis vingt minutes sur une sorte de piste tracée au milieu des champs, et la vocation patricienne de sa carrosserie s'accommodait mal des bourbiers embusqués à chaque détour du chemin.

Le début du voyage s'était déroulé de jour. Les cinquante premiers kilomètres avaient été couverts à une allure raisonnable, en empruntant des voies goudronnées. Les dix derniers en pleine cambrousse s'annonçaient plus spartiates.

L'averse, souvent mêlée de neige fondue, avait redoublé. Les passagers avaient été contraints à plusieurs reprises de mettre pied à terre et de prêter main-forte au chauffeur afin de sortir le pesant véhicule des ornières où il s'était fourvoyé.

Les pneumatiques de la lourde limousine étaient peu adaptés à ce genre de terrain pétri de nids-de-poule et de fondrières. Les roues patinaient dans les glissières de glaise et projetaient des litres de boue liquide à la face de ceux qui s'arc-boutaient à l'arrière de la lourde limousine dans l'espoir de l'arracher à la gangue qui la retenait captive.

Kitsu avait gâché son joli costume, mais restait stoïque. Boro avait eu plusieurs fois son compte de terre en plein visage et pestait entre ses dents. David s'entêtait à dormir. Les émotions successives submergeaient l'enfant. Le fait de se savoir adopté, de prendre l'avion pour la première fois, de partager avec son futur père l'aventure d'un voyage peu banal avait anéanti le garçon.

Le sommeil était son refuge.

N'était-ce le danger lié au dénouement du dernier acte, l'expédition à la campagne virait au vaudeville champêtre. Le reporter et la geisha échangèrent un regard de connivence. L'un et l'autre s'efforçaient de sourire derrière un masque de boue qui virait à la croûte.

Un long quart d'heure passa sans qu'ils s'adressent la moindre parole.

La voiture cahotait, chassait, reprenait sa progression, s'acharnant à une avancée de cloporte sur le glacis de terre lourde et détrempée.

À la vue du paysage ras qui s'étendait à l'infini, noyé dans le crachin, quel esprit dérangé aurait hasardé un pronostic favorable et parié sur la réussite de l'opération ? Quel fou, quel pilote d'exception, aurait risqué un atterrissage sur la patinoire beauceronne avec pour perspective une piste en guimauve, un éclairage de fortune, un avion chamboulé par le vent et la menace d'être mitraillé à tout moment par des ennemis embusqués ?

C'est la Bérézina, résuma une voix d'homme dépourvue de tout humour.

Dans l'obscurité de la voiture, Kitsu crut avoir mal entendu. Elle tendit le cou. Qui parlait de battre en retraite ?

La raideur de nuque du chauffeur nippon cramponné à son volant, son désintérêt pour tout autre sujet que la conduite automobile confortèrent la jeune femme dans le choix du fautif. L'allusion désabusée qui venait d'être faite à une autre et lointaine défaite par temps de neige ne pouvait être attribuée qu'à l'illustre Blèmia Borowicz !

Vaincu ? le reporter de légende ? Vaincu ? Le chevalier au Leica ?

Pour lors, l'impénétrable Tasumiré Takasu fut prise d'un fou rire incontrôlable.

Elle pointa sur le Hongrois son index à l'ongle verni et, incapable de prononcer la moindre parole, laissa percer seulement un « hi hi hi » qui laissa Boro perplexe.

– Pourquoi riez-vous de la sorte ? s'énerva le reporter. C'est agaçant à la fin ! Je ne vous ai jamais vue rire ! Je ne savais même pas que vous saviez rire…

Il fouetta l'espace de son stick. Toujours pas le moindre humour.

– Hi hi hi ! lui retourna la Japonaise avec les larmes aux yeux, pire que la Bérézina, c'est la défaite d'Alexandre !…

Elle n'avait plus ni sourcils ni timbre. Son visage de porcelaine éclatait sous la force du rire.

– Hi hi hi ! Alexandre ! s'exclama-t-elle encore, je vous imagine avec un casque doré sur la tête, un casque orné d'un grand cimier en plumes d'autruche !… Vous chevauchez Bucéphale ! Vous sautez du destrier ! En jupette de Macédoine, vous courez après un avion… Vous dégustez plusieurs kilos de terre en plein visage et… vous plantez votre canne dans la boue !

– Et puis ?

– La terre est lourde… vous perdez la canne !…

– Je ne vois vraiment pas ce qu'il y a de drôle là-dedans…

– Hi hi hi hi-iiiii ! Justement ! C'est ça ! Vous y êtes ! Comme vous avez perdu aussi le sens de l'humour, nous ratons l'avion !

Je ne rirai qu'en présence de la reine d'Angleterre, s'offusqua Boro en haussant les épaules.

Il était furieux après la terre entière.

– Et puis, si vous voulez savoir, je ne suis même pas sûr que cette putain de ferme que nous cherchons existe !

Pourtant, grâce à l'endurance muette du chauffeur nippon, Boro, Kitsu et David étaient sur le point d'arriver à bon port.

Une ferme nommée « Morsang »

La voiture franchit le porche de la cour carrée d'une ferme fortifiée dont la silhouette de forteresse primitive venait de surgir du paysage.

Elle roula jusqu'au centre d'une esplanade déserte et s'immobilisa tous feux éteints non loin d'une fosse à purin. Le gouffre de la nuit se referma sur les passagers.

«Morsang»! tout le monde descend! annonça lugubrement Boro.

Mais il ne bougea pas. Pas plus que les autres voyageurs.

Trop abasourdis.

La présence de la luxueuse limousine au milieu de l'immense cacatoir battu par la pluie et sculpté par des milliers d'empreintes de pattes de canards prenait une dimension surréaliste.

– *It's a long way to Tipperary*, *it's a long way to go*... soupira le reporter.

En l'absence de toute présence humaine, les passagers ne bougeaient toujours pas.

L'incongruité de leur situation était aggravée par le luxe intérieur de la limousine. L'effet de solitude et d'abandon renforcé par la ceinture de bâtiments délabrés qui les entourait.

– Serions-nous seuls au monde? s'interrogea Kitsu en essuyant la buée sur sa glace.

Elle appuya son front contre le verre pour mieux sonder la nuit.

Elle découvrit sous une grange la présence de plusieurs automobiles – des modèles anciens qui avaient bien roulé leur bosse. Ses yeux entreprirent de suivre la ligne des bâtiments.

Immatérielles, des ombres ne tardèrent pas à se détacher de l'épaisseur des murailles. Des bruits de succion, une volée de pas se précisèrent. Quatre ou cinq résistants surgis de l'une des dépendances où ils étaient tapis venaient accueillir les arrivants.

Ils pataugeaient dans la crème boueuse. Ils tournaient tout autour du véhicule. Les passagers entrevoyaient des visages juvéniles. Le canon de leurs mitraillettes Sten brillait vaguement à la lueur des lampes électriques.

Boro sortit le premier de la voiture. En découvrant la stature et l'âge de ceux qui le guidaient vers la ferme, il ressentit un choc. Leur extrême jeunesse posait sans le moindre doute possible le problème de leur formation militaire et de leur expérience. Il jugea qu'au moindre pépin on s'embarquait dans une affaire bigrement hasardeuse.

Conduit devant leur chef, le reporter s'immobilisa comme s'il voulait se donner le pouvoir de ne pas accepter ce qu'il s'apprêtait à découvrir. L'homme en charge du commandement, celui qui se tenait devant une cheminée monumentale où bondissait un feu de fagots, sortait tout droit d'un conte d'Alphonse Daudet, et son physique replet, son crâne chauve, ses jambes courtes ne correspondaient guère à l'idée qu'on se fait d'un chef de guerre. Cependant, le barbichu affichait la Légion d'honneur au revers de sa veste et améliorait son allure de chasseur de lapins par une moustache ombrageuse.

Boro lui serra la main.

Le bonhomme versa à boire un excellent vin chaud aux nouveaux arrivants. Il se lissa les bacchantes tandis qu'ils se réchauffaient, prit l'air avantageux d'un acteur de théâtre, cilla plusieurs fois pour éclaircir sa vision et, avec un bel accent méridional, se présenta en ces termes :

– Madame, monsieur, cher petit ! À votre service ! Je suis Marius Barbantane-Chauvelet, capitaine CDLR (« Ceux de la Résistance ») et notaire ès qualités à Dourdang !

Il était vêtu d'une veste de chasse en velours, salua d'une envolée de chapeau et vida son verre de prune pour montrer qu'il buvait comme un trou.

– Je me reboise le palais, annonça-t-il avec un grand contentement de lui-même.

Il était ivre comme une queue de pelle.

Le grand soir

À cette minute même, sous d'autres ciels, Joseph Clavié, berger des moutons de l'espoir, guidait son frileux troupeau de personnes juives dans les allées caillouteuses du 21 rue Le Sueur.

Nul ne parlait.

Une expression de cire peinte sur le visage, les exilés, les fugitifs, les rejetés, grelottaient dans leur jus de persécutés. Le doute, l'angoisse, le saut vers l'inconnu faisaient taire en eux le tumulte de lointaines appréhensions.

En même temps, ils remarchaient vers l'espoir. Argentina ! Une autre vie ! De nouvelles latitudes ! De nouveaux êtres ! Une renaissance !

Madame Birenbaum, habituée des lieux et recordwoman des départs manqués, avançait en tête du cortège. Elle ployait sous le faix de ses bagages. Au poids astronomique de sa valise principale, elle avait ajouté celui d'une mallette contenant ses dernières richesses et l'encombrement d'une toile de Corot. Elle avait glissé l'œuvre du maître sous son aisselle et s'efforçait de la tenir bien serrée contre elle. Son grand sac à main l'accompagnait également, bien sûr, et lui battait les flancs. Il lui fallait lutter à chaque pas pour garder l'équilibre du tableau et ne point le lâcher. Elle tenait absolument à offrir ce présent au bon docteur Eugène en remerciement de ses services.

À quelques pas en arrière, Joachim Guschinov parlait à Jéhovah. Deux touches d'ombre sous ses yeux aux longs cils, il respirait l'air de la nuit en égrenant ses prières. Le serpent d'une sordide peur du lendemain ne desserrait pas son étreinte autour de son cou. Tourné vers lui-même, il semblait indifférent à la fade odeur de bouquet fané qui rôdait autour de la maison.

Maître Bronstein, perdu dans ses pensées, rêvait au cabinet d'avocats qu'il ouvrirait avec un jeune associé brésilien trop content d'assurer son départ dans la profession avec les capitaux d'un ténor du barreau parisien.

Mademoiselle Fiffre, libre électron, évoluait en serre-file.

Le «cycliste», comme elle appelait Clavié dans son for intérieur, avait essayé de la congédier dès l'ouverture de la grille. Une tonalité sombre au fond des yeux, il avait posé sa main sur l'avant-bras de Germaine.

– Ne vous donnez pas la peine de nous accompagner jusqu'au bout, avait-il conseillé à la demoiselle. Rentrez vite chez vous ! Vous avez fait votre devoir et même au-delà…

C'était mal évaluer le caractère de la Fiffre. Elle trouvait dans cette mission d'accompagnement une nouvelle raison de vivre.

– Je veux tout connaître, tout partager ! s'entêta l'inconsciente. Les dangers, les peines et la joie de ces pauvres gens !

– C'est à vous de voir, avait concédé l'homoncule. Mais il faudra vous armer de patience. Parfois, les attentes sont longues. Les papiers incomplets. Le docteur est très méticuleux. Légaliste pour ainsi dire. Il veille à ce que l'état sanitaire de chacun soit conforme aux règles de l'immigration.

– Je viens ! décréta Germaine Fiffre. Je vous suis ! Je veux voir ça !

Rien ne la découragerait.

Joseph Clavié renonça à la convaincre. Il aurait fallu expliquer à l'exquise demoiselle quels rasoirs il avait lui-même dans la gorge. Mais, serviteur de deux maîtres – un suppôt du régime nazi et un assassin présumé –, le petit homme eût été bien en peine d'expliquer sur quel étrange toboggan ils s'étaient installés. Lui-même n'en mesurait pas toute la pente.

Entre-temps, la petite troupe les avait distancés et avait escaladé la volée de marches du perron.

Les plafonds du hall étaient hauts, mangés par la pénombre. Dans sa roideur de stuc, le bâtiment dégageait une impression de froid et d'humidité. Deux fenêtres étaient ouvertes. Les papiers peints étaient en mauvais état.

En haut de l'escalier, un palier vide. Une pièce, puis, semblait-il, le bureau du docteur.

Des chaises disparates étaient réparties sur un tapis élimé. On s'était assis. On avait repris souffle.

Paul-Léon Bronstein avait glissé à l'oreille de Germaine « que le plus dur était fait ». Il avait ri de sa propre plaisanterie. Il riait encore avec des accents de gaîté forcée lorsque, dans le halo d'une ampoule nue pendant du plafond à lambris, était apparue la silhouette du bon Samaritain.

– Docteur Eugène !

Les fugitifs, très émus, n'avaient plus d'yeux que pour lui.

– Comme je suis heureuse ! s'écria Golda Birenbaum en piaillant d'une voix de fillette.

Pour faire valoir son ancienneté et qu'elle avait ses entrées auprès de leur sauveur, elle se précipita au-devant de lui et lui baisa les mains.

– Des nouvelles de mon pauvre mari ?

– Rien. Rien hélas ! De mon côté, je me demandais si vous aviez reçu une lettre… un signe…

Le médecin avait toujours ses beaux yeux de velours, emplis de compassion.

Elle lui sourit. Elle lui remit le tableau. Un 12 P, représentant un lac.

– C'est un petit « quelque chose » pour vous, gazouilla-t-elle.

– Je vous prends tout de suite dans mon cabinet, murmura le docteur Satan. Entrez la première. Mettez-vous à l'aise. J'en ai pour deux minutes.

Il se tourna vers les autres personnes.

– Mes amis, soyez les bienvenus, dit-il. Armez-vous de patience. Je fais pour le mieux.

Ainsi était Petiot, dans son rôle de bon berger. Il était parfait.

Il avait l'air très fatigué. Il avait les traits tirés, le teint jaune. Il avait passé tout son dimanche à haler des corps et à transporter des débris indistincts avec un croc de boucher jusqu'à la fosse dans laquelle il les faisait descendre au moyen de poulies, de chaînes et de cordes dans un bain de chaux où les chairs se dissolvaient. Bien sûr, le macabre atelier de dépeçage se trouvait de l'autre côté de la cour, côté « garage ».

Ici, de ce côté de l'hôtel, hormis une fade odeur de désinfectant, les lieux étaient plutôt rassurants. Par-ci par-là, quelques beaux meubles, un marbre de prix, des tapisseries de valeur. Le tout en piètre état. Souvent d'une saleté repoussante. Les tapis étaient fatigués, les tentures éteintes.

Les gens n'avaient pas envie de parler entre eux, trop occupés à « digérer » l'ambiance des lieux.

Marcel Petiot s'était dirigé droit sur Clavié.

– Tout va bien ? s'était-il enquis. Est-ce que je peux procéder à *l'ordre du jour* ?

– Vous le pouvez, docteur.

– Dans ce cas, merci. Je n'ai plus besoin de vous, mon bon Joseph. Rentrez chez vous.

– Je reste encore un peu. Je raccompagnerai cette personne quand elle manifestera l'envie de se retirer.

Il désignait Germaine qui baguenaudait dans la pièce voisine, le cou tendu, portée par sa curiosité naturelle.

Petiot parut agacé. D'un geste nerveux, il rectifia l'ordonnance de son nœud papillon.

– À quel titre êtes-vous là, madame ? demanda-t-il.

Il paraissait agité, contrarié.

– J'accompagne ces messieurs, dit Germaine en désignant les rescapés de l'*Atalante*. C'est moi qui suis chargée de vous remettre une partie de l'argent… L'argent de la Résistance.

Petiot savait battre la mesure. Le maestro était redevenu aimable.

– Dans ce cas, voulez-vous m'attendre dans la pièce voisine de celle où vous étiez ? Je vous y rejoindrai dès que possible…

Il la contourna. Il la précéda. Il lui facilita l'entrée. Elle se retrouva dans un salon à dorures. Sur le point de refermer la porte, il passa la tête et lui délégua ses chavirants yeux de séducteur.

– Je vous offre un rafraîchissement pour récompenser votre attente ?

– Non merci, dit Germaine. Je ne bois pas pendant le service.

– Comme vous voudrez, murmura l'aimable médecin.

– Prenez votre temps, dit Germaine.

– Prenez vos aises, recommanda Satan.

Il referma la porte derrière lui.

Tartarin de Dourdan

Barbantane-Chauvelet était un cas. Il avait peur du vide. Il était effrayé par le silence.

Il se renseigna de façon fort affable sur la façon dont s'était déroulé le voyage.

– Nous sommes contents d'être arrivés un peu en avance sur l'horaire prévu, dit le reporter. Avec ce temps exécrable, nous ne savions pas quelles routes nous allions trouver ni quelles dispositions vous aviez pu prendre.

– Troun de l'air ! Aucun souci ! Mes gars se sont occupés de tout. *First class !* Vous voyagerez par Pullman !

Les phrases de Barbantane étaient charpentées par des « e » muets qui sentaient bon l'ail et la barigoule. Boro essayait de s'habituer à la faconde du matamore.

Adressait-on la parole à ce dernier, qu'aussitôt il tarasconait d'une voix de stentor. Qu'il tartarinait du brassard. Qu'il exagérait du baudrier et de l'étui revolver. Sa prestance reposait sur ses leggins, sur ses culottes de cheval.

Boro échangea un regard atterré avec Kitsu. Dès le début, la Japonaise s'était réfugiée dans un silence distant. David se tenait tout contre elle. Le chauffeur de la Talbot avait rejoint sa voiture avec mission de ne la point quitter.

Au cinquième verre de prune, confessé par le reporter, le notaire admit que ses compétences étaient ailleurs que sur le terrain militaire. La charge de tabellion lui convenait mieux que celle de capitaine.

– En fait, je remplace mon beau-frère au pied levé ! avoua-t-il. Il a attrapé un méchant coup de froid… Moi, en dehors des successions, mon truc, ce serait plutôt les femmes. Je suis un homme à femmes !

Il coula un regard de connaisseur en direction de la belle Tasumiré Takasu et étouffa un petit rire égrillard.

– J'apprécie leur compagnie et, sans me vanter, je sais assez m'y prendre avec elles !

Kitsu releva l'ovale de son visage, qu'elle tenait modestement incliné vers l'avant. Un éclat de lumière venu de la lampe tempête inonda brièvement sa carnation ivoire d'une lueur vacillante.

Le notaire Barbantane offrit à la jeune femme un large sourire d'homme et même lui adressa un petit signe familier.

Elle dessina un rictus indéfinissable sur sa face de lune et, bien décidée à terrasser le dragon dès l'entrée, dévoila des yeux de chat sauvage.

Elle dit :

– Je n'aimerais pas faillir aux lois de l'hospitalité, monsieur Barbantane. Mais je crois que votre péroraison prend une mauvaise tournure et qu'il vaut mieux y mettre un terme.

Cette phrase comminatoire et le visage fermé qu'elle opposa au lubrique personnage calmèrent pour un moment le spécialiste du libertinage beauceron.

Comme pour faire écho ou diversion à ce couac désastreux, la porte donnant sur l'extérieur venait de s'ouvrir, exposant la pièce au passage d'un grand courant d'air froid. Une silhouette vêtue d'un ciré hasarda quelques pas humides sur le carrelage.

– La piste d'atterrissage n'est pas fameuse, annonça ce résistant trempé jusqu'à l'os. Une vraie patinoire ! Ça m'étonnerait que l'opération soit maintenue.

Le type avait l'air gelé. Il ôta son béret et libéra une tignasse ébouriffée. Son faciès coupé à la serpe apparut dans le cercle de lumière. Ses yeux bleus fouillèrent les nouveaux visages.

Barbantane lui versa généreusement du vin chaud dans un quart. Il s'octroya une nouvelle prune par la même occasion.

– *Té !* Je vous présente Gerbecourt. Robert est mon adjoint ! Un vrai homme de guerre ! C'est lui qui scrute le ciel ! C'est lui qui crapahute et place les hommes en embuscade !... Moi, je... je peins le décor... je prodigue mes conseils. Je vois l'orientation générale. Oh ! mais je sais aussi me rendre utile, allez !

– Asticoter les dames, notaire !... Pour ça, vous êtes *number one* ! lança Gerbecourt.

Barbantane prit l'air chagrin. Et se tournant vers Boro :

– Voilà ! Qu'est-ce que je vous disais ! Je suis rattrapé par ma réputation ! Mais tant pis si je passe pour salace et emmerdant !... Du moins ai-je compris que les femmes sont savantes et perspicaces... Elles finissent toujours par glisser leurs doigts agiles dans la fente de pantalon de celui qui bande par distraction...

Il s'absorba dans son verre de gnôle et, par peur du silence, demanda à Gerbecourt :

– Robert, où en est-on avec le Russe ?

– Toujours pas arrivé. J'espère qu'il ne s'est pas fait pincer en route.

– Pas de défaitisme inutile ! Il viendra s'il doit venir !

– Les Allemands sont partout, chef. Les gars en planque sur la route d'Ablis m'ont signalé au moins deux convois.

– Ils sont partout. Mais ils nous foutent la paix. Ils s'emmerdent ici. Le pays est triste. Peu peuplé au kilomètre. Nous détenons le record des suicides. Et puis « Morsang » n'est pas assez confortable pour eux ! Ils ont choisi de réquisitionner les fermes plus prospères. Les plus *cosy*. Ils ont même installé quelques batteries antiaériennes depuis qu'il y a eu un parachutage du côté d'Angerville.

Il parlait, il parlait pour s'étourdir. Il aurait continué à gloser pendant des heures...

Sinon, brave homme. Sans doute un peu fada. Mais dégonflable à la première occasion. Surtout si ses interlocuteurs se mettaient résolument en travers de ses lubies.

À part cela, personne comme lui pour connaître les domaines et les propriétés du secteur. Barbantane-Chauvelet vous donnait pile poil le prix de l'hectare et le rendement en blé de chaque pièce traversée. Il connaissait toutes les familles alentour – pères, fils et cousins. Il les décrivait comme des Beaucerons taiseux. Des gens habitués à de longues solitudes d'hiver. Claquemurés au pied de leur cheminée et oursifiés à force d'engourdissement dans leurs fermes isolées.

Que diable venait faire un Arlésien salace au milieu des labours du Hurepoix ? Boro s'était résolu à le lui demander.

– Pardine ! Encore et toujours une histoire de femme ! avait soupiré le rond-de-cuir. Pour ma plus grande faute, j'ai épousé la plus belle étude du département !

– Ce que l'amour peut vous conduire à faire ! releva Boro.

– Vous avez tout compris, monsieur, dit le notaire. Pour le restant de ma vie, je vais m'emmerder avec une grosse fille de famille !

Il consulta sa montre-gousset. Les chiffres et les aiguilles dessinèrent un sourire phosphorescent au creux de sa main boulotte.

– Onze heures et quart, constata-t-il. C'est la dernière limite pour avoir un message d'annulation. Je vais envoyer mes gars mettre en place le balisage du terrain…

Comme si les portes avaient des oreilles, celle qui donnait sur l'extérieur s'ouvrit dans un violent flux d'air.

Un homme parut sur le seuil.

Le visage abrité par une casquette, il était crotté jusqu'à mi-cuisse. Il déposa sa Sten à même le carrelage. Il s'avança jusqu'à la table et son visage constellé de gouttes de pluie se pencha dans la lumière de la lampe tempête.

– Le vol est annulé ce soir, annonça-t-il. Notre deuxième passager a du retard. Un retard indépendant de sa volonté.

– D'où vient-il ?

– De Suisse, par là-bas, d'après ce que j'ai compris…

– Et l'avion ?

– L'Angliche a été décommandé. Rebelote *tomorrow*, qui z'ont dit. Même punition, même motif. Confirmation à la mi-journée au bulletin de Radio-Londres.

– Merci Palut. Vous pouvez disposer, dit le notaire.

Il se leva, l'équilibre instable et le regard un peu trouble.

– À la fortune du pot ! dit-il en s'adressant à ses hôtes. Pas de chichis ! Je vous propose d'aller tous nous coucher. On mettra en commun tous les moyens de fortune dont nous disposons… Demain… ma foi, demain, il fera jour !

Consultations sur rendez-vous

Olga Birenbaum était assise en face du bon docteur. Elle s'arrêta au milieu d'une phrase, mouchée en plein élan. Incapable de happer plus d'oxygène, elle poussa une sorte de jappement étonné.

Elle balbutia : « Oh, docteur !... » et parut s'endormir sur place, éteinte comme une mèche.

Ils avaient réglé les conditions financières du voyage en Argentine dès le début de leur entretien sans qu'il y eût le moindre litige. Ensuite, au prétexte de célébrer l'heureux événement, le bon docteur avait offert à sa cliente un rafraîchissement dans lequel il avait versé un produit somnifère. Auparavant, il l'avait aidée à faire passer ses bagages au grand complet dans la pièce mitoyenne. Cette pièce, les jours de départ, servait de consigne.

– Le passeur espagnol va s'en occuper.

De retour au bureau, il l'avait questionnée sur l'état de son carnet de vaccination. Souvent, sous couvert de vacciner ses patients en vue de leur voyage à l'étranger, il leur injectait un poison mystérieux avant de les pousser vers le lieu définitif de leur agonie. Mais, aujourd'hui, il avait décidé d'expérimenter une nouvelle méthode.

Il s'en trouvait fort excité.

Pour le moment, avec une dextérité nourrie par son expérience de la manipulation des corps inertes, le médecin avait saisi la dépouille évanouie d'Olga Birenbaum sous les aisselles et l'avait traînée par un vilain couloir de deux mètres à peine qui serpentait jusqu'à la fameuse chambre triangulaire – terminus de toutes les vies confiées à sa folie exterminatrice.

Le « quart de Brie », comme l'appelait Petiot, était pourvu d'une ampoule nue. Une soixante watts qui pendait au plafond et ne pouvait être actionnée de l'intérieur.

La pièce ne contenait qu'une chaise. Marcel Petiot y installa madame Birenbaum. Affalée, elle donnait l'impression de se reposer.

Il referma derrière lui la porte d'entrée, à double battant, sans poignée de porte à l'intérieur, matelassée et pourvue d'une chaîne de sûreté.

Rassemblant ses esprits, il profita de cet entracte pour recevoir Germaine Fiffre.

Elle se trouvait toujours dans le salon doré.

– À nous ! s'écria-t-il. J'ai cru comprendre que vous aviez ma petite enveloppe…

– Voilà de quoi payer deux passages, dit-elle en sortant une enveloppe de son sac. Nous casquons ! mais nous avons trouvé vos tarifs exorbitants !…

Pas de quoi embarrasser Petiot. Il resta parfaitement maître de lui-même.

– Mon passeur est de plus en plus gourmand. Réfléchissez aux risques que nous prenons tous.

– Vous, vous vous payez… Moi, je rase gratis ! fit remarquer Germaine.

Elle fouilla à nouveau dans son sac. Elle en ressortit une seconde enveloppe :

– Les photos d'identité, dit-elle. Face et profil.

– Je les empoche sans vérifier et je vous dis au revoir, fit Petiot. C'est que j'ai encore bien du travail devant moi.

– Vous ne vous débarrasserez pas de moi comme ça, docteur ! J'aimerais souhaiter bon voyage à mes protégés… exigea Germaine Fiffre en offrant à son interlocuteur un visage de citoyenne scrupuleuse.

Le docteur corrigea une mèche dans l'ordonnance de ses cheveux calamistrés, puis tourna vers elle une paupière tombante et lâcha :

– Il ne tient qu'à vous, mais faites vite, madame…

– Mademoiselle ! corrigea-t-elle.

– Mademoiselle… Repassez par la salle d'attente.

– Je voudrais aussi faire mes adieux à madame Birenbaum…

Cette exigence embarrassante ne fit bouger aucun muscle sur le visage détendu du médecin, et même provoqua un baratin d'une limpide clarté.

– Elle est déjà partie, renseigna-t-il. Je m'occupe de mes clients un par un, mais très vite… par mesure de sécurité.

Sans plus attendre, il poussait doucement l'importune vers la salle d'attente. Clavié, en voyant repasser mademoiselle Fiffre, s'était levé, prêt à l'accompagner si elle allait partir.

Au passage, cette dernière embrassa Guschinov et Paul-Léon Bronstein comme du bon pain. Ils étaient restés sur leurs chaises.

– À tous les deux, je souhaite le meilleur, dit-elle au bord des larmes. Surtout, économisez la lumière, Guschinov !

– Et vous, venez nous voir en Argentine, répondit l'intéressé.

Brave Germaine se jeta dans les bras de Bronstein.

– Plus fines les pelures de topinambour ! souffla-t-elle à son oreille.

– Promis, Germaine. À Buenos-Aires ou en enfer ! murmura l'avocat.

– Je vous raccompagne jusqu'en bas tous les deux, proposa l'aimable docteur Petiot, soulagé à l'idée de se débarrasser enfin de la bavarde et de son associé…

Et dévalant les escaliers aux côtés de la grande girafe et du petit gestapiste :

– Prenez bien garde aux patrouilles, au revoir mademoiselle Germaine !

Il regrimpa l'escalier et fit un signe d'adieu.

Ils traversèrent le hall. Les deux fenêtres étaient toujours ouvertes et leurs rideaux claquaient dans le courant d'air nauséabond.

– Vous ne trouvez pas que ça schlinguote vraiment chez le docteur ? demanda mademoiselle Fiffre à son mentor. J'espère qu'il se lave les mains entre deux clients !

Ils hâtèrent le pas.

Nuit désordre

Ils s'étaient répartis en deux dortoirs.

Dans la pièce voisine, le gros de la troupe avait déjà ses quartiers. Gerbecourt restait avec ses hommes. Avant de donner le signal du coucher, il avait distribué les tours de garde.

Dans la salle commune, Barbantane et ses invités se partagèrent literie et couvertures restantes.

Boro dormirait sur un matelas avec David. Kitsu choisit de se réfugier non loin de la cheminée aux braises finissantes. Le notaire s'embarqua dans un coin sombre. Il fourragea longuement son barda, ses couvertures, son sac à viande, et commença à pousser des soupirs de fond de bouteille avant de s'assoupir. Foudroyé par l'abus du vin chaud et de la prune, il finit par se taire après une grande demi-heure.

Blèmia commença à tourner et retourner sur sa couche. Il avait attendu que David s'endorme avant d'envisager de sombrer lui-même dans le sommeil et il avait eu tort. Véhiculés par les ténèbres, les premiers ronflements de Tartarin ne tardèrent pas à s'élever. Ils prenaient à mesure des cauchemars mouvementés du poivrot les accents exagérés d'un remorqueur de haute mer.

Dans l'obscurité, le reporter ouvrit les yeux. Visage tourné vers Kitsu, il distingua sa forme blanche. L'Asiatique reposait sur le flanc, et son souffle léger et régulier parvenait jusqu'à lui. Il sourit aux anges. Quelle maîtresse femme ! Sur le terreau de son cœur endurci, quelle belle semence ! Pour dominer les notes bleues de son malheur, quelle maîtrise de soi ! Quel équilibre ! Quel apprentissage de la sagesse !

Les pensées du reporter dérivèrent et son imagination l'entraîna dans les parages de mademoiselle Fiffre et de ses protégés. Où pouvait bien en être le sauvetage des rescapés de l'*Atalante* ?

Germaine était quelque part dans la nuit parisienne. Elle courait sans bruit le long des façades englouties dans les ténèbres. Elle avait évité deux patrouilles de la Wehrmacht depuis son départ de l'hôtel de la rue Le Sueur.

Bientôt, elle atteindrait le 17 de la rue des Fossés-Saint-Jacques. Bientôt, Scipion l'accueillerait. Bientôt, elle ne l'avait pas volé, elle boirait un doigt de Jouvence de l'Abbé Souris pour fêter sa victoire.

Bientôt, croyait-elle, elle ouvrirait la porte à Blèmia Borowicz. Bientôt, elle sablerait le champagne avec son Kirghiz préféré.

Las ! Une fois de plus, le flair extralucide de l'excellente demoiselle était pris en défaut ! En réalité, le flambant ex-patron de l'agence Alpha-Press, loin d'être en posture héroïque, était étendu à même le sol sur un grabat de fortune, dans une ferme ouverte à toutes les intempéries.

Peu à peu, englouti par la fatigue et l'énervement, il cédait aux sargasses qui embrumaient son cerveau. La tête posée sur ses bras repliés, il accédait à une plaine infinie. Sur ce tapis muet, nimbé d'une lumière douce, il avançait au galop ralenti d'un grand cheval noir… Bucéphale !

Il portait un casque doré derrière lequel flottait un cimier rouge de plumes d'autruche. En guise de glaive, il brandissait sa canne.

Un avion venait de surgir de la nue.

L'aéroplane atterrissait en chassant sur le sol bourbeux.

Boro, travesti en Alexandre le Grand, se lançait à sa poursuite. Il lui fallait grimper dans l'appareil. Il en était tout proche. Il sautait de son coursier.

Il entamait une course claudicante sur le sol boueux.

Le pilote lui tendait la main par la porte ouverte de sa carlingue.

– Je ne peux pas m'arrêter, criait-il. *I can't stop ! I can't stop the bloody plane !*

Et soudain, Boro le boiteux plantait son stick dans le marécage. La canne lui échappait, prisonnière de la gangue de terre glaise…

Il revenait sur ses pas. L'avion s'éloignait. Impossible pour le reporter d'arracher sa troisième jambe à la poigne de la terre engluée de pluie.

Boro luttait, luttait, mais le jonc restait fiché dans le sol.

L'avion avait atteint le bout du terrain. L'avion entamait un demi-cercle. L'avion repartait.

Il s'arrachait à la glèbe.

Boro émit un râle qui se transforma en cri de rage impuissante.

Les yeux hallucinés, poussant un gémissement, dans une sorte de délire, il se dressa sur sa couche.

Il était en eau.

Une boule d'angoisse écrasait son thorax.

Il pensait à la rue Le Sueur.

Le mystère de la chambre triangulaire

Le docteur Petiot reçut Guschinov et Maître Bronstein séparément. Il procéda avec eux de la même manière qu'avec la malheureuse Olga Birenbaum. Il leur offrit un doigt de porto, «cadeau de son passeur andorran». À demi drogués, il les poussa vers la chambre triangulaire, d'où ils ne ressortiraient que pour rejoindre la fosse à chaux et le calorifère.

Leur première hébétude passée, les malheureux comprenaient leur situation. Ils auscultaient les murs lépreux. La présence de crochets arrimés dans le plâtre attisait leur angoisse. En général, croyant trouver une issue, les enfermés se ruaient vers une deuxième porte à double battant. Elle était fausse. Fermement scellée au mur, elle résistait à tous leurs assauts. Doucement, leurs dernières forces s'étiolaient. Ils essayaient vainement d'ouvrir ce leurre qui leur faisait voir la vie en trompe l'œil tandis que depuis longtemps s'était refermée la vraie porte.

Serrures. Crampons. Chaîne de sûreté. Elle était devenue infranchissable.

Inviolable.

Inviolable et calfatée soigneusement au niveau du plancher avec des échantillons de tapis qui en garantissait l'étanchéité.

À l'intérieur du triangle, les locataires, diminués par le somnifère, tournaient comme des poissons dans un bocal pour ne pas céder au sommeil. Ils essayaient de dresser l'inventaire des lieux. Une fausse sonnette leur donnait la dernière tentation d'appeler les secours. Cette sonnette ne retentissait nulle part. On a même dit plus tard, lors du procès Petiot, qu'elle servait à inoculer un poison à ceux qui la manipulaient.

Guschinov et Bronstein, tout comme ceux qui les avaient précédés dans le piège isocèle, s'apercevaient alors qu'à deux mètres du sol, dans l'épaisseur du dernier mur, il y avait un trou, une sorte de cavité recouverte de papier peint, dans laquelle se trouvait un viseur emmanché dans une gaine – un appareil optique qui permettait au voyeur de surveiller le passage des suppliciés de vie à trépas.

Le ventre déchiré par le poison, abandonnés à la souillure, les infortunés cobayes hurlaient à la mort.

Kitsu et le colt cobra

Vers trois heures du matin, ce fut au tour du notaire de s'éveiller. Il avait la langue lourde. La tête farcie d'idées obsessionnelles.

Il s'assura que tous ses compagnons étaient endormis avant de faire mouvement.

Sûr de son affaire, il se dressa sur ses jambes et rota. Il se rendit compte qu'il était ivre.

Il marcha jusqu'à la couche de Kitsu et resta un long moment à osciller sur place. Il sentait que, cette sacrée nuit, l'ivresse le tenait par les parties génitales. Une gigantesque et enveloppante fleur pourpre faisait le tour de sa cervelle.

Il s'inclina devant la dormeuse et dit :

– Si la petite dame se sent d'humeur joueuse, je lui accorderais volontiers mes hommages !

Ce gars était fou. Fêlé. Cinglé. Pas clair. Dérangé. Il se rappelait qu'il n'aurait pas dû boire. Les médecins, les psychiatres le lui avaient déconseillé.

Il se gratta l'arrière de la tête. Un tic.

Il se rappelait qu'il avait eu de graves ennuis par le passé, à cause d'une histoire de viol. Il avait « failli » faire de la prison. Il avait fait de la prison. On l'avait transféré à l'hôpital. Des malades comme vous, ça se soigne. C'était à Marseille. Une vieille histoire qui remontait aux calendes. Qui lui sautait épisodiquement au visage. Ses amis avaient arrondi les angles avec la famille de la plaignante. Un peu d'argent. Quelques menaces. Des excuses. Et Barbantane avait quitté le Midi.

– L'ail et l'odeur de la rascasse me manquent, dit-il à voix haute. Ici toutes les nuits sont longues et froides.

Il bougeait les épaules. Il se réchauffait les mains en les lovant sous ses aisselles.

Il se fendit d'un méchant petit rire en constatant que la Japonaise était éveillée.

– Qu'est-ce que vous me voulez, exactement ? demanda-t-elle.

Elle était calme et irréelle comme un rayon de lune.

– Je ne sais pas au juste. Je sais seulement que j'ai quelque chose à faire avec vous.

Vous vous trompez. J'ai une tournure d'esprit assez particulière.

– Moi aussi, soi-disant.

– Je n'aime que les femmes, lança-t-elle.

– Tu parles ! dit Barbantane. Ça ne change rien à l'affaire !

Il flageola sur ses jarrets, rétablit son équilibre, puis, avec un sourire niais, se laissa glisser jusqu'au sol.

– Peuchère ! se lamenta-t-il une fois à quatre pattes, Marius, tu n'es pas verni !

Habité par la certitude que le mauvais sort s'acharnait contre lui, son objectif était désormais de changer la malchance en hymne à l'amour.

La bouche franchement de travers, il avança son visage vers celui de la dame.

– Je veux te faire changer d'avis ! susurra-t-il.

Il commença à se faire insinuant.

– J'ai trois mains gauches, ça t'intéresse ? ricana-t-il en tripotant les seins de la jeune femme.

L'alcool anesthésiait les gestes de l'ivrogne, mais Kitsu n'arrivait pas à se délivrer de son poids sur son corps. Elle surveillait la tension de ses mains et de ses mâchoires. Elle sentait son haleine de poney se balader autour de ses lèvres.

D'un geste vif, elle roula sur elle-même et se dégagea momentanément. Elle glissa soudain la main à l'intérieur de sa veste et referma ses doigts sur la crosse de son 38.

– Ne me cherche pas, gros bourge, chuchota-t-elle en enfournant le canon de son arme dans la bouche du répugnant personnage. Ou je t'explose comme une ampoule !

Et ce fut tout pour cette nuit-là.

Monsieur Meurtre

Il est minuit !

Marcel Petiot est à l'orgue ! Il est le maître de cérémonie. Germaine Fiffre et Joseph Clavié ont été les derniers êtres vivants à quitter les lieux. Le docteur a versé sa commission à l'ancien champion cycliste. Le pourvoyeur de candidats à la filière argentine est parti sans demander son reste.

Depuis que le petit gestapiste et la vieille fille ont claqué la porte d'entrée, depuis que la grille du jardin a grincé sur ses gonds mangés de rouille, le silence est retombé sur l'hôtel de la rue Le Sueur. Plus aucun bruit si ce n'est, de temps à autre, les coups sourds assenés par les emmurés.

Pour leur échapper, pour reposer ses nerfs, Marcel Petiot grimpe au second étage. Il pénètre dans sa bibliothèque. Elle est largement pourvue en littérature policière. Il y a aussi quelques livres à la mode, des traités d'échecs et les curieux *Mémoires d'un condamné à mort*.

Il s'assied devant le bureau Louis-Philippe et considère d'un œil vague des bocaux alignés sur une étagère, juste en face de lui. Ces récipients conservent dans du formol des sexes d'hommes ou de femmes prélevés on ne sait trop où : sur ses victimes ou lors des travaux pratiques de dissection, en un temps où l'assassin était encore carabin.

Petiot est incapable de rester en place. Il réprime un tic facial qui fait battre sa paupière droite comme un volet et se lève. Il va jusqu'à une patère. Il revêt sa grande redingote blanche de chirurgien-boucher.

Sur le palier, il rallume un mégot de cigarette. Il tire une ou deux bouffées. Il s'efforce de respirer calmement. Le tabac charbonne au coin de sa bouche.

Dehors, il pleut. Il écoute un moment l'eau courir dans les gouttières. Elle déborde des chéneaux bouchés par les feuilles mortes et tombe en cataracte dans la cour. Il se voit déjà patauger dans la boue, aux abords du «garage», là où la flotte du ciel se mêle à la poussière noire et grasse qu'on trouve partout à l'arrière de l'immeuble.

Il jette sa clope à même le sol et descend d'un étage. Dans le couloir de la mort, il tire une chaise, l'applique le long du mur et grimpe dessus. En se haussant sur la pointe des pieds, il colle son iris à l'œilleton du viseur et peut à loisir contempler l'œuvre à accomplir.

Petiot s'apprête à aborder le stade qu'il préfère. Tuer! La partie propre de ses meurtres. Il observe ses victimes.

Tous ces gens acharnés à survivre! Toutes ces infectes blattes humaines attachées à leurs dernières possessions!

Le docteur fredonne une chanson leste. Il enfile des gants de caoutchouc. Il longe le mur mitoyen de la salle «quart de Brie». Il s'arrête devant une table sur laquelle est posé un masque à gaz. Il l'assujettit soigneusement à son visage. Il s'approche d'un dispositif bricolé. Une sorte de fusil à air comprimé. Plusieurs fois, il appuie sur la détente.

Petiot, apprenti sorcier, lâche les gaz. Des billes blanchâtres à peine moins grosses que des boulettes de naphtaline roulent dans une gaine. Elles semblent sortir du mur. Elles roulent sans bruit sur le sol de la salle d'expérimentation.

L'ombre d'un rampant brouillard gagne toute la pièce à l'étrange forme camembert. Elle lèche, elle ondule, elle s'insinue. Elle boit les deux hommes et la femme.

Sur le point d'inhaler la mort léthifère, muqueuses dévorées par les molécules de chlore, d'arsenic, de strychnine, les cobayes ébauchent des gestes de révolte. Ils suffoquent. Ils vomissent. Ils convulsent.

Danse de folie. Danse de l'argent. Danse macabre. Dernière danse avant l'arrêt du cœur. Marcel Petiot, voyeur et griot, a regagné son poste d'observation.

Il guette au trou.

Dans un état de raideur et de dédoublement de soi, Bronstein, l'avocat du barreau versaillais, se sent soudain possédé d'une haine féroce contre le genre humain. Tête la première, il se jette contre la paroi du mur pour abréger sa vie. Le visage en sang, soudain, il tombe comme un sac de sable. La poignée de diamants qu'il retenait au creux de sa main lui échappe et couvre le carrelage d'étoiles bleues.

À deux pas de lui, Guschinov, affaissé au sol, lutte contre son corps.

La vie s'en donne. La vie est dépensière. La vie s'en va.

Sa trachée-artère l'assassine.

Golda Birenbaum reste assise sur l'unique chaise. Un feu brûlant lui dévore les joues. Elle porte vainement ses mains à sa gorge, elle frotte son nez pour essayer d'extirper de ses bronches la corrosive âpreté du poison létal qui ronge chaque alvéole de ses poumons. Elle fixe le trou percé dans la muraille par où elle a compris que son bourreau l'observe.

Criant son angoisse ultime, elle est saisie par une intonation d'enfant. Elle perd le masque effrayant qui a été le sien quelques instants auparavant.

Elle dit :

– J'ai peur ! J'ai peur !

Elle appelle son mari. Elle secoue la tête en tous sens. Son chignon s'ouvre. Elle perd une averse d'épingles.

Elle dit de moins en moins fort :

– Isaac ! Isaac !

Elle ressent ses tripes dans ses reins. Pas moyen d'éclaircir sa vision. C'est donc cela, la mort ?

Encore une respiration, s'il vous plait, monsieur le bourreau !

Golda Birenbaum glisse peu à peu et s'allonge sur le sol.

La nuque brisée, la bouche ouverte, elle s'enfonce dans un sommeil profond qui ressemble à la même agonie que celle de ses compagnons.

Paupières closes, dans un grand vide noir, enfin, tous les suppliciés se reposent.

Le docteur Petiot, grand assassin du siècle, se tient face au gigantesque orchestre du ciel.

Le Maestro lève sa baguette.

Il bande.

Le lendemain…

Ils se sont éveillés sans se regarder.

Ils ont fait une toilette de chat.

Ils ont inspecté le ciel.

Ils ont mangé du jambon de pays coupé à même la table de ferme. Ils ont bu du gros rouge tiré d'un tonnelet de cinquante litres. David a eu droit à du lait. Du vrai lait avec de la crème.

À midi, ils se sont regroupés autour de la TSF, un poste «Arccord» en bakélite. Un œil vert s'est allumé à l'angle du cadran. Les lampes ont chauffé. Le son a surgi du néant. Et en avant la zizique ! l'indicatif a éclaté. Tan-tan-tan tan ! tan-tan tan ! Ici Londres ! C'était de Gaulle comme si vous y étiez. La France parlait aux Français ! Le parfum de la clandestinité les tenait rivés au poste pour écouter la voix chevrotante de la France libre leur réciter les messages du jour. Ils ont entendu avec soulagement celui qui leur était destiné. Le speaker à la voix altérée par le brouillage leur a annoncé : «*Donald Duck ne crache pas dans la soupe ! Deux fois !*»

Ils se sont souri. On ne les oubliait pas.

Et une fois la radio éteinte, Boro s'est renseigné sur les dispositions prises.

Il s'est adressé à Gerbecourt, l'adjoint du notaire.

Dès le début, il s'est avéré qu'on manquait de véhicules.

Le «parc automobile», comme disait Barbantane-Chauvelet, consistait en deux voitures quatre places – une Peugeot 202 et une vieille Juvaquatre. Elles serviraient au transport des responsables du balisage.

Une camionnette hors d'âge avait été affectée au transport du matériel. D'anciens fûts de gasoil transformés en braseros serviraient de repères au pilote. Ils seraient disposés selon un double alignement tout au long du champ et signaleraient la zone d'atterrissage.

Une vieille Rosalie Citroën sommeillait à l'abri d'une grange. Sa présence n'avait pas échappé au reporter.

– C'est la voiture que vous nous réservez ? demanda-t-il.

– Non pas ! Il vous faudra prendre la vôtre ! dit quelqu'un.

– La Rosalie, elle est pour transporter l'*autre monsieur*, renseigna Gerbecourt.

– L'autre monsieur ? s'inquiéta Boro.

– Le *Ruskof* ! dévoila le notaire qui entendait bien s'en mêler et voulait redorer son blason. Un costaud du KGB, à ce qu'il paraît. Et qui se porte bien… un colonel !

– Au final, combien serons-nous à embarquer ? Un Lysander ne peut emmener que deux passagers…

– Rien que lui et vous et l'avion sera complet ! renseigna Barbantane. Paraît qu'il fait cent dix kilos.

L'après-midi fut morne.

La nuit n'en finissait pas de tomber.

Marius Barbantane-Chauvelet s'était remis à picoler, profitant de la descente du jour, pour se réfugier dans un coin d'ombre.

Il s'anima soudain :

– Vous avez entendu le message de Radio-Londres ? *Les ours blancs ont les pieds dans les chaussettes* ! Quelle invention ! mais le nôtre de message n'était pas mal non plus… *Donalde Duque ne crache pas dans la soupe ! Deux fois !* Vous avez pigé le clin d'œil ? La « soupe », c'est nous, bien sûr ! C'est notre mauvais temps, nos nuages ! Nous sommes importants !

En y ajoutant une tripotée d'« e » muets, il répéta avec volupté sa traduction personnelle du message codé :

– *Le mauvais temps n'empêchera pas Donalde Duque de voler.* Eh, peuchère ! Le Churchille et le de Gaulle, ils ont raison : un canard, ça vole par tous les temps !

Vol de nuit

Le *flight-lieutenant* Donald Eliott Tennessee avait décollé de l'aérodrome de Newmarket à deux heures du matin, heure de Greenwich.

Il était aux commandes d'un Westland Lysander, l'appareil le mieux adapté aux missions secrètes. Un monoplan rapide, maniable, capable de se poser aisément sur un terrain de 280 mètres de long.

Le pilote avait traversé la grande baignoire froide du Channel en moins que rien et abordé les côtes de France en volant à une altitude de 3000 mètres.

Quatre ou cinq cents pieds au-dessus de la couche nuageuse, la nuit rayée de mauve était opaque et plutôt sereine.

Donald avait revêtu sa combinaison fourrée, car, si la température au sol avoisinait zéro degré Celsius, elle frisait les moins soixante degrés Farenheit là où il se trouvait.

Confiné dans son cockpit, Donald Eliott Tennessee évoluait dans un monde à part.

Devant, derrière, autour de lui, un ciel myope. Sans rides. Sans fond et sans limites. Un environnement solitaire et glacé qu'il affectionnait tout particulièrement.

Le jardin où son esprit aimait à divaguer.

Il en était ainsi depuis qu'il avait été blessé par les mitrailleuses ennemies lors d'un duel entre son «Spit» et les Messerschmitt. Il en était ainsi depuis qu'il avait goûté à la peur d'être dans la peau du «descendu». Depuis que la grande féerie mystique de l'invulnérabilité en avait pris un sacré coup sur le groin.

Piloter pour lui, dorénavant, c'était retrouver par un obsédant chemin l'haleine fade de la mort.

La vitesse, le déplacement, l'équilibre de la machine par rapport à la ligne d'horizon, la pression d'huile, la quantité de carburant, étaient certes au centre des préoccupations habituelles d'Eliott, mais, plutôt que de se soumettre aux directives des cadrans étalonnés, des tachymètres, altimètres et autres appareils de mesure, ce qu'il aimait par-dessus tout, c'était s'affranchir de leur matérialité, de leur rigueur scientifique et se confier au ciel de façon plus charnelle. Bousculant l'observance des règles du pilotage, il aimait s'émanciper de la fiabilité des instruments pour s'en remettre aux sensations d'un flottement étrange, dans un espace sans rives, sans bornes, aborder un de ces états proches de la léthargie ou de l'abandon qui procurent au pilote la certitude de faire partie d'une espèce à part.

Il jouait au jeu avec la mort. Il pilotait les yeux fermés. Dialogue noué avec l'inconnu, il laissait monter sur son visage une étrange convulsion de sentiments mêlés. Un peu de sueur mouillait son front.

Il avait la bouche sèche.

Sacré sport d'enculés ! C'était sa découverte : le pilote de guerre n'était pas seulement un connard à roulettes avec des ailes par-dessus, il devait être prêt à affronter la lucidité, l'aveuglante clarté des derniers dixièmes de seconde qui précèdent le néant.

De plus en plus souvent, pour parvenir à cet état de liberté, pour endosser sa nouvelle cuirasse et ressusciter l'état de grâce qui le rendait invulnérable, il buvait.

Ainsi en était-il ce jour-là. Au mess des officiers, le lieutenant s'était fait servir plusieurs whiskies par Mickey, le barman. Des scotchs dosés pour faire mourir une plante verte. L'alcool entretenait une douce chaleur dans ses artères. Pour prolonger cet état d'euphorie, il avait sorti de la poche intérieure de sa combinaison la flasque de Jack Daniel's qui ne le quittait plus jamais.

Il épongea à longs traits plusieurs rasades du satané breuvage.

À cette minute même, il se sentait bien. Il était entre parenthèses. Suspendu entre deux mondes. Oublié de la surface du sol, noyé, perdu, dans un univers sans contours.

Prêt à mourir.

Dans le ciel comme sur la terre…

La camionnette à gazogène dans laquelle avait pris place le colonel Konstantin Andropov Leontieff fit son apparition dans la cour de Morsang aux alentours d'une heure du matin. Elle était conduite par un vieillard qui s'arrêta le temps d'ouvrir la portière côté passager et de laisser descendre celui qu'il avait véhiculé.

À peine ce dernier avait-il posé un pied précautionneux sur la terre de Beauce, que le chauffeur opérait un demi-tour sur les chapeaux de roues. En moins que rien, sans demander son reste, l'homme avait poussé son ravelin d'automobile en direction du porche de la ferme et, laissant une traînée luisante dans la boue crémeuse, mettait le cap sur le grand large de la plaine.

Le Soviétique était un colosse aux yeux de porcelaine craquelée. Il avait la paupière mongole, le geste raide et le port majestueux. Il portait un costume de confection trop étroit pour sa stature et avait campé sur son crâne rasé un feutre assorti. Il tenait entre les doigts de ses pognes noueuses les goulots de quatre bouteilles de vin de Sauternes.

Il huma profondément l'air de la nuit et d'un signe de tête salua tous ceux qui étaient là.

Barbantane s'avança au-devant de lui. Le colonel posa ses yeux sur l'accoutrement du notaire.

– Je veux acheter vos moitiés de bottes, dit-il. Ou bien vous les jouer aux échecs.

– Mes leggins ? Elles ne sont pas à vendre, mon colonel. Ce sont celles de mon père. Il les a portées pendant la guerre de 14.

– 14, hein ? ricana le russe. J'étais sûr que vous aviez une guerre de retard !

Barbantane mit sa vexation dans sa poche.

– Est-ce pour les boire ? s'enquit-il en désignant les précieuses bouteilles de liquoreux.

– *Da!* avait acquiescé le bolchevik… pour boire en Angleterre !

– Vous fêterez sans doute un heureux événement avec des amis ?

– Bien vu, moustache forte et dérisoire ! avait opiné Leontieff, en fixant le notaire. Je veux fêter délivrance de Leningrad d'ici à quelques jours !

– Vous êtes optimiste…

– Optimiste. Et renseigné, rétorqua le Soviet, en éclatant d'un rire d'opéra.

Il pivota sur lui-même et, offrant le socle de sa nuque à ceux qui se proposaient de l'accompagner, se dirigea vers la ferme.

Le tableau de bord du Lysander, les flèches, les graduations, les curseurs, les voyants verts et rouges, les incrustations multicolores sur fond noir, témoignaient seuls de la présence de la vie.

De temps à autre, rompant avec le rêve, Donald retombait dans un univers où les filles sont allongées dans l'herbe. Il repensait à sa belle et courte romance avec Maryika, huit mois plus tôt. Maryika, l'Américaine, et son fils Sean.

Les paupières lourdes, il fermait à nouveau les yeux. Le ronronnement lancinant du moteur tendait à lui faire perdre conscience.

Un sursaut l'en préserva.

Il consulta son chronomètre. Il se trouvait à la verticale d'Évreux et constata qu'il accusait un léger retard par rapport à ses prévisions.

L'image de ceux qui attendaient sa venue, les yeux tournés vers les nuages, s'imposa sur l'écran de sa cervelle embrumée. Il revint sans difficultés à la réalité de sa mission. De son intervention d'homme providentiel dépendait la vie de ceux-là.

Il eut un étrange sourire.

Il libéra toute la puissance de son moteur. Aussitôt le Lysander ouvrit un gosier avide et enfla sa voix.

Donald faisait corps avec son zinc.

Il avait la gorge sèche.

– Il est deux heures et demie, décréta le notaire Barbantane. Il faut partir.

Ils se retrouvèrent à l'extérieur. La cour de la ferme était plongée dans les ténèbres.

Des portières claquaient. Des moteurs s'allumaient. Des voitures s'éloignaient tous feux éteints.

– Je monte avec vous... dit un jeune résistant en abordant Kitsu.

C'était un petit gars dans les dix-sept ans, avec des yeux délurés.

– Je m'appelle Thomas, dit-il. Je suis chargé de guider votre voiture jusqu'au terrain.

Le chauffeur japonais suivit les indication du jeune résistant. Il manœuvra et, au sortir de Morsang, s'enfonça en cahotant dans un chemin de terre creusé d'ornières.

– Le terrain se trouve au bout du chemin, indiqua Thomas. Juste derrière la ligne de peupliers... à trois cents mètres environ. Les camarades devraient déjà être sur place.

Like a Hurricane

Il était deux heures et demie, heure locale, lorsque le *flight-lieutenant* Donald Eliott Tennessee qui venait de laisser Limours au sud de sa route abaissa le manche de son avion.

Le vent soudain explosa autour de l'habitacle.

L'aviateur entama à l'aveugle une descente vertigineuse en direction de la plaine de Beauce. Tourbillonnaire, l'air en furie se déchira sous l'effet de souffle de la carlingue transformée en bombe. La couche nuageuse se refermait rapidement sur le passage de l'appareil.

– *A Lysander like a Sea Hurricane!* gueula-t-il en s'adressant à son avion. *Let's see what you have got in the guts!*

Le moteur hurlait. La voilure sifflait. Secousses, chahut, coulée hargneuse. L'as de la descente en piqué, les yeux rivés à l'altimètre, le faciès sec, dénué de toute expression, luttait contre l'effet de chute et de cascade. Il contrôlait au mieux les trous d'air successifs et les sauts imprévisibles. Il fallait être un pilote aguerri pour plonger dans le pot à encre et jouer avec les coups de boutoir infligés aux flancs du Lysander par la nuée qui promettait pluie et vent en se rapprochant du sol.

Eliott serrait les dents et pinçait les narines. Dans ce monde à la gomme, il n'avait plus peur de personne. Plus peur de rien. Plaqué à son dossier par la puissante accélération, il guettait la moindre rupture.

L'appareil émergea enfin de la soupe.

Altitude 150 mètres. Un mélange de pluie et de neige fondue sur le pare-brise. Vite redresser l'appareil. Stabiliser le vol.

S'orienter. Se rappeler que désormais le Lysander offrait à l'ennemi la cible de son ventre argenté.

Donald vira au-dessus de la bourgade d'Arpajon, faiblement éclairée, et reprit son vol selon un axe nord-nord-est qui le conduisait au-dessus du Hurepoix.

En principe, il devait tomber pile sur son objectif, un champ à l'herbe rase, jalonné par des feux de braseros à proximité d'une ferme fortifiée, perdue comme un île au milieu de la terre à blé.

Il volait à peu près à quatre-vingts mètres du sol lorsqu'il aperçut un alignement de lumières chancelantes.

Hurrah for Donald! gueula-t-il pour lui-même. *Good boy!*

L'alcool relançait ses instincts déconnants.

Torché au whisky pur malt, il arracha son masque à oxygène lors de son premier passage à très basse altitude. Il secoua les ailes du Lysander et gueula pour sa seule satisfaction le texte du message de Radio-Londres qui avait annoncé sa venue :

– Donald ne crache pas dans la soupe. Deux fois!

Qu'il transforma pour son pur plaisir éthylique en :

– Donald ne crash pas dans la soupe! *Two times!*

Sa manière à lui d'exorciser l'éventualité d'un accident mortel sur cette terre inhospitalière, sa façon de défier le destin malgré toute la merde glacée qui lui dégringolait sur le fuselage.

Juste en dessous de la voûte des nuages, c'est là qu'il évoluait provisoirement. Une toiture gondolée avec parfois des traînes de coton qui obturaient la vision pendant quelques secondes. Plafond à cent mètres, pas davantage. Des conditions de pilotage en rase-mottes dont il s'accommodait.

Il entama une nouvelle reconnaissance.

Le décor était nu, à l'exception de quelques squelettes de ferrailles tordues. Des vestiges d'ustensiles agricoles. Le terrain, complètement en friche, évoquait celui d'un astre mort qui aurait bien pu être une portion de l'ancienne terre d'avant le cataclysme.

Il chercha à repérer la présence des hommes. Il en aperçut un groupe massé à la corne d'un bois, approximativement en bout de piste.

Des naufragés! c'est l'idée qu'ils offraient d'eux-mêmes, perdus au milieu de cette désolation. Ils dirigeaient les faisceaux de leurs lampes-torches dans sa direction.

Il vira au ras des arbres et modela son second passage sur l'itinéraire du premier. Il ne flaira pas de pièges autres que ceux qui étaient inhérents à l'état du sol. Sur le plan de la sécurité, il ne décela aucun mouvement de terrain qui aurait pu servir de couvert à une troupe en embuscade.

– Eh bien, j'arrive ! dit-il en échappant de nouveau à la contrainte des arbres. *Here, I am !*

À condition qu'il ne touche pas une ligne à haute tension. À condition qu'il ne prenne pas les peupliers pour une simple palissade, il était persuadé de réussir.

Il tenait une vraie cuite.

C'est comme ça qu'il était à son mieux, Tennessee.

Il piqua vers le sol.

Oh, dear, what a mess !

– Je ne l'entends plus, dit David.

– Il est parti tourner. Tu vas voir… il va revenir, promit le reporter.

L'enfant se tenait tout contre Boro. Il leva la tête vers son protecteur. Il lui agrippa la main. Il claquait des dents.

L'émotion. Le froid. La frousse.

Quand on a huit ans, on a des excuses. On n'est pas fait pour les mitraillettes et les vrais revolvers. Pas fait pour perdre ses parents et en retrouver d'autres. On est petit et on a envie de pleurer. Même si c'est mal vu. On n'est qu'un gosse et on est prêt à le reconnaître. Surtout les jours d'aviation en pleine nuit avec des gens qu'on ne connaît pas et un mauvais temps qui vous coupe le souffle avec le vent. On se sent mal et c'est là qu'on s'aperçoit qu'on n'a pas fini de grandir. Il faut nous foutre la paix, aux enfants !

Les dents de lait, la scarlatine, les oreillons, d'abord ! Les exploits, Jim la Jungle, le Fantôme du Bengale, après ! Chaque âge est fait pour avoir ses plaisirs. Le problème avec la guerre, pensait David, c'est qu'on se tue à balles réelles. C'est qu'on casse sa pipe pour de bon. Le gosse avait beau solliciter le concours moral de tous ses héros préférés du *Journal de Mickey*, des types émancipés, des officiers de l'armée des Indes, avec lesquels il avait souvent échangé des coups de pistolet pour rire, il sentait bien qu'il ne pesait pas lourd dans le déroulement de ce qui allait arriver.

Derrière lui, il vit s'allumer une lampe. Plus qu'une lampe, peut-être un projecteur. Il entendit quelqu'un qui demandait si la longueur du pré allait être suffisante pour l'atterrissage et si l'avion n'allait pas s'embourber. Il se persuada que c'était quelqu'un qui n'y connaissait rien.

Il murmura :

– Ça ira. Hein, Boro, que ça ira pour se poser ?

Et Boro, qui voulait apaiser ses craintes, fit un bref signe affirmatif. Il inclina vers lui son visage énergique, aux pommettes hautes, lui serra la main et répéta :

– Bien sûr que ça ira, fiston. N'oublie pas de remettre ta lettre à mademoiselle Crimson dès que tu la verras.

– Et je lui dirai que tu l'embrasses.

– Fais ça. Merci.

Boro sourit dans la pénombre.

C'est le moment où tous les regards se levèrent vers le ciel noir. Celui d'un enfant peut-être encore plus que celui des grandes personnes brillait.

– Je suis content, dit David.

Le bourdonnement du moteur devint vrombissement. Le Lysander se présenta dos au bois de peupliers. Il sembla jaillir de la cime des arbres. Il descendit brusquement, freina sec, oscilla latéralement, tortilla du cul à la façon d'un canard et aborda le sol. Ses roues firent jaillir la terre. Des paquets de flotte firent ressac dans les garde-boue. Au prix de quelques embardées incertaines, l'appareil tangua d'un côté puis de l'autre avant de s'arrêter court à quatre-vingts mètres environ des gens à embarquer.

– Allons-y ! cria Boro.

Gerbecourt le retint d'un geste.

– Attendez encore un peu.

Une porte s'ouvrit sur le flanc de la carlingue. Le pilote apparut dans l'encadrement. Il salua avec un large sourire. Il tenait une caisse.

– Des armes et des explosifs, commenta Thomas.

L'équipe chargée de la réception avait formé la chaîne. Six paquets passèrent de mains en mains. Les gestes étaient fébriles. Les colis disparaissaient par enchantement, engloutis par le sombre.

Barbantane surgit de la nuit.

– Allez-y, maintenant !

Il poussait devant lui l'officier russe, qui marchait d'un pas d'automate.

– Le Popov est givré ! ricana un jeune résistant. Il a picolé la moitié de Leningrad !

Exit le colon. Léontieff était installé sur son siège. Il lui restait deux bouteilles entre les mains.

Soudain, comme sous l'effet d'un puissant souffle d'air, tout cela fut balayé par un ordre beuglé en anglais :

– *Oh God ! We don't want to sleep here ! Hurry up, folks !*

Boro démarra à toute allure. Il tirait sa mauvaise jambe derrière lui, il entraînait David dans une course folle en direction de l'avion. À peine avaient-ils franchi quelques mètres que commencèrent à ricaner derrière eux les premières salves des balles de mitrailleuses.

Ils se jetèrent à plat ventre. Autour d'eux, dans les ténèbres, la cohue devint indescriptible. Des cris se répondaient. Au halètement sourd de l'arme lourde répondaient les quintes des mitraillettes des résistants.

Boro leva la tête au-dessus du sol noyé de fondrières.

Il vit apparaître à quelques pas de lui la silhouette grotesque du capitaine Barbantane. Le chasseur de lapins était flanqué d'une dizaine d'hommes armés et du chauffeur japonais.

– Si encore nous avions le « Petit Rhône » pour nous séparer d'eux ! bredouilla le notaire. Mais non, rien ! Rien dans ce plat pays ! Ils vont nous massacrer !

– Takaré ! Prends les choses en main, cria Kitsu à son chauffeur. Retarde-les le plus que tu peux.

– À vos ordres, capitaine.

– Il parle français ? s'étonna Boro.

– Quand « il » veut, rétorqua l'intéressé.

Et se présentant :

– Lieutenant Takaré Nomasuto, agent du MI-5 au service de Sa Majesté britannique !

Le Japonais s'inclina brièvement, puis fit un signe à Barbantane et à ses hommes de le suivre en direction de la peuplcraie.

Aussitôt, le tir des SS se concentra sur leur mouvement.

– Allons-y ! cria Blèmia. L'avion ne va pas rester éternellement cloué au sol.

Il s'était à nouveau lancé en avant. Il s'essayait à des bonds inutiles. Les impacts mordaient le sol détrempé. Il entraînait David, dont les yeux racontaient l'effroi.

– C'est les Allemands ? C'est les Allemands ? criait le gosse.

Il était devenu complètement passif.

Kitsu les accompagnait. Elle était empoignée par la force du drame. Elle haletait aux côtés du reporter. Son calme était impressionnant. Elle le dépassa. Il perdit son stick.

– Ma canne !

Cent mètres en arrière, la bataille faisait rage.

Les choses s'étaient mises en place par le plus grand des hasards. Une patrouille de la *Schutzstaffel* répartie dans deux engins légers s'était fourvoyée sur le chemin menant à Morsang. Les lumières avaient attiré l'attention des militaires nazis. Ils furent les premiers étonnés de tomber sur l'aubaine d'une opération menée par un réseau de la *Widerstandsbewegung*[1].

En entendant le moteur de l'avion, en observant son manège, les SS avaient pensé que leur meilleur atout était de déclencher une attaque-surprise. Ils n'avaient pris aucune précaution stratégique. Ils possédaient l'avantage d'un armement lourd, mais leur position n'était pas meilleure que celle des résistants. En outre, ces derniers avaient une meilleure connaissance du terrain.

Le *Feldwebel* Wolfgang Sonntag qui commandait le détachement avait mis en batterie son fusil-mitrailleur. Il balayait le terrain d'un tir rasant tandis que ses hommes, déployés sur les ailes, essayaient de prendre les terroristes en tenaille.

Boro continuait sa course folle. Il glissait. Il tombait. Il dérapait. Il prenait appui sur sa bonne jambe. Son cauchemar de la nuit précédente devenait réalité. Il venait de planter l'embout de son stick dans un magma de boue. Le pommeau lui échappait. Il revenait en arrière. Plusieurs projectiles frappaient la terre autour de lui. Il ployait sur son genou valide, il cherchait à arracher sa canne du sol, transformé en marécage.

Kitsu venait de surgir à ses côtés, les balles des mitrailleuses mordaient dans la gadoue autour d'elle. La Japonaise arracha David à son hébétude, elle le tira à sa suite. Elle atteignit l'avion, elle souleva le gosse, elle le tendit au pilote, le gamin s'envola dans les bras de Donald, le Russe était immobile sur son siège, un trou rond ornait sa tempe, par où s'épanchait un sang noir.

Boro était de nouveau là, il avait passé la lanière de cuir de son stick autour de son poignet. Il tendit sa musette à l'Anglais.

1. Le mouvement de résistance.

– *Fuck you, bastards !* hurla Donald. *What a mess you have done !*

Mais le reporter s'entêta. Il parvint à glisser la précieuse besace sous le siège au moment où la glissière de la carlingue se refermait.

Déjà le moteur accélérait. En ronflant, l'avion entama son demi-tour. Blèmia plongea à droite sous l'aile.

Il rejoignit Kitsu au moment même où elle était frappée. La balle l'avait atteinte à hauteur des omoplates.

Paralysée, elle s'était arrêtée dans le mouvement. Sa bouche restait ouverte. Les larmes lui montaient aux yeux. Elle aurait voulu parler. Elle se contenta d'élever les bras en direction de Boro.

Et il la reçut contre lui. Elle s'abandonna.

Il accueillit dans ses yeux son regard désespéré. Malgré sa pâleur d'ivoire, elle était d'une beauté étrange, capable d'inspirer les passions les plus folles.

Elle coulait. Elle sombrait. Elle confiait son enveloppe terrestre à plus fort qu'elle.

Elle était morte.

En une fraction de seconde, l'espace autour du Hongrois devint une terre aride. Blèmia n'arrivait pas à bouger.

Comme une personne au fond d'un rêve, il resta cloué sur place. Il tenait la dépouille de la jeune femme dans ses bras. Tête renversée en arrière, son chignon s'était dénoué. Les yeux étaient ternes. Ils avaient perdu leur éclat animal.

Entre-temps, le Lysander avait pris de la vitesse. Il se cabra au bout du champ. Emporté par le hurlement de son moteur, il s'enfonça dans la nue environnante et disparut presque aussitôt.

Boro scruta le ciel une dernière fois. Puissant rappel à l'ordre, une rafale secoua la gadoue autour de lui. Il respira un grand coup et se mit en mouvement.

Il s'essaya à courir. Sa maudite jambe avait la lourdeur d'une gueuse de plomb.

À part la voix plus grave de la mitrailleuse qui semblait s'attacher à ses pas titubants, les armes s'étaient tues.

Il courait. Il s'efforçait de gagner le couvert du bois de peupliers. Il essayait d'échapper aux balles qui le pistaient. Sa face énergique se creusait. La fatigue le rattrapait.

Soudain, il trébucha et s'abattit dans un fourré.

Méfiances

– Sainte maman, quel guêpier ! soupira Scipion. Je me demande comment ça va finir !

Il était seul dans l'appartement. À sa tocante, il était quinze heures trente passées, et mademoiselle Fiffre n'était toujours pas rentrée.

Elle était partie dès huit heures du matin. Fin prête aux aurores. Ficelée comme il faut pour sortir. Du bleu aux yeux, des talons hauts, tout.

Elle avait dit je n'ai pas fermé l'œil de la nuit, il ne pleut plus, c'est déjà ça de pris. Elle avait filé sous le nez de Scipion qui émergeait, à peine éveillé.

Dans un brouillard que n'avait désépaissi aucune boisson chaude ressemblant à du café, l'Africain avait entendu la voix crépitante de Germaine Fiffre siffler à ses oreilles :

– Scipion, je compte sur vous ! Gardez la boutique ! Vous vous doutez bien... je suis inquiète par tous les pores de ma peau ! Monsieur Blèmia n'est pas rentré hier comme prévu... et maintenant cette histoire de photos qui me contrarie !... Je fais un saut là-bas, rue Le Sueur... Je cours porter « mes profils » au docteur Eugène en espérant qu'il n'est pas trop tard...

Elle avait dévalé l'escalier. Elle avait enfourché son biclou. Elle n'était pas rentrée. Maintenant, c'était au tour du grand Noir de se faire de la bile.

Au coup de sonnette, il sursauta. Il était sur le point de s'assoupir.

Il tira son gros revolver de dessous une pile de livres et courut dans le couloir.

Judas. Coup d'œil.
Crampons, serrures, loquet, chaînette.
– C'est toi, Boro P'tit ?
C'était lui, déguisé en pâté en croûte.
– Ai-je affaire à un déguisement ? À un camouflage ? À une originalité saisonnière ? se renseigna l'ancien chauffeur d'Ettore Bugatti.
– À un physique d'atterrissage dans la boue, répondit Boro.
Scipion referma la porte à triple clé derrière lui.
– Comment a été la première nuit ? demanda-t-il.
– Beauceronne. Londres a reporté l'opération.
– Et la seconde ?
– Longue et violente.
– Les Boches, peut-être ?
– Les SS. Au moment de l'atterrissage. Ils nous sont tombés sur le poil.
– Et les résistants ?
– Des jeunes pour la plupart. Héroïques mais inexpérimentés. Ils se sont laissé prendre en tenaille.
– Bilan ?
– Un désastre.
Boro s'engagea dans le couloir.
Scipion qui était dans son sillage suivait son idée.
– Le petit David ?
– Il a pu attraper l'avion. Le second passager, un agent russe, a pris une balle dans la tempe.
– Kitsu ?
Boro baissa la tête.
– Elle a trouvé la mort au début de l'engagement. J'ai été sauvé grâce à l'esprit d'initiative de son chauffeur. Un type épatant. Un Japonais avec des nerfs en zinc. Quand tout était perdu, il nous a arrachés au piège de la boue. Par un souterrain, nous avons trouvé refuge dans une cave de la ferme. Nous y sommes restés terrés jusqu'à l'aube. À sept heures du matin, cinq petits gars du réseau ont été fusillés sous nos yeux dans la cour. Le notaire qui les commandait a crié : « Vive la France ! » C'était un héros déguisé en lâche. Ou alors il était saoul…
Il se débarrassa de son stick.
– La douche ?
– Au fond à gauche…

– Germaine ?

– Elle est sortie ce matin. Elle n'est pas rentrée. Ça me chiffonne.

– Où allait-elle ? À un bal de traversin ?

– Non. Elle cavalait rue Le Sueur.

En un tour de main, Boro s'était déshabillé. Il offrit avec bonheur son corps bien proportionné à l'eau tiédasse.

– Rue Le Sueur ? s'étonna-t-il en se frottant avec un étonnant savon de récupération de fabrication Fiffre, est-ce que ça aurait mal tourné là-bas aussi ?

– Non, non. Tout s'est bien passé. Germaine est rentrée vers une heure du matin. Elle s'est couchée tout émoustillée de ce qu'elle avait accompli.

– Brave girafe ! Elle aura son champagne !

– À condition qu'elle revienne.

– C'est que tu finirais par me faire peur !

– Je vois l'heure qui tourne. Ce matin, elle a fourré son grand nez dans le placard où tu as développé et séché les photos de ces messieurs...

– Bon !

– Elle s'est aperçue qu'elle avait remis les clichés de face au docteur et oublié ici les photos de profil.

– Pas de quoi fouetter un chat ! décréta le reporter en attrapant une serviette pour se sécher.

– Le général Fiffre a pensé le contraire. Le général a dit que le docteur était pointilleux sur le sujet. Et elle n'a eu de cesse qu'à condition de lui rapporter les photos de profil.

Boro était sorti de la douche. Il avait commencé à se frictionner. Il s'arrêta net.

Des idées filantes comme des comètes traversaient sa cervelle.

– J'espère qu'elle n'est pas allée se jeter dans la gueule d'un escroc ! finit-il par soupirer. Ce type, Eugène, sort de taule... Sans compter qu'il doit être surveillé par les Allemands...

Scipion opina. Ses yeux dansaient dans ses orbites, ce qui chez lui était signe de colère.

– Tu as raison, Boro P'tit ! explosa-t-il. Moi aussi, je me suis toujours méfié de ce carabin qui joue à l'œil invisible...

Soudain, la vie devenait folle. Elle s'accélérait. Le temps s'emballait. Les prunelles de Scipion prenaient une nuance anthracite.

– Et si nous avions affaire à un combinard sans scrupule? s'interrogea le grand Noir. Je n'ai guère confiance en cette super croisière sud-américaine faite pour attirer les gogos friqués et les juifs au bord du volcan!

– Trouve-moi des fringues, Scipion! J'y vais! trancha Boro. Je veux tirer Fiffre du mauvais pas où elle s'est mise!

– Et si, à ton tour, je ne te vois pas revenir?

– Préviens Londres. C'est qu'il y a du grabuge.

– Londres! Tu fais bien de m'en parler! Il y a une demi-heure à peine, j'ai reçu la visite de ton Japonais qui a les nerfs en zinc...

– Nomasuto?

– Quelque chose d'approchant... L'émetteur de sa voiture a capté un message qui t'est destiné.

Le commissionnaire tira une enveloppe de sa poche. Il la tendit à Boro.

– Une lettre dans une lettre, tu vas voir...

Blèmia décacheta les deux enveloppes.

Le premier mot était calligraphié de la main du lieutenant Takaré Nomasuto et disait ceci :

Honoré Bouvier,

J'ai pensé que vous seriez soulagé de savoir votre fils entre de bonnes mains et je n'ai pas voulu tarder à vous en informer. Je circule chaque jour avec ma voiture dans l'attente de nouveaux ordres. Votre dévoué, Takaré Nomasuto.

Le second message émanait de David.

Fidèlement retranscrit par l'officier de liason, il daisait au mot près :

Bien arrivé. Bien traité. Miss Crimpson est jolie pour son âge de vingt-sept ans. Je l'ai entourée de mes bras, ses belles poitrines militaires. Elle est aussi une dame tarte aux fraises. Et une dame porridge. Les grumeaux, j'en raffole pas. Elle a dit sers-toi mon grand. Mange à ta faim. Faut jamais faire une croix sur l'appétit. Avec un blazer bleu, elle va m'envoyer à l'école. Ça ira. Après un gin tonic, elle a râlé extraordinaire. Elle a dit : ton père est une crevure, tu m'entends! Il aurait pu prendre le même avion que toi, il me semble, au lieu de nous envoyer un macchabée sovié-

tique ! Tout le monde ici est inquiet pour toi. À commencer par Artur. Crimson a claqué la porte. Elle avait des taches rouges autour du cou. Si je veux faire la fête à Boro, je vais être obligée de prendre un sous-marin pour le décider à rentrer ! Elle hurlait comme un phonographe. Elle a un accent épouvantable. À bientôt. Défends-toi si elle vient.

Ton fils, David.

Boro leva les yeux vers Scipion. Il était ému.

– Que t'arrive-t-il, Boro P'tit ? demanda le Noir en percevant son trouble.

– Rien, dit Boro en cachant sa gravité. Rien de rien. J'espère seulement ne jamais être un homme décevant pour mon fils.

Bignoles sur ciel de suie

Chassée de son pays d'origine par la guerre civile, Louisa Maria Jésus Moralès, native de Pampelune, avait débuté modestement son parcours professionnel tout en bas de l'échelle sociale des gens de maison. Un plumeau à la main, elle avait fait ses premières armes dans le 16e arrondissement, puis avait exercé au sein de plusieurs familles bourgeoises la fonction ancillaire de « bonniche » espagnole.

L'éclat vif de ses yeux, un tempérament de braise, la fréquentation des bals populaires, lui avaient permis d'apprendre le français et, au bout d'un an à peine, de séduire Léon Rigodet, 47 ans, gardien de la paix, dont la famille – une dynastie de chaussettes à clous et de bourres assermentés – avait quelques accointances dans le milieu du gardiennage.

À l'issue d'un mariage catholique, le couple avait accédé, sur recommandation, au logement de fonction et à la loge de concierge du numéro 23 de la rue Le Sueur.

Ce mercredi 12 janvier 44, Winston Churchill et Charles de Gaulle se rencontraient à Marrakech, les Russes s'apprêtaient à lancer le 15 leur offensive sur Leningrad et le sous-brigadier Rigodet, de service au carrefour de l'Opéra, réglait la circulation avec l'autorité naturelle que lui reconnaissaient ses chefs.

Louisa Maria Jésus, bignole au 23, était sur le point de nettoyer les poubelles de l'immeuble.

Au lieu de cela, appuyée à son manche à balai, elle restait plantée sur le trottoir et attendait la bouche ouverte.

Elle était raide comme du bois. Elle avait la tête en l'air. Les ailes de son nez palpitaient à chaque inspiration.

Elle observait les volutes noires d'un gigantesque nuage de suie – un monstre sans cesse alimenté, roulant et combustible, une force aux moustaches féroces, aux énergies vulcaniennes –, dont les formes rebondies s'épanouissaient au-dessus de l'immeuble du 21 et, s'étiolant en panaches et fumées diverses, obscurcissaient toits et cours du quartier en y répandant une insupportable et suffocante odeur de chair brûlée.

– Caramba ! Il y a le feu ! murmura l'Espagnole.

Elle étouffa mal un sanglot, sorte de ricochet de l'âme, et regarda avec consternation du côté de la matière grasse qui ruisselait dehors, sur la façade de l'immeuble.

Sentant une présence à ses côtés, elle se détourna un bref instant tandis qu'une ribambelle de points lumineux s'échappaient des deux cheminées de l'immeuble, perçaient la nue et en ressortaient en tire-bouchonnant dans le ciel sous forme d'escarbilles, qui allèrent s'éteindre plus loin, dans les parcs, dans les jardins, vers le quartier chic.

Louisa rencontra le regard de Mauricette Fanneau, sa collègue du 27, qui la fixait avec des yeux hallucinés.

– Un feu de cheminée comaque, évalua la Parigote. Faut appeler les « grisous », qu'ils viennent avec la grande échelle !

– Vous ne trouvez pas que ça sent mauvais ? interrogea Louisa en se signant.

Elle se sentait oppressée. Elle luttait avec acharnement contre quelque chose d'indicible qui perlait et grandissait à l'intérieur de sa cage thoracique. Une envie de dégobiller aussi irrépressible que celle qui l'avait prise le jour où les nationalistes avaient fusillé et précipité trente républicains de Galice dans une fosse commune au fond de laquelle les autorités religieuses les avaient laissés pourrir « au soleil du repentir ».

À chacun son interprétation du phénomène en cours, maintenant, les badauds s'accumulaient le long du trottoir. Agglutinés par petits groupes, les gens partageaient la sourde appréhension de quelque chose d'exceptionnel.

– Ça pue la viande brûlée, dit un équarrisseur qui avait quelque raison de savoir de quoi il parlait.

– Plutôt les déchets domestiques, diagnostiqua un autre type. À la façon dont ça valdingue dans les airs, c'est un feu de poubelles. Je reconnais ça à l'aigreur de l'air…

– Pourvu que ça ne fasse pas sauter une conduite de gaz !

– C'est chez le médecin, dit un monsieur avec un chapeau Fléchet, une petite moustache à la Laval et des lunettes rondes en bakélite noire.

– Il n'habite pas là, renseigna la Mauricette Fanneau du 27 de la rue Le Sueur.

Faudrait le prévenir tout de même, dit une dame du quartier.

Elle posa ses mains pâles sur sa poitrine assez forte et, comme pour apaiser son esprit égaré, ajouta :

– C'est ses oignons, il me semble !

– Le prévenir ?… vous êtes bonne !… vous avez son numéro, vous ?

– Non. Ce médecin, je ne sais même pas comment il est fait.

– Un petit brun… avec des yeux cernés et un nœud papillon. Il circule à vélo. Je l'ai vu rentrer chez lui un jour… À peine arrivé, y saute de son biclou, y retire ses pinces et y pousse la grille. Même qu'elle couine parce qu'elle est pas huilée… et on ne le revoit plus de la journée !

– Justement, demanda un grand diable surgi de nulle part, avec des cheveux mal coiffés, un visage énergique et des pommettes hautes, est-ce que quelqu'un a essayé de rentrer ?

– Forcer la porte ? Vous n'y pensez pas, jeune homme ! C'est une propriété privée !

Boro, puisque c'était lui, haussa les épaules. Il fendit la foule absurde et s'éloigna en traînant sa jambe derrière lui.

– Il faudrait passer par le jardin, lança quelqu'un dans son dos, mais les grilles sont hautes !…

– La porte est fermée, cria un autre. Y a même une chaîne autour des barreaux.

Blèmia n'écoutait plus personne. Il allait faire les choses à son idée. À l'ancienne. Il assura son stick à son poignet et ne tarda pas à s'élever au-dessus des ferronneries. Au risque de s'empaler, il garda son équilibre en arrivant au plus haut et franchit la clôture endormie du mystérieux hôtel particulier. Il évolua un moment au-dessus d'une haie de troènes qu'il lui fallait à tout prix éviter. Il écarta les revers de son raglan, déploya cette voilure de fortune et, faisant confiance à sa bonne étoile, se jeta dans le vide. Il atterrit assez rudement sur le sentier de graviers. Il roula sur lui-même et récupéra cette longue chose oblique qu'il traînait derrière lui.

– Ma jambe, s'excusa-t-il auprès de son propre genou.

Sans plus attendre, il se dirigea vers l'hôtel.

Dehors, ça finissait par grouiller de monde.

– Tiens, v'là les pompiers... Écartez-vous ! Écartez-vous !

Narines humantes ou tarbouifs épatés, les badauds se plaignaient des policiers, deux ou trois pèlerines qui tentaient de les faire reculer.

– Quel malheur que personne ait le numéro de téléphone de ce pauvre monsieur ! dit la Fanneau du numéro 27.

– Moi je l'ai, osa Louisa Maria Jésus Moralès.

D'un coup, tous les regards se braquèrent sur elle. Elle était consciente de son importance.

– Il me l'a donné, le monsieur du 21, dit-elle. Pigalle 77 11. Il m'a dit comme ça : « Gardez-le pour vous. Si un jour quelque chose arrivait, appelez-moi. »

Elle ne disait pas toute la vérité, la *Spagnole* républicaine. Par la même occasion, Marcel Petiot lui avait graissé la patte. Bon. Mais rien à redire. C'était aussi ça, le métier de concierge. Le cordon, les calendriers, la distribution du courrier et les menus services. Le billet était parti au fond de la poche de tablier de Louisa. Cinq cents balles pour qu'elle serve de vigie à son voisin, ça n'était pas la mer à boire.

– À ce compte-là... vous avez peut-être aussi la clé de la baraque ?

Elle ne l'avait pas.

Les pékins se pressaient autour d'elle. Elle était devenue intéressante. Les questions fusaient. Ils voulaient tout savoir. Et puisque maintenant on le lui demandait, oui, oui, oui, elle l'avait déjà prévenu, le docteur. Elle l'avait appelé dès qu'elle avait repéré le nuage noir. Il était en route.

Il ne tarderait plus à arriver.

– T'as vachement bien fait, ma petite, approuva la Fanneau. *Passe que* les « grisous », je les connais... ils vont tout défoncer à la hache et noyer le quartier avec les lances... On reconnaîtra plus rien !

Engloutir, il disait

Boro avait contourné l'hôtel. Son instinct lui commandait de suivre le sentier glissant qui sinuait entre les buis. De plus en plus incommodé par de nauséabonds relents d'animal en putréfaction, il avait noué son mouchoir devant sa bouche. Même si ce masque improvisé filtrait mal la puanteur, il lui permit de poursuivre son chemin.

Dix pas plus loin, il leva la tête. Là-haut, au-dessus du toit, les cheminées continuaient à cracher une fumée noire qui prenait des allures de cheval emballé. De l'autre côté de la clôture, dans la rue, les gens s'interpellaient à chaque nouveau tourbillon de flammes.

Le reporter maîtrisa un spasme qui lui retournait l'estomac. En pataugeant dans une boue gluante et glissante, il était arrivé au dos de la bâtisse et se trouvait face aux communs.

Il entrouvrit la porte du « garage ».

L'endroit était obscur.

Blèmia battit des paupières. Il franchit le seuil. L'odeur était insupportable. Il risqua un pas sur le côté et sa main se posa sur un établi encombré de rabots et de scies. Il chercha à tâtons un commutateur électrique, qui, logiquement, aurait dû se trouver le long du mur.

Ses doigts rencontrèrent le tranchant et l'arête de divers outils – vilebrequin, gouges, tournevis, maillet – fixés à un support de bois. Il fit un pas de plus, omit de prendre appui sur sa canne et glissa sur un morceau de quelque chose de poisseux et d'élastique. Sa jambe valide lui échappa. Il dépensa quelques forces à essayer de la retenir, mais en pure perte. Une douleur éclaira sa vision d'un déchirure fulgurante, il grogna et mit ses deux mains en avant pour amortir le choc de son genou valide contre le sol cimenté.

Il avait mal. Sa rotule le lançait. Il attendit un moment dans le clair-obscur que la douleur s'éloigne. Le temps s'enroulait autour de lui comme un python. Il entendit vaguement le signal sonore d'une voiture de pompiers et reprit sa reptation.

Son projet était simple. Il consistait à traverser une portion d'espace vide sans céder à la tentation de tomber sur le flanc. Il essuya sa paume sur son raglan et y découvrit un peu de sang poissé.

Il s'embarqua droit devant et posa involontairement les doigts sur l'objet responsable de sa chute. Il s'en empara et, pour le mieux distinguer, le haussa à hauteur de son regard.

Un feu d'oreilles lui brûla immédiatement le visage. Un marteau se mit à cogner sur sa cervelle. Il scrutait, incrédule, ce qu'il tenait : une main humaine, une main de femme, froide et pâle, ornée de bagues.

– Germaine ! murmura-t-il en faisant l'effort de se souvenir des bijoux portés par la vieille fille.

Ce qu'il voyait, ce qu'il commençait à deviner, à comprendre, libéra soudain son corps d'une lourdeur de plomb. Il prit appui sur le plateau de l'établi et se redressa sur ses jambes. Son stick était à ses pieds. Il s'en empara. Il avait abandonné machinalement sa macabre découverte au milieu des outils.

Les yeux hallucinés de Blèmia Borowicz accommodaient maintenant sur la découpe d'une sorte de bassin dont les bords affleuraient le sol.

Cette fosse occupait le centre de la salle.

Elle était emplie de chaux vive, et sa surface était boursouflée d'émergences sombres dont les formes ne laissaient pas de doute sur leur origine. Boro identifia sans peine des tronçons humains destinés à disparaître directement dans les égouts auxquels la fosse était reliée.

Un bras tendu vers le ciel émergeait même de cette bouillasse innommable destinée à dissoudre les chairs et les ossements de ceux qui avaient fini leur vie entre ces murs. Un palan électrique constitué par un système de poulies et de chaînes équipait la sinistre piscine. Fixé à un portique métallique, cet instrument permettait de réduire, en la démultipliant, la force à exercer pour soulever des poids importants. Le bon docteur Eugène avait tout prévu pour faciliter la manutention et l'immersion des corps.

Vaincu par tant de barbarie, Boro n'avait plus qu'une idée en tête. Sauver Germaine Fiffre s'il en était encore temps.

Il ressortit du garage en toute hâte. Il contourna l'hôtel et atteignit une porte dérobée au moment même où les pompiers, qui avaient brisé les chaînes de la grille, pénétraient dans le hall. Tapi dans une sorte de cuisine désaffectée, il les entendit marteler le dallage de leur course et se précipiter dans un roulement de godillots vers les sous-sols où ronflaient deux calorifères chargés jusqu'à la gueule de combustible humain.

Lui, Boro, ombre parmi les fantômes, se hâta vers les étages.

Un coup de poker payant

Personne ne saurait le nier. Marcel Petiot, industriel de la mort, était un criminel hors normes. Il y avait en lui du chat sauvage, et son comportement était imprévisible. Tour à tour simulateur, clown tragique, aimable loufoque, toutes les déviances lui allaient comme un gant.

Plus tard, à l'issue de son procès, les rapports des psychiatres ne laisseront aucun doute sur son déséquilibre psychique. Son détachement à l'heure de sa propre mort prouve que l'on a eu affaire à un homme aux valeurs fort éloignées de celles du commun des mortels. Et il faut savoir que, d'un bout à l'autre, sa vie – celle qu'il écrivit par son comportement unique – fut un roman noir.

Roublard mais trop sûr de lui pour avoir tout prévu, volontiers ironique mais trop nerveux pour l'être avec finesse, un de ses amis note « qu'il riait comme on fait naufrage ». Le docteur Satan a compris depuis longtemps qu'un misérable de sa sorte a tout intérêt à être double et que d'être à la fois soi et un autre permet souvent à celui qui est le plus indésirable des deux de prendre la poudre d'escampette au moment où les forces de la loi s'apprêtent à le confondre.

Avisé par Louisa Maria Jésus Moralès que sa maison de la rue Le Sueur flambe, Petiot quitte sa femme et son fils au prétexte d'une urgence médicale et s'arrache à un après-midi familial.

Il enfourche son vélo et part aux nouvelles. Lorsqu'il arrive sur place, le cirque de la société est en place. Les pompiers ont déployé leurs bouches à eau, les policiers contiennent la foule. Les flics ont découvert le pot aux roses. L'hôtel est investi par les enquêteurs. La nuit commence à tomber. La Gestapo, alertée par la police française, envoie un télégramme au Quai des Orfèvres : « *Ordre des autorités allemandes. Arrêter le docteur Petiot. Fou dangereux.* » La visite de Friedrich Berger en personne est annoncée en fin de soirée.

Avec l'aplomb qui le caractérise, « Mégot » saute de son vélo. Il accoste un des agents en faction.

– Je suis le frère du propriétaire, lâche-t-il au brigadier. Que se passe-t-il ?

Le fonctionnaire lui décrit la vision de cauchemar. Petiot grimace un sourire complice. D'un coup, il prend un air de conspirateur.

Il a une phrase qui fait mouche :

– Vous êtes un bon Français ? s'enquiert-il.

Le galonné opine avec toute sa force de conviction.

– Je suis un patriote, monsieur. Je m'en targue !

– Alors, vous comprendrez mieux ce qui arrive...

Le cycliste fait signe qu'on le suive et tire sa bécane sur le trottoir. Le brigadier lui emboîte le pas. Deux-trois agents, aspirés par l'attitude majestueuse de leur chef, le suivent.

Ce dernier devient on ne peut plus sérieux. C'est un hyperthyroïdien dans l'envolée de sa belle cinquantaine. Tendance au goitre, Légion d'honneur. Ses yeux exorbités roulent à la boutonnière de ses paupières.

– Je vous écoute, dit-il.

Et Petiot, radieux et confidentiel :

– Messieurs, vous vous en doutez. Le temps est compté à ceux qui sont des patriotes... Devant l'urgence, je serai bref et peu explicite. Les circonstances, vous le comprendrez, ne m'inclinent pas à rester sur place...

– Expliquez-vous mieux, dit le brigadier. Mes hommes peuvent entendre... car nous marchons d'un seul pas...

– Nous sommes de la Résistance, lâche Petiot.

Il désigne le 21 de la rue Le Sueur :

– Tout ce que vous allez trouver, ce sont des collabos et des Boches !

Médusés mais certains qu'on n'irait pas inventer une histoire aussi énorme sans qu'elle puise sa vérité dans les bourbes de la clandestinité, les agents se concertent. Convaincus que l'époque ne prête pas à un tel conte, ils laissent filer le petit Marcel.

L'assassin de Golda Birenbaum et d'une trentaine de personnes juives rajuste son nœud papillon. Il assure ses pinces à vélo, il salue la compagnie avec une émotion contenue.

La gorge serrée, il dit :

– Nous n'oublierons pas ! Brigadier… messieurs… Vive la France !

Et léger, aérien, s'arrache à la foule.

Il vogue vers son destin. Il s'apprête à écrire une autre page du roman noir de sa rocambolesque existence.

Le temps de se mettre en scène dans le rôle du capitaine de FFI Valéry-Wetterwald, Marcel Petiot ne sera arrêté que le 31 octobre suivant.

Quand on met la main sur lui, il est cousu dans la peau d'un patriote.

Le placard ou la vie

Le passé nous inonde.

Le présent se dévide.

Le futur n'est presque rien. À peine une poignée de secondes parfois. Et à l'heure du danger, si la colère de Dieu siffle aux quatre coins de la terre, nous sommes sans visibilité. Seule l'imagination nous tient. Elle nous paralyse.

Prisonnière de l'obscurité, suspendue aux bruits filtrés par l'écran des vêtements suspendus à des cintres, Germaine Fiffre, au fond de sa penderie, était sans défense.

Lorsqu'elle entendit crier son nom, elle n'en crut pas ses oreilles. Même la cruauté tient à un fil. Pourtant, elle en aurait mis sa tête à couper, cette voix étouffée, dès ses premiers accents, elle l'aurait reconnue entre mille… C'était la voix de monsieur Borowicz !

Elle s'arrêta de respirer. Une lassitude extrême paralysait son corps. Le visage sec comme du bois, elle guettait un nouvel appel. Son gosier la brûlait. Elle aurait eu assez soif pour boire l'eau bleue d'un grand lac. Tant qu'à la fin sa salive avait un goût de sel et une âcreté de soufre.

Seigneur ! Combien d'heures était-elle restée prostrée au fond de sa cachette qui tôt était devenue sa geôle ? Tout au long de ces moments d'attente, cent fois elle était morte. Elle avait perdu la notion du temps.

Avec l'énergie du désespoir, elle recommença à frapper contre la paroi du gourbi où elle se trouvait enfermée.

Mélange de colère et d'hystérie, elle criait, elle criait :

– Je suis là ! Je suis là !…

Au loin, de façon très atténuée, elle entendait des pas qui s'amenaient. Elle percevait les cris de gens qui s'interpellaient.

Elle tapait du plat de la main sur la paroi. Elle se donnait un mal fou. Elle entendit encore une fois, puis une autre, l'appel de Blèmia Borowicz. Ensuite, elle eut l'impression que la voix de son sauveur s'éloignait.

Elle abandonna toute énergie. La peur disposait de sa volonté.

Elle ferma les yeux.

Elle perdit connaissance…

Elle s'en mordait les doigts, mais c'était ainsi. Elle était entrée volontairement dans le réduit où elle se trouvait. C'était arrivé peu après qu'elle avait pénétré dans la place.

Toute sa vie, elle se reverrait monter à l'étage du cabinet médical dans l'espoir de mettre la main sur le docteur Eugène et de lui communiquer le reliquat des photos des candidats à l'évasion.

Au lieu de cela, elle s'était immobilisée sur le palier. Elle avait perçu un proche remue-ménage. Elle avait localisé une série de heurts et de chocs en provenance du local de chirurgie qui jouxtait la salle de consultation. Un va-et-vient de scie, peut-être.

La main sur le cœur, elle s'était avancée. La porte aux verres dépolis était entrouverte.

Germaine était d'une pâleur extrême.

Elle était restée dans la posture modeste de celle qui va s'excuser pour le dérangement qu'elle occasionne. Et ce qu'elle avait vu, elle l'avait à peine cru sur le moment. Parce que c'était impossible. Parce que ce qu'elle percevait la jetait dans une confusion bouillonnante. Parce qu'elle espérait encore se réveiller. Parce qu'elle pensait confusément qu'elle trouverait peut-être en elle les ressources qui lui permettraient de recoudre la vie.

Les yeux de Germaine fouillaient l'espace. Elle se tenait de guingois, frappée de paralysie en pleine course. Légèrement renversée en arrière. Le visage un peu penché. Les jambes écartées. Elle avait l'impression qu'une force plus maligne que son propre pouvoir l'obligeait à assister à une religion du diable.

C'était incroyable de surprendre le docteur Eugène en grand tablier blanc, de le découvrir comme il était, le corps ruisselant de sang brillant, le bras levé, une ombre bistre dominant ses paupières trop fardées, le bord de ses yeux comme souligné d'un trait rouge, c'était trop impossible et irréaliste, et onirique et irracontable de le voir à la lumière de trois projecteurs bleutés abaisser son poing refermé sur un hachoir de boucher pour frapper la nuque de monsieur Guschinov entre deux vertèbres, dans le but de séparer sa tête de son torse !

L'apparition répétait et répétait les mêmes gestes. Le sang giclait. Germaine percevait le souffle éreinté du dément.

Elle ne ressentait rien. Seulement du froid. Elle avait renoncé à l'heure. À l'énergie. Au dégoût. À la peur. À la course à ceci ou à l'attrape-cela.

Elle resta longtemps sans bouger. Elle entendait vaguement le bruit du fil du hachoir chaque fois qu'il s'enfonçait davantage dans les chairs du cadavre. Les minutes l'enlisaient. Même le projet de respirer lui paraissait inutile.

Mais le docteur bougea. Plus exactement, il cessa de décapiter sa victime. Avec des gestes de technicien, jugeant que la décollation était à son terme, il tira un coup sec et Guschinov se détacha de son corps.

Le docteur Satan tint un moment le martyr juif par les cheveux, le dévisagea et lança la tête dans un seau.

Sur ces entrefaites, Germaine ne s'était pas sentie tourner des talons. C'est pourtant ce qu'elle avait fait. Elle avait détalé.

Elle courait, la main devant la bouche. Elle essayait de contenir et d'effacer le cri de terreur qui lui venait aux lèvres. Derrière elle, le criminel s'était mis en marche. Elle fuyait devant lui sans qu'il le sache. Elle emprunta un couloir. Il continua à avancer dans sa direction en poussant devant lui une sorte de wagonnet rempli de déchets humains. Germaine s'était jetée dans le placard. Elle avait atterri au milieu des cintres. Elle avait eu le temps d'entrevoir et de reconnaître la dernière toilette portée par Golda Birenbaum. Les mâchoires serrées, elle avait repoussé la porte.

Les pas du tortionnaire se rapprochaient. Elle l'entendit débarder sa charge dans un monte-plat. Elle risqua un œil par la fente de la porte. Elle entrevit un rougeoiement. Des ossements. Un tronc. Un magma de chairs débitées. Le fou appuya sur un bouton et renvoya le petit descenseur à la cuisine, située au rez-de-chaussée.

Il allait passer. Mais ce n'était pas fait. Il revint sur ses pas.

Il était tout près d'elle, avec sa calotte blanche sur ses cheveux sombres. Avec son front à méplats, dessiné par un peintre cubiste. Il s'immobilisa devant la porte disjointe. Il poussa une sorte de grognement de désagrément en constatant que le cagibi n'était pas hermétiquement fermé. Il repoussa l'huis, tourna la clé dans la serrure.

Un tour. Deux tours. Bien fermé. Comme les choses auraient dû être.

La nuit était opaque. Mademoiselle Fiffre, emprisonnée, était désormais à la merci du monstre de la rue Le Sueur.

Elle tourna de l'œil.

Le temps est un sortilège qui rend incrédule.

Quand elle revint à elle, Germaine crut entrevoir quelque chose qui était en vie et qui ne l'était pas. Elle n'était sûre de rien. Sans doute errait-elle dans les limbes.

– Allez, au revoir, au revoir, murmura-t-elle pour saluer son entrée au royaume des trépassés.

Elle ajouta :

– J'arrive !... Mon Dieu, je me soumets !

Elle tendit les bras.

Elle se sentait sans bouche, sans yeux, sans oreilles. Elle disposait de très peu d'air.

Il lui sembla que l'immense nuage sombre qui obscurcissait le recoin où elle se trouvait à croupetons basculait. Une sorte de lumière pauvre apparut qui ressemblait à l'espoir.

Elle poussa un gémissement et, réfugiée dans le désert de ses frayeurs, eut l'impression que des mains la soulevaient, qu'une haleine lui caressait la joue, qu'une voix l'encourageait et, en même temps qu'elle avait la sensation d'ouvrir les yeux au monde, elle ressentit avec un bonheur indicible sur son visage la gifle d'un flot d'eau ruisselante.

Elle s'ébroua et elle le vit.

Le Kirghiz ! Son prince ! Blèmia Borowicz qui venait de lui jeter un broc d'eau au visage et qui l'exhortait à vivre.

– Germaine ! Parfaite girafe ! Quel bonheur de vous retrouver au meilleur de votre forme !

Dans le silence d'une lutte immense, elle aurait voulu répondre. Elle le fixait, bouche bée. En même temps, elle aurait voulu partager avec lui les choses affreuses qu'elle avait découvertes.

Mais elle était surtout émue de vivre. Quand on joue à ça, on pleure toujours.

Elle commença à sangloter.

Elle répétait :

– Je sais, c'est stupide, mais c'est nerveux.

Elle frissonnait. Elle tremblait. Elle saccadait.

Elle disait :

– Quand je pense que j'ai failli finir pendue comme un jambon !

Elle pleurait, c'est naturel. Elle happait l'air et elle poussait un jappement lugubre.

Elle hoquetait :

– C'est nerveux ! Ça va passer...

Et Boro qui savait tout l'entraînait.

La seule chose qui importait à ses yeux, c'était de sortir des entrailles de l'ogre le plus vite possible.

Les limbes de la rue Le Sueur

Ils se trouvaient tout au fond de l'appartement du premier étage. Un corridor offrait au reporter la tentation de sa perspective tortueuse et humide.

Boro s'y aventura. Germaine s'élança derrière lui.

– Vous vous y reconnaissez ?

– Je crois.

Elle trottinait mécaniquement. Ses lèvres bougeaient comme si elle récitait des prières.

Accompagnés par la senteur lourde et douceâtre d'une odeur écœurante, ils continuèrent à avancer dans la pénombre. Soudain, troublés par des cris, plus exactement par une clameur qui enflait, ils s'entre-regardèrent.

Au passage d'une fenêtre dont la vue plongeait sur la rue, le reporter écarta un rideau et risqua un coup d'œil.

Dehors, il régnait une indescriptible cohue. Survoltés par les informations les plus folles qui couraient à propos de l'état des lieux et sur les sabbats qui s'y étaient tramés, une cinquantaine de badauds avides de sensations fortes venaient de déborder le service d'ordre.

Le frêle cordon des sergents de ville, battu en brèche par la charge butée et coléreuse d'une foule pressée de rassasier sa curiosité morbide, essayait en vain de ramener à la raison les plus excités d'entre les agitateurs.

Sans se consulter, Boro et Germaine poursuivirent leur route.

Ils tâtonnaient dans une semi-obscurité. Certaines pièces de l'hôtel, livrées aux enquêteurs, étaient condamnées. Il fallait rebrousser chemin, faire un détour par une autre pièce de la nécropole. Le reporter et la vieille fille titubaient dans les méandres du labyrinthe. Parfois, annoncée par la lumière d'une lampe torche ou la lueur incertaine d'un briquet, une silhouette affairée les croisait. Une flamme vacillante, un scintillement électrique ondulaient dans l'espace. Un visage dérangé par une intense émotion surgissait de la nuit. Une main ferme les écartait de leur trajectoire, sans égards particuliers.

L'éclat d'un casque, le blanc d'un œil, une haleine un peu forte sous un képi de travers : c'était un pompier qui se frayait un passage, c'était un flic chargé de ramener les gens à la raison.

– Place ! Place !

– Dégagez ! Laissez-nous travailler !

Plus le reporter et sa compagne avançaient à contre-courant plus ils avaient l'impression de revivre un cauchemar. L'ombre étendait un voile inerte sur les papiers peints délabrés, et désormais l'hôtel vibrait d'un trop-plein de présences humaines. Sur deux étages à quatre fenêtres et jusque dans les combles mansardés, la maison résonnait du roulement de pas innombrables.

– Les cancrelats ! Les blattes ! Les scolopendres ! Ils sont partout dans les murs ! s'écria Germaine.

Les pommettes enfiévrées, elle montra au Hongrois la peau de son bras, hérissée de chair de poule.

– Nous sommes dans un mauvais rêve, admit Boro.

– Nous sommes dans l'antichambre de l'enfer, rétorqua mademoiselle Fiffre. Nous voguons sur le Styx et je ne suis pas sûre que nous soyons en vie… Et maintenant, regardez ! Regardez qui est là ! Regardez qui nous allons croiser ! Au train où vont les choses, les fantômes des suppliciés vont croiser leurs bourreaux !

Elle désignait un groupe d'officiers allemands sanglés dans leur uniforme noir de la SS. À leur casquette d'apparat brillait une tête de mort. Leurs ordonnances leur ouvraient la marche, porteurs de candélabres en argent.

Germaine recula en trébuchant. Elle se dirigea vers une porte et l'ouvrit d'un élan bien calculé de sa croupe. Elle entraîna Boro dans son sillage.

– L'Ordre noir ! chuchota-t-elle en refermant la porte sur eux.

En tête du cortège se trouvait Friedrich Berger et, derrière le *Hauptsturmführer*, s'avançaient Karl Boemeiburg et Herman Brandl venus chercher la vérité sur le docteur Eugène.

– Expressionnisme pas mort ! railla le reporter. J'appelle Fritz Lang à la mise en scène !

Il avait retrouvé toute son énergie. Nocher de circonstance, une lumière sauvage au fond des yeux, il entraîna la vieille fille.

Ils débouchèrent aux abords de la chambre triangulaire. Point de repère inévitable. Lieu de tous les sévices.

La porte était ouverte à deux battants. Plusieurs intrus s'y trouvaient déjà. Des gens du quartier, genre trompes à salive. Le monsieur qui savait tout, avec son galurin, sa moustache à la Laval, ses lunettes rondes en bakélite noire et ses gants de pécari.

Des hommes, des femmes.

Ils étaient ventre à ventre, ils discutaient, ils jargonnaient. La pupille dilatée, le verbe haut, coincés par l'exiguïté du lieu, ils colportaient les nouvelles glanées dans les couloirs. Le bruit courait que les cadavres étaient des Allemands brûlés par la Résistance. D'autres sources privilégiaient de plus extravagants ragots. Soi-disant, les corps mutilés étaient ceux de jeunes des réseaux FTP. Allez savoir ! Des communistes ! On supputait ! On amplifiait ! Plouf dans la mare des crédulités imbéciles ! Gerbe maousse et verticale ! Du coup, il fallait voir, on enfilait les perles. Avec un petit frisson de vertu le long de l'échine, des turlupins révélaient que le conte Ciano, beau-frère de Mussolini, et dix-sept autres dignitaires fascistes italiens avaient été fusillés. Ils disaient que ça n'allait pas si bien que ça pour les forces de l'Axe. Ils disaient aussi que les Russes s'étaient emparés de Lyudvipol, à 4 km à l'ouest de la frontière polonaise. Des signes ! Des signes d'une reculade ! Peut-être les prémices d'une dévalade apocalyptique. Ils disaient cela, les pékins ordinaires. Soudain experts en malheurs et viandes humaines, ils en oubliaient de commenter l'étrangeté des lieux où ils se trouvaient.

– Je suis trouble par les yeux, gémit mademoiselle Fiffre à bout de nerfs. J'ai les mollets en coton. J'étouffe et je cale !

– Courage, l'exhorta Boro, vous verrez… vous ferez votre trou au ciel.

Ils arrivèrent sans encombres en haut de l'escalier qui dévalait vers le hall. Là aussi il leur fallut se frayer presque de force un passage à rebours de la marée humaine. Ils avaient à creuser littéralement les rangs des badauds.

Boro veillait à ce que la grande girafe le suive. Il avait assuré son stick à son poignet. De temps en temps, il se retournait pour ne pas perdre le contact. Il entrevoyait Germaine, ballottée par le remous des épaules et des têtes, noyée dans un moutonnement de chapeaux. La grande girafe croisait pêle-mêle sans le savoir Louisa la bignole républicaine, sa copine Fanneau Mauricette, du 27 rue Le Sueur, et le brigadier patriote du docteur Petiot. Son chignon avait coulé sur ses épaules à la manière d'un fourrage ondulant. Ses bras paraissaient blancs, pliés à la saignée, d'une longueur inutile.

Le visage suffoqué, elle finit par échouer auprès du reporter, qui l'attendait sur la dernière marche et tenait bon la rampe.

Elle était disloquée comme un bris de chaloupe après naufrage. Ses mâchoires, sa denture chevauchante, faisaient « yap yap » tandis qu'elle coassait des mots désobligeants pour la foule :

– Les suiveurs ! Les répugnants loustics venus se régaler de charogne et de peur !

– Qui sommes-nous pour juger ? lui opposa Boro. La vérité des cœurs raconte seulement comme les gens se sont endurcis pendant toutes ces années !

– De pauvres fous sans libre arbitre !

La haute silhouette de la Fiffre flotta un moment sur l'ensablure verte et douce d'une robe de taffetas qui appartenait à une fillette. Derrière la petite, un couple de personnes âgées poussait sa progéniture endimanchée en direction de l'escalier.

– Tu es sûre de vouloir aller là-haut, Charlotte ? s'inquiétait la grand-mère.

– Parce que si tu veux voir les calorifères, proposait le grand-père à l'enfant, c'est au sous-sol qu'il faut aller…

– Rentrez chez vous ! tonna le reporter.

– Seigneur ! Pourquoi tous ces gens cèdent-ils à la grossièreté de leurs désirs les plus bas ? s'apitoya mademoiselle Fiffre en s'adressant au ciel.

Poussés par le dégoût, ils se hâtèrent. Boro tenait sa mauvaise jambe à deux mains. Il l'aidait dans chaque difficulté du terrain.

Ils traversèrent le hall en enjambant des entrelacs de tuyaux reliés aux autopompes des soldats du feu. Ils pataugèrent dans la gadoue immonde qui menait à la sortie.

Quelques pas titubants sur les graviers. Un relent de cendres et de pourriture. Des visages blafards dans un monde éteint. Ils franchirent enfin le cap de la grille.

Premiers pas sur le macadam luisant de rigoles. Germaine avait la tremblote.

Boiterie entre des ombres errantes. Boro prenait appui sur sa canne.

Le reporter avait l'impression de revenir dans un monde observé par des centaines d'yeux. Il prit Germaine sous le bras parce qu'il la sentait défaillir.

Il lui dit :

– Doucement. Marchez doucement. Maintenant, nous sommes tirés d'affaire.

Ils portèrent leurs pas en direction de l'avenue du Bois.

Comme ils avançaient, Boro ressentit soudain le mouvement invisible d'une présence qui grandissait. Son instinct ne le trompait pas. Il s'apprêtait à croiser sans les voir, et sans être vu d'eux, deux vieilles connaissances.

Instinctivement, le reporter avait interrompu le bruit de son stick au contact du goudron. Il avait relevé le col de son raglan. Il mit à profit un pan d'ombre pour pousser sa compagne sur le trottoir. Ils s'y réfugièrent quelques secondes.

– Qu'y a-t-il ? s'inquiéta Germaine Fiffre.

– Je reprends souffle, voilà tout, murmura le reporter d'une voix rassurante.

Il sentait une tension extrême dans le bras de sa cavalière. Les nerfs de la vieille fille étaient sensibles comme les cordes d'une harpe.

Plusieurs groupes passèrent à leur hauteur. Sartore et Gourari, puisque c'étaient eux, arrivaient à peine sur les lieux. Ils étaient envoyés par Danos. Le gangster voulait être tenu au courant de l'affaire Petiot.

– On y va ? s'impatienta Germaine.

– Chut ! Pas encore, murmura Boro.

L'ombre les enrobait. Elle buvait les visages. Elle les protégeait des regards. Elle rendait leurs silhouettes illisibles bien que le flair de chien courant de Gourari ait effleuré la jambe du boiteux.

L'instant d'après leur passage, Germaine Fiffre et Blèmia Borowicz s'éloignèrent. Ils marchaient dans l'obscurité, qui effaça progressivement leur appréhension et ajouta la distance à l'improbable d'une nouvelle rencontre du même acabit.

– Venez, chère vieille toupie ! dit Blèmia Borowicz. Pensez au champagne ! Bientôt, nous serons sortis des ténèbres…

Doucement, appuyés l'un à l'autre, ils rentraient au bercail comme des chevaux fourbus.

Basta cosi

La truffe au sol, Sartore était sombre.

Gourari quant à lui avait bu. Les yeux injectés, il tenait une bouteille dans sa main gauche.

Aucun des deux n'avait digéré la tâche subalterne – autant dire une relègue – à laquelle les avait contraints le patron. Planquer devant le bouic du 40 boulevard Barbès, épier Polianovna et ses putes, essuyer leurs quolibets dès qu'ils mettaient le nez dehors, c'était bien mal récompenser leur zèle ! Comme si Bouvier allait revenir se planquer chez la danseuse russe au risque de se jeter dans la gueule du loup !

Bouvier ! Borowicz ! Le boiteux ! L'*Untermensch* ! Le demi-juif ! Le métèque qui leur avait fichu une cuisante pâtée ! C'était là que le bât blessait ! Lui seul pouvait être tenu responsable du fiasco de leur voyage en France.

Sartore et Gourari ressassaient leurs échecs. Danos les tenait pour des nuls. Il le leur avait signifié. Les Ritals faisaient l'œil rouge, ce soir-là.

Pour ne pas abîmer leurs élégantes chaussures, ils enjambaient les flaques de boue noire et grasse avec des délicatesses de jeunes rosières. Ils choisissaient leurs pas en discutant gravement. En approchant du 21 de la rue Le Sueur, ils usaient d'un tapis de papiers répandus sur la chaussée. Ils piétinaient sans le savoir un mélange d'images libertines et de feuilles d'ordonnance à en-tête médicale sur lesquelles on pouvait lire : *Docteur Petiot. Neurasthénie, dégénérescence mentale, dépression mélancolique, obsessions et phobies.*

Gourari, cultivant les siennes, était justement en train de dire à son acolyte :

– Tu vois, Sartore ! Ce Petiot dont on nous rabâche les oreilles n'est pas des nôtres… Et ce soir, me semble-t-il, les vrais assassins doivent éprouver une grande tristesse sur cette terre…

Il ajouta, l'air pensif :

– Ils savent que seule la haine peut faire battre leur cœur. Or, Petiot n'avait pas de haine. Il assassinait par plaisir.

– Tandis que toi, Gourari…

Gourari sourit en montrant des dents de requin :

– Moi, Sartore ?… Je suis sur la bonne voie… Je nourris ma haine… Elle seule me ranime. Et je suis un grand assassin pour plus tard…

Pour donner plus de poids à ses divagations verbales, l'ancien maçon des Pouilles avait sorti de sa poche un méchant pistolet bleu corbeau. Un 38 Beretta. Il retourna l'engin plusieurs fois dans sa main.

– Compagnon, demanda-t-il au bout d'un moment, as-tu jamais réfléchi au crime ?

– Au crime ?

Sartore était abasourdi.

– Oui. À l'idée du crime. À la relativité du crime. Au crime *naturel*. Pour faire triompher tes idées !

– Crime *naturel* ? Ça n'existe pas !

– Ça existe !… Pour retrancher la vie de quelqu'un, il suffit d'avoir l'« autorisation morale de tuer ».

– Et où se délivre un truc pareil ? À la préfectance ?

– *No, signor* !…

– À la Kommandantur ?

– Dans ta cervelle, *stupido* ! Il suffit de mettre sa propre vie dans la balance.

Sartore regarda son parent avec effroi.

– Qui t'a mis ça dans la tronche, malheureux connard ?

– Un gars qui s'appelle Dostoïevski, répondit modestement Gourari. Paraît qu'il a écrit un topo sur le sujet…

– Qui t'a mis au parfum, fragile innocent ?

– Une pute cultivée.

– Je t'avais interdit de les fréquenter !

– Je veux me faire justice ! Je veux régler son compte à celui qui nous a humiliés. Je ne veux pas me contenter d'arrêter Borowicz. Je veux le tuer !

– Ne tarde pas trop, camarade ! Les temps actuels ne vont pas durer éternellement. Si, comme tu le dis, tu veux faire sa fête à Boro, il te faut vite le dénicher !

– Guerre ou pas guerre, j'irai où il se trouvera. Une balle en plein front !

Sartore haussa les épaules et regarda le simplet au fond des yeux.

– J'ai bien peur que tu sois un doux rêveur, Giuseppe… un doux rêveur doublé d'un velléitaire…

– Parole ! Je le flinguerai ! À Paris. À Londres. En Chine. Au bout du monde, je buterai le photoseur !

– Arrête la picole, Giuseppe ! *Basta la grappa !* Tu perds les pédales !

Gourari poussa un gloussement.

– Tu ne crois pas si bien dire, Sartore…

Soudain, des cernes étaient venus accuser les traits du tueur de mouches :

– Il y a quelques instants à peine, dit-il, j'ai rêvé à l'*Untermensch*… Il me côtoyait… Il me narguait…

Gourari avait remisé le pistolet dans sa poche. Il posa sa main froide sur le dos de celle de son beau-frère.

– J'ai failli crier quand j'ai senti passer ses dures écailles de serpent sur ma peau…

– Tu déconnes pas mal, Gourari, ces temps-ci, soupira Sartore.

Son visage se durcit.

– Je me demande si je ne devrais pas me séparer de toi.

Le simplet baissa la tête. Le sol était dur et luisant.

– Rassure-toi, dit-il en levant les yeux pour affronter le regard de son persécuteur. Je sens qu'*il* n'est plus là… La terre se réchauffe.

Il attrapa la bouteille par le goulot. Il suça une rasade. Il reboucha le flacon.

Une longue minute était passée.

Il frissonna.

Les deux hommes se tenaient devant la grille du 21 de la rue Le Sueur.

Sartore venait d'allumer une cigarette. Il remuait ses orteils dans ses chaussures neuves parce qu'il avait pris une pointure trop petite.

Il réfléchissait à toute vitesse. Il aurait voulu être un de ces gars qui ont de la moelle dans la cervelle.

Vraiment, pour reprendre son beau-frère en main, il aurait aimé trouver quelque chose à dire. Quelque chose qui soit suffisamment important. Il aurait aimé allumer une lumière capable de percer l'opacité des sargasses dans lesquelles Gourari et lui-même, jour après jour, s'enfonçaient. Déjà huit mois de galères passés sur le territoire français !

– Ma main sur le cœur, Giuseppe, dit-il gravement, je me demandais si nous ne devrions pas rentrer à la maison.

Gourari ricana :

– Retrouver les jumelles, Sartore ? Baiser Fionna et Isabella ?

– Assurément, petit rat de Gestape !

Gourari fit la grimace.

– Tirer du lait de leurs mamelles ? Leur faire des enfants ?

– Faire fructifier notre expérience. Partager nos souvenirs. Peut-être proposer nos services à la Famille et devenir les hommes réputés de Gargano…

– Tu penses à quelque chose de précis, Salvatore ?

– Je pense à première et deuxième gâchette chez Dom Liciano Pontecordi, Giuseppe.

Gourari avala sa salive. À son tour, il se réfugia dans ses pensées secrètes.

Il laissa mijoter Sartore. Il se rongeait les ongles. C'était du timbré fou.

– Qui sera première gâchette ? demanda-t-il enfin en se foutant à poil.

Il braquait sur Salvatore Sartore un regard immobile et lourd.

Étonné, ce dernier avait les sourcils en l'air, la bouche entrouverte. Il ne reconnaissait plus celui qu'il avait dominé si longtemps.

Du train où allaient les montagnes, quelque chose changeait sur le visage du tocard. À chaque nouvelle respiration, Gourari prenait de l'envergure.

Il avança le menton et son masque devint brutal. Ses pupilles rétrécirent dans l'instant. Ses prunelles passèrent par une nuance anthracite peu rassurante, puis virèrent à un froid glacial.

Sartore baissa les yeux malgré lui. Il sourit à la brute naissante.

– Rentrons, mon frère, dit-il en abdiquant. *Basta cosi !* Le pays nous attend ! Quoi qu'il advienne, pour nous, la guerre est finie !

ÉPILOGUE

Six mois plus tard…

Dieu des gospels et du blues de Saint Louis ! Dieu des *washboards* et des chœurs de Jésus, alléluia ! Alléluia !

Rugissez clarinettes ! Coulissez trombones ! Ressuscitez, tapeurs de soupières, jeteurs de cris, joueurs de banjo ! Levez-vous Big Bill Bronzy et Lonnie Johnson ! Debout, Texas Alexander et ce dingo de Smokey Hogg !

Pour la seconde fois du siècle, le jazz de la Nouvelle-Orléans franchit l'océan. Il apporte aux terres meurtries par le joug allemand le réconfort du rythme et de la danse. Il offre ses nuits blanches à la jeunesse de France. Il met le cap sur Saint-Germain-des-Prés ! Paris va pouvoir réinventer ses mots. Il va graver dans la cire *Les Oignons* de Sydney, la trompinette à Boris et le « kçavakçavakça durer toujours » de Juliette ! Bechet, Vian, Gréco, Queneau, Aragon, Prévert vont repeindre le dessus du pavé.

« *Ô notre bouclier, Seigneur ! Ô notre bouclier* ! », le mardi 6 juin à l'aube sonne l'heure de la grande tuerie de justice !

Sur les ondes brouillées de la BBC, le poète Verlaine a fini son boulot. Il ne ressassera plus son histoire de « sanglots longs des violons de l'automne ». Le chewing-gum, la Craven A, les bas nylon, la Chevrolet et la pénicilline ont de beaux jours devant eux.

Ils sont en route pour la Vieille Europe !

C'est le moment tant attendu par les uns, tant redouté par les autres. Des milliers de soldats vont mourir !

Dans moins d'une heure, les peuples de la démocratie occidentale, les *tommies* de la reine, les *marines* du président Roosevelt, les cousins du Canada, les commandos de fusiliers marins de Charles de Gaulle vont se jeter à l'eau.

Un foisonnement de péniches et de destroyers s'avance sur l'eau grise. 6697 navires ont quitté l'Angleterre dans la nuit du 5 au 6. Le temps est maussade. La houle est forte. Il y a des creux de deux mètres. Les Anglais, les Français, les Ricains ont le mal de mer. La langue épaisse. La peur au ventre.

Ils vont parcourir en deux heures les douze milles marins qui restent jusqu'aux plages. 200 hommes par 200 hommes, ils se sont entassés dans les LCT, les péniches de débarquement, les *Landing Crafts Tanks* – in english.

Ils vont s'efforcer de pourfendre l'hydre, la bête hideuse, de lui faire rendre sa visque, son encre noire. Ils vont piétiner ses tentacules, capturer ses zélateurs et juger ses bourreaux.

L'heure du châtiment a sonné !

L'*Oberfeldwebel* Kurt Schlassenburch vient de rejoindre son poste de guetteur au bunker *number fünf* qui domine la grève de Grandcamp-Mézy. Il range sa bicyclette à l'abri du crachin et longe les casemates de béton.

Il peste contre le mauvais temps.

En maugréant, il gagne la meurtrière ouverte sur le large et interroge la nuit finissante. Au-delà de la pointe de Barfleur, la nue est si noire qu'il évite de tourner la tête de peur d'attiser son cafard.

Hier soir, mademoiselle Jeanne, la fille du pharmacien Hocquigny, l'a gratifié d'un soufflet. Il venait de lui déclarer sa flamme et, au prétexte de l'aider à débarrasser les assiettes creuses, l'avait coincée entre l'évier et le porte-serviettes.

Kurt est d'une humeur de dogue. Il essaye de se réfugier dans le train-train. Il ajuste ses jumelles et fouille l'horizon. Il est six heures trente du matin lorsqu'il se frotte plusieurs fois les yeux avec le dos de la main. Au fond de son optique, il croit reconnaître en grisé la découpe d'un bateau de guerre. Fébrile, il fait jouer la molette de sa lunette d'approche. Il obtient une image plus nette. Il lâche aussitôt une bordée de jurons.

Il gueule : «*Alarm! Alarm!*» et met en marche la sirène connectée aux autres bunkers.

Croiseurs et destroyers sortent de la brume. C'est une armada qui se présente face à la côte normande. Le premier cuirassé géant envoie une salve à destination du continent. Ses canons sont capables de cracher des obus d'une tonne à 40 km. L'opération *Overlord* vient de commencer.

Dorénavant, la grève de Grandcamp-Mézy répond au nom de code d'Omaha Beach. Elle est divisée d'ouest en est en trois sous-secteurs : Dog, Easy et Fox.

Blèmia Borowicz est affecté au 16e régiment de la 1re division d'infanterie. À trois heures du matin, un petit déjeuner copieux lui a été servi ainsi qu'à ses camarades à bord du *Henrico*, navire de transport du 2e bataillon.

Il a choisi de se joindre à la compagnie «E» parce qu'elle est le fer de lance du débarquement à Omaha Beach dans le secteur nommé «Easy Red». Ce bataillon est chargé d'avancer à l'intérieur des terres jusqu'au village de Colleville-sur-Mer.

Boro n'a pas choisi son affectation au hasard. Colleville est le village où Prakash est resté en planque, confié aux bons soins du maire de la bourgade.

Entre les laisses de haute mer, les Allemands ont planté des douzaines de barrages en acier et en béton hérissés de pointes de fer et de mines. Le haut de la plage, protégé par des mines et des barbelés, est relié par des tunnels et de profondes tranchées dont le tracé est parsemé de blockhaus en béton et d'affûts d'artillerie.

Quand Blèmia descend la rampe de débarquement de sa barge, des milliers de guêpes sifflent à ses oreilles. Il s'enfonce jusqu'à la taille dans l'eau qu'il trouve l'eau très froide. Il aperçoit la plage à cent mètres devant lui et mesure que la vie de chaque homme occupé comme lui à tenter ce débarquement est entre les mains d'un joueur de bonneteau. Une fois je te vois. Une autre fois je ne te vois plus, tu es mort.

Boro lance en avant sa mauvaise jambe. Il serre les dents. Il prend appui sur son stick. Il essaye de garder du jus dans les mollets.

Autour de lui, les copains cavalent. C'est chacun pour soi. La gueule cracheuse des armes automatiques découpe les bonshommes. Ils s'écroulent dans le bouillon des vagues. Des roses de sang sortent de leurs entrailles.

– *Forward!* gueulent les sergents.

Les gars trébuchent. Repartent. S'aplatissent dans la disloque.

Le premier souci du reporter est de protéger son matériel photo. Il est équipé d'un Leica III C saisi à la Wehrmacht. Cet appareil dernier cri est équipé d'un moteur Mooly. Il est gravé des initiales «W.H.» pour «*Wehrmacht Heer*». Il a été offert à Blèmia Borowicz par Julia Crimson qui a des amis au Signal Corps.

Les balles trouent la flotte autour du reporter. Il claudique avec l'aide de son stick jusqu'à l'obstacle anti-char le plus proche. Il est encore trop tôt pour tenter de bonnes photos, et c'est un tel chaos autour de lui qu'il se demande si s'acharner à vivre est du domaine du raisonnable.

Pour «assouplir» les défenses allemandes, les Alliés pilonnent la plage avec les lourds canons de la marine.

De nombreux fantassins séparés de leurs officiers et cloués sur place par les tirs ennemis trouvent suicidaire de traverser la plage à découvert. Le rivage est envahi de soldats accroupis, coincés dans l'eau glacée. Boro est du nombre.

Les minutes passent. Les hommes cloués à la mer par les balles de mitrailleuses et de fusils restent allongés dans la saumure qui détrempe et alourdit leur équipement. Les morts, les blessés, s'accumulent. Insensiblement, la marée les pousse contre les barbelés où les canons tirent sans interruption. Pendant ce temps, de nouvelles barges accostent. Une deuxième vague débarque. À tel point qu'il ne reste plus de place pour les nouveaux arrivants qui continuent à affluer sur la grève.

Boro fait ses premières photos.

Le chaos réduit les hommes à l'immobilité et les voue à une mort certaine. Le centre de la plage est couvert de fumées d'obus, de chars brûlés. Les barges coulées constituent l'arrière-plan.

Boro prend des photos pendant une heure et demie, jusqu'à épuisement de son film. Ensuite, mû par son instinct, il se débarrasse de l'imperméable encombrant qu'il avait porté plié sous un bras et fonce vers un char amphibie à demi brûlé.

Vingt minutes plus tard, la marée lui arrive à la poitrine. Nouveau film. Photo, photo, Boro vise. Il capture le mouvement, il enferme des images d'une violence inouïe. Son casque lourd le gêne. Il le retire. Les déflagrations le giflent, mélange de souffle, d'eau salée et de sable. Photo. Il se redresse. Partout la même désolation. Les marines mordent à l'attaque. – *Forward!* Son voisin tombe. Plus loin, un autre rend son fusil à Dieu en le jetant en l'air. Celui-là, épuisé par le séjour prolongé dans l'eau et par la peur constante, reste prostré dans un trou. Boro, allongé sur une étroite bande de sable entre mer et barbelés, sent sa vue se troubler légèrement. Un LCVP vient chercher les blessés dans son coin. Il part avec eux.

Boro confie ses premiers films à un officier de relations publiques de l'armée qui ré-embarque et les fera porter par courrier à Londres. Le destinataire est *Associated Press*. Boro a l'impression que le monde entier attend ces clichés.

À Londres, justement, Julia Crimson est rivée à son poste. Au centre d'écoute du MI 5, sur un tableau lumineux figurent les forces en présence. Julia partage avec Sir Artur Finnvack et un impressionnant panel d'officiers supérieurs le privilège d'avoir accès à toutes les dépêches qui rendent compte du plus gigantesque *war game* en cours de l'Histoire. Dans son appartement de Chelsea, elle a laissé David à la garde d'une jeune préceptrice française. L'enfant dessine des soldats courant sous une pluie de bombes. Dans un coin de l'image, un soldat brandit un appareil photo. Le gosse écrit : « Ça ira. Pas une égratignure. »

À Hollywood, Maryika Vremler sort d'un entretien avec les représentants de la Warner Bros.

Sam Lewy, l'un des managers de la firme, et l'initiateur du prochain tournage de Billy Wilder, *The Lost Week-End*, a paru impressionné par les résultats de sa remise en forme. Il lui a dit qu'elle était superbe. Et de fait, bien mieux que Mirna Loy ou même que Pola Negri, elle a passé le cap de la déprime. Son visage a dégonflé. Les exercices physiques ont rendu à son corps une tonicité, une grâce, qui l'avaient abandonnée. Bien sûr, c'est la seconde cure de désintoxication qu'elle subit en moins de deux ans dans une clinique privée. Bien sûr, elle ne voit plus guère Wilhelm Speer depuis que le metteur en scène de *L'Aube des jours* est ressorti diminué mais triomphant de l'épreuve d'un cancer. Bien sûr, son mentor s'est lassé de ses caprices lors du tournage de *Shangai-Lily*. De ses lubies. Et par-dessus tout de son penchant pour le bourbon et les tubes de neuroleptiques. Mais elle est encore là. Elle s'accroche au fond de sa villa de Beverly Hills.

Parfois, à la recherche d'un coin d'ombre où abriter sa solitude, la pensée de Maryika Vremler s'échappe jusqu'aux collines de Buda. Elle marche parmi les jardins comme aux temps bénis de son enfance. Elle est si loin des contingences matérielles ! Elle revoit un de ces après-midi d'été où les eaux amères et froides des sources qui coulent au pied du mont Gellérthegy se réduisent à un filet. Plus que tout, elle imagine les riches heures passées avec son cher cousin Boro. Leurs connivences hongroises. Leur gaîté. La complicité du geste. Les projets fous qu'ils échafaudaient. Ce fameux jour, ombre et lumière sous une ombrelle, où elle s'était blottie contre lui, la façon magique qu'il avait eu d'incliner son visage vers le sien, cherchant ses lèvres dans le silence des arbres.

Comme le monde a changé ! Comme le spectre de la guerre a amoindri la capacité de joie de toute une génération !

Au sortir de l'enfer d'Omaha, Boro marche sur des routes encombrées de jeeps et de blindés. En route vers Bayeux ! Grossis de troupes fraîches, les rescapés de la tête de pont progressent vers l'intérieur des terres. 6 000 soldats sont restés sur le carreau.

Un autre jour. Une autre route. Au nord de Pont-l'Abbé. On doit être autour du 15 juin. Chaque carrefour se hérisse de poteaux signalétiques. Accolés aux noms des villages français, des flèches peintes portent le nom de code des unités. *Missouri Charlie* côtoie *Missouri Baker* et *Mahogny Red* fait de l'ombre à *Vermont Green* et à *Java Blue*.

Le kilométrage est repeint en miles. Des têtes de morts rouges préviennent du danger : « *Gefahr Minen !* » Les longues files de réfugiés fuient les zones de combat.

Le soleil tape dur. Boro boite bas. Il fredonne *Blue Turning Gray Over You.*

Une jeep folle s'arrête à hauteur du reporter.

– Pour *Triumph Forward* ? demande une voix dans son dos...

Il se retourne.

Elle est là, auréolée de poussière qui retombe. Elle est là, Lee-quelque chose, reconnaissable entre toutes les blondes, Lee Miller, seule femme photographe de guerre à suivre l'avancée des Alliés en Europe de l'Ouest pendant la Seconde Guerre mondiale. Lee Miller, la Vénus callipyge des surréalistes, dont l'apparition dans *Le Sang d'un poète* est encore dans toutes les mémoires.

Boro salue la statue de Jean Cocteau, la statue vivante des années trente.

Il s'exclame :

– *By Jove ! See who has come !* Sarah Bernhardt en chair et en os ! Personne ne m'avait prévenu !

Elle est vêtue d'un treillis kaki et d'un casque à doublure de laine. Elle repère le Leica au cou du reporter. Elle se souvient de lui. Elle l'a rencontré à New York. C'est David E. Scherman qui les a présentés l'un à l'autre. Elle exhibe son Contax.

– *Lee Miller, war correspondant... Don't you remember me ?*

– *Oh, yes !*

– *Then, step in, young man ! I'll give you a lift ! Hurry up, Blèmia Borowicz !*

Ils ne se quitteront guère. Souvent, au cours des missions, il ira où elle est. Ainsi s'aimeront-ils où seront les goumiers du général Guillaume, les légionnaires du REC, les hôpitaux de campagne et les grands brûlés. Ils se retrouveront pour une nuit. Pour le meilleur. Par petites touches, il découvrira cette femme, ses pudeurs cachées. En même temps, son extrême liberté. Il se souviendra longtemps de la chaleur de sa peau caressée par la lumière du petit matin. Il apprendra qu'il y a cent façons de s'aimer. Ils dormiront dans des granges. Ils vivront des amours à fleur ouverte. Des aubes limpides. Elle voudra tout essayer. Elle était la preuve vivante qu'une minute ou toute la vie, quelle importance ?

Ils se sépareront à Paris. Las de leurs disputes. Rassasiés l'un de l'autre. Elle s'en va vivre dans une chambre à l'hôtel Scribe. Elle déteste les adieux. Il n'a pas l'habitude de se retourner.

Bientôt, Boro va assister à la libération de Paris. En uniforme de GI, il photographie les combats de la rue de Rivoli, du Palais-Royal. Il fait la connaissance de Robert Doisneau. Ils mangent, ils boivent ensemble. Ils marchent et ils photographient. Ils s'apprécient mutuellement. Ils parlent des mérites croisés du 6x6 et du 24x36, de la famille Renoir et des bords de Marne. Blèmia ne résiste pas à faire le voyage de Joinville-le-Pont.

Il assiste au triomphe du commandant FFI Lucien Palmire, alias Pépé l'Asticot.

Il photographie son triomphe impérial. Il le saisit dans toute sa gloire. Il immortalise son profil de médaille, son double menton, sa brioche de notable transportée à l'arrière d'une traction décapotable conduite par Paris-Sports en personne.

Il photographie le vieux hareng sous toutes les coutures. Recto, verso, fourragère, baudrier et uniforme. Adieu rouflaquettes et chèques en moleskine ! Adieu mauvaises manières avec les dames ! Boro est le témoin d'une transfiguration. L'Asticot appartient à des temps révolus. Lucien Palmire ne le connaît plus. Palmire est un nouvel homme. Boro l'immortalise volontiers lorsque, la bouche en mouillette, il est occupé à recevoir la Légion d'honneur des mains du sous-préfet. Enfin, lors d'une prise d'armes mémorable quand, avec autant de gravité qu'un César de retour de Gergovie, le barbeau accepte l'hommage de toute une population enthousiaste, le reporter est là. Il mitraille les patriotes de la dernière heure. Il capte les scènes de genre. Personne n'a peur de l'exagération. À chacun sa médaille. À chacun son fait d'armes. À chacun son Frisé.

Sous les yeux du reporter, la France d'après-guerre se prépare d'excellents Français.

Boro photographie également les bas-côtés de la fête. Canailles et braves gens sont mêlés. La populace règle ses comptes avec ses propres laideurs. Des cris fusent. Des coups pleuvent. Boro, Leica en main suit les convulsions patriotiques d'un groupe d'énervés. Il croise le regard de Chantal Pluchet, bousculée, frappée, humiliée par la foule hurlante.

Il suit le sort réservé à l'ex-chanteuse. Finie, l'aventure du music-hall ! Adieu Zizi Polidor ! Adieu la fiancée du général ! Elle a perdu sa crinière blonde. Elle est en combinaison parmi la multitude. Elle cavale, elle nichonne au milieu d'une poignée de ses semblables, des femmes tondues, des femmes à Fritz, des traînées, des « collabos » sur lesquelles les gens osent cracher ou jeter le contenu de leurs pots de chambre.

Lors d'une station, un grand diable d'artisan en blouse peint une femme au minium. Elle en mourra. Blèmia Borowicz et Chantal Pluchet se fixeront un long moment. Elle aura le temps de lancer : « Je n'ai rien dit, Boro ! Je jure que je n'ai pas trahi. » Il lui adressera un signe pour exprimer sa confiance.

La vindicte publique l'entraîne plus loin…

Le soir, chez Gégène, les voyous du Topol enroulent la valse sous les lampions et les drapeaux. Boro s'adresse à Pépé l'Asticot :

– Est-ce que tu la reprendras ?

– Qui ? Chantal ?

Le caïd du Sébasto écarte le sujet d'un geste agacé.

– Il faut qu'elle paye le prix ! lance-t-il.

Ensuite, il met sa main en cornet pour que sa voix passe pardessus l'accordéon qui trille et vrille la gambille.

– Si tu la vois… Des fois, on ne sait jamais… Dis-y qu'il faut laisser faire le temps. Dis-y que ma prostate va plutôt mieux. Dis-y surtout que la France d'après-guerre, dès qu'elle aura léché ses croûtes, saura pardonner.

Boro écoute quelques mesures de la valse.

Sans prévenir, Lucien Palmire se redresse. Il siffle à tue-tête. Il siffle : « *Le petit vin blanc qu'on boit sous les tonnelles ! du côté de Nogent, quand les filles sont belles…* »

C'est sa manière à lui de souffrir.

– Ainsi vont les hommes et les femmes de ce pays, dit-il. Ils ont été sensibles à la contagion ! À la liturgie des uniformes, à la loi du plus fort. Et quand, attisé par des circonstances qui dépassent l'entendement, leur esprit tourbillonne, quand le doute s'insinue en eux, n'est-il pas rigoureusement humain et universel qu'ils oublient que le principe de toute pudeur, c'est la raison ?

Quelque peu troublé par l'amidon de ses propres paroles, il claque des mains pour retrouver du moins solennel.

– Chantal a traversé un moment de folie, dit-il. Un jour, si je n'ai plus honte, j'irai la rechercher.

Le 29 avril 1945, Boro entre avec les GI's dans l'enceinte du camp de Dachau et découvre l'horreur des camps nazis. Il photographie les cadavres entassés dans les wagons et des prisonniers empilant des corps sur un chariot traîné par une haridelle. L'odeur lui est insupportable. Les souvenirs de la rue Le Sueur lui paraissent microscopiques à côté du tragique opéra mis en place par les méthodes SS. Il pense à Schnuckenack Runkele et se demande si le gentil Tzigane a survécu à la déportation.

À Munich, bastion redoutable de l'idéologie nazie, Lee Miller et Boro vivent une idylle éphémère dans l'appartement du Führer. Boro a renoué avec elle. Il est amoureux de son personnage. De son intelligence. De sa gaîté. Elle représente pour lui la femme émancipée. Il partage le joyeux foutoir de sa chambre où se côtoient machine à écrire, appareils photo, whisky, rangers, petites culottes, svastikas, aigles noirs en plâtre et autres emblèmes du IIIe Reich.

Les amants n'en finissent pas de faire la fête. Ils sont ensemble lorsqu'en pleine nuit on annonce la mort du dictateur, qui vient de se suicider dans son bunker.

Comme l'écrit Lee Miller dans une lettre adressée à son amie Audrey : « *Hitler est mort. C'était à minuit le 1er mai, il neigeait. Avec des amis, on célébrait de toute façon notre présence ici, et la voix sèche et convaincante de la BBC n'était qu'une vague rumeur de plus.* »

La célébration avait lieu dans la baignoire de Hitler. Champagne et jambes en l'air. David E. Scherman, le correspondant de guerre, l'ami de Lee Miller, peut en témoigner. À cette occasion, il a même pris une photo qui a fait le tour du monde, un instantané qui fait justice aux admirables épaules de Miss Miller. Le reste de la pellicule, paraît-il, a disparu. Boro le regrette. Question d'amour-propre. Parce que, si les négatifs avaient été au complet, ils auraient révélé au monde entier que, si c'était Davie qui prenait les photos, c'était bel et bien le métèque hongrois qui partageait le bain de la Vénus de *Vogue*.

Blèmia Borowicz s'avance dans un champ de ruines. Il est toujours à Munich. Il vient de faire des photos au mausolée de Königsplatz. Il en ressort.

Il marche dans les rues.

Hier, il a poussé une pointe jusqu'à la villa d'Eva Braun. Il a piqué un somme sur son lit. Il a essayé les téléphones branchés sur Berlin et Berchtesgaden. La grande maison carrée était déserte.

Aujourd'hui, il s'arrête devant les restes de la salle de banquet du *Hofbraü Haus*. Juste en dessous de la fresque murale, une vieille femme fouille les pierres. Elle remue un morceau de métal qu'elle voudrait arracher au chaos. Boro braque son appareil photo dans sa direction.

Elle est exposée dans un faisceau de blancheur incandescente.

Un peu plus loin, un landau d'enfant l'attend, où elle entasse tous ses trésors. Soudain, le visage crispé de la vieille dame apparaît en marge de la flaque de lumière.

Boro appuie sur le déclencheur.

Ensuite, il se détourne. Il fait quelques pas au soleil. Son visage sombre est immobile. Ses pommettes saillantes sous une peau mate donnent l'impression de se retrouver en face de quelque statue taillée dans du grès.

Un pas, une canne, il finit par atteindre un banc. Il s'y assied d'abord. Il s'y étend ensuite. Ses paupières sont lourdes de sommeil. Il étale son calot sur son front pour protéger ses yeux de la lumière. Un terrain vague s'installe dans son esprit. C'est un endroit lisse et sans heurt.

Sa respiration devient régulière. Boro s'éloigne. Il s'endort. Son bras se détend. Sa main s'entrouvre.

Une fourmi sort de sa manche. Elle traverse sa paume. Elle est pressée.

Il fait chaud.

On vit.

(À suivre)

Table

ŒUVRES DE DAN FRANCK

Les Calendes grecques, Calmann-Lévy, 1980. Seuil, «Points», 1999. (Prix du Premier Roman, 1980.)
Apolline, Stock, 1982. Seuil, «Points», 1997.
La Dame du soir, Mercure de France, 1984. Seuil, «Points», 1995.
Les Adieux, Flammarion, 1987. Seuil, «Points», 1998.
Le Cimetière des fous, Flammarion, 1989. Seuil, «Points», 1999.
La Séparation, Seuil, 1991. Seuil, «Points», 1998. (Prix Renaudot, 1991.)
Une jeune fille, Seuil, 1994. Seuil, «Points», 1996.
Tabac, Seuil, 1995. Mille et une nuits, 1997.
Nu couché, Seuil, 1998. Seuil, «Points», 1999.
Les Enfants, Grasset, 2003. (Prix des Romancières 2003.)

Bohèmes. Les aventuriers de l'art moderne (1900-1930), Calmann-Lévy, 1998.
Libertad! Les aventuriers de l'art moderne (1931-1939), Grasset, 2004.
Résistances. Les aventuriers de l'art moderne (1940-1945), Grasset, en préparation.

Le Petit Livre des instruments de musique, Seuil, «Points», 1993.
Les Carnets de la Californie, texte sur Picasso, Le Cercle d'Art, 1999.
Les années Montmarte, Morgès, 2007.

EN COLLABORATION AVEC ENKI BILAL

Un siècle d'amour, Fayard, 1999.

ŒUVRES DE JEAN VAUTRIN

Romans

À bulletins rouges, Gallimard, 1973. Carré noir, 1974.
Billy-Ze-Kick, Gallimard, 1974. Mazarine, 1980. Folio, 1985.
Mister Love, Denoël, 1977.
Typhon gazoline, Jean Goujon, 1978.
Bloody-Mary, Mazarine, 1979. Livre de Poche, 1982. (Prix Fictions 1979, prix Mystère de la critique.)
Groom, Mazarine, 1980. Gallimard, 1981.
Canicule, Mazarine, 1982. Livre de Poche, 1983.
La Vie Ripolin, Mazarine, 1986. Livre de Poche 1987. (Grand Prix du roman de la Société des gens de lettres, 1986.)

Un grand pas vers le bon Dieu, Grasset, 1989. Livre de Poche, 1991. (Prix Goncourt 1989, Goncourt des Lycéens, 1989.)
Symphonie Grabuge, Grasset, 1994. Livre de Poche, 1996. (Prix populiste.)
Le Roi des ordures, Fayard, 1997. Livre de Poche 1998.
Un monsieur bien mis, Fayard, 1997.
Le Cri du peuple, Grasset, 1999. Livre de Poche 2001. (Prix Louis Guilloux pour l'ensemble de son œuvre.)
L'homme qui assassinait sa vie, Fayard, 2001.
Le Journal de Louise B., Robert Laffont, 2002.
Quatre Soldats français :
* *Adieu la vie, adieu la mort*, Robert Laffont, 2004.
* * *La dame au gant rouge*, Robert Laffont, 2004.
*** *La grande zigouille*, Robert Laffont, 2006
Paroles d'auteurs. La Lorraine. (collectif) Serge Domini Editeur.
En attendant l'eau chaude, Flammarion, 2007.

Nouvelles
Patchwork, Mazarine, 1983. Livre de Poche, 1992. (Prix des Deux-Magots, 1983.)
Baby-boom, Mazarine, 1985. Livre de Poche 1987. (Prix Goncourt de la nouvelle 1986.)
Dix-huit tentatives pour devenir un saint, Payot, 1989. Folio, 1990.
Courage chacun, Julliard, «L'Atelier», 1992. Presses Pocket, 1993.
Si on s'aimait?, Fayard, 2005.

Albums photos
Crime-club, photographies de Gérard Rondeau, La Manufacture, 1985.
Le cirque, photographies de Gérard Rondeau, Reflets, 1990.
Terres de Gironde, collectif, Vivisques, 1991.
Jamais comme avant, photographies de Robert Doisneau, Le Cercle d'Art, 1996.
Untel père et fils, photographies de Christian Delécluse, Le Cercle d'Art, 1998.
J'ai fait un beau voyage, photo-journal, photographies de Jean Vautrin, Le Cercle d'Art, 1999.
Sabine Weiss, photographies de Sabine Weiss, La Martinière, 2003.
Dijon, portrait d'une ville. Photographies de Philippe Maupetit. Editions Le Cercle d'Art 2007.

Bandes dessinées
Tardi en banlieue, fusains et acryliques de Jacques Tardi, Casterman, 1990.

Bloody-Mary, dessins de Jean Teulé, Glénat, 1983 (prix de la Critique à Angoulême).

Le cri du peuple, adaptation et dessins de Jacques TARDI. Casterman 2001.

(Alph'art du meilleur dessin et prix du public, 2001 à Angoulème.)

Les canons du 18 mars, Casterman 2001

L'espoir assassiné. Casterman 2002

Les heures sanglantes. Casterman 2003

Le testament des ruines. Casterman 2004

Les aventures de Boro, reporter photographe

* *La Dame de Berlin, Franck et Vautrin*, dessins de Marc Veber. Casterman, 2007.

Recueils

Romans noirs, Fayard, 1991.

Histoires déglinguées, nouvelles, Fayard, 1999.

Cet ouvrage a été composé par Palimpseste

Impression réalisée sur CAMERON par

BRODARD ET TAUPIN

La Flèche

pour le compte des Éditions Fayard

en octobre 2007

Imprimé en France

Dépôt légal : octobre 2007

N° d'édition : 93681 – N° d'impression : 43926

35-33-2408-9/01